1979—2019
广西宜州
文学作品
典藏

散文卷

韦茂明/主编

Gvangjsih Minzcuz Cuzbanjse
广西民族出版社

图书在版编目（CIP）数据

1979—2019 广西宜州文学作品典藏．散文卷 / 韦茂明主编．—南宁：广西民族出版社，2019. 12
ISBN 978-7-5363-7336-5

I. ① 1… II. ①韦… III. ①中国文学—当代文学—作品综合集—宜州②散文集—中国—当代 IV. ① I218.674

中国版本图书馆 CIP 数据核字（2019）第 269769 号

1979—2019 广西宜州文学作品典藏　散文卷

1979—2019 GUANGXI YIZHOU WENXUE ZUOPIN DIANCANG SANWEN JUAN

出版策划：石朝雄
主　　编：韦茂明
责任编辑：李东源
装帧设计：林武圣
责任印制：刘文峰
出版发行：广西民族出版社
地址：广西南宁市青秀区桂春路 3 号　　邮编：530028
电话：0771-5523216　传真：0771-5523225
电子邮箱：bws@gxmzbook.com
印　　刷：广西桂川民族印刷有限公司
规　　格：787 毫米 ×1092 毫米　1/16
印　　张：31.5
字　　数：450 千
版　　次：2019 年 12 月第 1 版
印　　次：2019 年 12 月第 1 次印刷
书　　号：ISBN 978-7-5363-7336-5
定　　价：60.00 元

《1979—2019广西宜州文学作品典藏》编委会

总　序

聂震宁

宜州是我的家乡，也是广西的一座历史文化名城。宜州秦时属桂林郡地，汉元鼎六年（前 111 年）始置定周县，晋改龙刚县，唐为龙水县，北宋改宜山县，明为庆远府治，1993 年改为宜州市，2016 年成为河池市宜州区。

同许多历史文化名城一样，我的家乡一直因深厚的人文历史积淀而著名。宜州的地方史志上记载了许多历史文化名人。北宋时期著名的江西诗派代表人物黄庭坚，他人生的最后一段岁月是在这里度过的。他为这座古城留下了著名的词作《虞美人·宜州见梅作》，更为我的家乡开了尚文好学的风气。太平天国的翼王石达开曾率部在此驻师，在城北会仙山白龙洞留下了一首题壁诗，这是太平天国将领遗存下来的唯一的题壁诗。有史料记载，北宋时期三元及第的冯京即出自这座边远的古城。中国 1300 多年的科举史上连中三元的人只有十几个，冯京即是其中一个。特别值得一提的是，我国壮族民间传说中的歌仙刘三姐，关于她身世的说法流传着不同的版本，但流传最广泛的当属宜州一带的传说。现在宜州有一个风景如画、山清水秀的刘三姐乡，也算是一个明证。

岁月不居，春秋代序。新中国成立 70 年来，宜州的经济社会发展日新月异，人民群众安居乐业，文化建设也令人瞩目。宜州是著名的彩调之乡，20 世纪 50 年代，宜州的彩调剧《刘三姐》和《龙女与汉鹏》曾晋京在中南海怀仁堂演出。改革开放以来，在全国性的一系列文化旅游活动评选中，宜州屡获殊荣，先后获得“全国文化先进市”“中国优秀旅游城市”“中国最佳生态休闲旅游名城”和“中国民间文化艺术之乡”等荣誉。一年一度的刘三姐文化旅游节曾获得“中国最具特色民族节庆”称号。宜州文学艺术创作的丰厚土壤不仅使得古城从来就不缺少文学艺术的创作人才，而且有许多作品从这里走出广西，走向全国。

家乡悠久的历史文化令我们神往，家乡不凡的现实成就让我们骄傲。出于文化自信，也出于家乡情怀，我在得知家乡宜州正在为《1979—2019 广西宜州文学作品典藏》四卷本编选书稿时，感到异常高兴。家乡的文学创作一直在很有张力、很有成绩地进行着，这我是晓得的，可是居然有这么大的张力、这么丰饶的收获，却是我不曾预料到的；家乡的文学创作一直代有新人，这我也是晓得的，可是新人居然有这么多，而且写出了这么好的文字，更是我不曾预料到的。这不免让我有一阵激动、许多欢喜。

至于对我家乡文学创作的评价，也许我说了不算，因为终归有“王婆卖瓜”之嫌。那么，请读者诸君稍微花一点时间读一读这套书各卷的序言吧，相信你们一定会比较深入地认识和了解书中入选作品的质量。这些序言的作者并不是宜州籍人士，却对宜州的文学创作熟稔于心并有深入的研究，因而序言既具有一定的客观性，又符合知人论世的评价要求。石一宁先生为小说卷所作序言以《一方水土，十方世界》为题，站位颇高，体察很深。他认为书中收入的这些作品，“是一方水土的呈现，也是十方世界的映照”，指出了入选作品独特的地域特色和广博厚重的人文价值。何述强先生为散文卷所作序言取了一个相当散文化的篇名——《生命中有一个流水潺潺的村庄》——多么美，多么动情！“感谢古城宜州传递过来的温度和力度，感谢被文字簇拥而来的泥土、草叶和露珠的气息。感谢坚守者的虔诚和执着，感谢宜州游子们那超越宜州放眼世界同时深情回眸给我带来的启示。我不吝于用下面的词语表达我的阅读感受：深邃，深刻，深沉，深情，生动，鲜活。”他在文中这样动情地表达了他对宜州作者的散文作品的感觉。杨克先生为诗歌卷所作序言以《诗歌存，家园不远》为题，显出浓浓的诗意与哲思，进而他在文中讲述诗集“所蕴含的扎根生活沃土、守望共同家园的诗意栖居智慧，以从容不迫的气度在你我耳边叮咛：只要心中有诗歌，家园必然就在不远处”。戏剧卷的序言作者是常剑钧先生，他为序言所拟的篇名让我们的精神为之一振，请看《江山到此不平庸》——多么有动感，多么有气势！真正的文学艺术创作最不可缺少的品格就是不平庸，剑钧先生用“不平庸”来评价我家乡的创作，实在是太给力了！四篇序言的作者都是国内文学艺术界的名家，得到四位名家如此给力的好评，我的家乡有福了。

文学名家给予高度评价的这些作品都是1979—2019年发表过的。1979—2019年，是改革开放取得巨大成就的时期。在这一时期，中国特色社会主义进入新时代，我们也迎来中华人民共和国70周年华诞。宜州地方的领导们决定组织编选出版这样一套高质量的文学作品典藏，既是加强新时代宜州文化建设的重要举措，也是对改革开放40年的庆祝，更是向新中国70周年华诞献礼。我在为家乡的文学作品点赞的同时，还要为家乡在文化建设上的这一举措喝彩。

最后，我还要再说一遍：宜州是我的家乡，我爱我的家乡！家乡如父，可敬、可仰、可期待；家乡如母，可亲、可爱、可依恋。我爱家乡的种种美好事物，一山一水，一街一桥，一亭一阁，一草一木，一人一物，一言一语，一诗一画，一歌一吟皆会在我心中留存，而

《1979—2019广西宜州文学作品典藏》的出版尤为让我欣喜。我爱家乡悠久而美好的历史文化，我爱家乡正在全面发展中的现实生活。我深深感觉到，家乡今天的发展来之不易，家乡的父老乡亲为此付出了许多辛劳。“惟知之深，故爱之切”，因而愈发激起我对家乡的敬重和眷念。我坚信，家乡的明天会更好！

2019年9月3日于北京

聂震宁

第十、十一、十二届全国政协委员，中国作家协会全国委员会名誉委员，中国出版集团公司原总裁，中国韬奋基金会理事长

序

生命中有一个流水潺潺的村庄

何述强

散文这种文体很自由，门槛似乎也不高，几乎所有写作的人都觉得写散文并不难，但久而久之，就会渐渐感悟到，这种文体自有其形制，不可掉以轻心。就像一条江河，小孩子可以随意走进它的浅滩，尽情地戏水，但这条河流的深邃和隐伏着的令人胆寒的气质可能要等到这个孩子成为一个老人，拄着拐杖，凝视波光粼粼的江面时才有所觉悟。

散文这种文体，对真实生活和经历有特殊的要求，当然，它也不是简单记录生活和经历。它需要提炼，就像拍好一张照片需要发现、思考、构思和想象，写一篇散文，也需要理性的参与。好作品光靠感性是立不起来的。写散文可以视为在自己的或丰富或简单的人生经历中沙里淘金，无中生有；也可以在自己的心灵旷野里呼虹唤霓，耕云种月。但首要条件是，你的经历和心灵必须是真实的。任何一次起跳，都必须是站在大地上。

感谢宜州政协让我有机会在如此喧嚣的时代得以静心开启一段特殊的旅程，遍览宜州诸子数十年间精粹的散文结集，得以亲近这片土地上不平凡的花朵和果实。我在阅读的同时也是在享受，享受时光的飞瀑在一条条人生的幽壑留下的清音，呼吸着欣欣嘉木的芬芳。得以探入独特的人生体验，忧乐同感。在大地升起的丝丝热气中品味各种履历、各种际遇、各种思想和情感，不时与我产生强烈的共鸣。其中不乏隐秘的密室一般的情感世界，因为得以探测，心中充满隐隐的窃喜。

我注意到，聂震宁老师的《又见白杨树》《敦煌书简二则》发表于 1981 年，《日暮乡关》发表于 1989 年，《老师的诗》发表于 1993 年，《最后的告别》发表于 2006 年，时间跨度差不多三十年。但是，文章透射出的思想深度和高度，语言的质感和张力，洞悉事物特质的眼力，可以说是一以贯之。其对敦煌艺术的思考，对于今天的文化借鉴、融合，以及文学创作的方向和立足点仍然有很强的指导性，可以说是历久弥新。他的文字，宽厚、宏大、深情。他由严文井的一个履历生发的思考和想象，字字写实却触动人心，具有巨大的文学空间。一份以时间作为线索的履历谁都写得出来，但是，对履历背后隐含的风云和雷电，不是哪一个人都写得出来的。“他又一次明确地对我表示欢迎。而且是在一个正式公开的场合，而且是在我最困难，最需要欢迎的时候。”读这样的句子，看起来极普通，但是，于我而言，已是触目惊心。我们最困难，最需要欢迎的时候，我们太需要严老这样以“善的力量”公开支持了。“正式公开的场合”，这几个字意味深长。严老这样的人格无疑是世间稀有。读聂老师的文章，使我领悟到，打动人心的，不是盲目的泪崩，而是隐忍的真情，精确的艺术传达，甚至，是深沉的思想……

精于音乐剧创作的宋安群老师，他的散文语言仿佛悬挂风铃，有一种音乐美。他写埃及女王，尤见文风摇曳，明珰翠羽，华彩不凡。他的加拿大手札，生动地向我们呈现了邦德、迈克和大卫三个人物形象，揭示他们丰富微妙的内心世界。当我从文中得知邦德是“白求恩同乡”，内心微微一震。他不拿报酬竭诚“为他人服务”，只是为了他的“上帝”，为了“时时生活在上帝给予的绿色空间里”。如此说来，一种爱、一种精神也可能是渊源有自。在《秦陵感怀》一文中，宋安群对“恶魔”秦始皇重新认识。当他抚摩黄土，穿越时空，披着如水的秦时明月，幻化成始皇角色，演绎了一场个体强大生命与极权力量的盛大宣泄。“堕入”古人复杂情境，与古人精魄相遨游，方可超越今人臆想的“善恶对错”。角色独白颇有莎士比亚戏剧人物的癫狂与雄辩气息。通篇情感丰沛，想象瑰丽，语言充满诗意。足见思想精深，文采斐然。

宜州籍女作家张丽萍《红鞋子》一文给我们讲述她的故事：七八岁的时候拥有一双红色塑料凉鞋，她爱得无以复加。有一天在北门码头洗衣服，因脚板进沙子，把一只脚浸入水中，水推走了一只红鞋子，沉入幽深的龙江，棒槌也捞不回来。她希望水退了能在沙滩上找到。结果，水真的退了，她翻乱了整个沙滩，最后只能趴在岩石上伤心大哭。剩下的一只红鞋子，她只能默默珍藏。这让我想起发生在宜州的另一个故事，我的朋友，牙科医生叶青青的那一只皮鞋。叶青青的那一只皮鞋是他十岁那年在学校读书时分地主果实时分到的。那一堆果实里有一只孤单单的皮鞋，叶青青一开始就发现了。抓阄之前，他就有强烈的预感，害怕自己可怕的命运已经锁定那只孤单的皮鞋。后来果然“在劫难逃”！他用一只棍子撑起那只分到的皮鞋穿过空荡荡的校园回家。不完美、残缺的事物最容易激发想象力。当我听说叶青青的故事后，我经常会做一些联想……比如，一个深夜里，叶青青突发奇想，从柜子里拿出那只珍藏多年的皮鞋，穿在脚上，另一只脚光着，他打开门，走进老宜山深巷的月光中，过一把穿皮鞋的瘾！那一晚，他在巷子里晃荡了很久。因为只有一只皮鞋，他走路自然不如平素平稳，一脚高来一脚低，这是在所难免的。迎面走来的夜行者，会误以为遇到了一个跛子。

张丽萍对龙江河的描述令人动容。“绸缎般的江面上，水鸟般收起翅膀的乌篷船，于轻沙浅水中晃摇……”《远去的河》并未远去。这条母亲河成为她生命的一种底色。沉默的父亲，故乡的山歌和月亮，都映现在这条生命的河流上。

李果河老师是我的业师。他有发现文学苗子的非凡眼光，对有才华的学生会有意识地培养，注重提供与外来作家接触的机会，设家宴请来访作家时会邀请爱写作的学生参加，通过环境来熏陶、激发学生的写作热情。他还热心帮助学生修改、推荐作品。学生有困难，勇于站出来帮助，给予关心。《东西、凡一平和我》一文状写的情境我并不陌生。他写故乡的石板路，仿佛丛林里的一条斑斓的蟒蛇。这是可以激活作家想象力的神奇事物。这条月光下花蟒蛇一样的石板路，还演绎了他童话般的初恋。《西伯利亚的风雪》粗粝的语言质感，向我们呈现了一场可怕的极寒之地的大风雪，细节的真实性，体现了驾驭语言的高超能力。

韦福正的《壮乡斗鸡记趣》，生动活泼，细节描写见神韵，趣味横生。新闻记者的经历，养成对生活的入微的观察。韦福正在《红水河源头——马雄山》一文告诉我们，静默的珠江源头，涓涓细流。酝酿大江大河，并不需要在源头喧嚣雷吼，虚张声势。

朱发生先生的《情系清水潭》记录了一段不平凡的插青岁月。唱《东方红》时，“爹二”没有歌声，但他嘴唇在不停地动……这样的细节很打动人。我记住了石灰窑，刺痛手的荆棘，猴群出没的山麓，那些涓涓不息的清水潭……或者，每一个人的生命里，都应该有一个流水潺潺的村庄。

晨光中，你看，谢树强扛犁牵牛，不，他是扛着笔，匆匆地追赶已经来到的春光。他不仅写乡风乡俗，他还提炼诗意，朴实无华，却兴味盎然，注重布局谋篇，行文纯粹，兼有小说细节。他的散文有一种可爱的清浅。他把下枧河的深绿浅绿清清白白写得调皮可爱，如同跟他嬉戏的顽童。

侯志锋，为故土立传，为群山写真。他的《群山苍茫》写出了生活的苦涩以及苦涩中透出的一股草野的美，他的文字，有淡淡的艾叶和猪菜的芳香。

韦国良，英年早逝。记忆中，他的目光明亮，真诚。对文化名人抱有由衷的虔敬。这实际上是他对文学的信仰。我虽历事不深，但我知道这份信仰极其珍贵。带着这份虔敬，加上新闻记者行业的敏锐，他的散文每有曲径通幽之处，且不乏深刻的洞见。

韦锦田写分田到户那些年，农村改革开放致富的故事，语言朴实无华，却力道遒健。丝丝缕缕都冒出那块土地的热气，市井人物，田头百姓，呼之欲出。仿佛随时都可以跟他们勾肩搭背。听到他们炸的油堆滋滋作响……在对时代画卷的记录中，也探索了人的命运。

老报人饶韬对故土的深情和厚望，温存超对古镇地理风俗的精彩描写，谭明均老先生对宜州文史人物的客观记录，李楚荣先生对地方文化的不倦挖掘和思索，莫瑞扬对民间歌谣的炽爱，石伯祥对恩师的赤子情深，黄汉昌的文化游历，韦克友冬天里用文学的火焰取暖，都在他们的散文篇章中得到体现。

韦祖杰，看壮剧《百鸟衣》时被邻座女孩晶莹绚丽的泪珠打动；韦庆木，被外祖母故乡那摇曳多姿的“美人河”迷住；谭为宜，沉溺于北大未名湖博雅塔的丽影，同时，悄悄拍了一个晨读女孩俊俏的背影；谢少萍，对生活有细致的观察，偷听鸟儿在枝头谈情说爱……这些，都让我觉察宜州男人的敏感而多情。他们看似朴实无华的外表下，常常也奔腾着按捺不住的小鹿，当然，这是文学的小鹿，也是审美的小鹿。岭南胜境白龙洞梦幻般的“琪花瑶草”看来早已栽种在他们的心地上。

宜州的女作家散文是一道独特的风景线。除了前面说到的张丽萍外，给我印象特别深的还有韦淑红、左丹、韦杰、黎艳萍、毛妤斐、陈日红、覃美艳、林秋妮等。

韦淑红，文字的触角细腻而准确，宁静而敞亮，可见她对文学钟爱之深。

左丹，文字视野雄阔，感觉敏锐，通透之语颇多。她知识渊博，信手拈来，语言深处自有一股不让须眉的雄奇。

韦杰，心思细腻，比喻精当，在她心目中，文学与拥吻一样，应有超乎寻常的神圣。她的生命里，似乎经历过情天恨海，星光万缕，浪花千重。“生命危在旦夕。爱情起死回生。”这是生命与爱情的辩证哲学，帮助我们洞悉“死去活来”这个成语的真实内涵。

黎艳萍，她在“古桥边，瀑布下，掬一捧清泉”，滋润着自己执着的文学梦想，她精心为乡土诗人立传，无意中透露了宜州民间潜伏着丰厚的文化底蕴。只有深厚的文化土壤才能种出那么多奇异的文学花朵。

在好几个深夜的阅读中，我几乎忘记了时间，忘记了楼下厢竹大道一刻也不停息的车流声。我知道这是一次难得的阅读经历。在碎片化阅读疯狂蚕食我们日常生活的今天，我感谢这本厚厚的散文集，让我不容选择地回到纸质的阅读，重新抚摸到土地的厚实，眺望天空的高远。我在内心，感谢古城宜州传递过来的温度和力度，感谢被文字簇拥而来的泥土、草叶和露珠的气息，感谢坚守者的虔诚和执着，感谢宜州游子们那超越宜州放眼世界同时深情回眸给我带来的启示。我不吝于用下面的词语表达我的阅读感受：深邃，深刻，深沉，深情，生动，鲜活。我沿着文字的幽径，借着文字的翅膀，一次又一次回到宜州的夜空，看南山星辰、北岭月亮、江水奔腾、群山静默，读涌流的清泉、雨夜的闪电，拥抱满山遍野的萤火。

珍惜每一棵文学的大树，也珍惜每一片文学的叶子。参天的树，挺拔，与风霜对话，在高空静默低语。叶子，残损了，也能活出美丽，在光中呈现。这个世界是不完美的，我们只能在不完美中更好地做好自己。

我在宜州读书三年，工作十三年，一共待了十六年。无论是精神上还是物质上，宜州都成为我的第二故乡。毫不夸张地说，北门码头在我的梦中也是时时滩声水起。我的两个孩子出生在宜州，我的大量散文作品在宜州写成，是宜州给我的灵感。江边危崖上的岁月是我最宝贵的时光。宜州有我的很多朋友。这本集子里的大部分作者都是我的敬重的前辈、老师和朋友。也许有一天，我也会像聂震宁老师一样，写一篇《日暮乡关》。我期待也能够写出这样的结尾："我相信，将来的某一天……在我人生日暮之时，返回故乡，在漆黑的夜里，会看到雪亮的灯光，我去问路，忽然会有人叫我的名字，大声地叫，惊喜地叫，叫得我心中一片灿烂。"

惊呼热中肠。

何述强

中国作家协会会员，广西音乐家协会常务副主席。

目　录

聂震宁　见到了白杨树/5
敦煌书简二则/9
日暮乡关/13
老师的诗/17
最后的告别——纪念严文井同志/21

宋安群　邦德、迈克和大卫——加拿大手札/33
埃及女王，我听你说——埃及手记/46
秦陵感怀/52
说不完的刘三姐/57

张丽萍　远去的河/67
红鞋子/71
过年/75
月与歌/79

饶　韬　美啊，失去的北山/87
乡音/93
乡思·乡恋/98

李果河　东西、凡一平和我/105
家乡的石板路/119
西伯利亚的风雪/126

朱发生　好雨发生时/135
难忘红水河/138
情系清水潭/142

谭明均　学兼书剑，影息家园/155

李楚荣　宜山的境界/161
天涯也有江南信/165
把生命融入宜州的人/170

温存超　千年古镇龙舟地/179
有一个地方叫八腊/183

谭为宜　嵌入我记忆深处的永远的北大/193
高高的博雅塔/199

韦福正　古老灵渠景色新/207
壮乡斗鸡记趣/211
红水河源头——马雄山/214

莫瑞扬　马首悬新月，星斗落杯中——记将军诗人覃异之/223
为访山谷上岳阳/226

谢树强　迎春接福——录腊月正月/231
我游下枧不想归/236
写给我的父老乡亲——关于《村丑》的絮语/241

韦淑红　窗口/247
如歌岁月/250
对面的林子/254
寻找《社戏》里的乌篷船——绍兴拾零之一/259
咸亨酒店何处是？——绍兴拾零之二/262
从三味书屋到百草园——绍兴拾零之三/264

侯志锋　群山苍茫/271

左　丹　山的收藏/287
筑梦为城/293

韦锦田　分田到户那些年/307

韦国良　聂震宁　从宜州走到北京的卓越行程/323
掬几把清溪汇入文化长河/332
眼镜·风衣·犁头村/337

韦祖杰　又是一年三月三/345
百鸟衣/348

韦庆木　遥远的美人河——寻踪天河/355

谢少萍　城市的鸟群/361

韦望林　火车上的窘事/369

黄汉昌　踏秋瘦西湖/375

石伯祥　十分好月　不照人圆/381
恩师来自彩云之南/384
情到深处词有声/388

韦　杰　生活着是美丽的/395
过了花季的生日/397
一种美丽/400

陈日红　忧伤的心境/409
秋来又秋去/411
故乡的野菊/413

黎艳萍　踏浪归来阿哩哩——白浪滩一日游小记/419
古幽胜地板纳村/427
一个乡野老农的诗意人生/433

毛好斐　换一种方式品咖啡/441
秀美龙江河/444

覃美艳　　无怨的青春/451

韦克友　　铁城寻古韵/457
出面一套西装/460

林秋妮　　一条养育了八个民族的母亲河/467
糯香里的记忆/473

梁　鲁　　父亲——故乡纪事/479

聂震宁

聂震宁

广西宜州人。著名出版家、作家，编审，博士研究生导师，获国务院特殊津贴专家。毕业于北京大学中文系，获英国爱丁堡龙比亚大学名誉文学博士学位。系第十、十一、十二届全国政协委员，第六、七、八届中国作家协会全国委员会委员，第三、四、五届广西作家协会副主席。曾任中国出版集团公司总裁，人民文学出版社社长兼总编辑，广西新闻出版局副局长，漓江出版社社长、总编辑，《金城》文学编辑部编辑，宜山县文化局干部，现任中国韬奋基金会理事长、中国出版协会副理事长、中国作协全国委员会名誉委员。出版有《天国之翼》《长乐》《暗河》《去温泉之路》《舍不得读完的书》《书林漫步》《广西作家丛书·聂震宁卷》等小说集和散文随笔集。获得过中国作协颁发的首届庄重文文学奖、广西区政府颁发的首届振兴广西文艺铜鼓奖以及中国出版协会颁发的韬奋出版奖等多项大奖。

见到了白杨树

敦煌书简二则

日暮乡关

老师的诗

最后的告别——纪念严文井同志

见到了白杨树

在兰州，我已经不止一次地抚摸过西北的栋梁——白杨树。但那时的心情是平静的，基本上是看风景的感觉。然而，从酒泉到敦煌的路上，当再看到白杨树时，我的心情就完全不同了，它引起了我对生活在这块土地上的人们的敬意。

长途班车驶出嘉峪关，就是一望无垠的戈壁滩。“出了嘉峪关，眼泪流不干。”这是一句老话，但它确实也表达了人们面对戈壁滩时的心情。沙丘连着沙丘，碎石挤着碎石。正是一个秋冬之交的大风天。越往西行，罡风越劲。风卷着黄沙，黄沙共黄天一色。路旁间或有一些白杨树，枝叶在风中摆动。泛着白碱的荒地里，骆驼草在风中瑟缩。哪里有水？人烟何在？路旁，偶尔有人行走，风吹得人像在颤抖，整个人几乎要飘动起来。那步幅如同拉开了弓，与迎面而来的寒风在较量。你可能要问，在这样的大风天气里，他从哪里来？

又为了什么，此刻要到哪里去？汽车行驶好像都有点儿跋涉的艰难，可是，人啊，人是可宝贵的，倘若不是为了自己的一个或大或微不足道的缘故，怎么就会在这样的时候，这样的地方跋涉？我的心情愈发沉重起来。我不由得屏住了呼吸。我们的祖国地大物博，但也有着许多荒芜贫瘠的戈壁滩。就在这样的地方，竟然生存过千百代人。我来自广西贫穷的大石山区。我得承认，这里远比广西的大石山区艰苦。要知道，这里不仅地瘠、干旱、沙多、风狂，还有严寒。但同样，有我们的同胞兄弟姐妹在这里生活、劳作、繁衍，而且，一定也会有他们的快乐。这就是我们万物之灵长的人类，勇敢而坚强的中华民族。

汽车停了，路上有人要上车。车门一打开，一阵风沙呼地灌进车厢。一位穿黑色棉袄的旅客上了车。这是一位标准的西北中年汉子，真正称得上浓眉大眼，高鼻宽嘴。尤其是那黑里透红的肤色，想必是西北大漠风沙的造化，看了使人产生一种刚劲强壮的感觉。车上一位与他相熟的年轻人招呼他。他笑着应答，声音宽厚洪亮。

车里满座了。他站着在过道上，正好站在我的座位旁。我看到，那棉袄上沾着许多细细的黄沙。他的脸上也沾着尘灰，一双炯炯有神的眼睛正视着前方。那模样，俨然是一位标准的军人。寻了机会同他搭腔，一问，果然，他是天津人，1958 年就从部队转到西北来建农场。现在刚从下面分场办完事，赶回总场去。

他关于他自己的简单介绍，使我对他产生了敬意。想一想吧，在这风嘶沙腾的戈壁滩上，一位从小生长在闹市的人，一位曾经是革命军队的干部，以这样的形象出现在我们眼前，会给我们一种怎样的感动。我问他这二十多年来是怎样坚强地生活下来的。他沉吟了片刻，似乎不曾这么想过。他淡淡地说："惯了，没啥！"语调很平静。

这时，车厢里那与他相熟的年轻人，坐在靠后的座位上，大声问他："哪儿回？干吗这半路上车？"他脸上忽然显出愠怒的神色，大声地说："沙枣堡的人搞小秋收，把不少红柳白刺草给割了，省里给批评了，场里叫我去看看。还好，刚起头，损失不大。"接着，他又问年轻人："你们那儿咋样？"年轻人笑道："放心，谁这么笨呢！"他回过头来，告诉我，别看那些小草小刺什么的，"寸草遮丈风，沙子走不动。"要改造沙漠、戈壁滩，植树植草和种庄稼一样重要。有的村子不注意这事，农田连年都被沙子吞掉一些，几十年后就没法住了。最近，有的地方割草准备过冬，把一些红柳白刺草给割了，真叫可惜。至于白杨树，若是谁敢乱砍，那可就跟杀人害命一样可恨啦。我分明地感觉到这是一位把自己的生命与西北土地融合在一起的战士！

车过玉门不久，他忽然想起问我们是哪儿来的。当听到我说是广西来的，他羡慕地啧啧嘴，说："广西是个好地方，四季如春吧？反正比我们这儿好。不过，也没啥，惯了。"说完，依然双目炯炯有神地正视着前方，好一副标准的军人姿势。然而，这分明又是一位标准的西北汉子！

快到安西县城时，他下车了。这里路旁的白杨树特别多，树也长得特别茂盛。他背着个黄挎包，大步走向白杨树林的深处。他很愉快地走了，像一个普普通通的西北农民的样子走了。

我们的汽车继续前行。车过安西县城后，风更猛烈了。路两旁的戈壁滩，连向不远处刀砍斧削一般的祁连山。戈壁滩显得更荒芜，黑色的祁连山显得更峻峭。路旁的白杨树也逐渐稀少了。但不时总会有那么几棵，并着肩，树叶连接，迎风而立，使得远行人的心里并不过分感到苍茫。而那些白杨树，一定是经过风沙干旱的淘汰，最后留下来的优良品种，身子往往不是太高，但树干还特别粗壮。自然，这就是汰劣留良的胜利。正是这样的白杨树，在我的心中忽然引起了很大的情感激荡。谁说"白杨多悲风，萧瑟愁煞人"呢？白杨树迎着狂风，它的身躯是伟岸正直的，它的呼声是雄壮豪爽的。白杨树立在沙漠、戈壁滩上，它的生命力是顽强坚韧的，堪可傲视种种严酷的挑战。白杨树真是西北人最好的伙伴，它做成了西北人最好的象征。我的心里不由得升腾起一番慨叹：你好，西北的白杨树！

原载 1981 年 10 月 18 日《广西日报》

敦煌书简二则

羽人·飞天

此刻，我在祖国也是世界上最大的古代艺术宝库敦煌给你写信，你一定会笑起来。“你也要承认中华民族的传统艺术是无与伦比了吧？欧美现代文学休息吧！现代派必须废止！”然而，你错了。看了敦煌莫高窟的奇珍异宝之后，我要告诉你的是，我将花更大的气力去阅读那些外国现代文学作品，就像我们曾经刻苦地研究中华民族的传统文学作品一样。

怪不得你，因为你不曾到过敦煌。你可能不曾想到，堪称我中华民族艺术精华荟萃的莫高窟，却融会着印度、希腊、波斯以及西方的许多艺术精华。特别是唐代石窟的壁画，舞剧《丝路花雨》的壁画蓝本之一——飞天。它能使我们领悟到蕴藏在敦煌壁画中的艺术真谛。

记得你曾对我讲过我国古代神话人物羽人。前两天我在甘肃省酒泉县博物馆里看到了。那是一幅线条画。那羽人是一个长着一对翅膀的人，正在凌空飞翔。无可讳言，尽管想法是奇特的，可技法是单调的，缺乏色彩感和立体感。而莫高窟里的飞天壁画，那才叫精绝。飞天，是佛教里的香音神，梵名犍达婆。但它们是真实的人的形象。那伸舒漫卷的飘带，给人以天衣飞扬、满壁风动的强烈的艺术感受。唐代石窟里的飞天的绘画，技法是以羽人画的铁线勾描为主，但它增加了新的东西。晕染法，这是从印度传来的。这是一种运用色彩深浅晕染来表达立体感的方法，它融化在我们美妙的线条里，并达到了和谐统一。外国艺术的优点被我们古代艺术家不留痕迹地吸收了。

试想，如果当时莫高窟里的壁画艺术家决绝地憎恨并抵制一切外来艺术，死抱传统的线条画，能有这么精妙的艺术瑰宝问世吗？

我在飞天壁画前愣了很久，我想起了与你的争论。是的，你热爱我国传统的小说表现手法，这我完全理解。但是，你却认为一切借鉴意识流、象征主义手法创作出来的作品都是“背叛祖宗，不合国情”，实是偏激之见！时代变迁了，世界复杂了，科学发展了，人心愈发宽阔了，多来几种艺术手法有什么不好的？有必要如此抵御外来的文学艺术吗？现代小说的心理主义、象征主义、结构主义等方法毕竟也是可资借鉴的方法。为什么我们不能去研究它，像我们的祖先引进晕染法那样，取其合理的东西，为我所用呢？

敦煌艺术是我们中华民族的传统艺术。这是世人公认的事实。但它却又是在我们民族艺术的基础上广博地吸收了许多外来艺术而形成的。艺术发展的辩证法正在这里，一个民族的伟大也正在这里。你不是言必称热爱民族艺术么？不取人之长，如何能领人之先？不能领人之先，热爱岂不是一句空话？

为了保持敦煌艺术给我们留下的荣誉，应当多想想敦煌艺术形成的历史。

我们广西作家访问团原定明天离开此地，后因大家希望再仔细看看莫高窟，遂改为过两天再开拔。明天我还可以再看一次那伟大的石室宝藏。

人与神

今天去莫高窟，我格外留意雕塑。过去人们谈及敦煌艺术，多谈壁画。殊不知此外的雕塑与壁画的艺术造诣同样卓绝。而唐代的菩萨塑像则是莫高窟雕塑艺术的最高成就，堪称无比精妙的典范作品。

在 159 窟（中唐），我为两尊菩萨塑像击掌叫好。那塑像裸露的肌肤还在散发着光泽哩。我忽然觉得神思恍惚，与菩萨似曾相识。讲解员见我此等情状，莞尔一笑。后来她将我领至 194 窟（中唐）前，笑道："这里有一尊永葆青春的菩萨。"我惊诧地进了佛窟。顿时，只觉得满目生辉，一股热流腾跃于胸。啊！我再称其菩萨未免亵渎我们古代伟大的雕塑家了。我应该称她姑娘，抑或还应该叫她的姓名。看她，袒胸露臂，神采飘逸，贴身的裙裾起着微波似的皱襞。哦，她在沉思。我不敢稍有动弹，我在静候着这位美丽的姑娘醒来，想优雅地跟她交谈几句。总之，对她怎么赞美也不过分。即便是先前看 159 窟时与那菩萨似曾相识的感觉，也并非入佛窟而生幻觉，其实是一种艺术的联想。我敢断定，唐代的敦煌雕塑艺术创作是有模特儿的，这模特儿不是别人，就是我们美丽的西北姑娘。

佛教中的菩萨是虚构的。因而早期佛教艺术对于菩萨形象的创造，譬如北魏时期的作品，就不免显得空洞、呆板。直到唐代，艺术家们开始注意对人深刻地观察和认识，并准确地运用到佛教艺术作品的创作中来，给本来是虚无的神，注入了真实的人的新鲜血液。"人的愿望是怎样的，他们的神便是怎样的。"这才在佛教的规范中争取到了最大的艺术自由，创作出现实与想象、写实与浪漫结合得很好的作品来。

从莫高窟返回县城的路上，我像 194 窟里的菩萨一样也陷入了沉思。我想到我们的文学创作。今天我们从事的是现实艺术而不是佛教艺术，那么，我们的创作对象则毫无疑问应当是人而不是神，现实的感受应是创作的主导。可是，有的人并非如此，明明生活在现实里却偏要编造生活外的幻景，或者是虚构超凡脱俗的英雄，或者是闭门造车作海外奇谈，或者摒弃熟悉的生活去写自己不熟悉的时髦题材，或者遵从某一位领导者的旨意去做经变式的图解。古人有神束缚手脚，却仍有大胆追求和表现现实生活的艺术家。而今人本已宣布无神论，却还有竭力抛弃现实生活素材的艺术家，岂非今人的一大笑话！

你知道，我不好古，更未成癖。这里只是借此一端发表自己对一些现象的意见罢了。当然，我知道免不了有人会指责：你这是反对写社会主义新人！鼓吹写阴暗面……念此不寒而栗！在此得先把我的主张讲明白为好：既与生活一致，又与理想和历史的趋向性一致；既有坚定的基石，又有高耸的瞭望台；坚持文艺为人民服务，为社会主义服务。这，应是我们进行文学创作所遵循的原则吧！

总之，敦煌的唐代艺术家为把神变成人呕心沥血，难道今天我们却反而要把人变成神吗？我们要深思。

原载 1981 年 10 月 29 日《南宁晚报》

日暮乡关

十五岁后，间或有了外出游历的机会。其实，八岁那一年，母亲带着我们兄弟三个，从南京迁徙到广西宜山古城，也是一次游历。不过，那时蒙昧未开，更兼母亲所有的钱只能全程乘坐慢车，转车挤车弄得我晕头涨脑的，哪里谈得上是游历，只不过比逃难稍好一点。幼时的这次迁徙，似乎就预示了此生奔波的内容。“文革”时我十五岁，串联风潮一起，我就成了学校最早到外地大串联的学生之一。由于有了地理历史一些零碎知识，串联虽乱，却也算得是游历了。此后便是上山下乡，劈山开路，写作采访，北京求学。现在虽说定居桂林，却也为编辑书刊四方奔走。尽管生性好旅行，雅称为游兴很浓，依然很深地体验过独处异乡的四顾而茫然、郁闷而怅然的孤独情绪。特别是日暮时分，铅云低垂，万家灯火渐次亮起，孤身蹀躞于异乡街头，兼以事业上无得意的进展，人生没有能够把盏长谈的伴侣，顿时心灰意怠，不由得思乡情重起来。唐人崔颢显然也有过类似的体验，吟出了“日暮乡关何处是，烟波江上使人愁”的名句。潇洒浪漫如当代时髦歌星齐秦，也能把这样的感觉表达得贴切入微。“你问我何时归故里，我也轻声地问自己，不是在此时，不知在何时，我想大约会是在冬季。”日暮思乡，寒冬思归，身处孤境逆境思故人，乡关故里蕴含的温情总要在游子心中涌动。

三十年前，父亲猝然弃世，母亲年方三十七岁，六个孩子，最小的才两岁，全靠她独立支撑，三年惨淡过去，走投无路，只好举家从石头城南京迁回宜山外婆家。至今依稀记得，深夜下了火车，站台上似乎没有什么人。列车离去，站台上的灯就灭了，四周顿时漆黑一团。宜山给我的第一印象便是浓重的黑暗。母亲从黑暗中请来一架木板车，与车夫大声说着我们听不懂的宜山话，可能是讲好了价钱，然后车夫把我们的铺盖行李堆上车去。黑暗中我们就紧跟着木板车往黑暗的远处走。西门街很黑暗，那时肯定不曾有路灯，路旁荒凉凋敝，房屋稀少，似乎路旁有农田，路面是沙石铺就。那夜晚，我觉着走的是这一生中极长极黑的一条路。

渐渐地，路旁，间或也有灯光，那是路边的小烟摊油灯如萤，路旁低矮的屋子里油灯如豆。有了那样惨淡的光亮，反而衬出了四周的黑暗。及至到了县府前的丁字街口，一家店铺还敞开着门，放射出雪亮的灯光。母亲上去问路。忽然，店里聚着说话的几个女人一齐喊叫起来。她们叫着母亲的名字，大声地叫，惊喜地叫，叫得我心中一片灿烂。

很多年后，有朋友询问我的身世，对于我们离开南京多表遗憾。我明白，那遗憾多出于大城市对于当代中国人的吸引力。然而，稍谙世事后，我体会到母亲当时的心情，南京虽好，毕竟于她终是异乡，而宜山黑暗中那雪亮的灯光，灯光下一声灿烂的惊呼，她必定感到是在任何地方也找不到的舒心和踏实。

是的，疲惫的游子是能从故乡那里领到一份慰藉和宽容的。

宜山是一座有两千年历史的古城。这座古城只是与两个比较倒霉的名人在他们倒霉的时候发生过联系。一位是北宋大诗人、大书法家黄庭坚，公元1104年被贬到此，以羁押之身住过九个月，留下了一些著名的诗词。另一位是太平天国翼王石达开，因不满天朝内讧日炽，负气领军出走，在此驻军跸达半年之久，与他的部属同样也留下了一些诗词。一定意义上来看，此二人在这里生活得还比较怡然，没有留下诸如“穷山恶水，泼妇刁民”一类的批评。

我们街上，有被划成“右派分子”遣返回来的年轻人，因为被开除了公职，异乡的夫人要同他离婚。这家人觉得十分晦气，自然要同街坊邻居说道。这里的人家，但凡家里有了大小事，有所麻烦，通常是要同街坊邻居说的，比较少有绝对的隐私。这样，就有几个很能主事又很能说话的男人去安慰那垂头丧气的“右派分子”。我恰好在旁边，也倚着人家的腰门（旧时一种半截小门，宜山很兴的），好奇地听他们说这说那。恰好街道主任路过。街道主任可是个人物，是一个比男人还有男人威风的老女人，街坊上很多人都怕她，背地里叫她黄老奶，当面里叫她黄主任。一句话，很革命。当时，她问那“右派分子”的老母亲：“讲定离了没有？”“人家硬要离咯！”“离就离，娃崽我们要！”听了这话，不到九岁的我当时忽然就莫名其妙地感到心里一阵温热。因为她是很革命很威风的街道主任，她竟说了我们要，俨然与那个“右派分子”以及一屋子的人成了一家人。平素很厉害的人，关键时刻一和善，特别令人感动。

只要是弱者，故乡对他是不乏同情心的。

一座宜山城，弱小者莫如一个叫作朱弟的人。朱弟是一个活了三十年却总也长不大的智力障碍者。他不作恶，倒是常常被一些顽皮的小孩欺负。他每遭欺负，就一面哭喊一面糊里糊涂地还击。这时候，总有一些并不相干的老奶奶，厉声斥骂那些短命鬼，直到短命鬼们一哄而散。朱弟至今仍“毫无价值”地活在故乡，故乡给予他的同情却很有价值地保持着。

在我的故乡，弱小无助如智力障碍者朱弟，功名倒霉如那年轻的“右派分子”，人生不幸如我的母亲，都有不绝如缕的温情去抚慰。即便走背运的黄庭坚们、石达开们，也能在我的故乡休憩疗伤。有了这样的故乡，我在外面闯荡事业，渐渐也就少了后顾之忧。我相信，将来的某一天，或者我遍体鳞伤，或者我垂垂老矣，在我人生日暮之时，返回故乡，在漆黑的夜里，会看到雪亮的灯光，我去问路，忽然会有人叫我的名字，大声地叫，惊喜地叫，叫得我心中一片灿烂。

原载 1989 年 2 月 20 日《北海日报》

老师的诗

韦照斌先生是我的老师。老师命我为他的诗集《走进人生》作序，大约目的是纪念师生情谊。

文坛曾盛行称师之风，后生称长者为师，出道晚者称出道早者为师，业余作者称编辑为师，尊敬甚或有所求而已，与师从无涉。时到今日，师道渐衰，许多年轻人已聪明地避免称师，窥探此中隐秘，无非是倘若日后成了天才奇才，耻以为某某人的学生，造成改称的尴尬。曾有那策划出书出道的小老弟，为有所借重而称我为师，但不称聂老师，称震宁师，这是为了方便日后改称震宁兄。果然，随着书出道，自觉地位升高，他便将我由师而降为兄。当然，这并不影响我与这样的小老弟继续保持良好的双边关系，只是想来觉得有趣。至于我称照斌先生为师，则大体与文坛师道无关。他是我念书识字学校的老师，也就是说他是正宗的老师，无论我们自己怎样变大或者缩小，这样的老师你得永远叫下去。

20世纪60年代，我在宜山县中学上学，照斌先生就在那里任教，但不是教我所在班级的课。有同学悄悄告诉我，那位个头不高而且通常是沉默的老师在报刊上发表过诗。于是我隐隐地激动了一下，因为那时能将自己的名字见诸报端，哪怕只是在什么地方变成铅字，都是令人感到了不起的。我遗憾地想，他怎么就不是教我们班的老师呢？我只能远远地好奇地注视着。后来，县里搞中学生文艺会演，学校组织学生编写节目，照斌先生是这次编写活动的指导老师，我这才真正成为他的学生，这时我已经远远地注视他两年多了。

那一次韦老师选中了我的涂鸦之作，是一个话剧本。想来写得必定幼稚无比，因为后来经他改定的演出本已经面目全非。不过这似乎没有太刺伤我作为原作者的自尊心。当时我兴奋于能与韦老师对话，很真诚地满足于重在参与。这是老师与我的第一次授业，它的全部意义在于他授予了我此生一个作家梦。尽管此后的人生里还做了各种大梦小梦，唯有此梦做得最深最长，三十年一觉，到如今不能梦醒，也许从此不醒，将要与人生大梦一起做下去。

我与老师的第二次授业，则是在我成了插队知识青年而他已是县文化部门的创作干部之后，距离第一次已是六年。这六年里，我们都经历了“文革”最初的暴风骤雨般的动乱。老师的损失极为惨重。有一次，他被几个狂热的造反派同学无端地用铁器击破头颅，血流如注。我是众多的目击者之一。我像在场的绝大多数同学一样惊愕而恐惧，当时居然还很迂地忽然想道：还能写诗吗，这颗满是鲜血的脑袋！因为抢救及时，保住了老师的生命，当他那张面孔因失血而苍白，神情格外凝重地出现在校园里时，我惭愧地避开了他。尽管此事与我无关，但我觉得老师对我们这些学生一定憎恶到极点。直到我已经不堪于插队知青生涯，有了用文学创作去做回城就业敲门砖的企图，而老师已成了当时县上所有青年业余作者的老师的时候，我才鼓足了勇气从山村投函认师，并附了几首诗作请教。他还没来得及给我回信，就先在县文艺刊物上发出了我的一首短诗。这是我平生第一次发表作品，惊喜莫名。接着老师便有信来，信写得平和且平等，一如老师的个性。后来又有了辅导性的谈话，其后又让我参加县里的创作会议，推荐我出席自治区的创作座谈会，如此等等，均为平生头一遭。虽无辉煌可言，而且今天看来，由于时代的局限，于文学本体意义也许接近于零甚至某些方面还是个负数，然而对于当时的我，一个接近于颓废的青年，一个在人生边上对自己的精神和物质的生存方式做最后一次寻求的感伤青年，其人生意义是显而易见的。我的人生与文学之车获得了一次根本性的启动和推动。

在后来的很长一个时期里，我与老师常常相伴而行，请教从此便捷，教诲无时不有，而尤以人生之道修身养性对我影响颇深。老师乃认真之人，在我这样的后来受了各种染色畸变的后辈看来，他的认真有时几近于迂。他视文学为神圣之事，即便是绝对不入流的乡野文人的文学聚会，只要应邀出席，他也表现得庄重有加，谨言慎行，更不必说正儿八经的文学研讨。他视治家为人生大事。20世纪70年代时他就有往地区、自治区升迁的机会，为住家计，为夫人工作便利计，他说放弃便放弃了。他视人际交往为严肃之事。一个江南县上的业余作者，与他从未谋面，竟能同他保持十余年的联系，据我猜度，他并不能从那人身上获得什么文学功利上的帮助或者生活上的什么利益，大约是人家愿意与他交道，他便不肯无端地冷落对方。试想，学生我能够做到吗？我入了文学之门，可是很快便厌倦文学上的红白喜事。极懒怠参与那种称我为师或者我称他们为师的文学沙龙，竭力回避一些放浪形骸的创作笔会。每每看到做文学梦愈痴迷者我愈烦厌，不免亵渎神圣。我年届不惑，方注意爱惜家庭，自觉醒悟太晚。我之与人交道，虽无害人欺人之心，但不绵长，缺少应有的闲笔闲趣，有事便热气腾腾，无事便平平淡淡，欠信债一年近百，很有功利主义势利眼的嫌疑。或许生性宽容的朋友认为我在此自谦，在他们看来有时我也未必如此不堪。当然，我也有些还挺不错的地方，否则如何在这世界上生存。只是我要告诉各位的是，我的有些良好表现正是老师影响所致，终身受益不浅。

至此，我想似乎已经可以从一个重要的方面来解答，为什么这样一本富于激情和内在张力的诗集，竟然出自一个五十多岁的人之手。这不仅仅因为他心在高山，山是他的故里，有所眷恋，有所寄托；这不仅仅因为他志在大海，有所附丽，有所希望；这也不仅仅因为他被排挤而愤然告别了一座山间小城，至今仍气愤难平；这也不仅仅因为他于海边或弄潮或拾贝并有所收获，便生成潮汐之激情。根本的原因在于，诗人有神圣感，有入世济世的责任感，有求完美之心，有如此襟抱者方可能有《走进人生》如此佳作。

我同老师于十余年前在一座小县城分别，其后虽时有聚散，但是散多聚少，因聚时匆匆，疲于人生，兼之老师好沉默，我觉沉默好，交谈颇有限。而我于十余年里，北京求学，漓江编书，游荡于文坛与市场两处，称过不少好人能者为师，其中大学名流也不少。可是，毫不夸张地说，我的最正宗的老师还是至今仍不能称作大家的照斌先生。因为人生态度的影响乃是对文学创作最根本的也是最正宗的影响。读者诸君如果以为然的话，那么，请诸位一起来看我的老师如何《走进人生》吧。

原载 1993 年 11 月 11 日《北海日报》

最后的告别

——纪念严文井同志

一

2005年7月19日深夜。人民文学出版社老干部服务部谢主任从协和医院给我打来电话，告诉我严文井同志情况很不好，“可能就是今晚明天的事。但愿能到明天，加拿大的女儿明天下午才能赶到。”我心中很沉重。尽管自4月18日严老住进医院以来,一直有些担心和思想准备,可是,事到临头，依然受到突如其来的震撼。

放下电话，看表是23点30分，赶紧驱车前往医院。深夜大街寂静空阔，协和医院西门更是空阔静寂。谢主任接我进去。走进严老的病房，零点刚过。严老的小女儿欣久和严老的儿媳守候在老人身旁。老人带着呼吸机面罩,处在昏迷之中。呼吸机在紧张地工作。严欣久趴在老人的耳边，大声喊:“爸爸！爸爸！聂社长又来看望您啦！”老人没有任何反应。我也俯下身子喊：“严老！我是聂震宁！我来看望您啦！您老别着急！”忽然,就在这时,严老皱起了眉头,神情中有探询、困惑的意味。就是我们时常见到的老人家那副眉宇紧锁的神情。欣久说：“他听到了，听到了！”我心里有一丝的欣慰和十分的沉重。呼吸机发出急促的啸声,监测仪表各种数字闪动。老人的眉头始终没有舒展下来。

零点 50 分，在欣久她们的催促下，我只得离去。离去前，我肃立在老人身旁，向他行注目礼。我知道，也许，这是最后的告别。

清晨，电话来了，严文井同志已于凌晨 4 点 30 分告别人世。谢主任告诉我：严老走得很平静。

这就是说，凌晨，我与严老做了最后的告别。

二

我与严老有缘。

严文井同志是我到人民文学出版社工作后登门看望的第一位老前辈。不曾想到，我又成了老人告别人世前的最后一位探望者。

严文井同志一直是我所景仰的文学界前辈。他是集作家、出版家和作协领导于一身的文学界重要人物，他的《小溪流的歌》是我一直喜爱的名篇。尤其是他曾在 20 世纪 80 年代替我的同学薛尔康的一部散文集写过序言《我喜欢这样一种散文》，这个题目一时震动了我和很多同学，一个青年作家的作品能够得到大作家严文井慷慨的“喜欢”，是何等令人嫉妒的殊荣！正因为此，我早已私淑严老。以至于当我 1999 年 3 月下旬出任人民文学出版社社长后，我分别登门拜访出版社的诸位老领导、老专家，安排的第一位就是老社长严文井。

记得那时严老虽已呈老迈之态，只能蹒跚挪步，却来到客厅门口迎我。我握他的手，问候他：“严老，您好！”他很是热情地笑，很是爽朗地说道："欢迎你啊！"当时有些人对我就任社长表示过疑问，老社长的欢迎，对我来说就显得特别的重要。说实话，在那以前他并不了解我，简直可以说并不曾怎么听说过我这个晚生小辈。他的欢迎纯属友好善良之举。那一刻，我有一种浮出水面的感觉，至今难以忘怀。

不久，在我的提议下，人民文学出版社决定成立专家委员会，由严文井任委员会名誉主任，计划召开一个专家委员会成立大会。我到严老家汇报这个计划，请他届时最好能出席会议并讲话。他只是点头，只是说"好好"，不是很肯定。我本来也不抱什么希望，因为知道老人已经多年不去社里，不大可能为这么一个活动折腾过来。到了会议召开前，我依然安排人去接严老，同时交代要尊重老人的意思，一定不要勉强。会议临近结束时，严老竟然来了。他让人搀扶着走进了会场。顿时会场一阵激动，大家情不自禁鼓掌起来。严老笑呵呵地接受着新老同事们的问候。我向他简要汇报会议情况，随即请他讲话。不曾想，他开篇的第一句话就是："欢迎你啊，聂社长！"他又一次明确地对我表示欢迎。而且是在一个正式公开的场合，而且是在我最困难、最需要欢迎的时候！

那天会上，严老即兴讲了一些话，谈文学，谈出版，谈作品，信手拈来，都是片断式的。有老同志建议："文井同志，你应当写回忆录，你口述，让社里派专人帮你记录整理。"他不置可否，自顾着说话。有老同志又说："文井同志，你写回忆录吧，韦君宜同志的《思痛录》都出版了。"严老似乎有点答非所问："那时我在延安，韦君宜在绥德，延安的事情她知道的并不多。"大家又七嘴八舌地建议他写回忆录，场面很热闹。他却有点听而不闻的样子，不做回应。"好啦，"他要结束讲话了，忽然再一次对着我大声说道，"欢迎你啊，聂社长！"他把这句话作为讲话的开头和结尾，似乎这句话是那天预备好要特别强调的意思。这是先前我不曾料到的。不用说，在座的很多人注意到了严老的这句话。而我，内心里则颇受震撼。

自从那天以后，严老没有再来过出版社。他的腿脚确实迈不动步子。也可以说，那天就是严文井老社长与朝内大街 166 号人民文学出版社大楼最后的告别。同时，那个会议也是他一辈子数不清的会议中的最后一个。在这最后的告别、最后的会议上，他慷慨地帮助了我这个与他素昧平生的后生小辈。

那天是 1999 年 5 月 31 日，是一个值得记住的日子。

三

到人民文学出版社工作后，我每年都要去给严老祝贺生日，同他一起吃蛋糕，即使后来转到中国出版集团工作，也未中断过。2003 年，严老 88 岁诞辰，传统称之为米寿，应当隆重祝贺，出版社说要给他举行活动，他婉拒了。“不祝寿！”他说。我们只好到他府上献花和吃蛋糕。2004 年，老人 89 岁诞辰，按习俗给老人祝寿是过九不过十，应当在这一年庆祝 90 大寿。但是因为他说过不祝寿，出版社遂以另一种形式来表示祝贺的意思，筹划在他生日这一天举行“严文井文学创作 72 周年暨《严文井选集》出版座谈会”。会议就在出版社会议室开。由于社里把会议出席人员基本上控制在社内，那天出席会议的人不算多，但气氛很热烈。严老的几位子女出席会议，增添了会议的庄重感。

严老自然是不能到会了。尽管如此，大家的发言还是很认真，就像老社长严文井在场当面倾听一般。很多发自肺腑的话语，感人至深。我从出版集团赶过去参加会议，做了一个即兴发言。现把发言要点追记如下：

在文井同志工作过的岗位上工作，是我与文井同志的缘分；能够得到向文井同志请教的机会，是我此生的福分。每一次与文井同志接触，都获得诗意和哲理的感受，都让我想起他的《小溪流的歌》，既感到童真，“一条快活的小溪流哼哼唱唱，不分昼夜地向前奔流”；

也感到沉稳，“由小溪流长成的一条小河，沙声地歌唱着，不分早晚地向前奔流”；还感到壮阔，“一条大江低声吟唱着，不分时刻地向前奔流”；更感到厚重、深沉，大海“是这样复杂，又是这样单纯；是这样猛烈，又是这样柔和。他一秒钟也不停止自己的运动”。

文井同志是一位在文学道路上永远不休息的人，永远唱着小溪流的歌：“永远不休息，永远不休息！”他在80岁高龄写下的哲理美文，题目就是《我仍在路上》。他拥有作家、文学评论家、文学出版家三重身份，每一重身份都光彩照人，都做出了重要贡献。说到底，他是文学家园的一位守望者。前两种身份自然不必说，那是与文学密不可分的，而出版活动，在今天看来，不少文学出版社的领导存在着与文学疏离的危险，非专业化倾向在出版的很多领域都出现了。文井同志从1961年起，担任人民文学出版社社长，一直坚守文学出版专业，《鲁迅全集》（1981年版）就是他最早着手抓的一个重大项目，1979年他主持召开全国中篇小说创作座谈会，1980年他决定成立《朝花》儿童文学编辑室，他支持秦兆阳同志创办《当代》。他为出版社的建设、发展、壮大，在新时期的持续发展，奠定在现当代文学出版中的领军地位，做出了最重要的贡献。

文井同志是一位著名的现当代作家。他是继张天翼、冰心之后最重要的儿童文学作家，而且他的作品样式更为多样。他的儿童文学创作具有承前启后的意义。他的作品字数不多，300多万字，都是在文学组织工作和出版工作之余写出来的，而且是他精益求精、追求高远而不敷衍文字的结果。他的名篇《小溪流的歌》《南南和胡子伯伯》《“下次开船”港》具有以一当十的价值。他的散文集获得新时期首届全国优秀散文（集）奖，这也是十分引人注目的文学现象。

文井同志是一位具有奉献精神和创新精神的文学界前辈。他帮助、提携过的后辈作家不在少数，他的古道热肠有口皆碑。这部《严文井选集》收集进来的评论文章和序言，可以说明这绝非妄言。而且常常是在别人最需要帮助的时候，他雪中送炭，伸出援手。在王蒙小说创作“变法”的关头，当韩少功开始寻根之旅的时候，他都出来助阵。我的同学薛尔康，20 世纪 80 年代初要出版第一本散文集，请自己景仰的文井老师作序，原也只是试试看的意思，不敢抱太大的希望，后来文井同志不仅写了，还慷慨地表示《我喜欢这样一种散文》，在我们同学中引起轰动。至于他老人家对我这个后生小辈新社长的支持、帮助、关爱，我更是会永远铭记在心。

我还要说，文井同志是一位淡泊名利的人，一位平等待人的人，一位学而不厌的人，一位高尚的人，一位值得我们后辈永远学习的人！在严老 90 寿辰的喜庆日子里，在严老从事文学 72 周年和《严文井选集》出版之际，我要向严老致以崇高的敬意，衷心祝愿严老健康长寿！

那天会议，开得非常热烈、生动、充实。大家高度评价严文井同志在我国现当代文学创作和理论上的成就，深情回顾他对人民文学出版社发展壮大的贡献。特别是老同志们回忆起 20 世纪 70 年代的干校生活，忆及文井同志观猴，相看两不厌的故事，大家不由得会心地笑起来。最后，出版社的卢永福编审激情朗诵严老的《小溪流的歌》，满堂喝彩。

那天晚上，我和刘玉山等诸位社领导约好了到严老家祝寿。我带去一瓶珍藏的拿破仑威士忌，替老人暖寿。那晚上，严老非常畅快地喝了一些酒。我们不敢劝他喝。他快乐地一再要求替他添酒。在他老伴康大姐和女儿的一再劝阻下，他才意犹未尽地放下酒盅。他始终不问白天的会议内容。他的神情是快乐的。我们谈及会上大家对他的赞誉，他快乐，我们话题转开了，他依然快乐，全然是一位老人超然而沉稳的快乐态度。

现在回想起来，就像是冥冥中上苍的安排，那是严老生前过的最后一个生日，而在他过最后这个生日时，我们举行了一个从未有过的庆祝活动。这很像是一个为了告别的聚会。多年来，我一直希望把严老的生日过得隆重一些，在希望终于实现之后，老人竟然就此与世长辞了！

毕竟，那是快乐的一天，时间是2004年10月15日，严文井同志的诞辰。

四

7月20日凌晨在协和医院探望严老，再见到他则已经是8天后，在八宝山公墓第一告别室。老人已经静卧在鲜花丛中，面容安详、从容，如沉睡一般。我和大家一起向老人告别。我凝视老人的面容，发现那深皱起来的眉宇已经平顺。

严老毕竟是安静地告别了人世。尽管身后哀荣很高，受到了党和国家领导人的高度重视，地位和影响的确非同寻常，花圈簇拥，挽联如旌，可他生前却一直很是安静。他满可以过得热热闹闹，有的是愿意围绕这棵大树的文学内外人士。但他选择的是安稳度日，要的是岁月静好。这是老人真诚的选择，谁也不能强勉于他。

他没有留下回忆录。这是很多人一个共同的遗憾。特别是大家读了他那篇《赵树理在北京胡同里》，在为文章的生动交口称赞之后，都觉得那只是他记忆的冰山一个小小的尖角，他应当更多地写下去。他可供回忆的东西太多了。1937年之前，他是当时北京知名的青年作家；1938年到达延安，到鲁迅文学院任教，参加过延安文艺座谈会；1945年随军到达东北办《东北日报》；1951年任中共中央宣传部文艺处副处长；1953年起到中国作协担任党组副书记、书记处书记，还担任过亚非作家委员会中国委员会副主席，长期担任过《人民文学》杂志主编，1961年起兼任人民文学出版社社长，1978年专职任人民文学出版社社长、总编辑。只要看一看这些具有宏大叙事风格的履历，想一想履历后面的政治风云和文坛沧桑，可以想见，他接受过多少革命斗争的洗礼，经历过多少纷繁复杂的人和事，目睹过多少云谲波诡的变迁，感触过多少悲欢离合的故事，又有多少千古之谜的谜底在他心中深深埋藏。建议他写回忆录的呼声不绝于耳，可他总是笑而不答或答非所问。我有时望着老人，望着“童话老人”那头发稀疏、硕大而智慧的头颅，心中在揣摩：他不是不能写作，也不是不知道文章千古事，那么，他是怎么想的呢？他是怎样看待当下熙熙攘攘的回忆热潮呢？他一定有自己的看法。他从来对很多事情都有自己的看法。然而，他就是不再回忆。

这就是严文井！这就是终于安如泰山的严文井。他像一棵根深干壮的大树，虽临八面来风，却一如既往地微笑，继往开来地缄默，与世无争地安度晚年，静处着，独处着，迎送窗外一个又一个重复的晨昏。

中国古代有无字碑，古训中有“大音希声，大象无形”之譬，西谚里有“沉默是金”的警句。严老自然是当得上的。或许严老另有衷曲，另有哲思，另有超逸的理念和意趣，不得而知。总之，逝者如此，生者如彼，一切已成如烟往事，往事终究如烟。这位先哲一般的老人，保持着微笑，秉持着缄默，坦然地，静谧地，神秘地，以“童话老人”的童话方式，向我们大家作别，向大千世界作别。

这就是严文井的人生态度，是最符合他本意的告别人生的方式。

“你仍在路上”——这是严文井遗体告别仪式灵堂上的大字横幅。我从心底里赞赏这个创意。它采撷自逝者临近生命终点前的名篇《我仍在路上》，点化而成墓志铭一般的绝唱，道出了人们的心声。我想，既然老人说“我仍在路上”，我们，受过他的文字和人格恩泽过的所有人，又有什么必要千百度地去要求他回忆些什么呢？让我们用严文井的人生态度来回忆严文井吧。我相信，这样的回忆长存。

原载 2006 年第 3 期《新文学史料》

宋安群

宋安群

1945 年生，宜州庆远镇人。编审。毕业于广西师范大学外语系俄语专业。做过河池县文工团、河池地区文工团专职作曲、编剧。还曾任漓江出版社总编辑、全国外国文学出版研究会副会长。

在北京工作 6 年间，曾独自主持《当代汉语词典》（400 万字，中华书局出版）的体例策划和编审工程。

曾出版小说、散文、戏剧、外国文学翻译、古典文学评注、民间文化研究等著作单行本 12 部。发表大型剧本 13 部（含已上演剧本），其中一部文学剧本（合作）被广西电影制片厂摄制成戏曲艺术影片后放映。

所创作的大型音乐剧剧本曾四次蝉联中国戏剧文学奖金奖。三次获广西文艺创作铜鼓奖，还获山东“泰山文艺奖”、中国广播剧研究会专家奖金奖、全国少数民族题材戏剧剧本创作评奖金奖、中国戏剧节剧本创作奖、中国曹禺戏剧奖、全国少数民族文艺会演剧本创作奖金奖、广西精神文明建设“五个一工程”奖。

代表作品有民间文学研究专著《天籁地声——广西情歌之旅》《天歌地唱——广西当代山歌笔记》，戏剧剧本《人之初》《刘三姐前传》《冒着敌人的炮火》，中篇小说《山神的女儿》《瓦氏夫人》，散文《秦陵感怀》《埃及女王，我听你说》，诗歌《母亲》，外国文学翻译作品《爱河浪花——俄罗斯爱情短歌 800 首》《七彩婚床——俄罗斯婚俗歌谣》，等等。

邦德、迈克和大卫——加拿大手札
埃及女王，我听你说——埃及手记
秦陵感怀
说不完的刘三姐

邦德、迈克和大卫

——加拿大手札

邦德先生

我还没见过哪家的地毯是这样铺的——所有的房间全绿。我也没有见过哪里有这样的地毯——一两寸长的绿毛，像长草一样。“我就是希望我时时刻刻生活在绿色的草地上。”当密斯特邦德看出我的困惑时，他这样回答我。于是，我理解了为什么他家一出门就已经是宽阔的绿草地，何以家中还要全铺上绿地毯，原来，像他身上的血管里时时刻刻流淌着红色的鲜血一样，他是想让他的生活分分秒秒离不开绿色的草地啊。

我到他家是去确定参加一个旅游活动，并缴交所需费用。这是当地基督教教会组织的旅游项目，在加拿大西部旅游9天，其费用，只相当于一般旅行社的五分之一，并且绝对不安排什么有回扣的购物活动。他就是旅游活动的组织者，也是这个旅游团的策划者和导游。

邦德，与著名的美国大片007的主人公同名。加上密斯特（先生）的尊称，我们称他为密斯特邦德。他瘦长的个子，瘦长的脸，微凹而有神的眼睛，看起来60多一点的样子。灰白的头发，总是梳理得一丝不苟，总是穿各种花格子的衬衫，总是穿长到膝盖的短裤，总是一双旅游皮鞋，说话慢慢悠悠的，总是显得很斯文，很绅士的样子。

由于这旅游团是基督教会组织的，带有福利性质，因此，参加的人需要接受一个特殊的先决条件，那就是每天得听五分钟的圣经故事。据说这先决条件的提出，是言之有预，以避免由于信仰不同导致半途退团的麻烦。我才不管那么多，反正一是价格便宜，二是我的英语已经不灵光，也不会因为听了几个圣经故事就会成为圣徒，三是看中计划书设计有好几项乡村田园旅游的项目。于是欣然参加了这个旅游团队。

每天，旅游团的汽车临开动前，邦德就按规定给我们讲一个短小的圣经故事，然后闭着眼睛，自言自语似地做祈祷。圣经故事每天都不同，祈祷的却总是这几句话："主啊，感谢你今天给了我们一个好日子，请保佑我们一路平安吧！阿门！"看他天天都是那股认真的劲儿，每次都一丝不苟的正规做派，我们以为他是一个神甫。可是，他说，他不是神甫，他只是一个虔诚的教徒。

我们这旅游团，是自助性的，在加拿大全国都有这种连锁协作的组织机构。旅游者住的旅馆都在市中心，旅馆内有若干间大集体宿舍，十多二十个床位一间，上下铺。男女分住，即使是夫妻，也不可能安排住在一起。不开团餐，自己做饭。一般是顺路安排时间到超市买食物，置于车上的冰箱里冷藏。到旅馆时，将食品拿出来，自己烹煮。所住的旅馆，都有很大的厨房，巨大的多门冰柜，有一二十眼电炉，什么微波炉、炊具、餐具应有尽有，有的还有油盐、着料，全免费使用。据说都是教徒们捐助的。厨房外都有餐厅。用完餐，各人都自觉地将自己用过的餐具炊具清洗好，整齐放回原处。巨大的多门冰柜，占满一面墙，一格格地存放着百十来号旅客们临时存放的一袋袋生熟食物，有的写上名字，或打上记号，有的压根儿就什么标志也不留，据说，从没发现过有拿错和丢失的。

头几天，邦德总是我们团最后一个离开厨房的。我劝他先去休息，他说，他担心团里有人没有养成认真负责清洗炊具餐具的习惯，不检查毕他不放心离开。

早上起床后，各人清理走被褥，拿去指定的地方放好待洗，是我们旅客每天应做的功课。团里不时有人总是忘记完成这门功课，这时，总是密斯特邦德抱着一大包被褥出来，做收尾的活路。

为了将旅游团的气氛搞得更活跃，邦德每天都举行抽奖活动。这时，他像圣诞老人一样，从他神秘的大布口袋中掏出奖品，天天都给幸运者带来惊喜和欢呼。我抽得的礼品是一顶黑色的长舌运动帽。我原先有一顶蓝色的运动帽，帽型太尖，由于我的脸又大了点，戴起来整个头像个上小下大的沙田柚。抽奖得的这顶帽子，大小恰到好处，我立马将旧帽子扔了，戴起新帽子来，车上的人个个都说好。我朝车子的后视镜偷偷照了照，觉得别人还真的不是蒙我，我整个人随之也精神了起来。邦德告诉我，帽子正面有个红色图案，这是消防志愿者的标记。在此地，消防志愿者是很受人尊敬的。生产这帽子的厂家是北美很有名的企业，一家叫阿姆斯特朗的公司。知道这层含义后，我更喜欢这帽子了。北美夏日的太阳出名的火辣，从此这顶帽子就陪伴我在烈日下周游。在这次旅游之后，我在加拿大晃悠了好几十天，它都成了炎阳下我最好的庇荫。

那天，我们的汽车在卑斯省的高速公路上飞快穿行，邦德请司机开车拐进一条小路去，行驶了约莫 10 分钟，在一片厂区停了下来。邦德对大家说，旁边是阿姆斯特朗消防器材生产基地，宋先生这顶帽子，就是这里的产品。大家好奇地尖叫了起来。我下了车，脱下了帽子，以帽上的图案对照墙上的厂标，果然是一样的。当时我非常高兴，很感动他竟然这么细心。我戴上帽子，在那厂门口，连照了几张相，还拖着邦德和我一起照了一张。弄得大家很羡慕地欢呼起来。

加拿大太大，我们团的旅游路线有时很长，经常每天转点几百公里。为应付车旅劳顿，我带了个“随身听”，挂起耳机，忘情地听音乐剧。不过，所带的 30 碟音乐剧 CD（激光唱盘），几天就听完了，况且，听的时间太长，也担心对耳朵没有好处。为此仍然觉得车上单调、疲乏。而邦德每天总是不时唱唱歌，一开唱，可以说是声情并茂。他唱得显然不专业，但由于他刻意模仿专业似的美声唱法，追求胸腔的共鸣，又唱得很认真，就产生了一种滑稽感，同时，却又有一种鼓励大家松弛、随意参与的感召力和吸引力。在我不听音乐剧的时候，只要一听到邦德唱歌，就会精神为之一振。在他鼓动下，我和大家一起，也都情不自禁地轮流唱起了歌来，这时，车里顿时一派活跃的景象。

邦德的一天总是这样过的：早上催促大家起床，检查各人清理被褥的情况，提前搞汽车的卫生，给大家讲圣经故事，每个景点都解说、导游，联系吃中饭的地方，半路买菜，监督装卸行李，安排新到旅馆的住宿，给自己和司机做饭（司机要休息）……别看他好像整天总是朝气蓬勃的，其实，好几次他和我们旅游爬山时，我都感觉到他已经气喘吁吁，力不从心了。有一天车子跑了 800 公里，下车后，我看见他自己提着行李箱，佝偻着背，忙着给我们安排住宿，心里不禁又钦佩，又心疼。

正是在他的精心策划、安排下，我们这个旅游团除了游览加拿大西部城乡经典的景区之外，还领略到了一般商业性的旅游团领略不到的特殊景致：住宿过落基山林中的小木屋，参观过北美最大的发电站，品尝过加拿大最好的冰激凌，观赏过印第安人的壁画村，步行过无边的水果园……说邦德在旅游团的作为，就好像在说一个先进工作者的优秀事迹。还真巧，他是白求恩的家乡人，真是一个为人民服务的洋雷锋！

告别那天，我终于向邦德本人打听到他的准确年龄，72岁！这次他组团、做导游，和一直默默开车的司机一样，纯是帮教会出力，是义务的，不拿一分钱的。他这样不拿报酬地为他人服务，而且伺候得这么认真、周到、细心，我一直感觉到不可思议。而照他自己的说法，做这一切，纯粹是为了上帝。“我为此也能时时生活在上帝给予的绿色空间里”，他说。

如果讲不清一个虔诚的基督教徒精神境界是什么样的，看看邦德好了！

迈克教授

迈克教授是一所大学经济学院的博导。照他博士生的说法，他是国际金融研究领域甚有影响的“大牛”。

我第一次见他，是有一次我去大学图书馆借音乐剧DVD（数字激光视盘），在门口，有人向我介绍了他。他看起来不到50岁，一件花格子衬衫，一条蓝牛仔裤，一双高级旅游鞋，一张瘦脸。我说他看起来很像普京，无论身材，还是年龄，甚至头发，还有那抿成一条线的嘴唇，都像。他幽默地说：“在加拿大长得像普京，一点好处都捞不到。如果我到俄罗斯，有人认为我像普京，我就可以以当他的替身为职业了，年薪估计不会低于我现在的收入呢！”

他的博士生告诉我，迈克教授有两个反差很大的特点，那就是治学很认真，很严谨，那份稳重和苛求，老过他的年龄；而个人生活却十分随意，十分单纯，那份“弱智”，简直像孩子。有次，他邀请这个博士生去瑞士度假，去那里登山，博士生表示经济有点吃不消。“机票、食宿费我给你全包了，你出的钱只是那么一点点，”他右手拇指掐着小指头的第一个关节，说，“你只需按我开的单子买点小东西就可以了。”他开的单子列了些什么小东西呢？什么登山鞋、登山包啦，什么羽绒服、睡袋、单人帐篷啦，还有好些器械、用具，连厂家、品牌都规定了，据他说都是当地不出租的，就是有出租也是质量不可靠的，安全第一，非自备不可。根据他这单子算下来，博士生去这一趟要放的“血”，费用比机票、食宿费要高得多。他怀疑博士生算错了，自己按单子亲自一项项核算了一遍，最后，他笑着说：“哦，是我错，小学加法没学好！”

迈克对我说，他带过来自五大国的博士生，中国、美国、英国、法国，还有俄罗斯。他最喜欢的是来自中国的学生，不但聪明、吃苦、好学，还很质朴。“我还能经常吃到他们自己炒的美味可口的中国菜！”他的博士生背地告诉我，俄罗斯学生是他曾经的心痛，中国女子是他现在的慰藉。他第二任妻子是个俄罗斯学生，身段苗条，非常漂亮。那个先是多情后来却无情的、美丽的斯拉夫女子，在与他有过短暂婚姻史之后，挥手“拜拜”，长揖而去。离婚时，合法、非法地卷走了他很多钱财和书籍，让他措手不及，后悔不已。现今，迈克教授的同居人是一个姓张的华人女子，不是他的学生，但与他有很多共同的工作关系，她已取得了加拿大国籍，也是搞经济研究的。

一天晚上，他的博士生打电话给我，说是迈克教授请客，委托转告请我也去。迈克要搞一次野炊，请经济学院里几个平日和他来往较多的中国留学生，如果他们有家长在此地的，连家长一起请。据我所知，有些博士生的家长现在都在这里，看来会很热闹了。

在这座城市搞野炊，非常的方便。不远的郊外到处是树林，到处是宽阔的、平平整整的草地。草地上随处都置办有大大小小的固定木桌、条凳。木桌、条凳边置办有可以随着风向转动的铁板烧烤炉。炉子边是大大的垃圾桶。随处都有卫生间。还有取水、饮水的龙头。这些吃喝拉撒一应俱全的郊区公共设施，是专门提供给市民作为野炊派对免费随意使用的。只要自家把食品和燃料带来，就可以得心应手了。

这次野炊，连同迈克教授，来了 18 个人，有学生，有家长。互相介绍之后，我才明白了迈克连家长也请的奥秘。这次，迈克的同居者张女士没有来。来人中，却有张女士的父母，还有她与前夫生的一个10岁的男孩。他们三人来自甘肃一个县城，第一次到加拿大，三个人都不会说英语，不能与迈克沟通，张女士又出差到外地了，无人陪伴他们，来了五天都没有上过街，也没有见过其他人，寂寞得很。迈克搞这次聚餐，特地还把一些学生的家长请来，显然是想热闹一下，气氛和谐一些，讨好讨好张女士的家中老人，也让那孩子不那么孤独。

此地留学生们聚会，经常都是搞野炊。烹呀、调呀、烧呀、烤呀什么的，男女学生中自有高手，场地上设施也方便，这次家长们也参与动手，自然更轻车熟路，烹煮食物花不了多少时间。来到后，大家倒不急于烹调，各有所乐，先叉叉排球，打打门球，飞飞转盘，娱乐、游戏一下。绿草如茵，平整如毯，在上面游戏、徜徉、打滚，都是无比愉悦的美事。

迈克带了橄榄球来，招呼了七八个人，我是老夫聊发少年狂，也参加了他们玩橄榄球的游戏。迈克玩得劲头十足，掷球、奔跳、冲撞、呼叫，比年轻人还要疯。头一次玩这种球，我掷球老是不得要领，总扔不远。迈克叫大家停一分钟，专门来辅导我如何抓住中间，如何用拇指和其余四指形成旋转的发力将球扔出，果然，一下我就找到了感觉，很快就上手了。做这游戏，无非是抛球、喊名、接球、逃跑、掷人等几个环节，规则比较简单，一学就会。但比较容易犯规。此游戏有个规定，如果谁犯规三次，就要被罚“枪毙”。这时，被罚的人必须双手抱着一棵大树的树干，背朝其他人，任由大家轮流用橄榄球用力掷击他的腿部（只准掷屁股以下），每人“开一枪”，即掷一次，算是执行“枪毙”。可能是在一起玩惯了，学生们与导师之间，罚起来都很认真。由于约定有一定的距离，大家掷球下手都很重。迈克被罚时，每个学生都是毫不留情用力“枪毙”他的。有个学生将橄榄球朝他狠狠掷出，“一枪”开去，“噗”的一声，准准地击中了他的脚弯，他竟支持不住跪下了草地上去。他爬起身，转过头，和大家一起哈哈大笑，嘴上连声称赞："Good, good!（好，好！）"又重复抱住树干，背对众人，等着让接下去的一人用力"枪毙"他。

烧烤做好了。人们三三五五地组合，或站着，或围桌，共同歼灭迈克买来的丰盛的猪肉、牛肉、羊肉、香肠、白酒、啤酒、饮料、面包、水果、糖果。张女士的父母、我、一个姓李的女研究生和迈克，我们五人，各自端着一盘食物，围坐一桌。寒暄了几句，张女士的父亲对小李说："我们这次难得来。我们老两口都已经 70 多岁了，今后恐怕也没有机会再来加拿大。我们一直有一块心病，就是我们的女儿和迈克的关系总定不下来，总不结婚。两年多了，他们老是同居同居的，不结婚，算什么事呀，是不合法的呀，这怎么行？怎么好向我们做父母的交代？我们回国也不好向亲友们说呀。你对迈克说，就说是我们老两口要求说的，是不是趁我们老两口在加拿大期间，他们两人将婚事办了，也免得我们操心。"那小李原原本本地将张父的话翻译给迈克听了。迈克教授不知是装傻，还是真听不懂，耸着肩，一副不解状，连用英语说了几次"Why?Why?(为什么？为什么？)"然后借着去拿酒的机会，离开了座位，并再也不回到我们这张坐有张家父母的桌子来。

帅哥大卫

大卫他妈妈对我说，他的儿子大卫早就入了加拿大国籍，已经是加拿大人了。她要在埃德蒙顿买两栋房子，两栋邻近在一起，一栋给大卫，另一栋等大卫他爸爸退休后，她和老头子也将一起移民来加拿大，老两口一块儿住。

大卫是小夏从南京来加拿大之后取的洋名。他 27 岁，长得高、壮、帅。

我问他有多高，他说不矮于190厘米吧。我说他很像费翔，他说有人也这么讲。“不过我的脸长得又黑又红，头发又黑又硬，别人以为我是红番。”他眨着眼睛自贬道。其实，他哪像什么被称为红番的印第安人，他鼻子高高的、直直的，皮肤棕红色，身体肌肉结实健壮，风度很洋气，压根儿就像那些经常在户外从事体育运动的富有的白种人，是一个偶像型的十足帅哥。

一个中国来的博士生告诉我：在这批新移民中，大卫的故事是一个传奇。18岁高中一毕业，他就从南京带了600万元人民币到加拿大开餐馆，当小老板，成了投资移民，不久后就获得了加拿大国籍。他没上过本科，却在加拿大获得了硕士学位。干了好几个行当，都是干蓝领，但他的年收入不少，在此地已算中上，直令这批留学生们羡慕不已。他好几年都开长途大卡车，在美国和加拿大之间不停地跑，一路风云，也一路风流，结交了五行八作、三教九流的男人女人。他有非凡的语言天赋，什么码头英语、红灯区英语、印第安英语、俚语、黑话、脏话、切口，横扫一切，囊括在心，都说得顺顺溜溜。据说，本地最高学府的一位英语教授，不懂夜总会最近出现的一些新词的含义，还向他讨教过呢。他精力充沛，乐观开朗，吃苦耐劳，乐于助人，出手又大方，爱和中国来的留学生们玩在一块儿，组织过很多party（聚会），都是他付钱。他最有女人缘，不管是少女还是少妇，通杀。大家当面都叫他“法国作家”，他也乐呵呵地答应。他不是作家，更与法国无关，为何得此尊名？开始我很莫名其妙，曾想刨根问底，但他笑嗔不让大家告诉我。后来才知道，其绰号背后的含义是“大仲马”，实际谐音就是“大种马”。从外表看，他雄赳赳，气昂昂的，还那么风流倜傥，谁给他起了这个性感的绰号，绝！

那天我们一块儿开party，大卫开着一部奔驰，带来了一个非常漂亮的洋妞。大家都是第一次见她，美得叫人惊呆，一个个艳羡得喝彩了起来，纷纷用中国话撩大卫：“你这小子行啊，又换新欢了？

还洋妞呢！”“这是你的第几任女友了？”“第二十个了吧？”“不，起码第三十个了！对吗？”那洋妞瞪着一双充满了疑问的、小鹿一般的圆眼看着他。他搂着洋妞的肩膀笑笑，说：“他们都在争先恐后地赞美你漂亮呢！”那洋妞听了后，很高兴，模仿中国人打拱手，用发音不准的中文连声说：“谢些，谢些，谢些……”

就是大卫他妈妈鼓励他去找洋妞的。她好几次都对我说，“找洋媳妇好，以后给我们家生个金发碧眼的洋娃娃，我一定带回南京去，一家一家地抱去给邻居们看！”后来大卫告诉我们，他带来参加 party 的那个洋妞，就是他为了应付母亲，专门找来玩玩的，还带回家给他母亲看过，一起住了两天，如此而已。

有一次，史密斯先生带我们几个中国人和他的同事去金牛镇和他的一位牧场主朋友度周末，大卫和他妈妈也去了。我们去的几个中国人，有年轻的，也有年长如我的。一到牧场，大家就都去骑马了。就大卫他妈妈一人不去骑马。她先是围着一个洋少妇怀中的一个一岁多的洋娃娃转，又夸奖，又感叹，一副痴迷样。后来索性抱过了洋娃娃，又搂又摇，又亲又摸，又呵又哄，爱不释手。洋少妇要给孩子喂奶，大卫的妈妈居然抢过了奶瓶，喂得那洋娃娃巴咋巴咋地吸了个尽欢。那洋少妇大笑说：“老妈妈你多称职啊，这孩子归你了。”大卫的妈妈很认真地说：“说定了啊，马上签约，明天我就带他回中国去！”那洋少妇竟放心地丢下孩子跟大卫的妈妈，也和我们骑马去了。

牧场主狄普请我们吃中饭。他的女儿戴安娜是在读的研究生，金发碧眼，身材婀娜，美女百分百。她作为东道主一直在忙着，一会儿给我们端来什么沙拉、土豆泥，一会儿端来什么馅饼、面包等可口的食物。还忙着帮母亲做甜点和冰激凌。我们喝了一轮酒之后，她才忙乎完毕。女主人弹钢琴给我们听。大卫的妈妈心不在焉，一把拉了戴安娜过来陪自己坐，不断夸奖她能干，一遍又一遍地摸着她的手，对我们这几个中国人说，看，这皮肤多白呀，这金发真漂亮呀，这眼睛，啧啧，真像湖水那么蓝！她还问戴安娜："你这一头金发是天生的吗？没染过的吗？……哦，真的是天生的呀！太漂亮了！"

史密斯开玩笑说："你们中国人不是兴做媒吗，看来你想娶戴安娜做儿媳妇呢，我来当媒人好啦。"大卫的妈妈说："好呀！好呀！"史密斯说："不过，你得交一大笔佣金！"大卫的妈妈说："没问题！给你一万加元，够了没有？"大家哄笑起来："呵，这笔佣金大了！财大气粗呀！"大卫妈妈说："大什么大呀，谁帮我做媒娶得这么漂亮的洋媳妇，我真的愿给他一万加元。"史密斯捋捋袖子，高声说："大家听好，这一万加元，我拿定了！"然后，他故作拿腔拿调地说："戴安娜小姐，你结过婚了吗？"戴安娜也模仿史密斯拿腔拿调地说："还没有呢！"史密斯说："想结婚吗？"戴安娜说："一直想呀！""你看，大卫帅吗？""很帅呀！""大卫的妈妈想娶你做她的儿媳妇，你同意吗？""我同意呀！"史密斯说："哈哈，一万加元快到手了！"戴安娜说："史密斯先生，你不认为你高兴得太早吗？"史密斯问："为什么呢？"戴安娜摊开两手，做出一副无奈相："我还没有问过他呢！不知道他同意不同意？"说罢指了指墙上的一个相框。那相框里面是她和一个洋小伙子的合影。那幸运的小子和她面对面身子紧贴着，左手搂着她的腰，右手抚摸他的金发，正吻着她的额头呢，一副深情的样子。大卫向戴安娜做鬼脸，问："这多情、讨厌的家伙是谁？是我的情敌吗？"史密斯告诉他，这"多情、讨厌的家伙"叫史蒂文，正是戴安娜的未婚夫。大卫举起了两个拳头，十分夸张地叫喊："戴安娜，请给我一支枪！"戴安娜说："你这是干吗呀？""把这家伙叫来！我要和他决斗！"众人顿时一哄而笑起来。"其实，我一进餐厅就看见这照片了，"大卫的妈妈嘴巴一撇，解嘲地说，"我早就知道没有这个福分！"史密斯将这一场对话导演得好像电影一样，弄得担任翻译的小伍一边说一边弓腰大笑，笑得直不起腰……

“其实，我并不是太喜欢泡洋妞。受不了。”大卫对我说。我问：“是由于她们性态度、性交往太开放吗？”“No！ No！（不！不！）误解，误解，中国人普遍的、典型的、绝对的误解！”大卫摇着他的两只大手，“我对你说，我们中国移民吧，来到以白种人为主流的社会，面临着洋人的、可以说是很豪华的生活，在人种、金钱面前，新移民大多数人心里都有自卑感。但很多华人男人心底里又有一种征服欲望，一种虚荣，特别是我妈妈，虚荣心大啦，以为征服了洋妞，娶了个洋媳妇，搞掂了白种女人，是一种本事，是一种荣耀，还特别想带回国去炫耀一番。经历过你就知道了，一般来说，中国男人是消受不起洋妞的。受不了她们的消费，自然不用说，就是她们从小到大养成的那种非常强调自我、强调自主、强调自由、强调享受的意识，和中国文化差异之大，没有几个中国男人是受得了的……不是你有钱就受得了洋妞，就能融得进白人的主流社会生活的。比有钱更重要的是文化，是英语水平。我们新移民中，就算你是在这里混了 10 多年的硕士、博士，甚至英语专家，回国内尽可以神气十足，尽可以用英语去蒙人，但是，在这里，新移民中有几个人的社会、文化、历史知识水平，听、读、写英文的水平，能称得上地道？够得上能融得进洋人的主流文化？No，No，没有几个的！别看我算是开放的了，可以和老外谈笑风生，嬉笑怒骂，但我都还感觉到，我的英语水平其实还是捉襟见肘的，我的思维还是中国式的，我感觉自己还是中国人……我们中国移民没办法不躲避社会主流，没办法不躲避洋妞，玩来玩去，最后还是中国人自己扎在了一堆。”

我回到桂林已经两三个月了。前几天与加拿大的一个朋友通电话，他告诉我，大卫的妈妈回中国了，离开加拿大前，要大卫保证一定给她娶个洋媳妇。大卫答应了她。她走后没几天，大卫又换新女友了，不过，这任女友不是洋妞，是个华人女孩，大学生，据说是少有的漂亮。为此，我们的“法国作家”抛弃了原有的那份收入不少的工作和居住了多年的省城，迁居到了一个遥远的地方——那漂亮女孩所在的城市。

原载《红豆》2005年第1期

埃及女王，我听你说

——埃及手记

当知道我将有机会去一趟埃及，我的双脚还没有踏上这块土地，我就隐隐约约地感觉到，从地中海吹来了一阵阵热风，这热风飘拂着，轻载一副性感的嗓音，带来了磁力似的召唤，直让我的心一天紧似一天，急迫得不敢稍停，天天应答这一次又一次的热切轻絮。及至我参加中国出版代表团，终于一脚踏上了这片久已神往的热土，脸上近切地感受到热风的迎迓，我竟脚底发烫，心底也发了烫起来。

这里，地中海海波喋喋，红海热浪翻沸，沙漠上气流蒸腾，山谷四围风沙暴烈，神庙里空气酷熏，金字塔身影氤氲，墓室里枯涸窒息，同时，却不时有蓝天的柔云缱绻，绿洲的饶腴滋润，尼罗河水的清流淌泻，当然还有月色的温柔；纵然是整个白天灼热得销金铄银的日光，也不忘留出谀人悦情的明媚时分。这一切，是那么丰富多彩，变化多态，不可捉摸，难以概括！不禁让我猜测，这就是你了，就是你的面貌了，就是你的性格了，就是你的做派了，是你，一直召唤着我，埃及女王，克娄巴特拉！

我的灵魂在四下探奇，在所到之处飘飘忽忽，左右游走。我感觉到你高高俯瞰，无处不在，悉心相伴。你时时碰触我敏感的灵性，让它潜藏的多情和好奇明明灭灭，拨弄得它不知所措地震颤，鼓动它应和你的撩拨。终于，我的灵魂和你对望。眼光撞击，深情一瞥，犹如电光石火！你用了你的神力，轰开阻碍仙凡交往的大山，击碎天地语言隔绝的磐石，让我们终于互相感应沟通。我服服帖帖，悉心谛听。于是，冥冥中，我得以直接聆听到你的诉说！

——人们称我为“埃及妖后”，其实我并不妖艳。后人用许多轻浮的绝色艳女演绎我的故事，全然不知我的高贵和骄傲，不在于容貌，而在于我就是我，在于我是克娄巴特拉七世，神的后代，女神伊西斯的化身，埃及土地上托勒密皇族世家的最后一任女王，沉迷于纸莎草图书十多年、会讲七八种语言的女法老。

埃及人好像生来就是成年人，四千多年前，当地球上其他地方的人们还处在幼年，还在艰难地走出石器时代的时候，尼罗河三角洲就有文字，已经出现了众多的小镇，有四方的城墙，有组织地聚居，有些城市人口达四五万，比希腊城邦要早两千五百年。埃及人造就了许多令后人不可思议的奇迹，跨越了同时代其他人类能力的极限，好像在另一个具备先进文明的世界里生活过，带着经过培训好了的经验进入到这块土地似的。

我的祖上——亚历山大大帝看中了这块大地的富庶和神奇，两千四百多年前，率师横跨地中海，攻城略地，在面朝大海、背靠沙漠和尼罗河的海滨，建立了埃及第一座最雄伟、最美丽的城市亚历山大。我的祖宗在亚历山大大帝英灵的庇荫下，按照法罗斯岛上高高的灯塔指明的道路，在这座城市建立了带有希腊文化色彩的新埃及王朝，延绵了三百多年之久。

今天人们已经看不到我生活过的宫殿了，它们已经随安提赫斯岛一起整体沉没在海底。可是，看见那高高的方尖碑了吗？看见那饰有凹槽、渐高渐细、有顶盘的立柱了吗？看见那柱廊和多柱式的厅堂院落了吗？那是埃得夫的霍鲁斯神庙。那是我从小到大都在那里祭祀的地方。每个游览者都惊叹它的雄伟、辉煌而又不失精致，然而，只有极少的像你一样与我心灵产生感应的人，才能洞悉、读懂，充盈在每根柱子四围，每个角落，每个缝隙，每个细微的空间，如丝如缕地还缠绕有我两千多年前的童年记忆，露滴般湿润着我妙龄时欢乐、痛苦的泪水……这些断垣残柱、石雕、壁画和“圣书”，和我一样，千年成精，如今都已经获得了另一种生命，秉赋有横贯历史的性灵，随时准备向那些和他们灵犀相通的人讲述当年我的雄心和野心，爱情和滥情，狂放和温柔，智慧和愚笨，荣耀和耻辱，就像眼下我乐于向你讲述一样……

是的，当年罗马的两任最高统治者先后拜倒在我的石榴裙下。但是，与其说是我征服了他们，不如说是我们互相征服。

我爱恺撒，爱他作为罗马最高统治者的权力、雄心和魄力。在我弟弟（也是丈夫）与我争夺权力，我遭到失败时，恺撒及时向我伸来了援手。他敢于与我生子，并带到罗马去，以此向罗马元老院挑战。是他鼓动了我天生的野性和好斗的精神，与他联手向世界挑战，准备去圆一个惊世美梦，要将埃及和罗马合并起来，建立一个比亚历山大大帝的帝国版图更加幅员辽阔的帝国。

我也爱安东尼。他继承了恺撒在罗马的最高权力，也继承了恺撒的妻子——我。作为一个统治者他虽然缺少恺撒的政治风度和战略思想，但是，他有着同恺撒一样的征服世界的雄心。他与我生下了三个儿女，其中有一对是龙凤胎，他准备将征服得来的本属于罗马的土地，作为遗产传留给这些后代。我和他在埃及建立了一支庞大的舰队，随时准备杀向征服亚洲的水域。

罗马帝国绝对不能见容恺撒和安东尼，先后将他们残酷杀害。罗马元老院则将我说成是乱伦的妖精、淫荡的雌马、见男人就下春药的大婊子，是骄横、残忍、极想夺取绝对政权的狂兽，是贪婪强暴的、威胁罗马安全的致命危险……

其实，我只有过三个男人。除恺撒和安东尼，另一个是我的弟弟，也即是小我八岁的无性爱关系的丈夫。我和他是血亲结婚。这桩被罗马人深恶痛绝指责为乱伦的事情，其实是我们托勒密王族通行的法律，婚姻的常态，也是我们王族文化的精华。三百年来，我们王族像一窝神圣的蛇，用血亲结婚——亲兄弟与亲姐妹，堂叔与侄女，爷爷与孙女多重血亲结婚，甚至通奸，以近亲繁殖来阻止外姓的血流入本族，保障王权不旁落外人手中；又以亲族内部互相竞争灭杀的方式来优化出最强者，淘选出最能代表王族的人来延续王朝的统治。

在我十八岁接掌王权那年，年初，尼罗河发起了洪水。我在河岸看见了来自天上的生命之水，看见伟大的天帝到来。这时，天在燃烧，地在颤抖，东西方的山脉张开臂膀，陪我迎接伟大的天帝赐予我活命的神圣的水和火！我们的新王朝依仗着神圣的水和火，建立在力量、好斗性和勇气之上。天帝让我秉着高贵和骄傲，成了神圣的托勒密王族这窝蛇中最富有力量、好斗精神和勇气的强者。

本来我们王族崇尚只有太阳和月亮同时在一起，才能照护好世界，也就是兄弟与姐妹结婚联合当国王，双人治理，才能妥当持续地管理治下的国民。十八岁的我和不到十岁的亲弟弟结婚后，他的宠臣们竟企图将我推翻，将我放逐在外。我只好请西西里人用卷着的毯子，把我娇小的肉体裹起来秘密送进恺撒的寝殿，请求这位强大的罗马统治者进行调解。我运用了我的魄力、谋略和才智，当然还少不了青春的魅力，以最光耀夺目的女法老和最有权势的罗马统帅结合的方式，与罗马帝国周旋，让埃及领土和主权完整，国家继续和平、富庶，使埃及成为罗马的行省延缓了二十二年，最后才败在了罗马新统治者屋大维手中。罗马人尽管嘴里、笔底把我糟蹋、贬损得不成样子，但仍然在罗马城给我树立有一座纪念碑，让我能肯定他们暗地里对我的几分敬畏。

我的历史，正如罗马史作家蒂奥·卡修斯所说，“她迷住了她同时代两个最伟大的罗马人，可是因为第三个她毁灭了自己”。我以及我的故事或传奇，岂可模拟和复制！可是千百年来，在文人们的笔下，我艳帜高张，权欲无度，命运凄绝，真是煞有介事，哀感顽艳。什么但丁，什么莎士比亚，将我描绘成“旷世肉感的妖妇”；什么萧伯纳将我称为“任性而不专情的女人”；什么帕斯卡竟调侃我的鼻子；就连那与我几乎同时代的普鲁塔克也着力渲染我的艳情。到了好莱坞曼凯维茨导演的影片《埃及艳后》，伊丽莎白·泰勒抹杀了我最能自我安慰的妥善安葬安东尼的重要史实。索菲亚·罗兰诠释的我的形象，则简直像一个偷情的市井淫女。什么泰德·芭莱、费雯丽、莫尼卡·贝鲁奇、李贞贤，甚至还有梅艳芳，都企图演绎我的往事或重现我的形象，全都是一知半解的拙劣模仿和凭空想象的歪曲！其实，我的生命和往事，像流沙一样，已经被卷裹吞没进了大海深处。人们偶尔拣拾到沙滩上的一些古旧贝壳，岸边的海藻，生锈的破铜烂铁，残破的陶瓷碎片，枯朽的枝杈，随意拼接起来，就轻率地断定已经重新拾回了我 39 年的整个历史人生。不知这是浅薄、无知、可笑的研究、想象、虚构所致呢，还是下作轻佻的放肆意淫！……

入夜了。尼罗河的一艘游船上，羊皮鼓节拍急骤，发出了金属般铿锵的声音，四支埃及民族吹管乐器奏起了有弹性的乐曲。几个年轻的美女为我们表演埃及的国粹肚皮舞。表演进行好一会儿之后，舞娘们邀请我们与他们互动共舞。我们代表团中的一位女士领略过我的两刷子舞技，竟将我从座位上“隆重推出”，推向一位肚皮舞娘。其实，刚才羊皮鼓开始响起的时候，我的心潮就已经被搅起了波澜，双脚已经情不自禁地随着乐曲的节奏在原地打着节拍。被这么一搅合，我就势便与肚皮舞娘真的对阵狂舞了起来。

激越的羊皮鼓声，伴着我扭胯摇臂，舞步激荡。我恍惚，迷离，奋力宣泄我的缱绻和悲凉。法罗斯岛上的灯塔亮光早已经黯然灭失，不灭的是游船上灿烂如昼的灯火。这是我埃及此行的最后一夜。明天，我将飞向博斯普鲁斯海峡到土耳其去。埃及这块土地，如同金字塔的大门一样，将对我关闭，对我藏起它的广袤、神秘和伟大，藏起女王那分明幽缈却好似真实的声音，不让我再有机会去尝试捕捉到她具体真切的形象……

我的走神导致了舞步疲沓、滞涩。就在这当下，在眼前，一瞬间，眼睛却突然一亮，好像得到补偿，终于看见了埃及女王的形象！只见她一忽儿化作了索菲亚·罗兰，一忽儿化作了伊丽莎白·泰勒，一忽儿化作了莫尼卡·贝鲁奇，最终却附着、凝固在年轻美丽的埃及肚皮舞娘的形体上，与我激情共舞，撩起了我的热情再度释放。

哦，克娄巴特拉！虽然我已经满头白发，但是，在你面前，我却是那么的少年幼稚。人们总是弄不准确你经历了多少沧桑岁月，但是，在我的眼里，你永远永远是青春年妙。哦，克娄巴特拉，你已经激起了我的少年追星狂热，我已经牵着了你一只手！我多么想再听听你说说你自己的故事……

可是她多情又无情，欲说又不说，竟迅疾地将自己的形象化进了如梦如幻的灯影，让自己的脚步化进了急促的鼓点和奔腾的乐曲，变成了绝对的一缕虚空烟云！这突如其来的隔断和失落，使我陷入了大有所失的绝望和恐惶。我深知，刚才的景象将永远逝去不再，永远逝去不再了，不禁跌落进了更深的恍惚、迷离、缱绻和悲凉……

原载 2008 年第 5 期《散文》

秦陵感怀

我来到了陕西临潼。我来到了骊山。我瞻仰了秦陵。这座40多米高人工堆起的巨大黄土山岭，形状像一个口子朝下的方形巨斗。这就是秦始皇的陵墓，公元前210年堆积。这里埋葬着挥剑扫平六合的那副躯体，连同他妄图征服世界的野心。

“秦王扫六合，俯视何雄哉！”后人已经难以从当今的生活去寻找他2000多年前的身影。我需要构思一部关于秦始皇的音乐剧剧本。面对历史书页朽损的碎片、残破漫漶的断砖残瓦、陶俑铜车锈剑蚀马以及过去岁月的丝丝风尘，如何去捕捉、想象、拼贴出一个灵肉兼备的活生生的秦始皇形象出来？乘着踱步绕行秦陵的机会，我必须再深入认识、思索一番。

秦始皇攻城略地、征服六国的风云时代，是一个广大民众遭受屠戮、流徙、离乱的沉重、绝望的时代。狂躁的热血，在这个帝王周身的血管里沸腾奔涌，激发了他狂乱的幻想和妄自尊大的念头，连同他虚妄的梦呓，都打上了狂热发烧的印记。

在全国只有500万人口的时候，他竟征用了100万人来当兵，为此少年儿童都“入了兵册”。在全国人口达到2000万的时候，光他征调来开发岭南、筑长城、修皇陵、修驰道的服役者就达300万人。其陵墓，从他十三岁登基时修起，每年征用“刑徒”72万人，修到他50岁临死前都还没有修完。据史书记载，陵墓地宫造有天穹，缀满象征日月星辰的宝石珠玉；置放棺椁的地面以铸铜浇灌；地宫内所修筑之百川大海，以水银灌满；秦始皇生前享受之物，在这“地下世界”无不对应陪葬之，甚至“多杀宫人，生埋工匠，计以万数”。位于秦陵附近一千多米发掘出来的举世闻名的三个兵马俑坑，仅是其陵墓陪葬的冰山一角……

历来的专制者，都是十分偏爱自己羽毛的恶枭，最容不得林子里其他鸟类的鸣叫，因而对于异端的惩治和镇压格外的残酷和暴烈。而帝王又往往常在智者面前智力拮据，这时，唯有靠权力才维护得了自己的面子，才垄断得了话语权，因此才有秦始皇以极权灭绝思想的罪恶表演，也才有类似焚书坑儒的恶剧发生。坑了460个儒还不算，秦始皇还有过为某一件事连续杀死27个谏臣的残暴记录。

人类最大的无能，也许是无力抹掉将地球分割得七零八碎的纵纵横横的国界线。人类最大的罪恶也多表现在取得国家最高统治权力的争夺和征服疆土的战场。秦始皇“奋六世之余烈，振长策而御宇内”，以武装战争去侵略、统一六国，其赢获的霸业，浸透了秦国以及其他六国民众的鲜血，反映出了极强烈的国家非正义功利和个人狂热的虚妄荣耀。秦始皇一死，民穷国衰、政运危殆的颓势顿时暴露了出来，旧六国贵族立即进行疯狂的武装反扑，农民起义如火如荼，宫廷内部动乱频仍。秦二世胡亥执政仅得三年，就在宫廷内讧中被臣僚逼迫自杀。秦始皇的弟弟子婴接着执政，不到两个月，龙椅犹未坐暖，就被刘邦赶下台，至此秦亡。

如果想从人类中寻找恶魔的话，那么，秦始皇要是算不上是一个，世上也就没有恶魔了。《歌德谈话录》中说过：“当这种恶魔特征突出地表现在某个人的身上时，它是以最可怕的形式出现的。这类人无论是在精神品质上或是自然才能上，并非总是最突出的人，他们不常有好的德行受人欢迎。但是，他们散发出一种令人难以置信的力量，他们对所有生物，不，毋宁说对所有的元素，都具有一种令人难以置信的征服力。谁能说他们的影响还有什么达不到的地方？”读这段话，感觉到真好像是专门针对秦始皇而写的。

秦始皇的特征在于，将潜藏在人类心底绝对不能翻动的邪恶那一面的坚硬板块，彻底翻了个个儿，率性地让其全部熔融成灼热炽亮的岩浆，化做一腔狂躁滚烫的污血，让其恶性喷发，冲腾奔流，翻滚成了反人性的恐怖大潮。如果你开阔眼界做个假使，倘若当时的“人主（最高统治者）之心”向善，中国的历史将会怎么改写，你就会对秦始皇留下的遗产骄傲不起来……

然而，抚摩着秦陵千年夯实的黄土，渐渐深入思索之后，我竟然不知不觉地堕入了迷离、迷惘、迷茫、迷糊、迷惑、迷失的迷雾，陷入了迷思的深坑，于迷津间难定走向，在迷途上难以开拔……

……我竟然已经进入了秦始皇的角色！我看到了秦朝大纛飘扬在秦时明月下，看到月色如水洒在秦时长城的楼堞。我耳际却屏蔽不了那不绝于耳的千年詈骂。我是秦始皇。我愤愤不平。我提醒人们，在历史面前，你们不能闭起眼睛忽视六国激烈的争斗。你们不能忽视中国空前辽阔的疆域，是在我手里奠定的基础，这个大国的国体、政体、法律、度量衡、货币、文字在我的手中得到了统一。你们切勿讪笑我的帝业只传了一代，可是两千多年来，中国的强者们——那些统治者，都是我的蒙童、学子，都认可、沿袭了我的统治方式，维护了一国政治、文化和疆域的统一。

……我威权的性格气派、震慑的阳刚力量，滋润了百代极权根深叶茂，整治得一国子民千年阴柔。什么是先驱？这就是先驱。什么是影响？这就是影响。什么是选择？这就是选择。什么是习惯？这就是习惯。中国的统治者选择了我，中国的民众习惯了我……

……你们称我为恶魔，是的，世上确实有好几个像我这样的恶魔。我们都有刚愎自用、唯我独尊的共性，都有拿世界来随心所欲做试验的冲动，都有藐视历史记忆和后人评价的自大。我们强悍粗犷，脱出常轨，纵横捭阖。我们得心应手，乐此不疲，其乐无穷！我们情驰神纵，闳肆磅礴，扶摇凌空，直欲将寰宇颠倒了个个儿而后快。

……我9岁才得进王宫，13岁登基，22岁独立执政，不到40岁就统一了六国。可惜呀，我只活了50岁，不能完成我预想中的大业于万一！遗憾呀，我没有败在过任何人的手上，却败在了战无不胜、攻无不克的“自我”肉身之躯，阎王欲请喝烧酒，不发请帖我先走……

我心追无所不至的完美，理由也才无所不至的霸蛮，手段也就无所不至的极端。我想营建一个梦幻天堂，也许带来的是一座阿鼻地狱。我率性恣意也许造成极大罪恶，但却留下有极大价值的遗存。这些遗存往往是宏大无比的精神的和物质的巨制，像我的疆土，我的统治思想，我的万里长城，我眼前的陵墓那样，令后人不可思议，无法企及，自叹弗如，并且褒贬难言，取舍难断，尴尬面对……

我“当”秦始皇的这会儿，历史的逻辑就是这样将我引进了历史，把我推入到特定的情状，置放我在复杂岁月的环境里去摸爬滚打！让我感悟到，我们当代写作者固然应当根据自己成长的足迹去寻找古人的足迹，从自己的心跳去捕捉古人的心跳，根据自己作为人的经验和心理去推断古人的经验和心理，把握、反映古人的精神风貌、精神特征、精神气质，这是写历史剧的要义。但是，冥冥中却有一只大手分明在掣肘着我的行止，我明白无误地感觉到它在提醒我，在浩浩历史面前不能大大咧咧地随意指点江山，不能自以为是地激扬文字，不能不知天高地厚地粪土当年秦始皇。

大象无形啊，秦始皇的肉身如同远影飞鹜，永远呼唤不至。眼前这抔区区 40 多米高的陵墓封土，岂能镇得住一颗张扬迸发、奔腾跳动的博大雄心！万里长城巍峨蜿蜒，天穹上耸峙着他的皇皇精魂，巨大，然而又无形，无声，却永不消逝。两千多年过去，中国人的血脉时刻都还在感应着他血脉的起伏搏动，一说起这千古一帝的名字，热血都要奔涌沸腾。我岂可再还敢轻佻指戳和草率造次！我应该将他当人来写，当然，这是一个超人的人，这是由他超人的气势、品格、作为和邪恶决定了的……

深吸一口骊山的空气，它浸润着秦陵封土的黄泥巴气息，既清新而又古老。它是两千多年前秦始皇呼吸过的空气哦！可是，你怎么能从空气中剥离出哪些是古代的分子、离子，哪些是当代的分子、离子！这正如秦始皇这千古大帝不凡的善恶对错、功过是非一样，仁智互见，谤誉共存，难定一尊，难囿一说。这也许正是写作秦始皇题材永远迷人之处，也是令旅游者乐此不疲的魅力所在。哦，突然，一股灵感涌上心头！——我未来的剧本结尾一定要有一段颂说秦始皇的唱诗，我应该这样写："悠悠汗青史，/ 除你无大奇，/ 除你无大绮，/ 除你无大器，/ 除你无大歧。"大是极致，奇是奇特，绮是绮丽，器是器宇，歧是歧见。这是我评说秦始皇的至真至佳的表达，也是我瞻仰秦陵的至实至深的感怀。酣畅抒发，不亦快哉！

原载《红豆》2007 年第 11 期

说不完的刘三姐

在故乡宜州龙江河边听山歌。月色下，秋风里，那一阵阵歌声从河边的树丛中飞传出来，悠悠细细地，绵绵长长地，穿过夜岚，透过晚风，裹着清凉，传送到耳际。弄不清声音的源头，更看不见歌者。只听得人们扯起了嗓子，极力将声音削得尖尖的，利利的，亮亮的，向对方冲激而去。而后，对方接招，也如此地将山歌回敬过来……如此这般往复回还，这就是对歌了，也就是“斗山歌”了。到底哪方是强者，有时，唱几天几夜都分不出胜负来，多半的结局是，双方都是赢家，以皆大欢喜相约下次而暂时分手。

听久了，好玩的歌你也就记住了。回想那时我年纪才多大啊，就懂得唱什么“母鸡当杀你不杀 / 靓妹当嫁你不嫁 / 耳朵里头痱子痒 / 惹哥想抓又难抓。”还有什么“可惜可惜真可惜 / 哥到

三十没有妻 / 夜夜同爸共头睡 / 两只斑鸠对脸啼。” 还有 “当初和妹游过水 / 你怕蚂蟥喊哥背 / 后来你去嫁人了 / 哥只得背那一回。”“妹讲妹是南山虎 / 累哥铁锚满山铺 / 捉得妹来仔细看 / 原来不到四两肉。” “哥有胡须妹莫怕 / 有须的人会当家 / 早上和哥亲个嘴 / 漱口不用买牙刷。” ……学了几首，有时竟敢现买现卖，大咧咧地在大人面前班门弄斧，被他们教训道 “小小年纪不上学 / 拖串鼻涕唱山歌 / 给个猪肚当帽戴 / 让你臭到后颈窝。”

在龙江河边，我就这么一年年地听山歌听大了。而这同时，也惊奇地感觉到，山歌自己也被唱大了。可不是吗？那年四处大演大唱《刘三姐》，山歌，不在龙江河边唱了。在街道唱，在机关唱，在工厂唱，在学校唱，在幼儿园唱，在城里乡里的许多单位唱……老爹、老奶和儿女、孙辈们一起唱……刘三姐与李小牛、老渔翁、莫怀仁、莫进财一起唱……山歌夹着彩调来唱……其间让我几乎 “气绝” 的是，隔壁家上初小的粟姓精瘦小子，起先跟着他盲人四舅的二胡学唱刘三姐，不起眼就别提了，整天咿咿呀呀的特吵耳烦人。不想不久后他竟登台，在《刘三姐》小学版中扮演莫进财，摇起一把花扇，蹲着矮步，神气活现，还真像回事儿，成了半条街的话题，足令我嫉妒了整整一年。那时人们真的是演疯、唱疯，也看疯、笑疯，到处是开心的锣鼓，欢快的笑容。

近年，我查阅了一些资料才知道，1960 年 2 月中共广西壮族自治区委员会做出关于全区《刘三姐》会演的决定后，到同年 4 月举行全区会演，全广西共有 1209 个专业、业余演出团队的 58000 多人以 11 个剧种演出了《刘三姐》。接着是广西《刘三姐》民间歌舞团在全国巡演，1961 年长春电影制片厂的同名故事片在国内外放映。一时间形成了空前绝后的《刘三姐》群众性文艺运动，其一浪高过一浪的势头，顿使 “刘三姐” 誉满京华，声名远播，国人皆知，域外有闻。

“唱山歌 / 这边唱来那边和 / 山歌好比春江水 / 哪怕滩险浪又多。”

《刘三姐》确实是迷人的，它调动了一切艺术手段来塑造壮族歌仙刘三姐这一民族理想的化身。她的相貌是天仙，她的歌声是天籁，她的智慧是天赋，她的俏皮是天然，她的人气是天缘。她天生的原始活力和天籁真趣，唤起了人们与生俱来的向往自由的天性。

作为宜州人，我特别想一说《刘三姐》与宜州的关联。这副艺术品牌和这张文化名片，也凝聚有刘三姐家乡宜山父老乡亲们的心血和贡献。《刘三姐》剧本有许多版本，于是也就产生了许多有关于著作权诉求和官司的事件，可谓“造反个个都参与，哪个不想穿龙袍”。其间，廓清剧本的源流就十分重要了。

据有关法院披露的知识产权案件判决资料，刘三姐民间故事形态的传说已久，但是以刘三姐与地主莫老爷、狗腿子、李小牛构成主要戏剧纠葛，以中秋节对歌为核心场次，以歌舞剧为基本形态、以每首七言四句头的桂柳方言山歌作为唱词形式的《刘三姐》剧本雏形，最早面世于20世纪50年代肇始，出自宜山的一位中学老师邓昌伶的手笔，这是广西《刘三姐》剧本之最早源头，奠定了舞台歌舞叙事《刘三姐》内容和艺术形态的范式。虽然没有剧团演出，但是邓昌伶剧本的油印本当年曾寄送达柳州文化局、广西文化局等有关文化机构，其后成了该两单位组织创作《刘三姐》的主要参照蓝本。后来，在宜山工作的肖甘牛、韦善光、韦相杰、黄文祥等，也创作过《刘三姐》的桂剧、彩调、山歌剧剧本或搭桥戏。当年广西大演大唱《刘三姐》的群众运动浪翻潮涌，潮头也是在宜山最先掀起的，而后才波及柳州以至全广西。宜山的许多专业、业余的艺人，那时都是神采飞扬、身怀绝技的刘三姐艺术弄潮儿。影响全国的歌舞剧和电影《刘三姐》，采用有宜山山歌的歌词、曲调，彩调的唱腔、舞蹈素材。当年广西到全国巡演的《刘三姐》歌舞剧团，就有宜山输送的演员罗亮当主演（扮老渔翁）。电影《刘三姐》中，宜山的两个靓妹，阮慧霞和张文君（扮舟妹），作为刘三姐的贴身歌伴出镜……

如果说，过去以歌舞剧《刘三姐》和同名故事影片为标志的大演大唱刘三姐的群众性文化活动，是专业和业余文化工作者共同打造的一场非凡的文化盛宴，宜州当年是烹调出了美味佳肴的重要庖厨，功不可没，那么，可以说，改革开放以后，宜州人仍然不辍为广西刘三姐品牌的工程大厦添砖加瓦。1978 年柳州市彩调剧《刘三姐》刘三姐的扮演者就是宜州籍的雷玛玫。其后，1994 年在广西国际民歌节广西歌舞团版歌舞剧《刘三姐》中成功扮演刘三姐的，是全国少数民族歌手声乐比赛金凤凰奖得主，饮誉京华的著名歌唱家国家一级演员唐佩珠，为此被誉为“第三代刘三姐传人”，她也是宜州人。而在群众文化层面，宜州市被文化部确定为“中国民间艺术文化之乡”。

这些都成了“铁板上面钉钉子”的不争史实。只是谁都没有想到竟能光此照彼，光前耀后，会让此后宜山的知名度持续增长。其最重要的标志就是，“刘三姐乡”坐实县改市后的宜州，在流河乡闪亮挂牌。

刘三姐的故乡在哪里，一直是一个争鸣激烈的学术话题，并潜藏有为某地争夺历史文化资源的行政诉求。在宜州外面，区内甚或区外，有些乡县一直不止不息不甘地论证、自诩，甚或竞争“刘三姐故乡”的牌号。宜山定为刘三姐的故乡，经由了从模糊言说，到巧妙经营，终至强权定论的阶段。模糊在于多地都以不靠谱的民间故事、传说来做斩钉截铁的论据。巧妙在于借助文艺作品、宣传声势、上层领导来弱化学术考究。强权在于借助高层官方意志和行政审批来终定一尊。看来机巧深深，但是，却有其合理性和历史的必然性。

打从《刘三姐》剧目闻名全国之后，刘三姐是广西和壮族的文化名片、形象标志，得到广西本土和全国范围的承认。既然认定歌仙刘三姐属于壮族，其英灵总不能永远漂浮漫游于广西广阔的天空旷野，总需要有个安放的归属之处。从历史上就存在的山歌文化和持续到当今的歌圩活动来考量，从对刘三姐文化和对《刘三姐》剧目的贡献来比较，广西哪个县可以与宜州比肩呢？从历史和当今文化场域来说，宜州的歌圩文化足可视为广西刘三姐文化的缩影。

刘三姐故乡之争，最终的结局是，国家行政区划地名办公室批准了宜州流河乡改名为“刘三姐乡”。这个“铁板注脚”，是中央进一步呼应了广西宜州造就的既成事实，使一切争论永远止步于学术鸣噌的层面，宜州之外的乡县不得不永远断绝了行政僭妄的念头，只有艳羡宜州的份儿，而颓痿了争抢之力。“刘三姐乡”尘埃落定宜州，与其说是瓜熟蒂落、实至名归，不如说是一种历史的侥幸，是一起典型的官方与民间成功的互动、合谋，从另一角度也可以说是全社会广泛承认了宜州对刘三姐的巨大贡献，认可了宜州突出的并一以贯之的刘三姐山歌文化，是国家高层和全国人民回馈给宜州的最厚重的大礼！在打造“刘三姐”标识的过程中，宜州出了大力，而后成了“刘三姐”品牌广西最大的县级受益者。以“刘三姐”立市，宜州应该珍惜，因为来之不易。以“刘三姐”立市，宜州也应该坦然，因为是时代的选择，并且当之无愧。

当前，宜州人唱山歌，回复了恒常，回归了田野，回到了草根。山歌，又唱在了田头地角，又唱在了山林旷野，又唱在了河边船上，又唱在了婚宴喜庆中，又唱在了盖房造屋时，又唱在了农闲聚会里……要一探刘三姐山歌的流风遗泽，不需吊古寻幽，在这里当下的时时处处，在鲜活的日常生活里便可含英咀华。

“树上斑鸠叫咕咕 / 哥我无妻妹无夫 / 两人都是半瓶酒 / 何不捐笼成一壶。”——传统的老歌又开唱了。“明明晓得北风凉 / 硬要爬树等白霜 / 明明晓得妹有主 / 故意撩动妹心肠。”——没有俏皮的逗撩，哪里还有唱山歌的情趣。“吃烟本是吃口气 / 你见哪个吃烟丝？ / 唱歌本是唱玩耍 / 你见哪个成夫妻？”——确实，经常看见唱歌人七老八十的，“眼角皱像辣椒盆”了，图个什么，图的不就是过过嘴瘾，娱乐娱乐！“看哥白雪盖满头 / 腮巴窝窝像瘦猴 / 一定是台老机器 / 未曾发动先漏油。”——“恶毒”调侃、尖刻讥讽，是山歌常用的利器。

近年，政府营造了宽松的山歌文化环境，赢得了群众的拥护，也得到歌手们热烈响应。我参加过好几次河池官方举办的艺术节以及宣传活动，就亲眼看到许多歌手和歌王活跃的身影，也听到了他们专门为了配合中心，新创的十分精彩的山歌。

特别是宣传计划生育的山歌，有无数脍炙人口的精彩段子。其中有一首非代表作莫属：“计划生育好处多 / 结扎照样过生活 / 就像汽车换油管 / 照样跑路照爬坡。” 涉性而不直说性，涉器官而不直说器官，含蓄，幽默，大俗是雅。没有亵渎政策，没有低沉情绪，欣然，乐观，像是一篇现身说法的正面证词。会心一笑之余，谁不惊叹我们民间歌手的艺术创造力！我每提起总是佩服得五体投地，直叹望尘莫及。有这类精彩的山歌来配合政府的宣传活动，政府应该感到骄傲和欣慰，这是民间对当今良政的认可和回报啊。

好的山歌，总是逗得听众雀跃欢腾。好的山歌，有如清新空气，沁人心脾。好的山歌，逗引人们听得上瘾，唱得来劲。“唱歌好比人喝酒 / 看见酒杯就想筛 / 酒醉越喝越懵懂 / 歌醉越唱越开怀。”于是，歌者们就不怕讲话“大句”了：“学得武松一身胆 / 敢拿老虎当猫玩 / 你赌我唱三千首 / 我看它像一小盘。”

《大地飞歌》有句歌词：“唱过了刘三姐门前那条河。”刘三姐家门在哪里？门前那条河在哪里？也许有人会说，就在宜州流河的下枧村呀，就是现在的刘三姐乡的下枧河呀。这一说既对又不对。其实，在宜州，哪家的门前没有歌手唱，哪条河边没有歌！这里的住家，每家每户，男女老少，日濡月染，谁不耳熟能详几首刘三姐歌谣！这里的河边，竹轮水车咿咿呀呀日夜不停地转动，流水从竹筒里滑落，淅淅沥沥琤琤玐玐，哪天不是在为唱山歌伴奏！这里林间的鸟、山里的风、路边的树、地角的草、园里的花、岭上的石、田里的土，以至天空的太阳、月亮、星星、云彩，哪天不在陪着歌手，为他们照明、伴唱、伴舞、印证！这里的各种大型民间文化活动，或私人的走亲访友，哪时不见到以歌会友，歌段出新冒尖，歌手英才辈出！

这就是歌乡的情怀、歌乡的做派、歌乡的风貌。歌手们将刘三姐的天籁接续，像水枧引入圣洁的流水一样，接引进到了宜州的乡乡镇镇、村村寨寨。天籁拨响了人们的心弦，引动共鸣，引发人们心底里迸流出源源不断的新歌。河水能流几长，这山歌就能流传几长，河水能流几远，歌声就能流传几远。西方世界许多宗教经典都有关于天使的传说，天使们都具有高于凡人存在的生命，都有不朽的灵魂，他们造福于人类时，经常让悠扬动听的歌四下欢唱，让祥和、欢乐、和谐的五彩云霞在人间萦绕。刘三姐正是这样的深得人望的天使，其不灭的灵魂与一代接一代的世人同在，其山歌飘传时，会引来软风习习，云霞万朵，色彩斑斓，祥和柔媚，萦萦绕绕，充盈这里的天穹。

执笔的此时，我正北漂在京。流离在外，尽管"离乡的行囊越来越重"，行囊中仍然装有我收藏的好些宜州民间自录自产的山歌对唱 VCD（激光压缩视盘）。它们带给了我愉悦，慰藉了我的乡恋，也是我与人交往的谈资，还是我宝贵的文化资本。故乡的山歌支撑着我一路前行。"交友远行坐大船 / 山歌载我到天边 / 如今宜州成歌海 / 都是三姐亲口传。"故乡的父老乡亲，将宜州所有最精彩的山歌，都归作是刘三姐的亲传口授，视为刘三姐山歌。如果再开阔一下视野和胸怀，何谓"刘三姐山歌"，如果让我下定义，我愿意说，那就是以彩调剧、歌舞剧、电影《刘三姐》使用过的那些七言四句头山歌为核心、为代表的广西所有的精彩山歌。我认为这绝不是胡乱攀缘附骥。这些山歌的的确确跳荡着刘三姐的脉动，附着上了刘三姐的灵魂，体现出刘三姐的智慧，确是真歌嫡传啊，谁叫这里得天独厚，是宜州，是广西，是刘三姐的故乡呢！

本文以《刘三姐印象》为题首发于《红豆》2006 年第 19 期，以《说不完的刘三姐》为题收进文集《品读河池》

张丽萍

张丽萍

1955年生，广西宜州人。广西大学中文系毕业，国家一级编剧。专业作家。曾任梧州市文联副主席、梧州市第十届人民代表大会常务委员会委员。1984参加中国作家协会诗刊社第四届“青春诗会”。1991年出席全国青年作家代表大会。出版诗集《南方女人们》《昨天的月亮》《广西当代作家丛书·张丽萍卷》和纪实文学《在世纪阳光下》；发表大型歌舞剧本《记忆·龙母》《西江·水影》。曾获广西首届文艺创作铜鼓奖、第五届中国戏剧文学剧本奖、广西第四届剧展编剧奖等。其诗作入选人民文学出版社、中国青年出版社、作家出版社、长江文艺出版社和花城出版社等十几家出版社出版的诗歌选集。

远去的河

红鞋子

过　年

月与歌

远去的河

生我养我的宜州故里，一个有着两千多年历史的地方，她的一树花开，春水一江，城门一座，四周山峰，由儿时开始便镌刻于血浓于水的记忆。她是我离开母亲的襁褓睁开稚嫩双眼便兴致盎然读着的第一本人生的大书，就像自诩为乡巴佬的沈从文读湘西那本大书那样。

我老觉得我的故乡宜州很有湘西的几分神韵。沈从文走过的青石台阶，宜州也有。沱江上的水手，肩挂一捆船绳，赤脚踩一串水印走上码头，小时候我在宜州周家塘坡下北门码头上也见过那些光着膀子的水手，皮肤黝黑闪着太阳与山里水边的颜色。说话大声肆无忌惮，会哼一些哩歌，多是些哥呀姐呀妹呀的，充满着几分香艳肉欲的哩歌，为这些水手在龙江河漂流的日子有了几分家的温暖与回忆。

我老觉得宜州的龙江河，像极了沈从文家乡

的沱江，甚至比沱江更深、更清、更美，她所蕴含的人文与风情，只不过是没有挖掘也没人关注罢了。龙江河除了每年的洪水季节像脱缰的野马奔腾咆哮，卷起千堆雪往下游奔去外，大多数时候是恬静的，是美丽的。绸缎般的江面上，水鸟般收起翅膀的乌篷船，于轻沙浅水中晃摇，吱呀出一些水泡歌声，故乡诗意如此是渗进骨头去的，无以言状。要是月夜坐在龙江河边，岸边水草细虫乱叫，水面尾巴带灯的萤火虫，不是一群群，也不是一队队，而是一点点一点点地飞在龙江河面上。辽远，空蒙，小时候便觉得这条河是世界上最大的河了，最好玩的也是这条河了，也是最美的河了。

我对家乡的怀念，是跟这条龙江河连在一起的。龙江河从远远的地方柔柔的流来，两岸翠竹成林，绿风一片，河面上怪石嶙峋，清奇秀丽，水面平缓，荡着无穷无尽的微波涟漪，几条乌篷船泊在堤旁。龙江河不宽，比起长大后我在外面看到的大江大河，她太不显眼了，她既没有“飞流直下三千尺，疑是银河落九天”的气势，也没有“大江东去，浪淘尽千古风流人物”的壮观，河水整夜整日悄无声息地流淌，深更半夜，即使是住在岸边的人家，也几乎听不到她的喧哗。

平静恬淡悠闲的美，一如家乡小城。

小时候，我们常常躲过大人们的视线，跑到河边去游水，说是游水，倒不如说是扒水还恰当些，狗扒式、猫扒式、鸡扒式，在水里乱扒一气，溅起满河白花花的浪花就感到快乐无比。游完水，正是太阳高悬的中午，沙滩给晒得暖烘烘的，我们湿漉漉地爬上岸，个个像一条小美人鱼，沙滩上印着我们一行行潮湿的小脚丫。我们脱了衣服裤子拧干水，摊晒在岸边岩石上，然后就躺在软软的沙滩上，望着蓝天白云，无边无际的遐想，莫名其妙的感动忧伤。小小的心房，被龙江河浸泡得酥酥的，让我长大以后，一想到她就有一种想哭的感觉。

故乡的河啊！

当然，在沙滩上躺下的时候，我们还忘不了互相用沙子搓擦在手和脚上，那是我们孩提的秘密，为的是让皮肤还原，回到家的时候，细心的妈妈即使用手指刮我们的皮肤，也刮不出白白的印子，发现我们偷去游水的事。多少次我们瞒天过海成功，下次更加肆无忌惮地扑向龙江河。在那条河上，我们曾是那么英勇。我们爬上水边高耸的岩石上，脚下是一潭深幽幽的碧水，站在几米高的岩石上，一个个目光严肃认真，大义凛然，颇有一种视死如归黄泉路的气概。我们在模仿当时电影里常见的一种英雄绝路跳崖就义的镜头，一个个振臂高呼："毛主席万岁！""共产党万岁！"然后闭上眼睛，全身绷得笔直，纵身往下跳，"咚"地一声扎下水，水也极其灿烂地响了一声，溅起几丈高的银色水瀑，在空中撕裂成一颗一颗碎玉洒落水面。扎入深水底下的我们，就咕嘟咕嘟像鱼那样吐着气泡往上冒，好不容易冒出水面，抹抹脸上的水珠，甩甩湿漉漉的头发，又兴高采烈地继续我们神圣的游戏。有一次，我也许是跳得太用劲了，潜下去很深，好久好久没挣出水面，待在一旁的姐姐急坏了，吓得哭着到处乱喊："我妹妹沉下河了，你们快去救她呀！"她话音刚落，我就咕噜咕噜像鱼儿那样吐着气泡钻出水面。姐姐立即破涕为笑，我也一起傻乎乎地笑了。龙江河，我想哭就哭，想笑就笑的童年河。

长大后，家乡的河离我远去了。不！是我离她远去了。我在桂东南这一边，她在远远的桂西北那一边，一如既往地流淌着，她的动荡喧哗，她的微波白浪经常清晰地浮现在我的梦里。我常常想：没有了我，没有我在她身边嬉闹，没有我在她身边表演跳水游戏，她会感到落寂吗？我知道我这样想是很傻的，但我没法不这样想。

以后，我每次回宜州，都会跑到龙江河去看看，当然是不见了童年时玩跳水游戏的大崖石，她早已淹没在龙江河的水中，亦也不见小时候洗衣服常常被杵衣棰敲响的那块石块，也早已淹没于水里，且是被一层层沙子淹埋着。但只见这条我熟悉的河，岸边青山依旧，一江碧水依旧，几十年岁月过去，竟觉得岸边的山更青，树更绿，一江春水一如既往无怨无悔的柔软地流着，让人顿生眷恋，浮想联翩。“江畔何人初见月，江月何时初照人？”唐代诗人张若虚的千古名句会顺着龙江河水，潺潺地流进了心头。

城春草木深，水清大江流，有人说一条河便是一个人的一生，也决定了一个人的一生，我愿意说是宜州的这条河滋养了我的生命，让我的人生，不管走到哪里，都带着她的气息。

原载 1989 年 7 月 28 日《广西日报》

红鞋子

真正的乡愁是难说出口，也无须说出口的。天涯倦客，客栈羁留，柳舍青青，望云飞过，听风声蝉雨，隔壁老王小囡背影在一袭宣纸纱窗里，润湿了你的双眼。家在千里之外，更千里之外如黑白照片，只能打开，不能拥抱，竟无语凝噎。人间是有万盏灯火哦，然此刻，这里没有一盏灯火是为你而燃。古诗词里有的是一首首充满离愁的诗，却也是望梅止渴，乡愁无解。王维，这个初唐诗人的千古名句便会在低回中浮在心头。“渭城朝雨浥轻尘，客舍青青柳色新。劝君更尽一杯酒，西出阳关无故人。”抬眼四顾，如影随形，四周陌生得出奇，在阳关内你也无故人。酒干倘卖无，喝与不喝请自便，南方更南，本是无柳之地，谁人有如此雅兴去千里之外折一枝予你，让你的前路充满了诗情画意，理想是丰满的，现实是骨感的，才不去说什么乡愁。

“长亭外，古道边，芳草碧连天。”源于当代著名文化人、宗教人士李叔同手下的词，在林海音的城南旧事中，明明也充满了离情别意，也不去说愁，少女林海音的乡愁是国破家亡，远走他乡，一架毛驴车拉着她在北京郊外的冬天，三两枝落尽叶子的烟树，红墙绿瓦覆盖着白雪渐行渐远。她睁大着眼睛一路读着她眷恋的故国，古道，长亭，杨柳，这美得如牡丹亭里的词呀，竟不能所依。内心里是充满了纯正乡愁，也偏不把那字吐出口。让人从一杯黄酒中品味，从长亭外西风里瑟瑟摇曳的荒草中去体会。

北宋著名风流才子的“寒蝉凄切，对长亭晚，骤雨初歇。都门帐饮无绪，留恋处，兰舟催发。执手相看泪眼，竟无语凝噎。念去去，千里烟波，暮霭沉沉楚天阔。多情自古伤离别，更那堪，冷落清秋节。”有人说，柳永这首词是写给他在烟花巷里认识的歌女的，通篇悱恻缠绵，艳丽而深情。在我看来这首词也是与乡愁脱不开干系，古时候的人十年寒窗为中秀才背井离乡千里赶考，也常难免有心摘花不得，只能去那歌舞楼中，赊酒买醉，醉看歌女拨琴弦纤指如鸟，忍将浮名，换成浅吟低唱。乡愁是一杯酒，一个人喝下去，吞下肚，懒得去说一个愁字。真真觉得乡愁是这个世间上最美的东西，也是最令人愁肠无解的东西，乡愁是这个世间的锦缎珠玉，是这个世间的晚霞朝露，是这个世间的金丝楠木，是经几代人耳磨厮鬓的红木家具。凝于蓝天之下青山之上黄土之中，记得就好，莫忘初心与来路就好，何必去碰，何须去碰呢?

而我的乡愁没有什么宏大叙事，只是由一件件小家子气的小事组成。让我记忆犹新的还是跟我家门前的那条龙江河有关。只记得那时节，碧绿的龙江河像往常任何一个年代一样，静静地流淌，没有什么忧伤，也没有什么喧哗。河岸，巉岩峭石，清清瘦瘦，与江水对望着，更衬出一种说不清楚的寂然。码头，浅水上，有几家女子，借光亮亮的石板，敲起一阵清越辽远的杵衣声，只有七八岁的我就插在其中，穿着一对红色的有蜂窝图案的塑料凉鞋。这是我童年最漂亮的鞋子，我跟母亲闹了很久才得到的，我的脚不大，而这鞋子也非常精巧秀气，穿在我的脚上，多一分则长，少一分则短，不多不少，不胖不瘦，穿起这对新鞋子，我感觉自己立马脚踩莲花平步青云地漂亮出众起来。

也许是我太喜欢这双红色塑料鞋了，那天我像往常一样去龙江河洗衣服，我将衣服一件件洗干净放在竹篮子里后，便开始洗脚上的鞋，由于在河中淌来淌去，几粒沙子卡入了穿着红鞋子的脚里。我站起来，把装满衣服的竹篮挎在手腕上，来到一处没人的地方，把有沙粒的脚放入河水里浸了浸，想浸掉脚缝里的沙粒，谁知这鞋子就离开了脚，直直沉到水里去了。我赶忙趴下去伸手到水里去抓，但晚了。此处水很深，虽然水很清，清到看得见觅食的鱼儿，但是水深到一定的程度，也就灰蒙蒙了，什么也看不清楚。我又拿比手稍长的棒槌，满怀希望又徒然地在水中探来探去，也没有捞到，红鞋子沉入深深的水底了。望着清冽冽的水，我心里很懊丧。那是小时候，我最认真的一次伤心。

记住了掉下红鞋子的那块石板，我赤着一只脚回到家里，小小的心眼里巴望水退，水退了就好了。我洗衣的地方有一个回湾水。再越过中间，有一壁岩石挡着，下边才是水势湍急的三门滩，估计我的红鞋子不会让水给冲到三门滩下。它会在回湾水地带，退水时，它最多是蒙上一些泥沙。到时，我就去挖，就去找，或许能找回来。

就这样怀着一个明确的希望，我等待水退。

剩下那只崭新的红鞋子，我郑重地收藏着，等找回落水的那只，珠联璧合，再重新穿上它。我不敢让妈妈知道掉鞋的事，说舍不得穿，又捡起准备剪来做拖鞋，早已破烂不堪的鞋子对付，套在自己脚上，吧嗒吧嗒拖着走。

我等待水退。龙江河的水，在秋冬交际的时候，水退得很慢。每天吃过晚饭，我都要跑到我死也不会忘记的那块石板，看水退下了多少。河水每落一寸，我心里就刻下一次记号，伴随着也就激动一次。但有一天，上游突发大水，污浊的洪水一下子涨了起来，连从来没被淹的乌龟石也被浸到脚下。一个多月积累的成果，顷刻之间滚滚东流，心凉透了。又看了好多次，又等了好多回，终于，水退到我预期的地方了，看见黄澄澄的沙滩，一片片尚有水渍，平展展没有任何人的脚印。我敢说，水退后我是第一个踩上这沙滩的人。

强抑住心里的狂喜和几分担心，我跑到我掉落红鞋子的地方，用瓦片刨啊刨，起初是浅浅的刨，不见红鞋子，后来是深深的刨，还是不见红鞋子。我想，水流会把鞋子冲离原来的位置，我又把刨沙的范围一圈一圈扩展，挖得手指生痛，鼻尖浸出细细的汗珠，还是不见红鞋子的影子。站起来，我拧了拧酸痛的腰，望着被我刨得乱七八糟的沙滩，望着无语流淌的龙江河，我失望得直想哭。不！不是想哭，而是真正地毫不掩饰地趴在一块岩石上，伤心地大哭起来。

后来，我把剩下那只红鞋子保存了好久好久，总舍不得扔掉。多少年后，每逢去龙江河的时候，望着静静流淌的河水，总是期望着龙江河会突然出现奇迹，涌起满河雪白的浪花，而浪尖上便是我儿时丢失的红鞋子。

自然，我是永远不会找到童年时掉在龙江河的那只鞋子了，岁月沧桑，乡愁绵绵，当我穿过一双双鞋子走过无数的路，不知是心理作用还是乡愁使然，我总有一种“曾经沧海难为水，除却巫山不是云”的感觉，总觉没有哪双鞋子比我童年时穿过的那双红鞋子舒服。

原载 1993 年 5 月 18 日《梧州乡情报》

过　年

“年年岁岁花相似，岁岁年年人不同。”当临近春节，吟诵着唐代诗人刘希夷这句诗时，心中感慨万千，转眼又是一年了。对我来说，意味着什么呢？在春节这个万家团圆的日子里，意味着有几许得意、几许欢畅、几许惆怅、几许迷茫的日子，都成了昨天，与无数个昨天连在一起成为历史和遥远的思念。

就要过年了，平日里怕自己失去与现实做长久的对峙的坚强的勇气，而尽量不去想念的故乡，这会儿很清晰地出现在自己的面前。

要是白天，阳光如瀑，家门口的街给晒得暖洋洋的。晚上的家里，一灯如豆，从窗户里飘出些光来，在极静极静的深夜，这点微弱的光芒，显得那么明亮，那么温馨，叫人顿生出无限的向往怀恋。

“家兄酷似老父亲，一对沉默寡言人，可曾

闲来愁沽酒，偶尔相对饮几盅。故乡啊故乡，我的故乡，何时能回你怀中。”日本歌曲《北国之春》将乡愁表述得富于新意，多年前我刚迷上流行歌曲就迷上这一首，多年后的今天，我依然为这首歌曲所迷恋。生活的道路越走越远，乡愁越来越深，深到不愿去说，正如这首歌，淡淡的哀愁、深深的怀念流淌在字里行间。唯其如此，才显得绵长动人。

我历来就固执认定，真正的痛苦和真正的怀念就像真正的爱一样，是说不出也不经说的。生活是个大舞台，我们每天都在上面走来走去，表演着人间的喜剧悲剧，已经十分累了，如果在怀念故乡这个最自然不过的情感上也来这么一番表演，人生就太悲哀了。少年不知愁滋味，为赋新词强说愁的权利毕竟属于少年，人到中年，想起家来还像小姑娘一样哭哭啼啼就太不像话了，显得老大不小。人生中的许多东西必须得自己去承受。远离故土的漫漫求索的长路，比长路更遥远更曲折的是心路，所经历的一切难以叙述，再说一遍也是累，收获的愉悦，爱情的失意，生命能够承受的重，不可承受的轻，都是打落的牙齿自己知道，吞下自己血与肉的滋味。曾经沧海，我想那沧海也不过如此了，要把这一切天天都背负在肩上挂在嘴上，除了徒然使自己沉重外，一点好处也没有。因此，平日里，对故乡的怀念，我只是一片无言。

我喜欢静静地回忆故乡，这是一种很纯粹的感情，它不带任何功利，它不用为我承受什么付出什么，家作为我们的精神家园，它只是存在着，就已经够了，家是拈花微笑的如来佛祖，不著一字，尽得风流。

就是现在，我又真切地想起故乡来了，心里很自然涌动着《北国之春》的旋律，我想起了老父亲的形象，我的好沉默好沉默的老父亲啊，似乎没有看见过他开怀的笑过，总是那么忧郁总是那么心事重重。每年过年，我们穿越千山万水，回到家里，他用他惯有的沉默迎接女儿归来，过完年，又以他惯有的沉默送别女儿上路离家。

作为女儿的我们，从不知道老父亲在想什么，每次分别他也会像我们一样倒海翻江吗？也会像我们一样无限依恋吗？而每次上路的时候，他知道女儿对人生有无穷的奢望有无穷的无奈吗？他这个平平凡凡的父亲，养育了一个极不安分的女儿，极为多愁善感的女儿，女儿志在四方，事业、家庭、朋友，都分去了女儿那一份情，包括远方的钩心斗角，人生角逐，千百次碰壁后的随意，现实和理想之间的永恒距离而造成的无法排遣的惆怅空虚，真实与虚伪，美丽与丑恶的挣扎，统统都是属于女儿的，女儿离家上路就注定跟这一切联系在一起。

而这一切，我的一辈子待在小县城的老父亲是不可能知道也不会去考虑，父亲心里是一片朴实的天空。岁月晃悠，裁衣的案板底下钻来钻去的女儿，不经意便长大了，从十六岁起，女儿就离开了家，女儿便换了一个概念，女儿啊女儿，女儿是每年过年回家，从一片黑暗的路上扑进家中的那一声惊喜：“爸，我回来了！”和过完年以后那平淡的一声：“爸，我走了。”那一切就是这么简单，女儿对父亲来说是抽象的也是具体的，他在女儿身上的全部影响就是他的无言。老父亲的全部生存哲学就在他的行动中，女儿心里有多丰富，它的寓意就有多丰富，女儿心里有几单纯，它就有几单纯。

虽然每年只是回家一次，但我已经很满足了，要是能够这样永远下去，已经是十分美满的了，每年回到家都能喊上一声：“爸，我回来了！”直到地老天荒，这便是我最奢侈的愿望了。

过年前，能够在自己的小屋里，想着老父亲想着家里的一切，着实是一种享受，这种享受，有一个重要的前提是，必须一个人在外面闯世界，在外边经受天涯游子的无奈，经受过成功的欢欣、失败的懊丧。没有这些经历，就不会体会到这如梦如诗的时刻，那是一个人走出来的世界，是啊，走过了世界才知道家是任何地方都不可代替的神圣和温暖。

窗外，《北国之春》又传来，倾诉回忆般的旋律催人动情，在此刻，不止我一个人在思念着故乡，思念故乡里的老父亲。这是人之常情，故乡啊故乡，再过几天，我就可以回到你的怀中了，又可以进家门时，远远地对着老父亲大喊一声：“爸，我回来了！”

原载 1995 年 1 月 10 日《西江侨报》

月与歌

人在他乡，平常的日子还是好过，打一份工，温饱自己的肚子，写一些文章与诗歌，对得起自己的薪金与职业。每天都在忙，极少有那些闲情吟风颂月，花前月下。只是到了中国传统的节日，所居之城的人都是世家居多，人们忙前忙后，采购物品，走亲访友不亦乐乎，这种时候只有我像个局外人不食人间烟火。在这个城市，亲戚我是不用走也没有走，朋友又不能太热乎，总得保持自己的一点清高。如春节呀中秋呀这样重大的节日，人闲下来了，心却难闲，就会想一些无厘头的问题。比如此刻中秋节之夜，将月饼囫囵咽下肚子以后，坐在阳台看所居之城万家灯火。空中皓月一轮，月亮中的阴影和月亮边的灰云都看得清清楚楚，很多往事汹涌而来，有事且装无辜，有情假扮无情，就想着一个简单的问题。我的故乡宜州，今年八月十五的月亮又是什么样子的呢？

老乡们此刻在古城门上看到的月亮是不是也像我头顶的这一轮月亮那么皎洁，那么浑圆，那么晶莹剔透呢？心里一柔软，智商便会直线下降，连常识都快不知了。谁不知道“海上生明月，天涯共此时”“滟滟随波千万里，何处春江无月明”“人生代代无穷已，江月年年望相似”“但愿人长久，千里共婵娟”说的就是不管你在这个世界上的任何一个角落，你抬头看到的月亮都是一个。之所以感到此月与彼月的不同，是你的心境不同，情感不同，望月怀远，望月伤情，望月窃喜，望月也可以心花怒放，像中了彩与状元一样的呀。花好月圆，天人吉祥，梦想成真，天下有一个不散的筵席，就该是在一轮圆月下摆的八仙桌那盛宴，与喜欢与爱的人共赏的天上人间。该是古往今来，不管是达官贵人，还是平民百姓最朴实最美好的愿景。

故乡的月当然也像他乡的月，今天的月当然也像昨天的月。然而，他乡的游子思乡的情感真是没药可治的。我仍然固执地想念着故乡的月。故乡的月此刻该是硕大而浑圆的吧，悬挂于那一碧如洗的蓝天，仿佛碰一下都会摇出一串丁零当啷的脆响。相对于月亮的浑圆明晃，故乡的月饼也是很独特的一种仿生食物。故乡的人竟然将白糯米磨成粉加上糖，夹上芝麻花生莲蓉各种馅，把月饼做成一个个像月亮那样形状，月饼上用彩笔绘上嫦娥奔月、吴刚伐桂的各种传统文化的图案，这样的白米月饼真让我们小时候的中秋节甜出了蜜。现在想起来还觉得是人生中吃过的最好吃的月饼。记忆里每到中秋节时，故乡卸掉了平常日子的些微沉寂与负重，在一年中月亮最美最圆的这一天，家家户户都露出来了恭喜发财的微笑。城里的小商小贩们早早也收了档口，回到家里燃起炊烟，等着中秋，而那些勤劳的家庭主妇们早也宰好鸡鸭，做好了扣肉欢喜五色糯米饭，满满地摆上一桌，等家里人从四处回来挤在桌前一顿饕餮，行拳，猜码，喝酒，吃肉，直到“月上柳梢头”，才朦胧着一双醉眼去看中秋月。故乡人重视中秋，平时日子过得怎样紧巴寒酸都是不要紧，每逢佳节是一定要大鱼大肉吃一顿，民以食为天，故乡人天生是乐天知命，文人古诗里的寂寞中秋，在故乡是被冷淡了的，中秋节的故乡悍然成了团圆欢乐家园。吃完夜饭，大戏登场，各家各户小圆桌子摆出街上门口，桌子上面摆沙田柚、月饼，根据自己喜好摆成各种造型，点三支香，摆三杯水酒，开始供月亮。月亮慢慢地越升越高，越升越圆，心中的那一缕诗情油然而生，何以排遣，不是杜康而是故乡的山歌。“唱山歌哎，这边唱来那边和，山歌好比春江水哎，不怕滩险湾又多”“想妹一年又一年，想妹想到肠子断，想妹一春又一春，想妹想到头发落”，各种山歌就会此起彼伏流满了故乡的中秋之夜。故乡的艳丽、欢愉、世俗在月圆中秋可窥一斑。

“中庭地白树栖鸦，冷露无声湿桂花。今夜月明人尽望，不知秋思落谁家。”其实，满打满算我十六岁离开故乡，就是说我在故乡该见到过十六轮中秋明月，十六轮中秋月亮竟深深烙尽一生记忆，一生的秋思尽洒在了那过去的十六年里，洒在那故乡老屋露华正浓的中庭天井，洒在那青苔斑斑的花台上。总忘不了小时候听过的一个故事，说的一个山中樵夫，那夜在山里担着柴大步流星，要赶回家过中秋，途中突然绊倒在路上，气得手指月亮，恨月亮不够亮，让他摔倒了，后来樵夫之手指便从此弯曲了。月亮是神圣的，月亮是有灵魂的，大人告诉我们，中秋月亮升起来时，千万不能用手指月亮，否则，你的手指会弯曲的。小小年纪的我，对大人们的这个“告诫”半信半疑，竟然生出一种好奇，一种冒险，瞒着大人偷偷地用手指去指月亮，眼睛瞪得大大的，注意力全部集中到那根指月亮的小小的手指上，看看会不会弯曲。小手指完好无损，我骄傲的把这个勇敢的“壮举”告诉了小伙伴，并带领小伙伴，喊“一二三”一起伸出小小的手指去指那一轮圆圆的月亮。那是一个怎么样天真无邪，单纯调皮的童年中秋哦。

我盼望着有一天，能够自由自在奔故乡中秋月而去，在故乡洋溢着母亲般温暖的土地上，静静地欣赏仙子出浴般的故乡月，认真地倾听浓酒一样醉人的山歌。我想，经过许多年头的冲刷洗涤，故乡月亮会像故乡的山歌一样动听，而故乡山歌则会像故乡月亮一样明媚！

原载 1989 年 12 月 5 日《梧州日报》

饶韬

饶韬

男，1933年生，汉族。笔名牧坪、向东明。出生在宜州牛耳潭村一个小手工业者的家庭。新中国成立初期，参加过清匪反霸、土地改革等。到广西日报社后，先后做过记者、编辑，任过记者站站长、编辑组组长、处长、编辑委员、副总编及广西新闻工作者协会和新闻学会副会长、广西报告文学家协会会长、广西报纸副刊研究会会长、中国报纸副刊研究会副会长、中国散文家学会理事等职。中国作家协会会员。在区内外报刊上发表了大量散文、小说、报告文学、杂文等文学作品，也写过一些文艺评论、电影剧本。已经出版的作品集有《凤凰城》《风铃絮语》《易风琐语》《五彩人生五彩路》等。

美啊，失去的北山

乡　音

乡思·乡恋

美啊，失去的北山

家乡的北山，是我神往的地方。

记得，还是孩提的时候，每年我跟随母亲上白龙洞进香。每次爬上那高高的山巅，踏进那阴森肃穆的白龙洞，在我那幼小的心灵里，便产生了一种非常神奇而又敬畏的感情。一则北山上那数百级陡斜的石板路，对我来说，简直有如登天般艰难；二则白龙洞里那些泥塑木雕、千姿百态的菩萨使我十分恐惧；三则白龙洞里九曲十八弯，深不可测，传说有许多能吞食人的蟒蛇，洞深处的深潭里还有一条张牙舞爪的金龙……说来十分吓人。

然而，我还是爱北山，家乡的人也都爱北山。因为北山是我们宜山庆远镇的山水名胜的精粹。逢年过节，家乡人少不了都要到这里来郊游，男女青年在这里举行歌会，恋人在这里定情。春天，这里花最多，景色最宜人；夏天，这里最凉爽，空气最清新。小虫、鸟儿在山头草丛中鸣叫，色彩斑斓的树叶，点缀得满山像锦缎般美丽。生物课老师常常带着我们这些小学生上山来采集昆虫和树叶作标本。我们就像三月放飞的小鸟，飞回了老林，满山地窜，遍野地笑、叫，多欢畅啊！一直玩到日西斜，人疲乏，一个个像喝了蜜酒，才依依不舍，摇摇晃晃地走回家去……

说起我对北山的感情，还有一件难忘的往事：

抗日战争后期，日本侵略军逼近宜山县城。我随父母经北山乡，取道拉浪，到现今属于都安瑶族自治县的一个偏远的石山弄场里去避难。直到日本鬼子投降之后，我们一家大小才从这里奔波跋涉赶回宜山。记得那是冬末季节中一个阴沉的日子。快近黄昏时分，我们走了一整天路，已经疲惫不堪了，好不容易到了离县城五里的鹩哥山脚下。我偶然抬头向北边望去，霎时闯入我眼帘的，恰好就是那耸立在龙江河对岸形似古钟般的北山。这时，一股热流猛然涌上心头，我的眼泪就像涌泉似地禁不住往两颊滚落下来。“啊，北山，我终于又看到你了！”这时，我的心情真是说不出的激动，就好像一个浪子突然回到了久别母亲的怀抱里，心里有多少辛酸要对她诉说啊！此后，每当我离家时间一长，重新回到故乡，一看到北山，自然就产生一种说不出的复杂的感情来。我把我的这种感觉，对家乡的朋友诉说，他们似乎都有同感。外地人因此讥笑我们宜山人，说：“你们宜山人出不了远门，看不见北山就要掉眼泪。”可见，家乡人对北山怀着多么深厚的感情啊！

其实，我们宜山人爱北山，也不仅是一般人眷恋乡土的感情。北山确实还有值得我们特别怀念的地方。这，已经是我成年之后才能得到的体会了。

参加工作后，我回家乡的机会少了，上北山的机会就更少。有一次，大约是 20 世纪 60 年代初期吧，我从南宁出差途经宜山，恰好遇上几位儿时的伙伴，大家突然产生了游山的雅兴，于是，我们便筹划着重游一次北山。

儿时游北山，只模糊地记得白龙洞深且曲折，洞口有庙，庙里有菩萨、香火……这次重游白龙洞，才知道它有上下两个洞。下洞小，洞口草书“白龙洞”三个大字，有整齐的石阶上去，洞前有平台，新修了栏杆。登平台，眼界顿时开阔，心胸坦荡，宜山县城尽收眼底。宜山四面环山，山山相连，向有“铁链锁孤舟”之称，而我们脚下的北山，则是这铁链中最大的一环。从平台入洞的道路宽阔平坦，洞内九曲八弯，盘桓数里，天然岩石形异万状，有的如伏虎欲跃，有的如屏风，有的像渔人撒开的网罗，更有一条似乎是准备拔地而起的气势雄劲的石龙，鳞甲宛然，形态逼真。大自然神奇的创造，令人惊叹不已。据说，白龙洞就是因为有了这条石龙而得名的。

再上去是一个更大的洞。洞口挺立着一尊石雕的菩萨，身高丈许，神态庄严而安详，雕工精细而有力。据说，这就是唐末修仙和尚陆禹臣之像。旧县志说：“唐末河东陆禹臣居崖中修炼，后尸解仙去。”这尊石像使我想起了儿时听到的一段传说：离北山，过龙江河，南去十里也有一座山，名叫南山。山中亦有一洞，洞穿县城地底，横贯龙江河下，直通白龙洞。绵长十数里。洞中地形复杂，道路崎岖，且有蛇和猛兽。古时，有和尚十数名，为了寻仙求道，秉烛从南山洞起程，辗转跋涉，途中蜡烛燃尽，有的失足深潭，有的葬身蛇腹，最后只剩得一人，他临危不惧，毅然咬破右手食指，燃血照明，历尽艰辛。当他抵达白龙洞口时，周身鲜血也燃烧殆尽，便升天而去……如今这尊石像，便是那传说中修仙得道的陆禹臣。看，他左手捧着一颗金光闪闪的明珠，右手食指指向上方，神态安详、自然，充分表现了一个为追求自己的理想而历尽艰辛的苦行者的无畏精神。站在这尊石像前，我的心里陡然产生了一种虔诚的敬意，被这位伟大的殉道者的牺牲精神所深深地感染着。

登上了古庙的殿堂，出右边侧门，我们来到了太平天国翼王石达开的题壁诗处。1857 年，石达开因天京内讧，带兵出走，经江西、湖南等地，历尽艰辛和战事，终于入广西，于 1859 年 10 月 15 日，驻军庆远府（今宜山）。1860 年 3 月初旬，正是石达开三十寿辰。他与部属将领登北山，到白龙洞览胜，见壁上有清代湖南人刘云青题五言诗一首：

异境从天辟，登临眼界空，
万家遥带雨，一水怒长风。
古佛形容怪，奇人气象雄，
回首腰上剑，飞去作长虹。

石达开非常赞赏这首诗，称它“寓意高超，出词英俊，颇有斥佛息邪之慨”。便步原韵和了一首诗，大员们也各和了一首，请匠人用楷书连同刘云青的诗一并刻于悬崖绝壁处。诸大员题诗气概不凡，各有千秋，然而，比不得翼王石达开的诗句意境开阔，气势昂扬。翼王石达开诗曰：

挺身登峻岭，举目照遥空，
毁佛崇天帝，移民复古风。
临军称将勇，玩洞羡诗雄，
剑气冲星斗，文光射日虹。

石达开是太平天国诸将领中的诗雄之一。据传，他的诗最先见于清光绪末年出版的梁启超著《饮冰室诗话》中《答曾国藩五首》。不久，南社诗人高旭刊《石达开遗诗》出版，称为“残石剩水楼刊本”，其中除《答曾国藩五首》外，另有《哭天王被难》等二十首，共二十五首。但是，据著名太平天国史学家罗尔刚先生考证，所有这二十五首石达开的诗，全部属于伪造，只有这一首宜山庆远镇北山白龙洞题壁诗，才真正是石达开所作。然而，就是这点珍贵的古迹，能保存至今，不知经历了多少波折和险阻啊！传说，石达开率军西进四川后，清兵卷土重来，大肆毁灭太平天国遗迹。庆远府的老百姓因感于石达开清正贤明的政绩，便想方设法，在刻有翼王诗的石壁前建造厨房一所，把石刻遮掩起来，终于完整地保存了这份珍贵的古迹。新中国成立后，国家于1959年、1960年，先后两次拨款修复白龙洞，在殿堂正厅陈列太平天国运动史迹文物、图片，在石达开题诗石壁前，又新建了一座翼王亭，增设栏杆、石凳，种上花木，使这一名胜古迹重放光华，更加壮观。

当我们漫步走下北山时，心情是极不平静的。那伟大的殉道者陆禹臣的高大形象，那气势磅礴、名垂千古的石达开题壁诗，以及那些为保护这题壁诗而英勇斗争的人们，不都恰好体现了一种为追求远大理想而不怕艰辛、英勇献身的精神吗？！正是这种精神，给了我们新的感受，在我们心中增添了一点新的有益的东西。我和我的同伴们都感到，这次游白龙洞所得到的印象，要比儿时深刻得多，充实得多。

经过十年浩劫，我再次回到了家乡，和儿时的朋友们谈起家乡的变化，其间自然也谈到了北山和白龙洞。同伴们一个个都感慨地说：十年大破坏，白龙洞也不能幸免，不要说那些亭台、楼阁、菩萨都已荡然无存，就连洞边石达开的题壁诗都受到了损害。而这时，我的心里不知怎的，突然生起一种凄惶的感情来。我想，这是不是一种复古恋旧之情呢？不，我自认从来就不是一个复古派，我和我的家乡人喜爱、留恋北山，并不是出于封建迷信思想，而是因为它是一个有价值的名胜古迹！是因为它确实给了我们有益的精神享受。我承认，我们搞四化建设，总得破坏一些陈旧、落后的东西，但，一个小小的白龙洞，保留其本来的面目，让后人工余游览，不见得就会影响四化的大局吧！由白龙洞的遭遇，我又联想到宋代著名诗人黄庭坚在宜山的古墓和祠堂，想到宜山附近古城洞的宋代古营盘，想到家乡许许多多的名胜古迹……如今都不见踪影了。家乡人对于白龙洞和其他名胜古迹的遭遇是不无痛惜的。最近，看到报上发表了家乡人呼吁保护、修复包括白龙洞在内的宜山名胜古迹的信，我是深有同感的，我热忱地期望着：修复白龙洞和其他名胜古迹的意见，会得到有关方面的重视。

啊，北山，我可爱的故乡的一颗明珠！你几时重放光华？重新接纳热爱向往你的人们？

乡　音

多年不回乡，偶然回去一趟，感触很多。家乡的山光、水色、风土、民情，还有那亲朋、邻里，是那样熟悉、亲切，又是那样陌生、难认。它使我产生许多联想，勾起许多难以忘怀的记忆。最近由南宁出差到金城江，回程时，车子在路上耽搁了，有幸在家乡住了一宿。这天，因为旅途劳顿，早早便入睡了。第二天一早，天刚蒙蒙亮时，市场上便传来了一阵阵高声的吆喝：

“白馍啊，又香又甜的热白馍啊！”

“松糕、印板馍啊！”

“白糖豆沙蕉叶糍，有豆沙、有白糖的蕉叶糍啊！”

啊，多么熟悉的乡音，多么勾人感情的叫唤！那拖长着声调、带有音乐的节奏的吆喝声，一下子把我带到了那遥远的孩提时代。记得，儿时上学读书，每天早上花几个铜板，吃上一块煎得又黄又脆又香的、中间夹着芝麻糖的热白馍，是多么惬意的享受！还有那又松又软的松花糕，那又韧又脆的印板馍和蕉叶糍，那形状奇特的马打滚、油炸堆……都是家乡人喜爱的小吃。一早起来，市场上就传来了小贩们此起彼伏的叫卖声，有些小贩的吆喝声是那样清脆、动听，像唱歌似的，给市场带来了热闹、繁华的气氛，也给我的童年带来了乐趣。可这些小吃早已绝市多年了，而那动听的叫唤声也已多年听不到了。如今，乍一听到这些小吃的名字、这熟悉的叫唤声，感情的波澜此起彼伏，思绪万千。

我迫不及待地要上市场去寻找这熟悉的乡音，再次品尝这绝市多年的家乡小吃，回味一下早已失去了的童年的乐趣。谁知，我昨晚到家的消息不胫而走，在县委工作的几位儿时的朋友，早已等候在客厅。他们不由分说，便把我簇拥着往县委大院走去。

朋友中有通常人们称呼的“县太爷”，有县委宣传部的新闻干事。一坐下来，他们就问起我对家乡的印象。我把一早的感想告诉他们，他们说：如今政策放宽了，农副产品丰收，许多绝市多年的家乡小吃都已逐步问市，市场繁荣多了。逢赶圩天，不仅是新市场，就连市区的几条主要街道也都是人山人海，挤得水泄不通。

“你吃过胜发章的云吞面了吗？”

“那蓝二孃的米粉也开张了，去尝一尝吧！”

我说，我昨晚刚到，今早还来不及上街，就被“绑架”到这里来了，哪还谈得上去下馆子呢！

通过几位朋友的介绍，我才知道，自党的十一届三中全会以来，家乡的变化确实太快太大了。特别是去冬今春，农村推行了各种形式的联产计酬责任制，农民掌握了自己的经济命运，生产积极性高涨了。今年早造一造就增产了二千多万斤。今年夏天以来，家乡出现了许多令人高兴的“奇事”：农民排队交粮卖粮，全县涌现了许多产粮万斤户……我那位担任新闻工作的朋友写了篇新闻，题目叫作《震动全县的一件新闻——访问 ×× 公社向国家售粮超万斤的三户农民》，投到报社发表了。县委为了鼓励农民增产的积极性，准备召开大会奖励卖粮万斤户。消息传开，不到一个月时间，在一个公社范围内，卖粮万斤户便由三户增到十七户，后来又增加到二十五户，新闻干事不得不打电话到报社要求更正。我记得，临离开报社时，看过一份读者来信，说是看到报上报道卖粮超万斤户，非常兴奋，但他又说也有那搞投机的人，在市场上套购粮食来卖给国家，骗取国家奖售的自行车、衣车和化肥。我把这个情况告诉童年好友，提醒他们注意不要上当。那位“县太爷”说：我们早就注意到这个问题了，专门派了工作组下乡，一户一户的核对，不是自产的粮食，即使卖粮超万斤也不算数。他给我说了这么一件有趣的事：有一户农民卖粮超万斤，县里派车去接他来开会，他不敢上车，说是卖给国家的那一万斤粮中，有一千多斤是从亲戚那里借来的。后来，他又从谷围里挑了一千多斤粮到粮所去，这才自动走路来参加开会。

说话间，主妇已经端上菜来，满满一桌丰盛的菜，其中就有白切鸡、辣椒豆豉炒油鱼、荔浦芋扣肉、酿豆腐圆……好几味多年难得吃到的家乡风味菜。我们边吃边谈，越谈越兴奋，特别是我的朋友——那位“县太爷”，信心十足，一再说：十一届三中全会是一股强劲的东风，联产计酬责任制是一剂灵丹妙药，给家乡带来了少有的繁荣景象。照这样干下去，不用几年，农村就要大变了。

从县委回到招待所，房里早已坐着一个人，就是我的表哥。他穿着一套涤卡中山装，脚上是尼龙袜和擦得锃亮的黑皮鞋，缺了的门牙已镶得整整齐齐……他变了，变得我差点认不出来了。记得，六年前我回家乡时，他正坐冤案，被开除回家，在他老婆的生产队里，白天和社员出工种地，夜里便扛支钓竿到河里去钓鱼，靠这个换几个零钱买油盐，添补家庭生活。我见到他时，脸面又黄又瘦，门牙掉了好几颗，佝偻着背，一副穷极潦倒的样子。我临要离开家乡的头天晚上，他来送别，再次向我诉起苦来，说是生产队里分给的几百斤口粮，至今还没钱领回来，一家七口不知怎么过下去……那有气没力的话音，充满着担忧和哀伤，似乎对生活已经失去了信心。看到他那可怜的样子，我心里也难过，只好掏尽口袋里的几十元钱，全部塞给了他。结果，连我自己买车票的钱，还是向别人借的。如今，表哥的冤案已经平反了，恢复了工作，在县文化馆里搞创编，精神面貌自然大不一样了。他一再埋怨我回来不先进他的家，叫我一定到他家去吃晚饭。我开始有些犹豫：表哥的家境肯定比过去有了改善，但他那一大家子人的负担，我不忍心让他破费。表哥见我面有难色，差点生气了。我想，再怎么的，表哥家这一餐是非吃不可的，要不，表哥心里会不好受的。

吃罢饭后，表哥送我回城里时，一再问我，是不是带些农产品回去，让孩子们尝个新。我想起了在城里常年吃陈年老米，煮起稀饭来水还水、渣还渣的，还有一股臭糠味，一年到头难得吃一餐新米，便说：

“你要是粮食够吃，就给我点新米吧！”

“我粮食吃不完，明天打几担给你带回去吧！”

我忙说：“尝个新吧，有二三十斤就行了。”

第二天一早，我们的汽车正要启动出发时，表哥，还有表嫂，带着他那几个“饭袋”（表哥这样称呼他那几个儿子）都来了，浩浩荡荡一大家子，挑的挑米，扛的扛蔗，还有两箩筐的沙田柚，把我们的小车堆得满满的。

表哥一再嘱咐我：明年春节一定要回来玩玩。

“把娃仔都带回来吧！”表嫂挺热心，再三说她还没见过表弟媳和侄子们，要我们全家都回来过年。

那几个“饭袋”也来凑热闹，说是过年家乡可热闹了，肯定要舞龙、

---

①台阁、顶马——把小孩子化装成传统戏曲中的正面人物，坐或者站在彩车和挂彩的马上游行，是当地春节的一种娱乐活动。

舞狮子，还要办台阁、顶马[①]……一个个说得手舞足蹈，挺兴奋的。

经他们这么一鼓动，我心里也挺高兴。家乡的春节向来是十分热闹的。按照旧的习俗，每逢太平盛世、五谷丰登的年景，春节就要热闹一场，舞龙、舞狮、办台阁、顶马，从农历的年初一，一直闹到元宵节。我早就想带孩子回家乡过一次年，让他们领略一下家乡传统的习俗。可是，要筹足这一大笔钱可不容易啊！我老实对表哥说：

"往返车费我挡不起哩！"

"啊哟，你在外当'官'几十年，还差这几个钱？"表嫂嘴巴厉害，心直口快，"我不信你要攒钱起房子、买田地不成！"

几句话说得我很不好意思。

表哥说话了："尽管把孩子带回来吧！来回车费我全包了。"

表哥这两句看来不像应酬的话，却使我深受感动，一股暖烘烘的感情的潮水直冲眼眶，喉头也像塞了块铅似的，说不出话来。就连与我同行的几位同志也都受到了感染，一个个脸上洋溢着开心的笑颜。

难道这仅仅是表哥的心音吗？不，这是我家乡的真正的乡音啊！它比起那小贩们的吆喝声，显得更加悦耳、动听，更能动人情怀，使人联想，不是对于过去的回味，而是对于未来的憧憬……

乡思·乡恋

“美不美，故乡水，亲不亲，故乡人。”这两句俗语，并不见得完全正确。但却反映了人们常有的一种浓浓的乡思和乡情。

严格地说，我不算够格的宜山人，对宜山的历史沿革，风土民情，我知之不多，少小离家，老大少归，连一些亲朋故旧也多忘了。但，我确确实实是个宜山人，生于斯，长于斯。在这片向来被人们称为“铁链锁孤舟”的故土，我度过了十多个春秋。这里的一山一水，一草一木，都能勾起我许许多多童年的忆趣，激起我许许多多刻骨铭心的思念之情。乡情浓于水。我深深爱恋着自己的故乡。

在我童年的印象里，宜山，说得准确些是庆远镇——我的故乡，简直是个通都闹市。那东西长街长得从街头望不到街尾。我家原先住在西门街，每天到东门街靠近四排楼的宜山高中上学，好像要走许久许久才到。在东西街和南北街交错的十字街口，是我们宜山庆远镇最繁华的闹市。专卖各种洋杂细布、绫罗绸缎的苏杭铺，经营南北杂货、干鲜果品、山珍海味的杂货铺，蓝二嬢的米粉店，胜发章的云吞面，以及各种小吃摊档，多汇集在这一带。还有专演大戏的剧院（那时只有桂剧和粤剧能登大雅之堂，至于彩调剧，是被城里人看不起的“下流戏”，只能在乡间草台上演出），一到夜里，十字街一带灯火通明，人流如潮，十分热闹。

在我儿时的眼里，宜山什么都显得很大。那被我们宜山人引为骄傲的北山，是那样雄伟、壮观；那桀骜不驯的龙江河，是那样宽阔浩荡。那深不见底的墨绿色江水，不知蕴藏着多少神奇的童话。每当春水暴涨的时候，龙江河水白浪滔天，江水淹到了北门城楼边，江面宽阔得几乎看不见对岸。同街有个游泳好手，偏在这时投入狂涛中展示他降龙伏虎的本领和冒险精神。有一次，我看见他就蹲在狂涛包围中的江中礁石上，像一只水鸟在汪洋中搏浪，令我想起了古代降伏红河水患的壮族英雄布伯。还有西门外的体育场，是我童年驰骋的广阔天地。这里绿草如茵，天地开阔，我和伙伴们在这里不知度过了多少个繁星满天的夏夜。我们躺在草地上，望着那天上眨眼的星星和慢慢流逝的白云，遐想着有朝一日走出这铁链锁着的孤舟，去看看那外面的天地到底有多大？有时耳畔不断传来“呜——呜”的火车嘶叫声，又勾起我们难解的愁肠：中学毕业后的前途渺茫，不知何处是归宿。

啊，我童年的家乡真大真大。

1951年的春天，我从“土改”工作队被派到省城南宁学习。之后，便留在省报工作，有机会走了全国许多城市，看到许多大世界，再回到我的家乡——宜山庆远镇，不知是怎么回事，我的感觉突然变了，感到家乡显得太小太小了。古城依旧，房屋破落，街道狭窄，就连那条我儿时感到走不到尽头的东西街，如今，似乎眨眼就可以从街头走到街尾。北山，在我眼里也变了样，简直就是一个小土堆。

那令人敬畏的龙江河，也变成了一条小水沟，我站在江岸上那乱石花群中，似乎一脚就可以跨越到对岸去。还有那西门外的体育场，东门外的四排楼，南门外的四方楼……都变小了，小得令人难以置信，小得令人瞧不起眼。是风雨的剥蚀？岁月的磨难？这种感觉上的变化，我一时也说不清。但是，她终归是我的故乡，我仍然眷恋着她，热爱着她，盼望她有朝一日变得更大、更美。

前年三月，我又回到了阔别多年的故乡，作为特邀代表参加了都宜忻解放总队“三六起义”四十周年纪念活动。在家乡，我见到了数十年未见的学友和师长，同时，又有了一次重新认识家乡、重温童年旧梦的机会。

这一次家乡在我眼中突然变大了，的确地变大了。过去，从柳州到宜山的火车，多是夜里到达宜山车站，从火车站到城里，是一片种满甘蔗和蔬菜的田垌，下了火车要走一公里多黑路。现在，城区的高楼大厦已经延伸到火车站边，不仅“吃”掉了大片大片的田垌，连当年印下我许多足迹的体育场，也已经是高楼林立了。北边，城区通过新建的龙江大桥，与对岸龙江街连成了一片。西门街，如今叫建设街，街道已大大拓宽。清代、民国年间建的房屋，有的已被推倒，新盖起一栋栋新式楼房，没有推倒重建的旧房，门面也已改建，重新装修。彩色的瓷砖和马赛克，以及各种招牌和广告牌，把一间间门面装饰一新，像青春焕发的少女，打扮得花枝招展。入夜，霓虹灯闪烁，各种音响竞相播送着时代流行曲；店铺里，商品琳琅满目，令人眼花缭乱。我漫步在西门大街上，止不住胸中涌起一阵阵激情，啊，我的故乡变大了，变新了，她终于跟上了时代的步伐，真正像个通都闹市了。

同时，我也看到了家乡的另一面……

一天晚饭后，表哥陪我散步。我们走过龙江大桥，从桥上往下望去，昔日清碧浩荡的龙江河，如今袒露着它干瘪的胸膛，一条涓涓细流在河床底乱石缝中几乎看不见动态的慢慢流淌着，河水是乌黑的，水面漂着一片片油污，它好像一个久病老人的动脉一样，看到这般情景，我心里说不出的一阵难受。我问表哥："龙江河为什么变成这个样子？"表哥说："许是干旱吧？"我不信！在我多年的记忆里，天再旱，龙江河从未有过这样干瘪、混浊。表哥是个文弱书生，他当然不可能知道他生活圈子以外的世事，我只好陷入默默的思索中。

第二天，我和弟妹们去给父母亲扫墓，快到龙塘堡时，我突然想起了水果凉亭，那是个令人向往的地方。一池从地底冒上来的清泉，泉水清澈透明，大旱年头从未干涸。清池里几块爬满青藤、苔藓的山石，池边是几株数百年古榕，浓密的枝叶像一把把翠绿的大伞，给这清池带来了几百平方米宽的阴凉。暑天，来往行人在这里歇脚、纳凉，掬一捧甘凉的清泉解渴，听着浓荫中传来啾啾的鸟叫声，是那样的惬意，爽神！我儿时多次和母亲去赶洛岩圩，后来参加土地改革时，从太平乡赶回县城，路过水果凉亭，总要在古榕下的翠石边坐上一会儿，喝一口清泉水，欣赏一番这大自然造化的好风光。它，在我的心中留下的美好印象，几十年来始终没有消失过。

"水果凉亭呢？"过了龙塘堡，我就一直在寻找着我童年的梦。弟弟扬手一指说："那就是。"我朝他手指的方向望去，眼前是一间砖墙包围的厂房，却不见了水果凉亭的踪影。我感到奇怪，好端端一个风景点，为什么成了工厂区？弟弟哑口无言，我心里却涌起了一股难以名状的滋味。

打从看到了龙江河的变化，水果凉亭的消失，我心里就一直不能平静。我在追寻我童年的梦。西门外的八角楼、黄山谷祠、古城洞，还有北门外的白龙洞，南门外的南山寺……这许许多多如诗如画的风景名胜是否风貌尚存，抑或似龙江河和水果凉亭一样已经时过境迁、面目全非了。想着想着，我又怀疑起自己来了，我的这种感情是否健康？是否属于老年人恋旧惜旧的一种毛病？或者，不能简单地归之于老年人的通病，其中也有值得令人深思的道理！

原载作者作品集《七彩人生七彩路》

李果河

李果河

水族，1938 年 8 月生于宜山县一个偏僻的乡隅。小时因家庭贫困，9 岁才上小学，中途辍学两年，在家打柴、做些农活。1951 年秋又恢复入学。1953 年考入宜山县一中，1956 年考入宜山高中，1959 年考入广西师范学院（今广西师范大学），攻读汉语言文学专业。1964 年到宜山高中任教。1977 年调河池地区少数民族干部学校任教，担任党史、哲学等课程教师。1982 年调河池师专（今河池学院）中文系任教，担任写作理论教学，兼从事文学写作活动和理论研究。中共党员。担任过河池师专中文系党总支副书记、书记及副主任、主任等职务。20 世纪 80 年代，加入广西作家协会；担任过广西写作协会秘书长、副会长等职。作品有中篇小说《黑狼谷》、《真假强盗》等，短篇及故事有《山里月》《阿蓓的求婚者》等 100 余篇；散文有《难忘贝加尔》《西伯利亚的风雪》《家乡的白鸟》《东西、凡一平和我》等数十篇；诗歌有《山村柴市》《北海，我心中的海》等十余首（篇），此外还著有《西方现代派小说技法》等 30 余篇论文。曾荣获广西（省部级）校园文学活动研究奖三等奖。

东西，凡一平和我

家乡的石板路

西伯利亚的风雪

东西、凡一平和我

东西（真名田代琳）、凡一平，是当今文坛群星之中两颗耀眼的新星。他们的文学、影视作品吸引着越来越多的读者和观众，并引起文学评论家的注目；他们传奇般的人格魅力，也让一批批文学海洋里的善男信女顾瞻和仰望。由于他们成了著名作家，所以他们生活中的一言一行都已为民间的一些追星者喜闻乐道。

我很了解东西、凡一平，他们都是生活中平常的人。他们与常人不同之处是他们都有一副睿智的大脑，手中有一支流畅的大笔，他们会说俏皮话，平易近人，语言幽默、风趣、生动。

东西、凡一平在文学创作的天地里已步入成熟多产的季节，正在向文学的高境界冲刺。他们已是几所大学的聘任教授，可以预测，他们未来的文学事业将会更加辉煌，成就将会更加炫目。

他们是两颗正在飞速前进的新星。

凡一平是河池师专（今河池学院）中文系 1980 级学生。

东西是河池师专中文系 1982 级学生。

我是河池师专中文系写作教师。

凡一平是壮族，广西都安县人，出生在一个小学教师的家庭，从小就受到较好的家庭教育。他家住在红水河岸边的大石山区，民族、地域、家庭培养了凡一平耿直、坦率的性格，也赋予他壮民族特有的智慧。

东西是广西天峨县人，出生在一个贫苦的农民家庭。他的家乡也在红水河岸边一座座、一层层高不可攀的群山之中，大山养成了他朴实、吃苦耐劳的个性。东西为人机灵、睿智而思维敏捷。

凡一平是东西的师兄，我和他们则是师生关系。作为一个年长者，作为他们的老师，我和他们有过那么一段特殊的情缘。我看着他们成长，就像母亲看着自己的孩子渐渐长大；也像一只母鹰，看着自己的雏鹰长出羽毛，不断练翅，然后飞上蓝天一样，我的这种心情是很特别的。

1982 年仲春，我由一所培养少数民族干部的学校调到河池师专任教。这是我的高校教学生涯的开始。面对一群群活蹦乱跳的男女大学生，我既感到新鲜，又感到兴奋，让我也感染了几分青春的活力。

一天下午，两个学生模样的人在我面前驻足。

“请问，你是李果河老师吗？”

我说：“是。”

“听说你调到我们学校，很高兴……我们可以到你家玩玩吗？”

说话的叫凡一平，他是我到河池师专后最早认识的学生。

他们想和我谈文学、谈写作。我这个人生性好交往，当时就很高兴，于是盛情邀请他们到我家来。

从此，我和他们成了好朋友，他们尊我为师。其实，我那时的文学创作也只是刚刚起步。我虽然从 1974 年起便在省报和一些刊物上发表过文章，因此可能有些虚名，但对于文学创作，自己该走什么样的道路也仍然十分茫然。我认为我只是一个穷教书匠，一个爱自由、爱交往，又不拘小节的人。也许正是这样的性格才便于我很快与这帮青年人磨合交融。

当时，凡一平他们有一个文学社，我也很快成了这个文学社团的朋友。

凡一平个性直率、稳重，对人十分坦诚，对老师也很尊敬。我们成了一对好师生。

过了三个多月，82 级新生入学了。我是 82 级的任课教师，参加迎接新生的工作。

一个下午，时间接近黄昏，来了一批新学生，他们到接待处办理入学手续。其中有一位男同学稍微引起我的注意，他个子很小，圆圆的脑袋，人很秀气，乍眼看像个女生。他的背包和行李都很小件，那床棉被只相当于我的一件棉大衣。他对什么都感到陌生，又显得好奇，不断东张西望，一副山里人的模样。登记名册时我知道他叫田代琳（就是如今的作家东西）。因为新生很多，我当时并没把他放在心上。

仅过三天，我走进中文 82 级新生的课堂，这是我所上的第一堂写作课。此前我只教过中学语文，还有干校的哲学。我发觉课堂上闪耀着一双双亮晶晶的对知识充满渴求的眼睛，他们对我上的写作课可能感到神秘。在众多亮晶晶的眼睛中，有一双是最亮的，我注意到了这双眼睛。在课堂上，当学生们的眼睛都望着老师的时候，作为老师，我是感到自豪和自信的。我特别喜欢那双小眼睛，后来我才知道，那位学生就是田代琳。

写作老师一项重要的教学工作就是批改学生作文。我当时总有一个想法，希望从学生作文中发现写作人才。于是田代琳和其他几个同学的作文引起了我的注意。我发觉田代琳的作文中有一种生命的灵气。他们班同时引起我注意和重视的当然还有其他四五个同学，但是，田代琳比较突出。于是我在作文讲评时予以重点讲评和鼓励。

老实说，在那时，假如我就是神仙或者圣人都很难预料到田代琳后来会成为著名作家。作为一个老师，其本能是喜欢他所教学科的佼佼者，这也是我喜欢田代琳的原因。

后来，田代琳他们也组织了一个文学社团，叫“新笛”。我当时也成为了这个社团的朋友。

就这样，东西、凡一平和我从此确立了亦师亦友的关系。

20世纪80年代初期，改革开放刚刚起步，文学创作开始从极“左”文艺路线上解放出来。那时，全国著名的作家不多，我们这里是闭塞山区，从事文学创作的人还很少，当然作家更少，要是谁发表了一篇文章，很快就会在文友中引起轰动。那时的作家大多是高踞殿堂之上的，他们极少走到民间，人们很少能见到一位作家。人们看作家，就好像看乞力马扎罗山上的雪，既邈远，又神秘，所以就觉得作家很高贵，也很神奇，他们似乎都居住在云雾缭绕的蓬莱楼阁之中。当然人们都尊崇作家，景仰作家。我有几位朋友就是作家，他们和我私交都很好。他们每次到我这里来，我总难免要设家宴款待，因为那时还不时兴也无经济能力上酒楼。每次这些作家或作者来，我都叫凡一平、东西等人来我家相聚，陪同吃饭、喝酒。我之所以叫他们来，是想让他们见识见识这些作家，这对于他们的文学创作的促动，提高他们文学创作的兴趣，是会很有作用的。有这种促动和没有这种促动效果是不一样的。

东西、凡一平等学生接触了这些作家，他们当时内心是如何激动的我不清楚，我只发觉他们当时很兴奋，文学写作的劲头很足，兴趣也很浓。

不久，中南写作学会广西分会在河池师专召开成立大会，我是大会的筹办人员兼联络人。这次会议请来了很多外地写作理论专家、教授和作家，同时在大学生中开展讲学活动。广州中山大学中文系主任刘孟宇教授是早年出名的作家，笔名“汉水”，著有大学题材的长篇小说《勇往直前》。当时会议就请刘教授讲授“文学创作问题”，我则主讲“小说的结构”。中文系、政史系和其他系每一个班派五名学生代表听课。凡一平在他们班虽然已是文学创作的活跃分子，可是他并未能作为代表去听讲课。这使他心中愤愤不平，便偷偷旷课私奔进入教室听刘教授讲学。这有一种“大行不顾细谨”的闯劲。但是，在另一些老师的眼里看来，这是自由散漫和不守纪律。凡一平因此遭到了老师的批评。这种行为是对是错，我当时不置可否。20 世纪 80 年代初期，很多人的思想还是十分守旧的。凡一平冒险来听的是文学写作课，我是这门课的老师，如果我偏袒他，其他老师会有非议；我不偏袒他，我内心又是同情和支持他的，他受了批评我内心过不去。我懂得历史上大约有作为的人都有不拘小节、不循规蹈矩的现象，这是有作为者的一种“大气”。在这里，我不是提倡学生不遵守必要的纪律。其实有些纪律是很束缚学生才智的。特别是大学生，他们应该有偏爱偏好，应该有自己的追求。凡一平这种行为，多年后看来应属于正常的偏爱和追求，不应受到过多的非议。

不久凡一平居然爆出一个特大的新闻，他在当时全国著名的文学刊物《诗刊》上发了一首长诗：《一个小学教师之死》。这在当时我们这个偏僻的河池师专、在一群乳臭未干的文学青年中，不能说不是一件轰动的事！因为《诗刊》是全国老牌名刊，其作家多是如雷贯耳的大诗人，就是一般的老作者、老作家也都难以望其项背的。

这篇大作我读后很受感动，在当时知识分子不受重视、知识不值钱的年代，谁去关心一位小学教师的死呢？于是我请求银建军教授为其写一篇评论，银教授也欣然答应了。

这篇诗作发表后，文学圈子里的人都互相奔走相告，一时成为闲谈的话题。须知，在当时写文章的人不多，发表文章的人也不多，在名刊物上发表文章的人更不多。因为 1982 年全国性的名刊物也只是《人民文学》《诗刊》等几家。

一个作者，特别是初学写作者，第一次发表作品时的心情是既喜悦又兴奋的，就像一个母亲生下第一个胖娃娃时的心情一样。

这首诗的发表使凡一平当时心潮激荡，兴奋之余，当夜用得来的稿费买了一批糖果到我房里庆贺。当夜同来的还有田代琳一帮人。大家无比的欢乐，无比的愉快。

不久，当时公开出版的文学刊物《金城》的编辑聂震宁到我们学校来找我，我把凡一平、田代琳都叫到我家来，趁此把凡一平一帮人介绍给他。聂震宁当时已是全国著名的青年作家，我就请他讲学，和学生们专门谈谈文学创作，这对东西和凡一平等人后来的文学创作可能起到很大的推动作用。聂震宁还向他们约稿，凡一平等人都交出了自己的作品。凡一平写的是小说《周末》，稿件先交给我，我以老师的身份认认真真做了修改。这是凡一平的小说处女作，多年以后他还清楚记得这篇小说的创作和修改过程。小说不久便发表了。和这篇小说同时发表的还有其他几个同学的散文、诗歌、故事等。这些作品的发表，对于河池师专校园文化的发展是个极大的推动。我那时就感觉到作家的成长是需要园地的。《金城》就是个好园地，聂震宁是个好园丁，而鲜花需要一个好花园。从此，在凡一平、东西的带动下，河池师专有了一批比较固定和比较成熟的文学爱好者和小作家。

那时，东西因为年纪最小，比起凡一平一帮人来，显得稚嫩些，还无法预测他的未来。当时，我比较看好凡一平，预测他将来一定会不同凡响。

青年人容易冲动，容易失去节制，这是一种正常现象。凡一平的作品发表以后，大约和所有文学青年或者青年作家所走的道路一样，一下间突然变得文思泉涌，写作劲头暴涨，手中的笔似乎停不下来，脑子里思考的只是写，写，写。于是上古典文学课，上中学语文教学法课，甚至上现代文学课，他都在课堂上抛开任课老师，在课桌下埋头去写他的东西。有几次在课堂上被任课老师逮个正着，任课老师火了，觉得这是对他的不尊重，是大逆不道的行为，甚至连平日对学生十分温厚善良的班主任也不高兴了。凡一平遭到了批评。一些老师便迁怒于我，指责我“带坏了学生”。一位中文系老师在本系教师会议上涨着通红的脸，大声斥责：“这样的学生也想当作家？！这样的学生将来能成大作家？！”说着将手中一本杂志狠狠地甩在桌上。

我也被吓懵了，心想，是我带坏了学生，学生不遵守课堂纪律我有责任。我当时无言以对，不敢争辩。

不久凡一平就毕业离开了学校。

比较而言，东西和我在校接触的时间要长得多。他们也比较幸运。凡一平毕业后，由我牵线，由校长韦启良教授（已故）拍板，在河池师专召开了一系列大型文学创作研讨会议，并举行了较大的文学创作活动，计有北京鲁迅文学院一批著名青年作家刘兆林、张石山、李发模等人到校开展讲学，还有中国第三次少数民族文学作家笔会等等。此外，我们还请来广西的包玉堂、黄勇刹、兰鸿恩等老一辈作家到校讲学。每一次讲学，东西他们都是听众，并充当服务人员。面对一大批作家，东西一帮人的文学视野显然要比前几届学生开阔得多，他们了解了作家们的创作状况，懂得他们的艰辛，也懂得他们的幸福，这对他们未来走上文学道路，不会没有影响。

东西他们的“新笛”文学社十分活跃，我有时参与他们的活动并讲评一些习作。东西是这个文学社团的副社长，当然也是这个社团的活跃分子。

今天东西交给我一首诗，记得是写在一张信笺上的，诗题叫《山妹》。这首诗来自于东西的山乡生活，我记得诗写得较有诗味。我虽然也发表过一些诗，但是对诗歌总是没有把握，叫我评诗，说不出多少语言，我只改了几句说“可以”就让他寄出去了。后来这首诗在《河池日报》上发表了。这大约是东西第一次发表作品，是他的处女作，也是他文学创作的第一次起步。正如他后来说的，是河池师专给他播下了文学创作的种子。

一个作家的成长是离不开陶冶他的环境的，学校和老师就是这种陶冶环境中的一个条件，或者说是一个至为重要的条件。后来东西说，学校和老师的影响是制造一种氛围。我想，有这种氛围和没有这种氛围是大不一样的。

东西在校时在文学创作方面还不像凡一平那样脆响，据我的观察，他是默默成长起来的，他的成就是在走入社会后通过自己的努力取得的。东西是社会生活锻冶出来的作家。

东西和凡一平都出生在红水河边的大山区里，每次望着那红黄色的滚滚浊流从那烟雾朦胧的群山中滚动出来，我就猜想这条河流蕴藏着一种神秘莫测的力量。在东西和凡一平的身上，我们都可以找到红水河的气派：粗犷、睿智、豪放、激情。环境孕育作家，当然也孕育他们的个性和作品。

东西和凡一平都有一股韧性，这是红水河沿岸山里人的性格。

凡一平离开学校后先到一所中学任教师，他仍夜以继日地埋头他的文学创作，很多刊物发表了他的作品。也许因为有所成就，或者也有了些名气，于是上级把他调到都安县文化馆工作。在县文化馆期间，他摆脱了中学教师的繁杂任务，文学创作有了长足的进步，发表了更多的作品。然而因为某些作品取材于生活而得罪了当地某些县级干部，惹来了一场不大不小的灾祸。

那年夏天，我出差到都安县城，在县文化馆找到了凡一平。以前见到我，他都是神采飞扬、谈笑风生，没想到这次见他却是灰头土脸的，昔日的笑脸和欢乐不见了。看他紧锁眉头、暮气沉沉的模样，我以为他可能是为爱情、婚姻、工作，或者别的什么而苦恼。我当时想能有什么难倒像凡一平这样一位刚毅而又有勇气的青年人呢？一问，才知道他正准备吃一场官司，县里一帮干部正以“伤害、诽谤罪”控诉他，他将以当时一般人都认为耻辱的“被告”身份被送上法庭。原来却是因为他发表了几篇小说惹下了祸。

似乎有一种旧有的阅读习惯，就是把小说当作历史来读，也把小说当作生活的真实记录来读，相信文学作品中描写的东西都是真有其人，实有其事。比如，有些人历来就相信历史上的诸葛亮就是那么的神，曹操就是那么的奸，张飞就是那么的勇。他们不懂得文学作品的情节既来自生活的真实，又是经过文学家艺术家虚构幻化了的。文学作品中的艺术形象不能和生活中的真人真事画等号，更不能将文学作品中的事件、人物和生活中的事件、人物对号入座。可是有些人出于这种传统的阅读习惯，读了凡一平这些文学作品后，就在那里猜测对号，以为作品中的某某人物就是现实中的某某人，那些事也是他（她）做出来的事。想当初鲁迅小说《阿Q正传》一出来，就连一些有文化的高级知识分子都纷纷猜测鲁迅写谁，也都在自觉对号入座。凡一平小说风波的由来也和以上说的情形相似。不同的是，凡一平那些小说得罪的是一帮有权有势活生生的县官，并引起这帮官员忧心忡忡。他们以为凡一平的小说是写他们，骂他们，污蔑和讽刺他们，他们把艺术形象、艺术真实等同于生活真实。怪只怪当时文学理论知识还未完全普及，还处在普及阶段。

凡一平作品中那些被他们自己对上号的县级干部依仗他们的权势和地位，群集结盟，要集体向法院以凡一平“诬蔑罪”（应为“侵犯名誉罪”）提起诉讼。眼看一场官司在所难免，凡一平将作为“被告”被送上法庭。这在法制和法律知识尚未普及的年代，“被告”往往被认为就是“罪犯”，是耻辱和丢脸的。

听完凡一平的叙述，我心中未免发笑。

我笑这帮人无知，笑这帮人心虚，笑这帮人狭隘，也笑这帮人太愚昧。

凡一平这些小说是文学作品，不是政治传单，也不是行政文书和报告文学。即使作品中人物和事件与这些官员的行为有些类似，但他不写上真名实姓跟你有什么关系？你凭什么把它往你自己身上扯？这“诬蔑罪”的法律依据是什么？

我感到凡一平正可能处在一桩新的冤案的境地之中。说危险也危险，因为那时人们的法律知识还贫乏，法制观念还淡薄，如果法官糊涂，说不准弄出什么悲剧来。

我感到事情有些严重。严重不在于凡一平犯了什么，而在于执法的可能偏差。

我心中很沉，但是我并不忧虑，因为这已不是“文革”时期，“左爷们”的优势正在衰落，中国已开始步入法制社会。于是心中产生了两个字：不怕！

我对凡一平说：“不怕，如果他们要起诉，我来当你的辩护人！”

其实我心中也无太多的把握，如果我当辩护人，最多也只能给那帮人（原告）和受理法官上一堂文学理论课，让他们知道文学艺术的真实和生活真实不能画上等号。至于在一个偏僻的山区县城，法官们、原告们要做出什么超常的举动来那是很难预料的。

我的态度当时可能对凡一平多少产生一些作用，让他不至于在那些权势面前那么胆怯和担心。凡一平笑了笑，似乎缓释了心中的忧虑。

凡一平诉讼案的背后也还有一大批人在支持他：母校河池师专、广西作家协会一批作家。这里值得重点提出的是河池师专。凡一平原是河池师专的学生，在这件事情上，他得到母校的支持当然是很自然的。同是那年，广西作协在都安县城召开“瑶族文学研讨会”，出席这一会议的河池师专副校长银建军教授、教务主任韦秋桐在会上论及凡一平诉讼案时，他们和一些与会者都极力表示支持凡一平。为此，又惹恼了当时该县的一些权势人物。他们中的某些人还扬言要对韦秋桐教授施行暴力，这已经近乎黑社会作为了。

凡一平并不孤立，真理和人缘都站在他这一边，母校和母校老师都站在他一边。更主要的是时代在进步，这已经不是随便制造冤案的时代了，倒是那些“原告们”理亏和孤立。不久，一位新的县领导上任，发了善心，此案便不了了之。

人的命运历程有时神秘和怪异，往往是曲折灾难和磨砺能促其成就。凡一平经此一波一折，大约是生活视野也由此一展宽阔，生活的慧眼也由此一展深沉，因此文学创作的源泉更加丰富，文学创作的成就更加辉煌。

不久，凡一平调离了他生活多年的故乡。

比较而言，东西的遭遇不像凡一平那么“不幸”。他毕业后先在天峨县中学任教，那座县城很小，小到还不如普通的一个小镇那么大。至于文学创作，在那个县城可能找不到知音，无人与他谈论文学创作。但是东西觉得，作家不一定需要大城市。大作家柳青一辈子生活在一个村庄里，美国现代派作家福克纳一辈子也只生活在一个小镇上。县城小，则少去很多喧嚣和繁杂，可以静下心来多阅读，多写作。在文学创作方面他是个勤耕不辍的人。那时的中学教师，教学工作的压力是十分大的，担子很沉重。我不知道那些年东西是怎么熬过来的，只知道他在埋头写作，时常传来他又发表了什么什么作品的口头报道。作为老师，我是很喜欢东西的，他在校期间，我就非常喜欢他的灵气和灵性，还有他纯朴、厚道的为人。

东西毕业后并没有忘记母校，也没有忘记老师，他和我是经常通信和联系的。

有一天，收到东西寄来的三篇短篇小说，因为他那时对外地刊物的编辑还不很熟悉，想叫我帮忙推荐出去。我认真读了那几篇小短篇，觉得写得很有灵气，也较别致。我就想把它们推到较远一些的刊物，以便名气扬得远些。于是我想到陕西省文学刊物《延河》，主编闻频先生是著名诗人。1988 年中国作协在广西北海市举办全国诗人参加的“中国北部湾诗会”，我和闻频都是与会代表。我们是在那个会上认识的，两人很谈得来，一同游海，一同逛街，临别时互相赠言，过后还经常通讯交流。闻频先生当年出了两本诗集，约我为其写了一篇评论。因为有了这层关系，东西的作品也很不错，我便寄给闻频先生，不久这几篇作品发表在《延河》杂志上。我不知道东西当时的心情如何，当我知道这个消息时是很兴奋的。我从心底里感激闻频先生对新生力量的栽培和支持，也为东西的成就感到欣慰。

东西后来以他的著名中篇小说《没有语言的生活》唱响一个时代，也引领了一代风骚。我读了这篇小说后被它的构思的奇诡所折服，觉得这篇小说是划时代的一绝。这篇小说因此荣获了几个奖项，最高为鲁迅文学奖。这篇小说的价值和影响在这里我不可能做太多的评论，我只想引用温存超教授在《东西小说论》一著中的一句话：这篇小说“表现出作家对人生的终极关怀，体现出人文主义的情怀和现实主义的力量，深深地震撼了读者的心灵，引起强烈的共鸣”。这篇小说如今已被拍成电影和电视连续剧，已为更多的读者和观众所赏识。

东西和凡一平虽然离开了母校，离开了老师，但是我个人觉得他们仍然生活在我们的身边。

待到东西、凡一平的文学创作取得强烈的社会反响以后，由我提议，得到韦启良校长、银建军副校长的同意、支持，在河池师专召开了全国性的“东西、凡一平文学创作讨论会”。与会代表来自全国各地，多为当今文艺界知名人物。此外加上本校已毕业但在文学创作上比较活跃和有成就的校友也应邀参加，共一百多人。会议期间，刚好凡一平的长篇小说《跪下》出版，给这次会议增添了隆重的气氛并使场面更加热烈。一所高等学校为自己的校友召开全国性的文学讨论会恐怕是少有的。这种会议，因形式特别，更体现了东西、凡一平的母校和老师对他们文学创作成就的关注，对他们的文学创作的支持，也体现出东西、凡一平和他们的母校、老师的一体性。

时过不久，河池师专又与广西作协联合，在河池师专召开全国性的“桂西北作家作品研讨会”，与会代表来自全国各地以及在文学创作方面仍十分活跃的校友。东西和凡一平是桂西北最有成就的作家，当然成了这次会议的主角。

这两次会议，与会者在发言中对东西、凡一平的作品都作了精辟的论述，一致肯定了他们取得的成就。会议期间，还安排他们和该校中文系的全体学生见面并作了讲学。这对河池学院中文系在校学生的学习热情和文学创作热情是一种极大的鼓舞。一位学生说：“拜见了东西、凡一平，又听了他们的讲学，我觉得作家并不太神秘，只要我努力，就一定也可以当个作家。作家离我们并不太遥远。”

东西、凡一平每次回到母校来讲学，中文系的学生们都感到像是在过盛大的节日。一来他们是校友，倍感实在和亲切；二来他们是作家，是坐在眼前真真实实的作家。他们的讲学使校园的文学活动变得更加活跃。有的学生在校期间就像东西、凡一平当年那样对文学创作十分执着，于是出现了一批又一批初露锋芒的文学作者。校园的文学社团“南楼丹霞”“空谷”“视点”等自办的文学刊物上的文章有的还被外地大刊物转载。

东西和凡一平，后来都调离了红水河岸，离别了他们的故乡，成为其他省份的专业作家，到文学广阔的海洋里搏风击浪去了。我想一个蓄水不深、面积不宽的小潭，大约只能养成一两斤大的鱼。如果是大江大河，则可以养成二三十斤重的大鱼。再如果是辽阔无边的大海呢？那就可以养成几吨甚至几十吨重的大鱼了。东西、凡一平的重大成就都是在他们到江海里搏击后才取得的，我认为一个作家的生活圈子要能大能小。大圈子可以使视野开阔，小圈子可以使生活贮藏丰厚。两者互补，缺一不可。因为他们站在家乡的小山顶上时，所看到的只是一些比他们脚下还矮小的山坡。当他们爬上“珠穆朗玛峰”时，所看到的则是全地球的高山了。这就是视野。一个作家是需要视野的，视野是和人的心胸宽度成正比的。视野越宽当然心胸越宽，大作家都有很宽阔的视野和心胸；鼠目寸光、鸡肠鼠肚的人恐怕很难成为文学大家的。

2007 年 10 月 25 日，对于河池学院来说是一个历史性的日子。因为这一天她聘来了八位广西作家到中文系来担任讲学授课的教授。

这八位广西作家按他们姓氏笔画（取笔名）排列如下：凡一平（小说家）、东西（田代琳，小说家）、李约热（吴小刚，小说家）、罗传洲（小说家、主编）、鬼子（廖润柏，小说家）、常建军（戏剧家）、常弼宇（小说家）、黄佩华（小说家、主编）。

这八位作家中，东西、凡一平是河池学院（原河池师专）的学生，其余几位大都同这所学校有过十分深厚的情谊，他们有的到学校出席过文学专家会议，有的多次光临过学校开展的讲学活动。

这八位教授生气勃勃的讲学引来了一大批痴情文学的青春学子。讲堂上座无虚席，场面热烈。不独男女学生兴奋，连学校的教师、领导也都感到喜气临门。这八位教授给河池学院教学活动和校园文化注入了新鲜的血液，他们会给师生们带来新的福音。

家乡的石板路

每当想起家乡，就想到那条石板路。每次梦见家乡，也都梦见那条石板路。

那条石板路，它和我的情缘太深，它给我的苦乐太多，它给我的人生感悟太多彩。

那条石板路陪伴我度过天真难忘的童年，陪伴我越过青春萌动时期的爱情纠缠，也陪伴我走过苦难的成熟的中年，陪伴我实现青春的爱情和幻想。

那是一条古老的路，也是一条美丽的路。它修于何年何月，它经历过多少风雨沧桑，就连年近百岁的老人都说不清楚，只知道人们一代代的走踏在这条路上。我爷爷说，它可能在清朝时期就被人工造出来了，也许不是清代，是明代以前就被人用石块铺成了。看它那一块块被历代人的脚板磨得光滑圆亮的石板，你就可以知道它的年代沧桑。

这条石板路像一条花色斑斓的蟒蛇，蜿蜒曲折地斜铺在桂西北的莽莽榛榛的山峦之中。它的尾部平摆在我们大龙村山外的一条沙路旁。那条沙路比较宽阔，村人叫它“马路”。过去是马车通行的路，一直通到乡镇，通到人烟繁杂的县城。它的另一头像蛇头，一头钻进一座小山屯，钻进两座小山间的密林，钻进我们大龙村。石板路的中段有一条小山溪，平日无水，但是当暴雨过后，便流水哗哗，这条石板路从路头到路尾的长度，我爷爷说他用脚步量过，是二千一百四十七步。我爸爸说，不，他也用他的步子量过，是一千八百六十二步。我爸爸个子比我爷爷高，腿脚也长，所以步数可能少些，也许他们两人都是对的，只是脚步的长短有差别罢了。

这条石板路修建得比较粗糙，那石板路有大有小，有高有低，有凹有凸。但是那石板的颜色却是多彩的：有灰白色的石灰石，墨黑色的墨石，淡黄色的石英石，还有一种含硅量很高的紫红色的鹧鸪石。花花绿绿，远看像一条蟒蛇的蛇皮，近看像一条色彩斑斓的布贴画。更可观的是由于年代久远，那些石块都被脚印磨得锃亮。月夜里行走，在月光下犹如踩在一块锦缎上，就是在漆黑之夜，村人在这条路上行走，不用火把，不用手电，这条路也仍然显现其光彩，不会迷路。

多美的一条家乡石板路啊！

从我产生记忆的时候起，这条石板路就一直是我心中的一道风景线。妈妈和姐姐背着我或牵着我到山外赶集。走在这条凹凸不平而又光滑锃亮的花色石板路上，我又蹦又跳。上学时我在大孩子们的带领下，在石板路上追逐打闹。有时故意躲到路边的大树背后或石头背后玩起了捉迷藏，玩一种小孩子自己发明的战斗游戏。

我少年时代的朋友是阿坤、阿隆、阿乾一帮人。这些人就属阿坤智商最高，他教我们用绳索织成一个套子，或用竹篾编成一个套笼，套子和笼子中间放些煮熟的红薯套，套一种头上长着一撮黑色长羽毛的“戴帽鸟”，我们就在石板路上架起拾来的干柴，点着了火，把被拔光了羽毛的鸟儿放在火堆上烘烤，然后几个人分而食之，阿坤是我的表哥，对我特别好，每次都把一只烤熟了的肥胖的鸟腿分给我。这“戴帽鸟”比麻雀个子大两三倍，肉又甜又嫩，真是爽口。有时还能套得大鹧鸪，那就更可以美餐一顿了。

吃完了把火灭了，我们就在石板路上追逐嬉闹，玩各种游戏，直到天黑才回家。

这石板路演绎我太多的生活故事，它叫我终生难忘。

还记得姐姐嫁到外村时的情景，我们这个民族有“哭婚”的习俗。姐姐哭，母亲哭，伴娘也哭，哭到伤心时，所有女人都哭。男人是不哭的，有的弄菜，有的打点嫁妆，有的贴红红绿绿的对联、彩纸，以求吉利，我们小孩子也是不用哭的，我们就放鞭炮，互相打闹，像过节一样。

亲人们几乎是哭着把姐姐送出村庄的，那时候亲人们就踏着这条石板路，就在这石板路上，挥泪告别，母亲哭得最伤心，那眼泪是真的掉下来的，临别时姐姐也哭得掉了眼泪，也许这眼泪是有传染，我发现送亲的女人们也都哭得掉了眼泪。

我望着姐姐和接亲的人渐渐远去，一直消失在这条石板路的尽头，那时我也伤心得哭了。

过后我问母亲：姐姐出嫁为什么要哭呢？

母亲说，爹妈养了姐姐二十年，姐姐结婚后有她的家了，离开爹妈了。嫁到别人家去过的是另一种日子了。爹妈舍不得姐姐，姐姐也舍不得爹妈，能不哭吗？

我问：当初你嫁给我爸爸的时候，你哭了吗？

母亲：哭。小孩子家，别净问这些东西！

母亲有些愠怒了，我不敢再问。

那年，我已经十二岁了。

但是我对“哭婚”这一习俗还是不能理解。我去问我的堂叔母。

叔母是个开朗大方幽默的人，哈哈一笑，露出一排可爱的牙齿：

傻孩子，你以为出嫁的人真的要哭吗？那是被逼的。你不哭，人家说你对父母没有感情；你父母养你二十年，你不哭，你忘恩负义，人家说你心里饿（想）男人，不想要父母，想早点快点离开父母，是个不要父母，只要男人的女人；你不哭，嗨，不说了，反正就那么一回事，那哭是假的，不是真的，出嫁的人其实心里才是真高兴呢。只是……只是到了真要离开这个家的时候，才感到心里酸酸的……我嫁给你叔叔的时候就不怎么哭，我只是装着哭了三声……

我很好奇，便问：为什么？

叔母又一次张开了大嘴：为什么？因为我妈是个后妈，平日打我、骂我，我才巴不得快点出嫁，快点离开她呢！

叔母说着笑了，我也笑了。

更叫我难忘的是在这条石板路上曾经排演过我的初恋。

那年，我高中毕业考上了大学，本村的阿月考上了中专，阿月是个好姑娘，长得好看，身材修长。“一双美丽的大眼睛，辫子粗又长。”阿月比我小两岁，从小一起长大。一次“扮家家”时，她扮新娘，我扮新郎。后来，我们一起玩耍时只要有阿月在，阿坤、阿能、阿乾这帮人都称我是阿月的“老公”，阿月是我的“老婆”。稍微长大了点，村里的大人们也说我俩是“天生一对”。阿月是个姑娘家，怎能不害羞？从此，一见我就好像躲瘟神一样扭头就走开。于是我和阿月有十年的时间不敢在一起讲话。直到我上高三那年，阿月才开始对我热情起来，常上我家借还东西，开始对我有了笑脸，我们开始闲谈，直到这时我才知道阿月是个很有理想抱负的人，我们便开始倾心相诉。那个暑假，我同阿月都在家里等录取通知书，果然都等到了。

初恋的意识是朦胧的，我不知道我是否真的爱上阿月。但是，只要有一天见不到阿月，我的心里就空荡荡的，六神无主，非常失落，一见了阿月就载笑载言。我发觉阿月也是这种情形，但是我们都未敢许下终身。

到了赴学校上学的时间，阿月决定和我同一天去学校。我们大龙村离乡镇车站有十多里的山路。那时每天早晨六点半只有一趟汽车到县城，搭车的人一多，买票就很紧张，我同阿月约定早晨五点起床。大约走一个多小时才到汽车站，然后排队买票。

那天早晨，大约五点刚过，阿月就来我家敲门了。阿月说她一夜睡不着觉，不如早一点走吧。

我和阿月便一同上路，我们就走在这条石板路上，昨夜下了一场大雨，石板路有些地方还有些滑，我们两人背着行李，相拥而行。这天是阴历七月下旬，暴雨后的天空特别晴朗，一轮下弦月悬挂在西天，照着这条花色石板路，照着路边的花草灌木，当然也照着我们这对相拥而行的青年男女。

这样，天边的一勾清清的残月，空旷寂静的山谷，迷蒙的野树，还有这条在月光下像花蟒蛇一样的石板路，加上阿月和我一对相拥的少男少女，构成了一幅迷人的彩画，多少年后让我回想起这幅彩画，心中还有一种迷幻的感觉，那是一种神话和童话一般的意境啊。

我们来到了那条小溪旁，昨晚的大雨使沟里涨满了水，这沟有五六米宽，那水还在哗哗流动着，而且有小腿这么深。虽然不算湍急，涉水过去对我不算困难。但阿月却不行，她踌躇了一下，便提出要我背她过去，我把行李放好，把阿月背到了背上。

我十九岁了，长这么大，第一次如此零距离地接触一位女性，阿月在我背上，我感觉到她一股青春的热流向我袭来，也感觉到她胸脯里一颗扑扑跳动的心，还有那异性肌肤的魅力。阿月用温柔的双臂勾着我的双肩，把脸贴向我的脸，我们就这样一步步蹚过了小溪。

到了对岸，阿月勾住我的双手仍然没有松开，她不愿意立即从我的背上下来，一刻之间，我们两人都沉浸在一种莫名其妙的冲动之中。我一转身把阿月转到我的面前，阿月一句话不说，我知道此时此刻她也不可能说出什么话来，我们便拥吻在一起。

我的初恋是朦胧的，那时好像什么感觉也没有或者有，但是说不出一个道道来。我们没有山盟海誓，有的只是心照不宣的默契，我想，真正的爱情也只需行动，不必有什么许诺。

石板路，家乡的这条石板路，它给我太多的回忆，太多的向往和太多的神迷，你说我的一生能轻易忘怀吗？

20 世纪 90 年代初，我因事回一趟家乡，发现那条石板路的尾端那部分已经被人“砍去”了，整条石板路只剩下一半，原来国家修了一条金宁高速公路，那路就经过我们大龙村外，因为要扩路，就把那石板路砍去了，现在这条残缺的路就像一条被斩断尾巴的死蟒，原先生龙活虎的气势没了，看着它焉拉拉地躺在两座小山坡之间，我心中有一种说不出的惋惜和失落，就觉得过去那些美好的东西渐渐离我远去了……

今年清明节我又一次回到故乡，一辆小车载着我直通通的开进村寨，瞬间便到了我家的大门口。我感觉我不是回到了自己的故乡，而是到了一个完全陌生的世界！我陷入一片迷茫之中。除了我侄儿住的家门口没有变化之外，原先的古迹荡然无存。

这就是我的村庄吗？可是迎接我的又都是我熟悉的亲戚！在展望原先古老的村庄过去那些破旧的砖房，如今几乎变成了砖混结构的楼房，有的三层，有的五层，全都镶上了漂亮的瓷砖，十分美观气派，光看外貌，可以比得上县城，甚至比得上省城的那些洋气十足的高楼。

村里人对我说，这十年来村里人凭着交通方便，大力种桑养蚕种蔗，都发了。村政建设也搞起来了。啊，原来如此！可是我记忆中的那条石板路呢？村人说：石板路也被劈掉了，修成了那条直通村里的水泥路。呜哇，我心中又喜又悲，又悲又喜。农村生活现代化了，可是那条美丽的石板路的影像在我心中却总是挥之不去。

黄昏饭后，我离开村人的喧闹，独自向村外漫步而去。我知道那条石板路已经不复存在，但是我还是想寻找，哪怕寻找到它的一点点旧迹，对我也是一种安慰。

我沿着宽平的新修的水泥路面向村外走去，看到的是路两旁被劈开的石壁的痕迹，夕阳的余晖照着葱翠的山林、田野。此时那条古老的石板路和石板路上我所有的人生旧事都一起涌到我的脑际来。我在为那些青春往事、青春时光的消失感到惆怅，我说不出来是哀痛还是惋惜，但我又想，时光总是消逝，生活也总是前进，有得就必有失，我们失去的是一些古迹的风韵，得到的却是现代文明生活，不可能永远停留在一个层面上，生活中时时有新与旧的碰撞，碰撞中有新生也有淘汰，这是自然规律。还记得读过哲人马克思的一句话，大意是科学文明的发展会破坏神话的意境，会使神话意境消失，消失了的东西就让它消失吧！我们不正是处在现代文明的进程之中吗？

踏着上弦月淡淡的月光，我步向村庄，心中却是喜滋滋的。

西伯利亚的风雪

电台正在报道一则大风降温消息：目前，一股西伯利亚大寒流正在形成，中心风力八到九级，并以每小时约一百公里的速度向北，华北和华中部分地区将普降大雪，风力七到八级，华南部分地区，有小到中雪，风力五到七级，全国各地气温将普遍下降八到十摄氏度。大风过后，一些地区将出现低温霜冻。希望各地有关部门，认真做好……此时，我正置身于俄罗斯的西伯利亚！

这则广播，叫我又喜又怕。我是南方人，我的家乡平均十年都难得见到一场大雪。就是下雪，那也不是真正意义上的雪。那雪，像一颗米粒那么大小，很硬，稀稀拉拉地落在瓦瓴上。发出滴滴答答的声音，像乐器在演奏一支乐曲。个把小时后那雪也就销声匿迹了，我们叫它做“霰”。即使有些年那雪下得稍微大一点，也只像小手指那么大的棉花。有的还未落到地面就融化了，一两个小时后就停。然后就是晴天，阳光普照，不几天，大地回温。又和春天一样了。下雪后虽然冷了那么一阵，可温度最低时也只是零下二到三摄氏度。所以，我很喜欢我家乡的冬天。我没有见过天寒地冻的冬天，当然也没有见过雪国的暴风雪。现在，我正身处于一股大寒流起源之地的西伯利亚，我将要领略这雪国暴风雪的风味，对于一个生长在冬季如春、夏季酷热的南方的我，能说不是一件高兴事？但是，我既是南方人，从一个温暖如春的南方，突然来到这零下二十五摄氏度的雪国，我能经受得了这股酷寒吗？我有点怕。南方人怕冷，北方人怕热，这本是正常的事。然而我却有一种好奇心，喜欢尝试，自己没有经历过的生活滋味，所以我在等待，等待观赏和领受这股汹涌的西伯利亚大寒流。

我们来到伊尔库茨克这座西伯利亚的大城市已经五天了。时令既是冬天，自从进入俄罗斯，就已看见冰天雪地，冰雪和严寒已经领略过了。然而在这西伯利亚，冰雪和严寒是家常便饭，普通极了。据俄罗斯人说，他们这里一年实际只有三四个月的解冻期，一年中七八月份的气温最高，也只有三十来度，相当我家乡春天末期的温度，其余时间，几乎都为封冻期，冰雪覆盖。

我们自从进入俄罗斯，就观赏过两三场大雪了。然而俄罗斯人说，那些都是普通的大雪。但是我就已感到十分的稀奇。比如前两日的雪，就下得很大很厚，飞飞扬扬，飘飘洒洒。在路上行走，你就像钻进一床柔软的雪被之中。我们从安加拉大饭店出来，才走得100多米，肩上背上已是一寸厚的积雪，要用力去抖，用手去拍打，才能把雪去掉。我读过鲁迅一篇文章，他把北京的雪描绘成“如粉、如沙”，然而，这西伯利亚在北京以北1000多公里的寒温带，这里的雪绝不像鲁迅所说的“如粉如沙”，而是大朵大朵的一瓣。大的比棉花还大，一朵排着一朵，铺天盖地。有时落在眉毛上，把眼睛封住，叫你一时睁不开眼。抬头望望天，这里的天很低很轻，迷迷茫茫，灰灰蒙蒙，好像已不是天，而是离你头顶只有十来米高的大圆盖，压抑得似乎叫你喘不过气来。中国有两句古诗，说是“野旷天低树，江清月近人”，意思是说在广阔的旷野，天比树还低。这西伯利亚的天，的确比树还低。

这场雪，下得很安静，也很温柔。

天亮时，放晴了。天空晴朗，太阳的辉光十分柔和，静静地直照在茫茫的雪地上和一层层的雪岭上，反射出一道道橙红色的光。站在雪地里欣赏这一番迷人的景色，让你心旷神怡，十分陶醉。我不由得默诵起伟大诗人毛泽东在《沁园春·雪》一词中那几句描写中国北方雪景的诗句来：“北国风光，千里冰封，万里雪飘。望长城内外，惟余莽莽；大河上下，顿失滔滔。山舞银蛇，原驰蜡象，欲与天公试比高。须晴日，看红装素裹，分外妖娆……”

好一个“红装素裹”！到此时，你不得不佩服诗人的高度概括能力。

再看那太阳，这里的太阳几乎没有热度，只有温柔。它和我家乡的太阳似乎也不尽相同。我家乡的太阳在人们的头顶上行走，很高很高，热辣辣的，很刺眼，谁都很难在太阳底下长久地待着，而这里的太阳却挂在天空的南面，在一条很短的、离地平线很低很低的航线上行走。很矮、很大，也很温柔，似乎伸手可掬，似乎可以和它拥抱。我没有见过这么可爱的太阳，也没有见过这么可爱的雪景。这地上是五六寸厚的雪，踩下去，脚底发出瑟瑟的声音。每株树上都盖上了一层厚厚的雪，像俄罗斯人身上的臃肿棉袍，又像一头头高大的北极熊，静静地站在那里。

那是昨天的景色了。

今天，这老天爷突然变了脸，西伯利亚大寒流飞腾而来了。我们几位南方来的同伴有意登上伊尔库茨克市东面一个小土坡上，想品尝品尝这西伯利亚大寒流的风味，并互相打赌，看谁在这暴风雪中待得最久。

我们把棉大衣扣紧，戴上绒帽，把耳朵保护好。总之全身装束得像南方五月端午时捆紧的粽子。

时近黄昏，一股股激越涌动的、逼人的寒流滚过天空，滚过大地，夹杂着漫天飞舞的雪花。那雪花，已不是前两天飞飞扬扬轻柔飘洒的花朵，而是被这风雪搅拌成大小不一的雪粒，跟随着一股股猛烈呼啸的旋风在空中飞速奔涌。抬头望天，天空有如万马奔腾，九龙翻滚。这寒气，彻骨透筋。远山看不见了，近山已很模糊。只有那些附近的松树、白桦树，在风中颤抖身摇。原先树上那些臃肿的积雪此时已被这风暴卷刮得精光，只剩下光秃秃的身子在暴风中狂舞怒号。由于风力过猛，我们都不能说话。即使说话，那话音还未出口，就被狂风吹回肚里。在这酷寒的暴风雪里，我们谁也不敢再待下去，如果我们再延迟半个小时，一个个都准得冻成一根根雪棒棒。

我们只得往回走。

我们顶着狂暴的逆风，手拉着手，生怕有谁被这暴风雪卷走。我们踟蹰而行，步履艰难，三四百米的距离，就像要跋涉几公里的路程。我们的身边汹涌着一条条白色的长龙，那是狂风夹着雪粒，直朝我们的脸面猛击而来。脸、手、脚等处都冻得生疼。那雪粒似乎不是从天上掉下来的，而是从地面上腾跃而起的。像弹丸，像珠玑，直射到脸上和身上来，让你感到几分的疼痛。某些雪粒，还像南方的飞蝗，扑愣愣地直钻进你大衣的领子里，钻进你的帽子和皮鞋里；另一些雪粒则像草堆里的跳蚤，不知什么时候钻进你的袖管里，钻到你的脊梁，和你的皮肤一接触，得到热气，立即融化。那寒冷刺了你一下，就像真的被跳蚤咬了一口。

啊，这儿凶猛而又可怕的西伯利亚大风雪！

这时，我又想到了我的家乡。在我们那儿，要是没有这股西伯利亚寒流的影响，即使在冬季，也会温暖如春的。当冬日高照时，年轻小伙只需穿一套厚实的运动装就行，有的人还可以下河游泳。时髦的姑娘，为了展示女性的美，还穿着裙子呢！可是，这西伯利亚寒流一来，就风云突变，寒气逼人，气温下降，也变得冷飕飕的了。

老年人赶紧穿上过冬的大棉袄，姑娘小伙，也被迫身着冬装了。有时，这股寒流持续的时间很长，那将是老年人最难受的冬季。有的人还犯起温热病、风湿病。因此，我们那里的一些人很讨厌这股西伯利亚寒流。

如今，我正处身这股滚滚的寒流之中。这风力，这风速，恐怕很快就刮到我的家乡了吧？！然而，我的亲人们、朋友们和同志们，你们对这股大寒流是否做了充分准备了呢？

我在这西伯利亚的酷寒中遥念他们！

原载作者作品集《李果河作品集》

朱发生

朱发生

汉族，1947年9月29日，生于宜州庆远镇，祖籍湖南邵阳市大祥区蔡锷乡金山村。毕业于广西师范大学政治理论专业，高级政工师，插过队，任过教，当过秘书，历任县委办公室副主任、主任，地委组织部秘书科科长，县级副书记、书记，地级宣传部部长、地委委员，市级人大常委会副主任、政协副主席。广西作协会员、中国老年书画协会会员、北京华夏兰亭书画院院士。2010年5月退休，2013年12月至今受聘为河池市老年大学校长。

好雨发生时

难忘红水河

情系清水潭

好雨发生时

“好雨知时节，当春乃发生。”

编辑这本集子时总感觉有点别扭，心里也有矛盾。因为这本集子既不是学术论著，又不是文学书籍，而是由几十篇不同类型的文章凑合而成的，有散文、通讯、报告文学、调研报告，还有几幅自娱自乐的书法等等，简直是一个大杂烩，自觉品位不高、价值不大，但最终还是编辑出版了，原因有三：

一是用作送礼。我的工作圈和生活圈里的朋友不少是文人，其中不乏知名作家。这些年来，常常收到朋友送来新作，每读后，都为作者取得的新成果而高兴，并深受启迪。我认为：读书人送礼莫过于送自己出版的作品，虽然我曾主编过《红水河新歌》《公民道德歌谣》和《人大赋》等书，但那是工作使然，是集体智慧，是参与者共同的成果。而这本《好雨集》尽管杂了些，不像文学书籍和学术论著具有的那种“茅台”“五粮液”品质，但毕竟是自己生产的东西，或多或少还是具有家乡“红兰”“德胜米酒”那种品位，以文会友、礼尚往来，又何能以品位论之。

二是表达感恩。在我人生旅途中，有顺利，也有挫折。顺利时，有人给我提醒，要谦虚谨慎，夹着尾巴做人；挫折时，有人对我关心帮助，使我克服心理障碍，增强勇气，直面人生。以至于我的人生轨迹中顺利是树干，挫折成枝叶。这完全得益于遇上不少关心帮助过我的贵人，这些贵人有情同手足的同窗，有恩重如山的老师，有坦诚相待的同事，有诚挚友善的朋友，有朴实真情的布衣，有善待部下的领导等等，对他们的恩德，我铭记于心。“滴水之恩，当涌泉相报”，知恩图报是中华民族的美德，是做人的道理。报恩的形式多样，我觉得用文章的形式来表达不失为读书人感恩的好方法，既文雅，又永久。《难忘红水河》一文是我离开天峨不久写的，那是我文学处女作。文章发表后，朋友问我：“你也写散文？”我讲：“我是在还情，在写感谢信，还天峨父老乡亲对我的真情，感谢天峨父老乡亲对我在天峨任职时给予的支持帮助。可以说，这篇文学我是用报恩的感情一气呵成的。”记得 2000 年 12 月 27 日我到岩滩电站接送中央电视台《正大综艺》栏目的记者，得到了电站石志成副书记、韦丛军主任的热心帮助，石副书记还和我夜宿船上，那种真情让我感激不尽。离开岩滩时，我对石副书记说，我要写一篇文章表示感谢。《水上邂逅》一文先后在《河池日报》《广西日报》发表后，丛军主任打来电话，说局领导、电站的同志都很高兴，事后水电行业报还转发了此文。去年，我在盘点准备编辑集子时，就想，我的文章写得不好，但用真情来写，就会有自己的特点，有自己闪光的东西，这便是出版此书的初衷。于是，2007 年国庆黄金周，我关在办公室连续写了几篇文章，主要是写我在过去工作生活过的地方的逸闻趣事。假如日后有人看了这个集子后说道：“这个人还记得过去，还没忘记我们。”那么我就知足了。

三是珍藏记忆。我曾先后在县教育局、县委组织部、县委办公室、地委组织部从事秘书工作长达 17 年，撰写过不少的例行公事的文字材料，但署名为自己的文章也只是那么几篇。虽然文字数量少，但每一篇都凝聚着我的心血，每一篇都记载着我的故事，每一篇都记录着我人生旅途的足迹，它是我人生的感悟，工作的心得，也是我文如其人的反映。把它们收集成册，敝帚自珍成为永恒的记忆，这是件快乐的事情。况且日后不时翻翻它，勾起回忆，总结人生，感悟世道，也不失为一种自娱自乐的精神产品，何乐而不为呢？

是为自序。

原载作者作品集《好雨集》

难忘红水河

调离天峨时远涛兄送我一幅墨宝，是写红水河的，因为他懂得我对红水河情有独钟。

红水河流经天峨县境内有百多公里，接纳了天峨县神秘的布柳河、莽撞的牛河、秀丽的川洞河、湍急的纳益河等大小河流，正因为这样，天峨县人民的生活劳作离不开红水河。我到天峨工作时，第一次下乡，便是通过红水河这条水道去的。我们乘坐一条木制机动船，逆流而上，足足坐了大半天，经过了三十多道湾，冲上十多个滩，才到与贵州罗甸县一个小村隔河相望的林潭村。那次，我便初识了红水河，初识了它的磅礴气势，初识了它的百折不挠，初识了它的神奇与力量。然而，我真正认识红水河，是在陪同新闻界的朋友去采访的那一次。1995 年阳春三月的一天，我同几个记者到红水河畔的三匹虎林场扶贫分场去采访，我们坐船溯河而上，经过了两岸风光壮丽被喻为小三峡的苞谷滩河段，冲上了龙滩、清开滩、达良滩，一路顺顺当当。上了达良滩，停船靠岸休息，这时我如释重负。因为红水河是一条凶猛的河，水急浪高漩涡大，上滩下滩很危险，特别是达良滩，凶险无比。当地人唱道：达良滩，达良滩，急水拍岸人心寒。天上黄云团团转，猿猴叫在井爬山。多少船工进鱼肚，多少良妻泪哭干。我庆幸这次行船正好是枯水季节，红水河一改昔日的雄浑汹涌，变成了一条清澈温驯的河。这个时候行船没有风险，倒像一次寻幽探胜的小游。我们在岸上小憩了一下，便继续向上行船。在船上，我游兴未尽，轻松爽快地对同船的朋友们说："今天乘船真爽，像在旅游。"我的话音刚落，便发现船已接近了纳象滩，河中正好有三艘机动小船在冲滩。我认真地观察，纳象滩水急，落差大，惊涛拍岸，响声雷鸣，仿佛天气突然阴沉下来，在滩中心处，呈现有一条十多米长的水坡，冲滩的三艘小船就像汽车爬坡一样在爬水坡。每艘小船，船头一人拼命用竹竿撑河底石头，船尾一人开机掌舵，小船搏击波浪，浪花四起，似乎要将船吞没似的。船忽左忽右拼命向上爬，刚爬上一点又被冲退后，反反复复四五次后，才勉强地爬上去。为了安全起见，我叫船工将船靠岸，请大家都下船，让船工空船冲滩。船工同时开动了两部柴油机加大油门，向上猛冲，每每冲到水坡下就"卡壳"，相持十多秒钟后，船又摇摇晃晃地被急流冲下滩来，反复了几次，船工无奈，只好将船靠岸，甩出钢缆绳，系在滩上游百多米远的岸边的岩石上，并叫人上船绞绳。这时，船工又将船开到河中，船上四个人低头用肩顶住船头绞盘机的把柄，同向转动，两部柴油机加大油门让船猛冲。船在河中从右到左，又从左到右，在水坡上挪去挪来，真像俗话讲的那样：船上人不着急，岸上人损着腰。我们在岸上的人都为船、为船上的人提心吊胆。我们只听见浪击两岸的响声，好像船静止了，好像水也静止了，船与水坡足足相持了十多分钟，一直到船划过了全部的水坡面后，我们才感觉船在向上行。看到这水与船的相持，水力与柴油机、与人力的较量，我才真正地认识了这条红水河，无论是春夏秋冬，无论是水涨水落，它永远是一条勇往直前、不屈不挠的河！当船上滩靠岸时，同行人惊叹：红水河这么壮观，真不虚此行。

如果说，红水河壮观，那么，生活在红水河两岸的人们的创业精神更壮观。或许是红永河穿越千山万岸，百折不挠，奔流不息，直赴大海顽强风格的感染、熏陶和孕育，造就了红水河两岸的天峨人自强不息、艰苦奋斗、勇于创业的高尚品格。三匹虎林场是 1986 年县办的扶贫林场，在场长陈大权的带领下，几十位职工战天斗地，硬在野兽出没的荒山上开创了一个近十万亩有模有样的林场。龙滩附近的纳福宝屯的龙家两青年，挖山不止，1994、1995 两年就种上万株板栗。在清开滩岸边的纳尚屯，杨家五兄弟组成的林业生产屯，1956 年春在大哥的带领下，异地搬迁而来，当时没有一块田，没有一块地，他们住草棚，垦荒造林，风风雨雨，历经磨难 30 年，造林种果，如今人均年纯收入五千元，户均有林价值上百万元，成为红水河上的一颗创业明珠。假若你生活在大都市，假若你生活在大平原，生活在珠江三角洲，生活在长江三角洲，生活在江南水乡，来到红水河畔，看到三匹虎林场，看到龙家青年的板栗基地，看到杨家兄弟的林果园，你一定会赞叹，也一定会“想不通”。红水河是一条默默无闻的河，又是一条力量河。讲它默默无闻，是因为它地处边远；讲它有力量，是因为它是贵州出海的黄金水道之一，因为它是一条水能资源丰富的河。如今红水河上已建起了天生桥电站、大化电站、岩滩电站、白龙滩电站、恶滩电站。在距天峨县城六公里处的龙滩上游，可建成装机容量五百四十万千瓦的龙滩电站，它的装机容量在亚洲仅次于三峡电站，是葛洲坝电站的两倍。红水河的默默无闻与其具有的力量，显示了一种精神，这种精神陶冶了天峨人。1992 年，当龙滩电站的前期工程电站二级公路动工时，在现代文明与传统习俗碰撞的时候人们都显示出那种纯朴、宽宏、大度，工程需要用地，需要拆迁房屋，无论是公家的、集体的、个人的，大家毫无计较，人们都企盼着高峡尽快出平湖的那一天。难怪，电站建设筹备组负责人及其同仁们无不交口赞赏，多次在不同的场合称赞天峨人民顾全大局，乐于为国家的重点工程做奉献的精神。这就是红水河精神！

难忘红水河，难忘红水河畔的父老乡亲。

情系清水潭

清水潭是我从学校走上社会时，人生旅途中的第一处驿站，被我视为第二家乡的一个小山村。

在毛主席老人家“知识青年到农村去”的召唤下，1968 年 12 月我们在柳高读书的二十九位河池籍的同学离别了母校，来到宜山县德胜公社塘上大队插队，在广阔的农村接受贫下中农的再教育。我和朱庆麟、李肇宽、苏国煌、黄宏国被安排在清水潭屯，开始了我们的插队生活。

清水潭位于德胜公社西面五公里，国道 323 线旁，山清水秀、交通方便，全屯居住着以壮族为主的三十五户一百五十多人，四百多亩水田，全村共有七处泉水，形成七个小潭，因潭水多得名清水潭，泉水清清，滋润田地。因为水好，清水潭是一个“天大旱，吃干饭”的较为富庶的村庄。

刚到村里，因知青房正在动工修建，我们临时被分到五家农户吃住。我的主家姓黎，人们称他为“爹二”，“爹二”早年丧妻，大女出嫁到离村仅两公里的六洞，小仔在宜山化肥厂当工人，现孤独一个在家。“爹二”是土改根子，六十多岁的老汉古铜色的脸上爬满了皱纹，年纪虽老，仍参加集体生产，靠挣工分吃饭。“爹二”人很乐观，“饿鸟自有飞来虫”是他常挂在嘴上的一句话，每当他大女儿从六洞屯带些酒、肉回家时，总能看见他满脸挂着对生活的自信。“爹二”和他哥好酒，是全村出了名的。去赶圩买一壶酒，两兄弟一路走一路喝，回村进家酒壶也空了，人也醉了。困难时期，要喝酒，没有菜，用鹅卵石放盐炒热，放进嘴里抿一下又喝一口酒，可以喝到人醉话头多。“爹二”的房屋是一间茅草屋，四十多平方米，中间用竹篱笆隔开，里面只有一张床。我和“爹二”共睡一张床，同吃一锅饭，一起去出工，过着真正的“三同”生活。“爹二”把我当作自己的仔对待，天未亮就起来煮一大锅粥，晚饭也多放些米，生怕我吃不饱。每天早上我洗漱后就怀揣“红宝书”，端庄严肃地站在堂屋，面对毛主席的像唱起《东方红》，这时，“爹二”也会马上过来，拿着《毛主席语录本》和我站在一起，神色凝重。尽管我从未听出“爹二”的歌声，却见他嘴唇在不停地动，态度是相当认真的。平时，“爹二”话头不多，也从未对我们下乡插队接受贫下中农再教育这事发表过任何意见，对我却是呵护和关心。我得了感冒，他用茶油帮我刮痧；犁耙坏了，他二话没说帮我修整好。那段时间的生活，我真是有一种回到家的感觉。

我们屯的五位知青进村后第一次劳动是上山砍桁条。因生产队正在为我们修建知青房，需要桁条。年轻的男人都被安排进弄上山砍桁条，每天每人一根桁条。我们带上中午饭，跟着大家一起进山。村背后是一群连绵不断的石山，我们走进洞场，洞场里清幽寂静，连虫叫鸟鸣声都能听得很清楚。穿过一个大山弄，爬过一个山坳，走了近两个小时，来到一片原始森林边。在我们要进森林前，先在山脚下休息时，同行的队里农活好把式黎生好交代我们，进山选桁条要先看好再砍，弯的不能要，大的扛不动的要不得，短的不合用，太长的又浪费，要选一丈五左右长，四寸左右口径，九十斤左右的桁条才适合。进到这片典型的喀斯特地貌的原始森林，只见古木参天，遮天蔽日，从石缝里长出的木材，棵棵努力向上生长，互争高低，地下很少杂草，有的也是各种攀藤，这些藤条也在缠着树努力地向上爬。我第一次亲临这样的森林，觉得很新鲜，足足用了一个多钟头来欣赏这大自然的美丽与神奇，品味着这森林散发着的那种沁人心脾的芬芳。之后，我很快就选好了两根桁条，我和庆麟、肇宽合计着用蚂蚁搬家的方式，三人将四根桁条扛回村里，交三根给生产队，剩下的一根，我们扛到德胜街卖得一元五角，用肉票买了一斤半猪肉回村加菜。我们一连进山要了三天的桁条，最后一天，我在一处悬崖边发现不远处有一棵笔直的树，兴奋中我将身子向前伸去，扶着那棵枯了的树突然断了，左脚踏空右脚插进石缝，差点跌下山去。好险！至今右脚的当面骨上还留下一条笔直的五寸长痕迹。

“锄禾日当午，汗滴禾下土，谁知盘中餐，粒粒皆辛苦。”在那个年代，农活是辛苦的，没有现在的免耕、抛秧、除草剂这类的新技术和新科技，一切都是按照老祖宗留下的传统耕作方式方法。特别是在清水潭，田都是烂湴田，水多泥深，而且田泥底下暗石多，犁田时犁头常被暗石卡住，稍不留意犁头就被撬断，断了犁头就意味着当天不但白打工还要倒贴钱，因为一天工分还不值一个犁头的价钱。正因为这样，队长都不安排我们犁田，而我们知青在田里做的活路主要是耙田、耘田、挑牛粪、收谷子、铲田基。客观地讲，这些都是极简单的体力劳动，当年我们那种身份加之正值青春年少，有朝气，有力气，劳动起来，还是做得像模像样的。耙田，我们能做到牛累得都躺在田里不愿走，还要打它起来继续耙，直到队长叫收工为止；挑牛粪下田，担担一百二十斤左右；收谷子，打着赤膊踩打谷机，从收割开始到结束，扛谷桶，踩打谷机，基本上是我们包的。事隔多年我回到清水潭，和村民们聊起当年的时候，他们还以钦佩的口气赞扬我们吃得苦、耐得劳，舍得出力气。

“天大旱，清水潭吃干饭”。清水潭人常以此在外村人面前炫耀。因为泉水多，不怕天旱，在大旱的年头，清水潭的禾苗同样长得很好，但在正常的年景，清水潭的水多，又变成了劣势，因为泉水多，田冷，禾苗发篼晚，产量低。现在看来，要解决这个问题可以用排水晒田的办法。当时不知为何原因采用了这种办法——用石灰撒田，提高水温。生石灰下田又能提高多少温度呢？现在想来有些可笑。生产队黎队长，是个精明的人，有经济头脑，当年队里还办有砖瓦厂，种有糖蔗，工分值都比别的生产队高，年终分配，绝大多数农户还分得一笔钱过年，难道他不会想到解决冷水田的最好办法？但现在想起来，用石灰的办法也有他的缘由。当年以粮为纲，粮食就是政治。公社要求每块田都要泡田过冬，插秧前要三犁三耙，哪个生产队不按此办，要被通报，队干要受处理。可能出于无奈，只好用这种办法来补救了。这样，清水潭的农作又多出了一项，就是割草烧石灰。割草烧石灰的活路，同田地农活一样辛劳。村旁的山脚、岼场里的山坡上长的基本上是荆棘，一坡挨着一坡，没有茅草，偶尔有些小杂树。刚去割草时，我们到山坡，不知从何下手。潘副老队长见我们几个知青有些无所适从，对大家喊道：“割草不用望，回头都一样。”意思就是像人剃光头一样，一路割过去。我们也照着办。一天下来，尽管戴着手套，但双手被刺得伤痕累累。割草难，挑草也难。全是荆棘刺，要捆紧，免不了又被刺着。有一次去岼场挑草，正是烈日当空，带去的水又喝完了，天气热，喉干得很。我好不容易将草捆好，装好担，刚起身，有一头草的绳子断了，草散落一地，急得我泪水要掉下来，幸好村里一个好心人挑草路过，便放下他的担子，帮我重新捆好散满一地的草，穿进扁担后送上我的肩膀。

在清水潭，我所参加过的劳作，最辛苦的算是烧石灰。和庆麟、肇宽三人烧那一窑石灰的情景至今还记忆尤新。出于好奇和想多挣一天的工分，我们三人要求队长安排我们去烧一窑石灰。队长也很照顾，答应并安排了。石灰窑就在村旁，离我们住地大约有三百多米远。那窑石灰，是傍晚开始点火的，我们采取三班倒，一个人去放草烧火三个钟头，两个人在窑边休息。头一晚和第二天白天还算顺利，但到第二天傍晚，庆麟忽然感冒做不了活，我和肇宽坚持下来。烧草这活路一般来说还算轻活，而且在初冬去烧草还能取暖。但在清水潭烧草，烧的是荆棘，不是茅草，不但不好使力，并且稍一走神，就被荆棘刺着。我们戴着手套，一手拿着铁叉，一手轻轻地扶着一扎草，慢慢地送到窑口边，然后一手托着草，一手用铁叉将草往窑里推。我和肇宽艰难地又坚持了两个夜晚和一个白天，到了第三天清晨，黎指导员来察看烧石灰的情况，他仔细看了窑里石头被烧的颜色，笑着说，石灰烧好了。我们长长地舒了一口气，有一种成就感在心中泛起，也为多挣得一天工分高兴。

清水潭的农活，最有意思的是守猴子。队里在一个弄场有十多亩地，种玉米每年可收一千多斤。那一带山弄常有猴群出没，这个弄场人称猴子洞。玉米结苞以后，如果没有人去守护，山上的猴群就会跑下山来摘玉米，它们是摘一个丢一个，往往一块地的玉米，被它们摘几次就摘光了。因此，队里每到这个时候，都要派人上山守猴子。听村里人讲猴子精灵，猴群内部组织严密，它们下山偷玉米，都是集体行动，但分工细致，猴王发号施令，负责放哨的猴子在高处观察动静，负责参加偷玉米的则全力去摘玉米。如果下山摘玉米的猴子被人抓着或者打伤，放哨的猴子就会因为失职被打成重伤，并被开除出猴子队伍。村里一个潘姓的老人进弄放牛曾遇上一个受伤被开除出队伍的猴子，他动作再快一点就可以将猴子活捉了。村里的人还讲，猴子鬼怪，怕男人，不怕女人，如果它们见了女人，不但不回避，反而会在女人面前做出各种各样的嬉戏动作来。猴群下山偷玉米，没有阳光的地方它们是绝对不会去的。它们所到的地方如果碰上有鸟枪之类的响声，三个月内它们也绝对不会再去。去守猴子的人，必须在太阳出来阳光照到玉米地之前要赶到，大阳落山，玉米地没有阳光时才能返回来。我们五名知青也被安排去守猴子。我两次进洞守猴子，第一次我去时还特意带上生产队的一面铜锣去壮胆，结果猴子影子都不见着。第二次真的遇上了猴群，当时的情景至今还历历在目。那天半夜突然下起倾盆大雨，一直下到天亮。天刚亮，我就戴着雨帽，背起一把柴刀，带着中午饭进山了。到猴子洞路不远，翻过村后一个小山坳，走过一个大弄场就可以看见猴子洞的洞口了。我刚上到村后的山坳，往前一看，惊呆了，弄场一片汪洋，简直成了一个小湖泊，进猴子洞的路已被水淹了。我犹豫了一下，最后还是硬着头皮，蹚水走过这个弄场，下半身都湿透了。幸好上身口袋里的那盒火柴没有湿。进到猴子洞，太阳刚刚爬上坳口。我走进在猴子洞搭起的茅草棚里，把长裤、外衣脱下，将水拧干后，到附近山石下找了一些干柴草，正准备烧火，烘烤衣裳，突然听到山上有甩柴下山，树枝被折断的声音。我心里纳闷：我来得算早了，有哪个比我还早，已上山打柴了？我抬头朝响声方向望去，顿时吓出一身冷汗，头皮发麻。只见有七八十只猴子从距我不到六十米的山上跳下，在山腰窜来窜去，大猴小猴看得一清二楚。我后悔没带铜锣来帮壮胆助威，我担心猴子今天不怕男人。在这种紧急情况下，不容我多想了。我手握柴刀，死劲地敲打大石头，拼死地喊："打呀！杀呀！"敲喊了大约十分钟，我慢慢地观察，发现这群猴子它们虽然还在山腰跳来窜去，但没有一个猴子下到山脚，而且是沿着山腰渐渐地离去。直到不见猴群踪影，我才如释重负，缓过神来，继而庆幸见到这么多猴子又护住了玉米。离开清水潭之后，对守猴子之事，想起来又为当年的做法感到后悔起来，如果当初村里能把这猴群留住该有多好！村子里清清的泉水，弄场里美丽的原始森林，猴子洞精灵的猴群以及壮家磨豆腐、做豆腐圆、舂白馍那浓郁的民族生活习俗，这些不是恰恰能把清水潭打造成令人神往的农家乐旅游胜地吗？那年代，赶猴子简直是做了一件捡了芝麻丢了西瓜的大蠢事。难怪，有位哲人曾说过："得到的觉得平常，失去了方觉宝贵。"

今天回味起来，确实在理。

在清水潭，我们知青的生活是很有趣的。住在“爹二”家大约有一个月的时间，生产队腾出两间旧房给我们住，我和庆麟、肇宽共住一间，国煌、宏国共一间。我们三人开始了同吃同住同劳动的生活。每天早上起来，第一件事是煮一大锅稀饭，在队长敲钟叫出工之前，要完成吃早餐和早请示。记得有一次我们三人起床晚了，煮稀饭水刚沸，出工的钟声已经响了，我们急忙猛塞一小捆柴火进灶，三人站在毛主席像前，唱起了《东方红》，刚唱两句，锅里的稀饭水沸溢出来，我们停止了唱歌，其中一人赶忙去加了一瓢冷水，而后又回到毛主席像前接着重唱《东方红》。这样连续了几次，直到第五次重唱，才完整地唱完《东方红》这首歌。那天早餐也没有吃，就出工去了。那年月人们的生活情景就是如此。我们知青自己煮吃，米没有问题，有知青的粮食指标保证，也还有油票、肉票、豆腐票和布票。困难的就是菜，那些年，割资本主义尾巴，以粮食为纲，村里的人很少种菜，养鸡换油盐，养猪为过年，平时早餐、中餐是辣椒加酸送稀饭，晚上几颗黄豆，煮些自己捞的小鱼虾送饭。我们也是这样，收工回来，量上一筒黄豆拿去舂豆腐肴。有时在耙田、耘田时捡些田螺回来煮。晚上时不时去小河边捉螃蟹回来炒。在清水潭，我还学会捉蚂蜗（青蛙）。开春耙田插秧的时候，是捉蚂蜗的好时节。拿着电筒，下到田里，朝蛙声方向照去，看见蚂蜗，稍闪几下电筒，伏下水里的是大蚂蜗，不动的是小蚂蜗，然后电筒对着蚂蜗伏下的地方不动，走过去就可以捉得。这一招是黎生好教我的。有个晚上我一下捉了十来只，美美地加了一顿菜。那时，生产队约十天休息一天，趁着休息，拉些柴火到德胜街去卖，买些肉、青菜回来，改善生活。生产大队还组织以插青为主的毛泽东思想宣传队，下到各村宣传演出。我们知青也经常组织篮球队到德胜比赛。那生活算起来是有滋有味。与我们的住房相隔不到二十米的地方有一口泉水，冬暖夏凉，热天吃完晚饭去洗个澡，那份清爽的感觉是在城市难以享受得到的。

说实在的，当年的知青下乡，绝大多数是凭着一种信仰，一股热情去的，出路何在？大家都感到一片茫然。1970 年 8 月的一天，大队潘支书告诉我，公社文教罗助理要抽我、凌步程、陆英、施庆凡去做代课教师。这事，我晓得原先不是抽到我的，是别人不愿去才轮到我。但我有预感，说不定是一种机遇。果然不出我所料，不到两年我转为正式教师，两年后从德胜新惠小学这普普通通的乡村学校调到县教育局做一名教研员，这是我人生工作历程的一次大跳跃。

屈指可数，我的清水潭插青生活，只是一年八个月，时间不长，却使我终身受益。清水潭生活，让我懂得农民的艰辛；清水潭村民对知青的关心、呵护，让我体会到人间的真情；清水潭农作的辛苦，使我的心智得到锻造。清水潭是我人生的加油站、助力器，是我成长的第二家乡，是我魂牵梦萦的地方。正因为如此，离开清水潭三十六年之后，我在地委宣传部工作期间，当年和我一起劳作的现任队长潘孟壁和黎生好找到我，希望我能赞助他们水泥在村前修座桥，我欣然答应，之后我还结合文明村创建工作，发动地直有关部门和一些朋友捐钱捐物，修了一千一百多米长的水泥路，通到各家各户，还修了游泳池。同时还促成宜州市委宣传部，德胜镇党委、政府为村里修建了篮球场、文化室；发动、扶植农户种桑养蚕，发展种食用菌，增加收入。如今清水潭已成为科技致富示范村，市级文明屯。

清水潭，一个美丽而富实的小山寨，提起它的名字就会让人遐想和神往的地方。然而在过去那个以阶级斗争为纲的年代里，却引出了一个令人哭笑不得的故事："四清"期间，有位工作队员到清水潭蹲点，看到村里的田全是烂湴田，犁耙田辛苦，经常犁断耙烂。回到大队开会汇报，就把清水潭生产队改为拉烂生产队，村里人心中有怒不敢言。清水潭足足屈辱了近四十年。2001 年，群众在从村通向 323 国道的交口处立了一块大石头，刻上“清水潭”三个苍劲有力的大字。

清水潭，山泉涓涓，清水如镜，它映照出我的知青生活，也映照出村民纯朴的心灵，更映照出我与清水潭结下的情缘。

2007 年，农历丁亥年中秋夜。

原载作者作品集《好雨集》

谭明均

谭明均

1923—2011，宜州庆远镇和平街人。当过中学教师，在原宜州市地方志办公室做编辑工作直至退休。收集记录有大量宜州地方史事，被《宜州市志》选用。

学兼书剑，影息家园

学兼书剑，影息家园

陈用康（1886—1967），宜山县庆远镇人。七岁入私塾读书，直至十九岁，古文根底厚实，并练就一手娴熟的柳体书法，向为邑人名士所称赞。后随父赴广东，二十二岁任广州报界公会警备新闻记者兼报界观察员。回宜山后于宣统元年（1909）获县考送赴桂林入广西全省自治研究会学习。是年夏又考入陆军干部学校。次年 11 月毕业，回籍候命。宣统三年（1911）任宜山闲存小学教员。辛亥革命后曾任南京第七师步兵连长，在山东烟台、登州沪军北伐先锋队任军职。民国元年（1912）冬返回宜山，先后任闲存高小及六县中学教员。民国五年（1916）任过两广都督司令部电务员、广东电政监督公署文牍等职。民国十八年（1929）出任罗城县长。任期满后回家闲居，日以培植庭园花卉为乐。还与天河吴寄生、思恩欧越樵及地方好友组“闲吟诗社”，诗酒唱酬，几无虚日。在此期间感“中年以后性情恬淡，且疏懒，以奔走权门为耻，甚至不愿接近权贵。以故退辞不就事颇多，委而不到职者不少”。民国二十三年（1934）任庆远禁烟局总务主任，民国二十五年（1936）任宜山县修志局分纂。抗日军兴一度出任团管区参谋和军垦区文牍。民国三十五年（1946）任宜山县修志馆（后改文献委员会）总编纂。与刘君毅（宜中教师）、李国固（货物税局局长）及地方老友组成“白雪诗社”，唱和不少。民国三十六年（1947）任克强中学教员，后任商会秘书。新中国成立后任工商股干事，后告病辞职。20 世纪 50 年代初，应邀到县文化馆书画讲习班讲授书法，写教案，批作业，一丝不苟，使一些青年获益不少。1960 年参加县志编委办公室撰写亲历、亲见的文史资料。1967 年农历五月初二日辞世，终年八十二岁，遗有诗稿及年谱。各界传抄及复印保存颇多。陈两次参加县志编纂工作，对地方史料了如指掌，曾为地方史提供了关键性的史料。1860 年太平天国翼王石达开在庆远做三十寿庆，宜山父老曾献寿联一幅，当时陈的祖父亲历其事，记得该联，并经陈用康录出发表，填补了地方史的缺项并为史学界广泛采用。在他负责县志总编期间，能坚持原则，不偏亲，不溢美，如实记述。当时有几位乡绅希望能在县志中留个名，曾亲备礼品登门请求，他都一一婉拒，表现了高度的原则性和良好的德行。惜当时政府未予以重视，使编志工作半途而废，所保存的志稿后亦无踪。

民国三十六年（1947）春，国民党政府决定行宪，选举立法委员。陈用康鉴于“本省计分三区，每区分配五名，为此广泛区域名额无多。我柳庆区各县贤能伟人，代有杰出，而代表民意不应另独付阙如，方足以代表真民民意”，乃与卢焘、杨景星等耆宿并联络地方知名人士共六十人联名推荐县人韦华龄为立法委员候选人，认为“韦为人可亲，绝无官僚习气，学识资历，两俱渊深，又出身乡里，走遍全国，民间实情，了如指掌，若当选为立法委员，似为理想适当”。这一行动，表现了陈对家乡父老关怀之殷。

陈居乡期间，与吟友唱酬大多是感时书怀之作，亦有描写田园之乐。陈亲手抄写的《陈公用康韵选》（一）（二），存藏于其曾孙陈曾荣家中。

原载 1998 年 11 月 5 日《河池师专报》

李楚荣

李楚荣

1948—2016，汉族，文博副研究员，长期从事地方文物研究工作，著有《宜州碑刻集》《宜州文化漫笔》。

宜山的境界

天涯也有江南信

把生命融入宜州的人

宜山的境界

知道用一座小山来命名这座历史悠久的城市的宜山人恐怕不是很多的。西汉武帝元鼎六年（公元前 111 年），雄才大略的汉武帝刘彻出兵平定据岭南九十三年之久的赵氏南越国后，即在岭南设置六个县，宜山即是所设的六个县之一。不过那时不叫宜山，而叫定周，是以水来命名的，因为今天的龙江在汉代叫周水。晋代周水更名龙水，故晋代定周县更名龙岗县，唐代又改为龙水县，县治所即在宜山之下。不知是何缘故，宋代却一反从前以水命名的习惯，而以山命名这座古城。北宋以降，宜山这一县城北郊的小山，一直是这座古城的名字。一座山和一座城市神奇地共有这个平常但不乏优雅的名字。

宜山太矮小了，以致最初看到它的人感到意

外和失望，特别是得知以它的名字来命名这座古城时，更是吃惊、大惑不解、沮丧不满。然而《广西通志》云："宜山，县北一里。群山多高大，此独卑小。下临龙江，宜于登眺，故名。"是的，宜山周围皆大山，右有高大险峻的难涉山，左有雄奇伟岸的岭南名山——会仙山，还有青乌山，对面有浑厚祥和的鹅歌山和连绵起伏的九龙山……可就是不以这些大山来命名，而把这座最矮小的山作为这座县城的名字，这其中的原因，我是最近才体会到的。

宜山矮小，恐怕只有四十多米高，但它却玲珑别致、葱绿苍翠、钟灵毓秀，在群山中很显眼，自有它的韵致，毫不逊色于周围的大山，清人在山崖壁上题诗云："混沌天将雨，朦胧遍地流。江淮河汉满，星斗半空浮。泽润皇都富，干戈四海休。鱼龙藏里面，仙果现山头。"

古城洞宋碑有诗赞曰："宜山峨峨，龙水汤汤。"

明人亦有诗曰："宜山千丈碧，宜水一溪寒。"

这些诗句概括了宜山的内涵美，也辩证地看到了宜山并非表面的矮小。古人早已发现并认识了宜山的境界和品格，并且这种境界和品格又赋予了宜山人。

孔子云："登泰山而小天下。"而我登宜山，就有"大天下"的感觉，因为周围群山皆高大。正因为如此，这种"大天下"的感觉，是宜山人一以贯之的认识世界的观点。平心而论，不独宜山矮小，宜山境内的山都是矮小的，只要你走出宜山，走出广西，走出岭南，你就会感觉到了。

1986 年夏天，我只身一人乘轮船从重庆顺流而下，畅游三峡，这种"大天下"的感觉更深刻了。北魏郦道元在《水经注》中描写道："自三峡七百里，两岸连山，略无阙处，重岩叠嶂，隐天蔽日，自非亭午夜分，不见曦月。"从这里我们可以感受到三峡两岸高山的险峻了。但只有身临其境；才会有刻骨铭心的体会。高大的峡谷，只有仰望时才能见到一线天，而峡谷下汹涌澎湃，一泻千里的长江只是一条涓涓细流的小溪，我们乘坐的轮船恰是这温顺小溪上的一叶扁舟。这种强烈的对比、反差真是太大了。我面对着这种反差，顿时大彻大悟：大自然真是太伟大了，宇宙太伟大了，而人类显得太渺小了，生命太渺小了。于是我要珍惜生命，珍惜生活。睁眼看世界，认识世界之无穷，努力读书，充实自己，认识世界，使有限的生命有些微的意义，使短暂生命闪烁出一点火花。

宜山是彩调的故乡，老艺人罗亮唱彩调走出宜山，带着宜山的乡土文化气息，带着宜山的精神境界，到了外面的世界。在彩调剧《刘三姐》中成功地塑造了老渔翁这个人物形象。老渔翁忠厚诚实，他发现了刘三姐的才能，但他不妒才，处处爱护刘三姐，呵护刘三姐，可以这样说，是罗亮塑造的老渔翁形象，使黄婉秋塑造的刘三姐形象更丰满、更完美。

是的，宜山人这种处处看到别人的长处，并学习别人的长处，不嫉妒人，不诋毁人的品质就是宜山的境界之一。宜山虽小，但它却虚怀若谷，默默地奉献自己的一切。

师专著名教授韦启良老师扎根宜山教书育人，转眼已有几十个春秋了，至少算半个宜山人。他耕耘播种，桃李满天下。在教书育人的同时，他还写出许多醒世清明的道德文章，用他睿智的思想火花照亮莘莘学子。宜州市文化馆馆长梁允常先生，在宜山文化园地默默耕耘了二十多个春秋，他虽然不是什么正规的院校出身，但他扎实的基本功，在绘画领域中的写实风格，对绘画语言的领悟，对色彩的准确把握，在广西美术界中是颇有名气的。梁允常创作的油画《壮乡情》于1982年在中国最神圣的艺术殿堂——中国美术馆展出，颇受同行好评。不仅如此，他默默地培养学生，经他的手中就为高等艺术院校输送了二十余名人才；更可贵的是，他培养训练学生没有收费，完完全全无私地奉献。

宜山虽矮小，但宜山却是独立的，它与周围的山都不相连，这种独立的人格，也同样赋予了宜山人。我常常听到一些人抱怨地说外出工作的宜山人有一个共同的特点：不拉帮结派，不相互提携。

我为宜山人的这种境界而自豪，不拉帮结派是社会文明进步的表现，那种不讲原则的相互提携才是封建社会腐朽落后的遗风。一个人活在世上，就要有独立自主的人格，不依附任何势力和个人，有一技或几技之长，自食其力，默默地为社会奉献自己的力量，这样，社会文明的进程就会加快了。

宜山太平常了，这种平常的境界孕育着宜山人，他们共同拥有一个名字，也共同拥有这种平常的境界。这种平常的境界，却是做人处世的原则。

原载作者作品集《宜州文化漫笔》

天涯也有江南信

1978年5月，一个阳光明媚鲜花盛开的初夏。在岭南，更是山花烂漫、如火如荼。然而，我们这个桂西北名城却在此时发生了一件事，这事说大，大得可在中国历史上书下一笔；这事说小，小得当时城里的居民毫无反应，波澜不惊。位于宜州城西北的广西轴承厂为扩建职工宿舍，将建于龙溪之畔的具有七百余年历史的山谷祠拆掉了，等到文化馆的几位先生闻讯赶到，山谷祠已是断墙颓垣、砖瓦狼藉、惨不忍睹了。面对这一片本不该成为废墟的废墟，几个文化人感叹唏嘘，什么话也说不出来了。因为他们知道，也许只有他们才知道，这个唯一残存的建于宋代的龙溪书院的重要组成部分——山谷祠的消失，意味着书院文化遗址在宜州永远地消失了。文物的不可再生性严酷地告诉我们，这种损失是无法弥补的，在处理经济建设与文化遗产保护这一矛盾时，人们总是以牺牲文化遗产作为代价的。

宋崇宁三年（1104）五月夏初，黄庭坚来到宜州，因为是被流放于斯地，当然不能享受诸如哪一级哪一级的干部待遇了。先是僦居于城西关外黎氏家，官府不许，又搬至一僧舍，而适为崇宁（徽宗赵佶）万寿，寺法又不许，最后我们这位文化巨人只好搬进郡城狭隘的南楼。山谷先生悄然而来，却从此打破了我们这个小城的平静。小城和小城的市民一下子被这个文化人的气质征服了，连最高行政长官——宜州太守党明远也屈尊钻进南楼，来看望山谷先生，寻常百姓更是给他送去米、肉、酒、菜等食物，一个流放犯人获得如此殊荣礼遇，这在中国历史上是不多见的。与其说是山谷先生的学识气质、儒雅风范征服了宜州，倒不如说是先生所代表的华夏文化征服了宜州。山谷在宜州开馆讲学，使得中原文化越过五岭的重峦叠嶂，进入岭南西北隅的宜州，从此宜州与中原贴近了，这种贴近是文化的征服。文化的征服是最具力量的，中国有着五千年的文明史和辽阔的地域，在历史上中国也有过几次大分裂，但分裂后都复归统一，而且每一次统一都较前一次更为牢固，以致趋于今天的大一统，这在世界史上是绝无仅有的，其根本原因就是辽阔地域上的各民族对华夏文化的认同心理所至。宜州与中原的贴近，山谷先生敏锐地感受到了，先生倚在南楼上，不禁吟出了“天涯也有江南信，梅破知春近”的辞章。应当说这是一种预感。于是先生知道宜州从此将有所为了。

先生的预感真的被言中了，崇宁四年（1105）九月三十日，山谷先生在南楼溘然而逝，宜州人民悲痛不已，立即在南楼就简建祠祭祀这位文化巨人。历史上伟人在生前不为人们所认识，只是在逝去的岁月中才渐渐为人们发现其价值的现象，似乎是历史常规。而山谷先生的价值生前就为宜州人认识，与其说是先生人格魅力所至，毋宁说是文化力量所至。先生死后七十二年，即 1177 年，宜州太守韩璧上任伊始，立即视察南楼，凭吊先生，南楼狭隘不宜祭祀，就在城外建祠，这就是最早的山谷祠。山谷祠除用作祭祀外，顺带有书院的性质。“庙吉既严，讲肄有堂，师生有舍，庑庖悉具。”以至桂州（桂林）知州，曾任中国四大书院之一的岳麓书院主讲、著名学者张栻日后追忆韩璧此举时，无不动情地说：“方韩侯之为是举也，或者窃笑，以为在边州乃不急之务，且曰宜固寡士，亦何必汲汲为。栻独以为不然……建学于此，使为士者知名教之重，礼义之尊，修兴孝悌忠信，则其细民亦将风动……”这是文化人对文化人深刻的理解，这种理解是儒家学者忧患意识以天下为己任的表现。韩璧这种“教育先行”的施政方针是具有远见卓识的，可谓得风气之先矣！写到这里我不得不插叙有关书院的源流概况。书院属私家办学，它的出现绝非偶然，它是多渠道办学，以补官学之不足。书院萌芽于唐末五代，形成于北宋，发展盛行于南宋。中国政治经济的南移，始于晋室东渡江左，经过八百余年的运动，终于完成于南宋。这种南移，首先是文化的南移，其突出的表现莫过于书院的出现了。书院一般必具三个要素：祭祀、教育和藏书。江南的书院林立，许多名重当时的学者或任山长，或任主讲，一时江南读书之风空前盛行，远盛北方，南方文化优于北方文化的局面从此奠定。在这样一种背景下，江南书院之风刮到宜州似乎也是顺理成章的事情了。

几十年弹指过去，江西建昌人张自明于嘉定年间（1208—1224）任宜州教授摄州事，后擢知宜州。张自明与黄庭坚是同乡，江西又是书院之风最炽、最负盛名的地方。在这样一种形势之下，张自明自然地将书院之风带到宜州。张自明身为宜州教授，主管教育，大兴教化，新郡学宇，用地方历年盈余积累下来的二十万钱在山谷先生曾居住过的城西黎氏家址上建龙溪书院，这时又得到任广西转运判官兼提刑狱的著名学者方信孺的大力支持，方信孺以膳钱二十四万助之，又捐四十万买田。于是龙溪书院建立了，占地四十亩，前为山谷祠，祠后为龙溪书堂，分东西两部分，东西各建一讲堂、二斋、四室、一仓，祠后建一阁，藏山谷先生旧像。这样龙溪书院完全具备了书院的三个条件：一、祭祀。以山谷先生为楷模，一年分春秋两祭，感发士人的志向和信念，使学者“入其堂俨然若见其人”。标榜学派学风特点和旨趣，激励后学继承发扬学派特色，是一种形象化的教育手段。郡绅士岁祀飨词曰：“宜山苍苍兮宜水汤汤，自公来宜兮文风丕扬。南楼危兮道弥光，高阁敞兮墨池香。宜人思幕兮百世不忘，肃公之祀兮瞻拜彷徨。仿佛盈耳兮钧天洋洋。云云爱云逮兮锵琳琅，公方降兮驾龙骧。千秋俎豆兮顾此蒸尝。”二、讲学。除山长、主讲经常聚徒会讲外，还经常邀请有名望的学者来讲学，交流学术动态，探讨问题是书院最主要的活动。三、藏书。龙溪属于民办官助性质的学校，支撑书院的主要手段是田产，龙溪书院最盛时有田一千六百亩，靠着这些田租来维持书院的日常开支。

南宋是书院的鼎盛时期，书院之风由江南吹进岭南，又吹到宜州。龙溪书院实在是肇始于山谷先生，又经宜侯韩璧草创，后至张自明而正式建立，这条线索是十分清楚的。宜州与中原文化的接轨，龙溪书院是最重要的中介媒体。天涯也有江南信，这是山谷先生的预感，而龙溪书院的建立，也许是先生始料不及的。龙溪书院经元、明、清三朝，虽然有起有落，有盛有衰，但始终延绵不断，办学不辍。写到这里，我们可以想见当年莘莘学子孜孜求学的情景，这些学子就是宜州的栋梁之材，就是推动宜州历史向前的力量。龙溪书院于七百年间究竟培养了多少人才，又有多少学子中举、中进士，史无所载，不得而知，但她为宜州所做出的卓越贡献，都是不争的事实。正如山谷祠祭祀赞歌唱道：“遗兑衣冠慷慨词，景仰一般同。苏门四学士，文章孰如公。南方创建新奇迹，无限恩深重。南楼施绛帐，歌讽岁月建天空。赢得盛名标显绩，开化第一功。祭祀千秋分，宜吾学界之尊崇。”

龙溪书院是封建时代的产物，她自然随着封建社会的消亡而消亡。从张自明创办的龙溪书院到后来兴建的储元文馆、龙江书院、庆江书院、德胜书院等，到1938年随浙江大学迁到宜山的著名学者、国学大师马一浮会讲宜山，书院画上了一个漂亮的句号。作为文化遗产，她可以使宜州人从中受到教育，这种教育的作用，从某处意义上说是任何东西也替代不了的。人们瞻仰遗址所受到的教育，所获得的力量是不可估量的。多少志士仁人目睹圆明园遗址，知耻而后勇，羞于民族的积贫积弱和对外国列强的愤怒，为了民族的解放和国家尊严，赴汤蹈火，义无反顾。中国人是很懂得这种潜在的教育作用的，在半坡村遗址上盖房兴建博物馆，这种遗址博物馆是中国人的又一伟大发明，后来为外国人纷纷效仿。龙溪书院遗址已荡然无存了，山谷祠前的宜阳八景之一的墨池烟雨也早已随风飘逝，在她厚实的文化土壤上是不堪入目的职工宿舍，这是多么悲哀和无奈，宜州人自己毁掉了自己创造的文明。我希望保护文明的意识不再是几个文化人的专利，它应成为整个民族共识，才能化成巨大的物质力量。

我行在龙溪书院遗址的马路上，思绪纷至沓来，剪不断，理还乱。马路已变成繁华的大街了，昔日独立世外不食人间烟火的书院已随历史而逝去，这时我想起了这条马路的名字——山谷路。这得感谢我的同学范树华先生，他是一个极富历史沧桑感的人，是他在市建委主任的任期上命名的。有心人或许能从这条街的名字，感受黄庭坚、龙溪书院和山谷祠遗址的些许信息，从而寻绎宜州与中原文化贴近的足迹，与山谷先生一道吟咏“天涯也有江南信”。呜呼！后之视今，犹今之视昔，幸甚至哉！

原载作者作品集《宜州文化漫笔》

把生命融入宜州的人

俗话说："食古不化"，是形容那些成天与古人古物打交道以至不食人间烟火的人。在人们的眼中，我或许就是一个"食古不化"的夫子。

"板凳要坐十年冷。"我从事文物考古工作已整二十年了，坐了二十年的冷板凳，天天面对陶瓷残片和残碑拓片，天天与古人对话，"食古"久了，也真能"化"出一些东西来。这些年来，我几乎走遍宜州的山山水水，把全市境内的碑刻拓印下来，除了尚未发现的和难以攀缘的碑刻外，又将全部碑刻文字照抄照录，句读标点整理印行出书，工作之繁重且不说了，乏味才是令人难受的。然而在这样日复一日的"食古"过程中，还真品出一些味道，"化"出一个值得一书的人物来。

在拓印南山碑刻时，桄榔洞口有一摩崖诗刻，此诗为七言绝句，版面竖写六行。按照我国古代几千年的成规，即是竖行从右往左读，可是我怎么也读不通此碑，我亦换成横行从右往左读，仍是不通，此乃“天书”？于是我困惑了数天。就在我想放弃时，突然想到，何不竖行从左往右读，这下子果然读通了。

边游山月水自

庭嬉小洞桃题

无闲队前槲诗

事到随清风

得南六侣里

作者“张自明”。张自明从此便印入我的脑海，这个敢于藐视传统文化的规矩，在山水之间留给后人一个灰色幽默。我与张自明自此结缘。

在南山双门洞口摩崖上有一块草书诗刻碑：

“南山山南北山南，一洞中分路口三。飞鹤叫云声自远，懒龙悭雨睡云酣。襄公淡墨留苍壁，太史高风拂翠岚。百尺岩前清绝地，道人先我着茅庵。

嘉定七年冬十有一月初一日，盱江张自明来游……明年仲春中浣弟自本来观。”

这是张自明游南山的一首题壁诗草书字体。但我查阅所有的地方文献，包括清康熙四十三年（1704）汪森编纂的《粤西诗载》，清嘉庆年间谢启昆编纂的《广西通志》，道光年间编纂的《庆远府志》和民国七年（1918）版的《宜山县志》，众口一词，作者方信儒。宋嘉定间（1208—1224），方信儒为广西转运判官兼提刑狱，既是张自明上司，亦是好友。一对好友一起郊游南山，张自明于石壁上赋诗一首，方信儒则在诗旁题一行大字：“方信儒行部来游”。以至于后来修志的采风者到南山采录，只录诗而不录落款，又见诗旁的“方信儒行部来游”，张冠李戴，误以为此诗作者为方信儒，以后的修志者亦照抄照搬，故所有的地方志都是如此，数百年来无人存疑，现在我终于将作者冠名权还于张自明，澄清了一个事实，也算是我与张公的缘分了。而有趣的是，张公此诗还是一把钥匙，解开了南山碑刻的又一个谜。

在南山有一摩崖诗刻巨碑，高三百厘米，宽二百三十厘米，草书，字径三十厘米，莽莽苍苍，用笔奔放洒脱，有很高的艺术价值。此碑为一首七言绝句：

草铺横野六七里，
笛弄晚风三四声。
归来饱饭黄昏后，
不脱蓑衣卧月明。

此诗《宜山县志》有载，《千家诗》亦收录，作者余靖。余靖，宋代曲江（今广东）人，天圣初登进士第，荐擢为右正言，与欧阳修、王素、蔡襄称为“四谏”。三次出使契丹，懂外国语，官至工部尚书。广州有《八贤堂》，余靖居其一，为官声名颇佳。此首题壁诗为四行，每句诗为一行，但第三行佚末字“后”，第四行佚末二字“月明”。这又是一个悬案，八百年来无人提及。还是张自明，为我们今天破译这个千古悬案提供了信息。张公诗中有“襄公淡墨留苍壁”句，襄公指余靖，时任广西安抚史，余公约是皇祐五年到至和二年（1053—1055）间巡视宜州，郊游南山时在摩崖上题写此诗的，或许是当年余靖题完此诗后，还来不及雇匠刊刻，适逢侬智高反宋，朝廷即命狄青为广西宣抚使，要余靖协助狄青剿灭侬智高。故余靖匆匆离开宜州，与狄青前往邕州清剿侬智高去了。而一百六十年后的嘉定七年（1214），张自明游南山时，见到余靖题诗是用墨书于摩崖上的，经过百余年的风雨冲刷，张公见到此诗时，墨迹已淡，故吟出：“襄公淡墨留苍壁”，或许是生性好事的张自明在感叹之余，担心余公的墨题诗作再淡化下去，最终湮没于历史的岁月中而无人知晓，就雇匠刊刻，但此时第三行末字“后”和第四行末二字“月明”已被风雨刷落，无法辨识，无奈之下，包括落款字，工匠皆留空不刻，于是乎，留下了一个千古悬案。感谢张自明在诗中留下的信息，为八百年后的我解开此谜提供一把钥匙。这亦是我与张自明的又一机缘了。余靖诗题约为1053年，是宜州最早的题壁诗，约刻于1214年，历时一百六十年，一块碑的制作前后花了百余年，可谓世间一稀罕事了，这也要归功于好事者张自明。

张自明太爱宜州的山水了，此公游山玩水且好题诗，又有怪癖性，诗题大都不明白落写姓名，以至于发生前文提及的历史误会。比如此公游完南山，题诗桄榔岩后，与其弟张自本、张自立又到九龙洞游玩，而且在九龙洞摩崖上又题字云：“诚子、敬子、武子、孚岩同来游此，欲问题崖岁月，又见南山书字。”诚子为张自明，敬子、武子皆张公之弟。又如北山白龙洞，张自明在洞口题写“白龙洞”三个大字，亦不落款，而在下面崖壁上题诗一首：

白龙洞口白龙台，
一俯南天眼豁开。
仓壁漫题三数字，
后人还笑我会来。

这就是张自明其人其性格。

张自明，字诚子，建昌（江西有建昌，安徽亦有建昌，张自明为何地人氏，待考）人，嘉定间（1208—1224）任宜州教授摄州事。用今天的话来诠释，其官职是宜州教育局局长代理市长。我们在前面已讲述了此人逸闻轶事，似乎给人的印象是此公成天徜徉山水，题诗作谜，把本职工作置之脑外，而更不用说代理市长行政理事了。而偏偏是这位奇人，既游山玩水，又勤政作为。

张自明上任伊始，就着手建山谷祠。我们知道，大文学家大书法家黄庭坚于宋崇宁三年（1104）夏五月被朝廷以羁管之罪流放到了宜州，于次年九月三十日逝世于南楼，在宜州度过其生命的最后岁月。在短短的一年又五个月中，山谷先生开馆讲学，教化宜州，南楼诗会，弈棋赋词，又为人切脉看病，还创作书法作品数幅，山谷先生之举动之品格，为宜州人民所崇敬，山谷先生逝世后，宜州人民悲痛不已。立即在其逝世的南楼，就地建山谷祠，祭祀纪念这位文化巨人。七十二年后的淳熙四年（1177），宜州知州韩璧上任至宜，下车伊始，立即到南楼视察山谷祠，以山谷祠狭窄简陋，不宜祭祀为由，在城郊建山谷祠。韩璧所建山谷祠的确切地点，我们今天已无法知晓，但它却是宜州历史上第一个正规的山谷祠。嘉定八年（1215）三月，张自明策划建龙溪书院，这是一个值得在宜州历史上大书一笔的壮举。我们知道，书院作为私家教育场所，肇始于唐末五代，兴盛于宋代，它打破了官学取仕一统天下的局面，为国家培养人才开辟了一条广阔的渠道。比起官学，书院的学术风气更为自由，教育方法更为灵活，学生的思维更为活泼，是一种全新的教育模式，为广大士子所欢迎。书院必须具备四个要素：祭祀、讲学、藏书和印刷出版。书院首先以一个德才兼备的历史人物作为楷模，作为学习榜样，通过对其祭祀、膜拜，继承其学术成就，光大其道德思想，以求严肃风纪，达到学有榜样之目的。其次是讲学，这种讲学形式自由，不拘一格，对学生的成长十分有利。再是藏书和出版，都是为讲学服务的。

张自明以其敏锐的目光，看准了黄庭坚，把山谷祠作为龙溪书院的一个重要组成部分，以山谷先生为先师先贤，祭祀礼拜，教育学生，开展教学活动。张自明用州所历年剩余的经费二十万钱作为启动资金，建龙溪书院。这时他的上司和好友方信儒用节约下来的生活费二十万钱资助他，于是龙溪书院始具雏形。方信儒又另捐四十万钱为龙溪书院买养田。龙溪书院鼎盛时期有养田一千六百亩，靠着这些养田租金维持书院的日常费用。我们可以想象，要不是张自明聪明能干，邀请上司方信儒到宜州视察，游山玩水，吟诗赋词，深得上司的器重和关爱，恐怕龙溪书院是难以建成的。通过建龙溪书院，方信儒不但看到张自明的政绩卓著，而且十分欣赏他的才干和能力，推荐擢拔张自明正式任宜州知州。张自明确是一个聪明透顶的人。为官者，只要选定一个深受市民欢迎的项目，这个项目就是所谓的民心工程，就会成为百姓的口碑，长久地流传于民间。龙溪书院的建立，使得宜州人能七百余年祭祀黄庭坚香火不断，延续至今，我们今天真要感谢这位奇人了。宜州历史文化积淀厚实，文物遗址众多。听说市领导为建设文化新宜州，恢复重建一些名胜遗迹，重现宜州昔日之文化风采，这是深得人心之举，宜州人会长久地记住和流传他们的名字，像张自明一样留名青史。

张自明又是一个颇带传奇色彩的人物，他热爱宜州的山山水水，以至死后，嘱后人将其葬之于宜州，这个举动也是有悖于传统文化的。一般说来，外地人客死他乡，都要运回故乡，归葬祖茔的。如大诗人杜甫客死湖南耒阳，四十三年后，他的孙子仍然要扶其灵柩，归葬于故土。黄庭坚在宜州逝世后，好友蒋伟、苏伯固花了四年时间，扶其灵柩回到修水，归葬祖茔之西，而张自明生前却自己选九龙山作为其永久栖息之地。据说张公死后，人们抬着他的棺木到九龙山安葬，正欲下葬，顷刻风雨大作雷电交加，人们只好避雨跑回城中，准备第二天再葬。不料待到次日人们来时，张自明棺木已被山岩吞下，仅露红漆棺木头，此是大吉，常人不可求之。孩提时即听大人们常常津津乐道这个故事，终不得解释。现在有答案了：张公热爱宜州，把生命融入宜州的山山水水之中，张自明与宜州山水永恒了，可谓求仁得仁。

明万历四十年（1612），庆远知府岳和声到九龙山凭吊张自明，在岩前题写“丹霞遗兑”四个大字。“丹霞”为张公之号，“遗兑”是道家羽化登仙后留下的洞穴。中国人以能羽化成仙作为人生最高境界，而张自明偶然得之，怪乎哉？

原载作者作品集《宜州文化漫笔》

温存超

温存超

1952年7月生，宜州怀远镇人。河池学院文学与传媒学院教授、广西高校教学名师、广西著名文学评论家。毕业于广西民族学院（今广西民族大学）汉语言文学专业，先后进修于华东师范大学文艺学骨干教师进修班、广西师范大学中国现当代文学研究学者班、国家教育行政学院高校中青年干部培训班。历任河池师范高等专科学校（今河池学院）附属中学校长、河池师范高等专科学校副校长、河池学院教务处处长等职。广西作家协会会员、广西文艺理论家协会理事、河池市文艺理论家协会名誉主席、广西先进文化发展促进会副会长。出版有学术专著和文学作品集共6部，主编著作和教材5部，发表学术论文100余篇、文学作品100余万字。先后获广西文艺评论奖、自治区级教学成果奖、河池市首届“刘三姐文学艺术奖”等奖项。

千年古镇龙舟地

有一个地方叫八腊

千年古镇龙舟地

怀远为八桂名镇，已经是过去的事情。如今说到怀远，外地人年长者或许还了解一二，年轻人知之者则恐怕不多。沿 323 国道，出宜州城西行四十里，就到怀远。南北是重重叠叠的山峰，分列两厢，东西是高高低低的土岭，形似长廊。龙江自西南逶迤而下，中州河从西北蜿蜒而来，一大一小，两江汇合，怀远镇就坐落在这三角嘴上。

怀远在唐天宝年间即置羁縻琳州，宋时置怀远军、怀远寨，隶属于龙水县（今河池市宜州区），明代设土巡检司、怀远堡，清时置下青里及怀阳镇。民国时一度称怀阳镇，后改称怀远。自有制以来，怀远已有一千三百余年的历史。

现今尚存的怀远老街为一件历史打造的杰作：首东尾西，两头高中间低，依山水地势延伸近三华里，中间是一条狭长的街道，两旁是清一色的瓦顶一重骑楼。站在高处俯视古镇，恰似一条窄长的船儿,向着龙江,翘首摆尾,破浪乘风,故人称之为龙舟宝地。

最使怀远人得意的是河和船。但最先看中这宝船并使之启动的却是广东人，精明的广东人见龙江上通黔南，下利南海，便自广州经梧州、桂平、柳州，溯珠江、浔江、柳江之流而上，接着是贵州人、湖南人、江西人等，纷至沓来，开发怀远，投资经商。于是，这个原先并不起眼的桂西北丛山中的小镇，才迅速地发展起来。《宜山县志》云："怀远当龙江、小河交会，为粤、黔商贾都会，博徒游惰视之为渊丛……盖地据形胜，百货所聚也。"大约从清道光年间到 20 世纪 40 年代，怀远曾有百余年商贸繁荣的历史。那时节，街道上铺面林立，两河之上，大小船只日停泊好几百艘。怀远因此阔起来，"刀砍裤"换成了"洋布长衫"，菜色的脸红润起来，八方来血由河脉注入怀远的肌体。然而，得意之余才猛然发现外地佬实在了不得！新建的几个大码头属于外来人，分别竖起各省的界碑；街道上又多了好几座外省人的大会馆，雕龙画凤，十分风光；就连远近的坡岭也先后改姓更名，异乡人买下一座座岭头，为他们故去的亲人选美穴筑佳城，"安居落户"，占据怀远的明山秀水。好在怀远并不排外，就像那河和码头，接纳四方来船。

最得怀远人亲近的是河水和码头，河水和码头天天亲吻怀远人的脚板。除了几个货运大码头外,那河边的岩石上还被踩出条条小径,留下光滑的脚窝印子，一个个小码头也就此形成。清早傍晚，钓鱼捞虾；晌午时分，淘米洗菜；初一十五，杀鸡杀鸭；遇上阳光明媚的日子,小孩子不分男女,光着屁股跳水戏耍,这边一个"秤砣落水",那边一个"鲤鱼翻身"。姑娘媳妇洗衣涤被，晒红晒绿，来时一大包,去时一竹篮,晒干的衣被叠得齐齐整整,洗净的长发随风轻飘,三三两两，有说有笑，那河边便是一道亮丽的风景线。

因为那两条河流，因为船和码头，还因为南方共有的风俗，端午节的河边就更热闹非凡。一大清早，那河面上的雾气便荡漾着糯米和竹叶的清香。中午时分，河岸上站满了人，岩石上，竹林边，呼朋引伴，比肩接踵，只听得号炮一响，锣鼓齐鸣，龙舟竞发，一条大河也就沸腾起来。

因为有河，才有眼前的怀远。就像地球上许多地方一样，河流、码头、船只，民生、民风、民俗，与一座古镇的诞生、繁荣和衰落息息相关，由这一角度看，怀远的历史就是一部关于河流的历史，与河有关的一切事物即是历史的证人。

有河有船，就有了船家，航运的，打鱼的，或二者兼顾的，成为一股颇有势力的怀远水族。镇子大了，百业俱兴，手艺人也就不少。外地人多了，镇上的事情就不再仅是本土人说了算。久而久之，大家都是怀远人。如今这镇上千来户人家大都有连带关系，江西老表、湖南姨妈、贵州舅爷、广东伯娘，亲戚朋友，连须带根，抓起来一大把，扯起来一大串。凡有红事白事，不请自来，一家有事大家帮，这叫作“大街石板众人抬”。民风古朴的怀远镇简直就是一张人际关系融融的网络，一个儒家文化浸润的礼仪之乡。怀远人话也特别，将“长”说成“墙”，把“酸”说成“鲜”。做生意说数字，不说“一、二、三、四、五”，说的是“刘、开、汪、则、打”，“六、七、八、九、十”，说成“银、心、将、爱、流”。闹恶作剧者骂为“打炮鬼”，华而不实者称“瓦石榴”，就这样派生出许多词语，渐渐形成一种“怀远语境”。

大概与那流动的河有关，怀远人生性好事好热闹。其风俗应有尽有：正月“偷青”，二月结社，三月三赶歌圩，四月八蒸糯饭，五月赛龙舟，六月祭婆妈，七月供鬼神，八月拜月亮，九月九“打并伙”，十二月“打牙祭”，都有吃，几乎月月都过节，汉、壮、水、瑶，互相同化，难分彼此。平日里，有人打陀螺，有人说书，有人唱戏。过年时，龙狮会舞，台阁顶马，排灯拳棒……从初一闹到初三。龙是湖南滚地龙，狮是广东独角狮，也有壮家土猫狮，那模样怪得可爱。台阁顶马大体是装扮才子佳人、英雄好汉，取材却是十分广泛：《红楼梦》《水浒传》《王三打鸟》《刘三姐》《刘海戏金蟾》……

来自各种不同的典故、传说和剧种，各路各派，五彩斑斓。凡此种种，别地有的怀远似乎都有，别地没有的怀远似乎也有，只是很难指证某一种东西最具纯粹的本土意义。若论怀远属哪一地域文化背景?一时还不好说清，五花八门，兼容并包，算得上多元杂交，集各地之大成，权且称之为“怀远文化”也罢。

怀远人总以古镇为荣,“怀远”二字常挂在嘴边。哪怕是到了北京、上海，一到年前，只要有可能，就往家赶。前些年广西出了个著名歌手唐佩珠，问起来她就说自己是怀远人，怀远人也因此脸上有光。出门在外，怀远人碰上怀远人，那话题少不了怀远如何如何，话头如故乡的河水流淌没完没了。也有读了一些书的怀远人叹道：只可惜怀远人葬祖未能找到一口“妙笔生花”地，未能出个“文曲星”，若有个沈从文生于怀远，必定能写出一部怀远的《边城》，让天下人像知道凤凰城一样，都知道桂西北有个怀远。怀远人喜欢向外人介绍自己的古镇，口讷者和知之不深者也不例外，若有人说怀远的不好，怀远人往往要争个面红耳赤，这种心态大约算得上是一种“怀远情结”，尽管多少有点夜郎自大的味道。

然而，时过境迁，龙江河上下拦起了好几座水坝，船运业也就因此寿终正寝。黔桂铁路虽然过境，但怀远仅仅是一个“普客”才停的小站。323 国道加宽了，汽车来往如梭，擦肩而过，停下者为数不多。尽管扼大西南出海之通衢，怀远却热闹不起来，或许正因为如此,怀远才作为一首凝固的古诗,没有过多地沾染朦胧诗的时尚。老街依旧在，古风依稀存，只是往日作为“商贾都会”的怀远已不复存在，那许多距今越来越远的故事与传说，也就成为怀远人茶前饭后的话题，一代传给一代。那些远久的故事与传说就是古镇的灵魂，却之不得，挥之不去。

原载 2005 年 1 月 20 日《广西日报》

有一个地方叫八腊

若到天峨旅游，不可不去八腊。请相信，我在键盘上首先郑重其事敲下的这行文字，不是那种诓人白走冤枉路的宣传广告，而是出自我的内心并愿意用人格担保的一句大实话。

八腊是天峨县下辖的一个民族乡，是桂西北山区极其普通而又绝对不平凡的一个乡镇。说普通，是因为八腊与桂西北的许多乡镇一样，坐落在崇山峻岭之中，山路崎岖，土地贫瘠，至今仍在脱贫的路上汗流浃背地努力攀登；说不平凡，是因为八腊景观奇特，藏风聚气，超凡脱俗，而且还盛产一种奇异的水果，诞生了一位名扬四方的大作家。那种奇异的水果名叫"中国龙滩珍珠李"，那位作家就是当今广西文坛的领军人物，笔名"东西"。

2016 年"文学名家天峨行"的整个活动安排，颇得与会者的欢心，天峨人依次向客人亮出自己一张又一张响亮的名片。第二天上午的活动是参观八腊龙滩珍珠李现代特色产业核心示范区。早上八点，车队准时出发，出了县城一路向西，沿红水河上行约十公里，然后左转调头，进入 X885 天凤公路，爬上一道颇高的隘口，前方九公里处，便是八腊瑶族乡乡府所在地，整段行程大约需要半个多小时。汽车在蜿蜒曲折的道路上行驶，车窗外的风景画面如幻灯片一张张变换，车厢内谈笑的声调盖住了汽车引擎的轰鸣声，掀起一阵阵浪潮：关于风景、民风民俗、社会逸闻、文坛趣事……天南地北，海阔天空，而话题时不时又总要转回到珍珠李上，众人的那点心思再也明白不过，那就是急切地等待着一场与梦中情人的约会，等待着扑入果园温暖溢香的怀抱。

作为桂西北本土人，也由于工作的缘故，在此之前，我曾经先后四次到过天峨，但除了县城六排镇外，我到过的乡镇也就只有八腊。至今，我仍然记得两次到八腊的大致情景，虽然那已经是十多年前的事情。透过车窗，我努力观察和辨认这一路似曾相识的地貌，搜索和聚拢经岁月淘洗而尚留存的记忆。

记得第一次到八腊，大约是在 2000 年，准确地说，只是路过。我跟同为广西二十一世纪园丁工程导师的河池师专老校长、我的恩师韦启良教授，到河池各地考察和指导学员的教学工作。转了一个大圈，先是都安、大化，然后是东兰、巴马、凤山，最后是天峨和南丹。从凤山到天峨，走的就是这条天凤公路。因为司机是第一次走这条路线，我的大学同班同学、时任凤山县委宣传部部长的龙泉一直把我们送出凤山县城数公里以外。站在一个高坡上，龙泉指着前方反复交代：朝前走，注意看路标，沿途要经过林峒、老鹏、八腊，坡陡弯急，千万要注意安全哦……过了老鹏，不久就进入八腊境内。在一处当时我并不知道名字的村庄旁边，我叫停了车子。因为，启良先生那时突然说道：“田代琳是八腊人。”田代琳即东西的本名，东西是先生最引以为傲的得意门生之一。此时临时停车，我想应该符合先生的意愿。时值三月，烟雨蒙蒙，先生两手叉腰，环视群山，打量路边的村庄。我注意到不远的村边有一树李花正在绽放，“枝缀霜葩白，无言笑晓风”。尽管那天天气状况不好，道路难行，在将要出到龙滩的山坳里还碰巧遇到民工开山炸石，石头堵住了路面，等了近两个小时才通行，但那次经历给我留下的却是一段深刻而温馨的记忆。事后，我特意查看了地图，我们临时停车的村庄应该是甘洞，距离东西老家洞里村谷里屯仅数公里。

第二次到八腊是在两年之后，河池师专部分学生到天峨实习，我和一位同事到天峨巡察情况，除了县城，乡下还有两个实习点，一是向阳中学，二是八腊中学。我选择八腊，让同事去向阳。我到八腊中学听了两节课，召集实习生座谈，具体的情况现在已经记不清了，但我当时对实习生说的一番话的大致意思仍然记得：一是作为校友，能到东西的家乡中学实习，你们很幸运，要虚心学习，认真做事，莫给河池师专和东西丢脸；二是要有爱心，爱护每一个学生，尤其是对那些来自峒场个子瘦小的贫困生不可另眼看待，这地方地灵人杰，你看那些少年眼睛转溜溜的机灵样子，说不定他们中间还会再出一个东西……那次到八腊虽然有半天时间，但活动的范围仅限八腊中学校园，进出时扫了一眼八腊街，实际上没留下更多的印象……

不经意间，车队就已经离开 X885 干线，爬上一座高坡，在坡顶宽阔的停车场停了下来。一大群人在宣传牌前驻足，聆听了小梁县长如数家珍、眉飞色舞的介绍。然后，纷纷登上坡顶那座造型简朴、漂亮，颇具民族特色的观光长廊，那是此地观景的最佳位置。

哇，龙脉！有人惊呼。是啊，我的确为眼前壮观的山形地貌所吸引，甚至产生某种震撼。放眼望去，这一带丘陵由南至北连绵不断，此起彼伏，威猛强劲，宛若一条生动的游龙，丘陵上栽种的那簇簇果树便是墨绿黝黑的龙鳞。观光长廊正骑在龙脊上，我们是站在龙脊上看风景。于是，把腰杆直起来，把肩膀打开来，把胸脯挺起来，一股豪气便油然而生。这龙脊很高，海拔怕是在千米以上，离天很近，似乎一伸手便可摘下白云，一勾手便可揽住阳光，闭上眼睛，做一次深呼吸，那就是在跟习习凉风亲密接吻。

如果留心观察，你还会发现这里地貌的奇特还在于它处于石山与丘陵的交接线上，而且丘陵高于石山，站在这龙脊上看山，你可以获得“一览众山小”的感觉。在观光廊往东面看，眼前尽是石山，阳光与白云辉映之下，峰峦叠翠，群山竞秀，姿态万千；往南面看，则见丘陵高大，逶迤连绵，莽莽苍苍。而这大片的高寒坡地如今正不断地被开垦成为万亩果园，给八腊人带来脱贫致富的希望。

其实，如今这龙脊上的环境与设施本身也已经成为一景。停车场四周栽种有桂树和花草，打造成生态停车场，观光长廊以“风雨廊”三字命名，下前方的两个观光亭，一个名曰“风调”，一个名曰“雨顺”，这其中自然寄托着八腊人的美好愿望，也蕴含着中华民族崇敬天地、与自然和谐相处的“天人合一”的哲学思想。

站在这龙脊上，我在心里庆幸自己能够参加这次活动，有机会再一次来到八腊，站在这高处看到这番奇异的景象。逮了一个机会，我走到东西面前，轻声地询问：“你家在哪个方位？”顺着东西手指，我确定他家就在观景亭的西南方向，并又自然地联想到我与韦启良先生十多年前路过此地的情景，想到先生早在20世纪80年代末在《河池日报》上发表的题为《介绍田代琳》和《文学：大山的厚望》的两篇文章。那个时候，满腹经纶而慧眼独具的启良先生就已经预言：“河池地区的山，可以成为文学的摇篮。”“希望之光将从红水河升起，未来的作家、诗人将从红水河诞生！”先生的预言后来成为不争的事实。东西从这大山里走了出去，不负大山的厚望，以小说《没有语言的生活》将八腊的大山风光，山民的生活与性格、痛苦与烦恼、爱情和憧憬展现在世人的面前，让外界的人们了解天峨，了解八腊。

令人欣喜的是，如今八腊人已经不像过去那样仅在坡地上刨粮食填肚子，还在这些土丘上种果生钱。包括核桃、石榴、板栗、油桃、李子等，其中最著名的当属珍珠李。八腊乡是龙滩珍珠李的主要产地，据介绍，仅眼前这个现代特色产业核心示范区目前种植的珍珠李就多达 3200 亩，全乡种植珍珠李达 3.5 万亩，八腊人正以巨大的手笔在这片丘地上书写和描绘令人赞叹的宏丽景观。

下了观景台，走入珍珠李采摘园，只见每一棵树上密集的果实都压弯了枝头，那李子实在是结得“猛”，实在是结得“莽”，结得完全超乎了你的想象，让你惊奇诧异，让你目瞪口呆。紫红色的果实圆润如珍珠，薄薄的白霜细嫩如凝脂，实可谓秀色可餐，咬一口咔嚓脆，口感极好，嚼一嚼满嘴香，酸酸甜甜，舌齿生津，不愧称“李族皇后”。你忍不住想摘，忍不住要吃，吃得爽神，吃得心花怒放。游走在园中的人们对珍珠李的喜爱自不必说，只是喜爱的表现却有所不同：有的人是“爱不释手”，两颗珍珠李拿在手上，抚摸观赏，视为掌上明珠，不忍下口；有的人是“爱不动手”，怕是用手摘损伤了珍珠，于是伸长脖子张开嘴巴轻轻含取选中的那颗果子；有的人则是恨不得把那一树硕果搬回家里，摆放在厅堂观赏与炫耀，当然，那是不可能的，只能和那一树树珍珠李合影，留下永久的思念……

《尔雅》有云：“五沃之土，其木宜梅李。”说的是普遍的现象与种植规律，八腊的坡地算不上肥沃，但这坡地的土质与高寒气候却适合龙滩珍珠李的生长。而且，这龙滩珍珠李据说就是从八腊本土一棵野生老树培植出来的，继承了原生八腊李的本质，经过不断优化，这才成为如今品质优良而高产的独特品种。如果将它移出天峨以外栽种，失去了天峨独特的环境与气候，是否也能结出如此丰硕、味美的果实来？

说来也巧，在果园的小径上，一位姑娘迎面快步走来，一把抓住我的手连声叫道：“老师、老师、老师！”因为事出突然，我一时懵了，难免有些尴尬。她是我的学生吗？那副含笑的面孔似曾相识，可我一时之间却叫不出她的名字来。经她提醒，我终于想起来了，是的，她的确是我所任教的一所高校的毕业生。十年前那个曾在我面前略显腼腆而任性的大学生，如今已经是八腊瑶族乡的副乡长。她成熟了，大方、利索、干练，她晒黑了，黑里透红的脸庞上沁出细密的汗珠。在我的眼里，她也是一颗珍珠李，在八腊的坡地上汲取了大地的养分，汲取了八腊的山水灵气，“潜实内结，丰彩外盈，翠质朱变，形随运成。清角奏而微酸起，大宫动而和甘生。”

原载 2016 年第 19 期《当代广西》

谭为宜

谭为宜

湖南茶陵籍，生长于宜州，河池学院教授。2014年获教育部授予“全国优秀教师”称号。广西壮族自治区人民政府督学，曾任河池学院中文系主任、文传学院院长，现为广西高校人文社会科学重点研究基地——广西人口较少民族发展研究中心常务副主任，河池市文艺评论家协会主席，广西作家协会、广西桂学研究会会员，广西写作学会常务理事，广西文艺评论家协会理事，中国现代文学研究会会员，中国文艺评论家协会会员。在北京大学做访问学者时，获北京大学授予“创新成果奖”。主要从事中国现当代文学教学与研究，有专著3部，担任主编、副主编的著作各4部，参编教材6部，公开发表学术论文60多篇，专著《戏剧的救赎——1920年代国剧运动》被专家认为“是当前中国现代戏剧史研究中的一个重要收获”。业余爱好文学，有小说、散文、诗歌、戏剧作品获奖，出版了个人文学作品集《紫云英花开了》。

嵌入我记忆深处的永远的北大

高高的博雅塔

嵌入我记忆深处的永远的北大

去年的初秋，我是怀着朝圣者般的虔诚和流浪汉似的饥渴与迷茫来到了心仪已久的北大的。今年的仲夏，我像一个受过洗礼的信徒和满载而归的探宝者，充满自信地向我崇敬的北大告别了。在这短暂的一年里，能有了可喜的收获，是多么值得我们去回顾的呀。

我想到了未到和刚到北大时的那份诚惶诚恐。莫大的荣誉感和深深的期望形成了双重的压力，我想，不少访学者都会有和我一样的心情，在这一生中有了在北大学习的经历，那是多么值得骄傲和自豪；但我们又有点手足无措，我们只有一个大方向——到世界名校来充实和提高自己，具体在一年的学习生活中学什么，怎么学，心中并不了然，甚至要担心“入宝山空手而归”。所幸的是在9月1日的开学典礼上，继续教育部郑部长就十分有针对性地谈了我们学习上应该注意的几个方面，告诫我们要充分利用北大的科学和人文资源，有计划地安排好自己的学习,多向导师请教,要让自己的学术思维有质的提升,从访学的意义到先前的一些成功的经验，给我们很大的启发，使我们豁然开朗。焦老师和樊老师也在会上谈了很多具体的事项,学习的,生活的，在他们那份亲切中有了“家”的感觉，是的，我们来到了精神的家园。而且头一天还安排我们参观了图书馆，听图书馆的老师指导怎么查阅图书资料，于是我们开始进入角色了，我们那颗悬着的心一下有了着落。紧接着的，中文系召开了迎新会，系主任温儒敏教授、系党总支书记蒋朗朗教授、主管教学的副主任陈跃红教授等领导到会讲话,他们的指导从专业的角度,更为直接,更为具体,在他们的讲话中，让我们了解了中文系的优秀传统，中文系和国家民族的命运紧紧地联系在一起，和它长期保持的学术领先的地位；让我们了解了系里的教学运作和教学常规要求；指出了我们应该如何去完成访学任务，我的导师温儒敏教授用了一个极为恰当的比喻来谈我们所应具有的理念,他说,“你们不要有急于事功的浮躁心理,你们到北大来更重要的是‘磨刀’，而不是急着‘砍柴’。了解前沿的学科理念，夯实你们的专业理论基础，提升你们的学术研究方法,调准你们的研究思路是更为重要的,才会对你们的今后更有益”。他告诫我们不要仅仅局限在自己的专业上，相关的科目和理论也要关注。值得感谢的是,系里的教务员曲老师和闵老师非常熟悉业务,耐心地解答我们提出的问题，热情地为我们服务。可以说继续教育部的开学典礼和中文系的迎新会为我们奠定了一个很好的基础。

聆听大师们的课那真是一种享受，不仅可以直接感受这些走在学科前沿的大师们渊博的学识,还可从中领略他们严谨的治学态度、缜密的思辨、高超的语言技能和火一般的事业热忱。第一个学期我以听课读书为主，每周固定要听的课就有十二节；第二个学期以搜集资料和听课为主，每周固定的课是八节；我坚持课堂上记笔记，那几十万字的笔记让学友们羡慕，有的借去复印。老师们的课给我印象很深，我的导师温儒敏先生方正博大，字字珠玑；陈平原先生旁征博引，自然从容；王岳川先生大气磅礴，挥斥方遒；陈晓明先生深入透辟，有理有据；商金林先生温文尔雅，见微知著；曹文轩先生优雅深刻，严谨精到；张颐武先生常辟蹊径，挥洒自如；陈跃红先生言中肯綮，文思如泉；孟华先生驾轻就熟，深入浅出；戴锦华先生潇洒倜傥，生动感人；臧力先生沉潜深厚，指挥若定；吴晓东先生胸有成竹，步步为营；孔庆东先生幽默机智，善于诱导；高远东先生深思熟虑，庄重平和；李扬先生才思飞扬，学术敏锐；姜涛先生简洁明快，语言灵动，等等。我还少量地听了本系的和外系的一些老师的课，他们各有风格，但课堂上所表现出来的对事业的热爱和执着，对知识和学生的尊重，以及他们敏锐的洞悉力和驾驭能力深深地感染了我。我没有资格也无力对我的老师们做出准确的评价，然而这些都已成为我的精神财富，将直接滋养我今后的教学生涯。

北大的各类讲座实在是非常丰富，就像是取之不尽，用之不竭的宝藏。国内外的学界泰斗和世界名流络绎不绝，我不仅参加了系里的各种讲座和学术会议，如建系九十五周年的“孑民论坛”系列讲座，“左翼文学时代”国际学术会议等，还参加了别的院系举办的各种精彩讲座，如历史系关于五四时期日本留学生的报刊研讨会，光华学院的民营经济研讨年会，语言学会的数字化技术在语言研究的运用研讨会，政法学院的唐令研究国际学术会议等，这些讲座和学术会议让我大开了眼界，拓宽了视野，从思维和学术的进路上都给了我新的极大的启迪。

北大科学与人文的一个最重要的资源，那就是图书馆了。社科人文阅览室、文学阅览室、保存本阅览室、现刊和过刊阅览室、学位论文阅览室、季羡林工作室、阳光大厅、中文系资料室等等，说句惭愧的话，我并没有走遍所有的阅览室，光是上面所举，就已经让我目不暇接，恨时光荏苒了。我的阅读、复印、拍摄、抄录远未及九牛之一毛！我多么希望能再有一年，要不一个学期，再不行就一个月也好，让我再读一读那些精品书籍，那些珍贵的史料，那些前人的活的思想。我深知就是把余生都泡在这个博大的图书馆里，也不可能把该读的书读完啊。

我的导师非常关心我的学习和生活，第一次见面就嘘寒问暖，说学习和生活上有什么困难都可以找他；他主动询问我选了什么研究方向，我坦白地告诉他没有选定时，他就为我思考了课题供我参考，当时真是非常兴奋。我的导师是系主任，是著名的学者，谁都知道有很多系里的事务和各种会议要耗费他大量的时间，我在心里希望导师能给我指点迷津，但又说不出口，没想到他考虑得那么周到。当我定了课题后，导师就指导我要大量地搜集资料，给我的写作提纲提出了修改意见，指出了重点和难点。值得欣慰的是，我的资料搜集和写作思路都有了进展。我忘不了由于刚来北大时的兴奋和忙乱，生活的节律被打乱了，我在一次参加教育部教科所的研讨会时突然发病住院了，导师听到后很着急，了解病情，嘱我好好休息，询问我有没有经济上的困难，像父兄一样的关怀使我在异乡感受到了温暖。有一次我告诉他，我在学校主持了一个“运用新课标培养少数民族地区合格语文教师”的省级课题，他马上说，这是个意义重大的工作，你要像对待访学那样认真做好这个课题；第一个学期我听了导师的中国现代文学批评史课程后，得到很大的启发，假期写了《关于广西文学批评现状与发展的一些意见》，发表在《河池学院学报》今年第一期上，对广西文学批评的反思的文章不多，于是被广西语言文学学会推荐评选广西社科研究成果奖。我的论文《从几篇政论文章看鲁迅与李大钊早期思想的异同》（载《北京大学学报》2006 年第 6 期）写好后导师提出了具体的修改意见。老师的教导，学习的提高，使我的学术视野开阔了，科研的激情被点燃了，先后发表了《试论教育与人的主体意识的培养》（载《中国教育教学》2006 年第 2 期）和《文学创作价值取向单一性的突破》（已收到《文学教育》的用稿通知，刊载于2007年第6期）；在观看了北京大学生电影节中的影片《鲁迅》后，撰写了评论《这个鲁迅很感人》（载《文艺报》2006年7月）。此外，寒假回去后，参加了本教研室的“新时期广西作家研究”的省级课题，在课题组里率先写好了五名代表作家及其作品的评论。

载入我们的记忆中的还有那多彩的业余生活，首都是全国文化政治中心，是中华民族的象征，北大更是传统文化和现代文化的交汇点，文化的艺术的大餐精彩纷呈，我们利用业余时间来丰富我们的学习和生活，让两者融为一体。我在百年讲堂欣赏了小提琴演奏、法国里昂无伴奏童声合唱团演唱。第一次观看了俄罗斯芭蕾舞剧团演出的世界名剧《天鹅湖》，连续三晚观赏了全本青春版昆曲《牡丹亭》……北大中文系组织了全系访问学者和进修教师参观了中国现代文学史馆，波澜壮阔的中国现代文学给了我们心灵的震撼。继续教育部则组织我们全体访学和进修教师到香山进行传统教育，让人文和自然的美景丰富我们的人生，同时增进了学友间的了解和交流。正像我为我们的通讯录写的《序》里所说：“或聆名师教诲，或潜书海拣金，或赴学术会议，或著真知灼见。朝迎一轮红日，夕沐万里霓辉，朔风恰如送爽，细雨堪为洗尘，名校学风，亦熏亦陶……百年讲堂，未名湖畔，多少欢声，多少笑语；中秋歌舞，香山登高，许多倩影，许多佳话；故宫王府，京都秀园，亦赏亦悦……”学友们的相熟相知，学识的灵感和融通，在那一个个历史悠远的文物古迹，一场场精彩的文艺节目的观赏中进行着，共同组成了我们访学的美丽的风景线。

就在临近结束访学的时候，我光荣地被北京大学授予了“创新成果奖”，感谢我的导师和所有的老师，感谢继续教育部的领导同志们，感谢北大，是你们给了我巨大的收获和荣誉！检讨自己，固然还有很多缺陷和不足，这将鞭策我以更大的热情去工作和学习。

我在今年春天的时候写了一篇散文《博雅塔之思》，刊登在五月份的《北京大学校报》上，在那短短的文字里寄托了我对北大的依恋和崇敬。我的导师温儒敏先生在给我的访学考核评语中写道，“在我所接触的北大中文系访问学者中，谭为宜是最勤勉踏实的一位……谭为宜为人朴实热情，访学一年已融入北大，领略北大气息，成为北大人，也成为我们的好朋友”。这是对我的鼓励和嘉许啊！我唯有更加倍的努力，以求不辜负导师对我的期望，争取做一个真正的北大人。

原载 2007 年 1 月《河池学院报》

高高的博雅塔

记得去年刚到北大访学时，第一课便是到北京大学图书馆听入馆指导，讲课的老师开口便道，北大校园也就是“一塔湖图”，把我们给吓了一跳，待他一解释，大家便笑了，“原来如此”。但我还不尽释然，何以这塔便成了北大的一个重要标志呢？想必定有来历，我想“建校一百年”“博雅塔”“未名湖”“图书馆”这四样中最容易弄明白的便是这塔了吧？于是决心通过自己的努力去寻找答案。

博雅塔当初建的时候就是为的实用，这一点跟很多塔不一样，塔志上写着：“1924 年 7 月，燕京大学为解决全校生活用水，在此掘水井一口，井深一百六十四尺，水质清澈，水源丰足，喷水高于地面十余尺……水塔是当时为深水井专造的塔式水楼建筑，塔形仿初建于北周时代的通州燃灯塔……”因此，博雅塔有个平民化的身份，它既不像大雁塔那样巍峨魁梧，以便承受佛学东渐的历史重载；它也不必像雷峰塔那样要镇住白蛇这样的叛逆，而向世人张扬。它只是实用而已，附带美观，来得就十分轻巧。

塔坐落在未名湖的东面，这是最便于梳妆打扮的，每天清晨，它便沐浴在霞光的金辉里，任近旁的柏枝柳条在徐徐的和风的舞动下，为它梳去轻尘，使它总是以一种怡然、雍容、祥和的神态，俯视着早起打扫道上落叶的大嫂，晨读的学子，树荫下午憩的人们，傍晚还逗留在湖滨的游客，以及月色星光中匆匆过往的世人，它一视同仁，说不上是关注还是漠视。

塔形让人感到很熟悉。从塔座到伞形的塔顶是三十七米；塔座用青砖砌成，上有莲花台；塔身呈八角形，共十三层，每层各面皆有砌筑而成的凹凸有致的浮雕式纹饰，质朴而美观；八个檐角翘起，檐脊上有小兽，小巧玲珑的样子。我想，倘是月夜，这些小兽该不会窃窃私语，甚至走下塔来，在月色斑驳的树下打闹，或到湖边嬉水吧？

塔与湖是融和的，相得益彰。湖的命名好像不显山不露水，其实颇有讲究，“未名”者暂无名而将有名也，是以它的朦胧、虚空、退避而留下了巨大的思维空间的，就像这清澈的湖水，你不能说它因有款款的游鱼而赏心，不能断言是岸旁袅娜的垂柳为它增艳，也非倒映了五色的春花令人悦目，当然也说不上是洁白的雪花投入她暖暖的怀抱般的温馨，抑或挺起冰面的平坦接纳那绕出美丽弧线的滑冰者的大度，一任你去猜度、赞美、预言、更新一样。而塔是有个含义确切的名字的，塔志上有“因系美国博氏捐资兴建，故又称‘博雅塔’”的记载，它需要有名，它必须有个确切的名字，中国人一向是宁愿将自己埋没，也不愿意辜负朋友的，因为博先生捐资建了这解决师生饮水的工程，尽管建塔另有其人，尽管设计者有如此完美的精巧的设计，但我们首先要记住的是素不相识的友人，“受人滴水之恩，当涌泉相报”，这再顺理成章不过的了，因此这纯粹民族式的建筑就有了一个中西合璧的名字——“博雅”。且这“博”字还有广大、宏富之意，这便是它的另一层意思了。“雅”字真可算是妙手偶得，汉字的“雅”且不说它超凡脱俗、规范和恬静的内涵，置诸校园十分妥帖，其声符“牙”与“玉”相类；形符为“隹”，是短尾鸟的总称，看吧，在一派静穆之中又赋予了飞扬灵动的意蕴。两字合起来组成“博雅”一词，又是“渊博”的意思；甚至还让人想到了训诂学名著《广雅》的别称。浅陋如我辈实在想不出来，这屹立在世界名校一隅的塔，还能有另一个更美、更恰切的名字了。

未名湖的名气可大了，国际朋友爱德加·斯诺就安葬在湖近旁的小山上，而一连串在湖畔特立独行的大师们的名字也一定让你赞叹不已，如马寅初、汤用彤、冯友兰、周培源、张龙翔、丁石孙等。1952 年北京大学由原校址迁到燕园后，这里就成了北大的象征，只要是稍懂中国现代史的人都会如数家珍，且都会冠以“未名湖畔……”。但很少有人会提到博雅塔，说这一切发生在“博雅塔下”。然而塔依然矗立着，守候着，静静地听人们长久地诉说着未名湖畔发生的一切。

春天把我们的第二个新学期送来了，我们约好到校园里欣赏春景。从圆明园校区出发，由东门进入燕园——北大本部校区，第一眼就见到了博雅塔高高的身躯，它像个殷勤、厚道的主人，总是在第一时间里向每一个进入它视线的人们致意，迎来送往。怎能辜负它呢，我们说，再到未名湖去（你看，又不是说到博雅塔去）。走近了博雅塔，仿佛见到久别的朋友，我们重又端详它，数着那已数过多遍了的层级。春天的未名湖有一泓碧绿的湖水，喜鹊穿飞在花丛和古树之间，时而掠过湖面，时而停在高高的枝头上欢快的鸣叫起来，清脆的叫声混合在花香和暖意中。迎着和煦的阳光，人们有一身短装进行晨跑锻炼的，有端坐在湖边靠椅上早读的，有如我们一样拿着数码相机来欣赏湖光春色的。塔的静穆的身影让我们感到一种庄重，一种神圣，大家都细语着，不敢高声打破这里的恬静，我们立即约定，明早就到这来读书，我忍不住悄悄拍下了一位面湖而立，小声背着外语单词的女生的背影。

接着，我们围着湖取景，水是生命之源，当然谁也离不了，就是留个影，也是不愿舍弃这水的滋润的。拍了一圈之后，再来浏览这些照片，景色最美的就是以博雅塔为背景的几张，绿树在湖与塔之间簇拥着，却又连成一片，长长的柳丝调皮地舞弄着，像是灰褐的塔身上的绿丝带。塔远远地立在湖的那边，只将倒影模糊地投在湖面的一角，但是它是你心中的灯塔，你会用心去搜寻它，你能清楚地感受到它的存在，是它的矗立才扫荡了单调和平庸，有了眼前突兀的惊异,从而增加了未名湖的精彩。也许是它本来与水就有关系，也许是设计者当初就把它与湖一并考量使之融为一体的，因此你要看未名湖你就会同时看到博雅塔，你望见了博雅塔你就会想到了未名湖，它们是不离不弃的挚友、恋人。或者说，如果未名湖是一只乘风破浪的航船，博雅塔便是它的桅杆；如果未名湖是一张能涂抹五彩的画布，博雅塔便是一枝画笔；如果未名湖是一个温馨的家园，那博雅塔便是爱人高耸的可依偎的肩，它们之间的相互映衬、支撑和爱抚是不需要甄别、权重的。我找到了博雅塔的神韵了，我像漂泊的游子辗转百回后，拖着疲惫的躯体，背着空空的行囊，终于望见了村口的古槐一般，看着未名湖畔的博雅塔，它是那样的亲切，那样的包容，那样的平静，那样的永恒。

我们在燕园美丽的景色中逗留，祈望这无限的春光把时间留住。不时回望，依然可以看到翘檐重叠的塔，当我们要离开的时候，忍不住重又走到了塔下，仰望着，凝视着，啊，这高高的博雅塔啊。

原载 2006 年 5 月《北京大学学报》

韦福正

韦福正

广西宜州安马乡索敢村人，壮族，1939年11月出生于一个贫苦农民家庭。1965年毕业于广西师范学院（今广西师范大学），同年参加工作。曾在宜山县委组织部、宣传部工作过，1969年开始从事新闻工作。1972年调入广西人民广播电台，1975年调入中央人民广播电台，任主任记者。在对越自卫反击战中，担任战地记者，立过战功。有20多篇新闻作品获省部级奖励。获中央人民广播电台颁发的“为人民广播事业工作30年”纪念章及荣誉证书。新闻作品《三次改名话今昔》在《人民中国》发表，翻译成英语、俄语、日语、西班牙语等语言文字对外宣传，同时编入1972年广西中学语文课本。在宜山工作期间，曾是韦江歌重大典型联合报道组主要成员之一，参与撰写的长篇通讯《劈山开路人——韦江歌》于1972年由新华社发通稿，在《人民日报》、中央人民广播电台等25家报纸、电台发表（广播）。退休三年后，应聘到广西革命老区建设促进会工作十年之久，任过办公室主任、秘书长，曾获“全国优秀老区工作者”荣誉称号，“思源功勋奖章”。

古老灵渠景色新

壮乡斗鸡记趣

红水河源头——马雄山

古老灵渠景色新

在一个初秋的早晨，我乘汽车从广西桂林市出发，去游览古老的灵渠。不到两个小时，就来到了兴安县城。只见一条绿莹莹的小河，穿城而过，这就是灵渠。

灵渠，又叫兴安运河，是我国古代著名的水利工程之一，也是世界上少有的一条古运河。它开凿于秦代，离今天已经有两千一百九十多年了。这条渠全长三十四公里，由南渠、北渠、铧嘴、大小天平坝和秦堤等部分组成。其年代之悠久，工程之艰巨，设计之巧妙，意义之深远，都可以和四川的都江堰媲美，被称为“古代科学技术的精华”。

根据史料记载，公元前219年，秦始皇亲临湖南，指挥向岭南进军。为了行军运粮的方便，他命令史禄征集几十万人，花了五年时间，在公元前214年修成了这条人工运河，叫作灵渠。从此，湘江和漓江这两条流向不同的河流就紧紧地连接在一起，长江和珠江两大水系也息息相通了。于是，灵渠成了当时岭南和中原水路交通的大动脉，被称为“楚粤咽喉”。那时候，灵渠河道上，大小船只往来不绝，长沙、衡阳、永州诸郡盛产的谷米，一船连一船，“浮苍梧直下羊城”；岭南地区出产的物资也通过灵渠北上湘江，越洞庭，溯汉水，运到长江流域和中原各地。灵渠对于促进岭南和中原地区经济文化交流和民族融合，起重大作用。

由于灵渠修于秦代，所以，历史上也叫秦堤。不过现在人们所说的秦堤，主要是指从兴安县城到分水塘的一段。这段灵渠，风光优美，景色宜人，现在已经成为对外开放的旅游胜地。从唐朝开始，一些封建王朝，先后在这段灵渠上建筑了粟家、万里、沧浪、接龙等石拱桥；近些年来，当地政府又在这里新建了七座别具一格的钢筋混凝土桥梁。这一座座半圆形的拱桥，就像彩虹一样横跨灵渠之上，给这古老的运河增添了奇光异彩，也给过往的行人、车辆带来了方便。

从万里桥起，沿着秦堤向南陡阁走去，灵渠两岸，垂柳迎风拂水，罗汉松挺拔苍翠，一棵棵古松枝繁叶茂。时令虽是初秋，火红的夹竹桃花仍然依稀可见，玉兰、桂树、圆柏、银桦、蜜柑等多种花木，吐翠喷香。绿树丛中，掩映着亭台楼阁，古雅清新。漫步在岸边的林荫道上，仿佛置身在一座美丽的公园之中。

过了粟家桥，见一块巨石拔地而起，足有一丈多高，这就是“飞来石”。相传当初开凿灵渠的时候，有一个猪精作怪，使堤岸屡修屡崩，很多人因此被定罪而死。后来，人们前仆后继的精神感动了一位天神，他施展法术，让南天飞来了一块大石头，镇住了猪精，堤才修成。这不过是一个神话传说，其实这飞来石是开辟城台岭时，为阻挡江中的激流，加固堤岸，特意留下来的。它显示了我国古代建设者们的聪明才智。飞来石上，留有不少前人的题刻，闪烁着古代文明的光辉。石顶平坦，有两棵小松树从石缝里生出来，活像两把大伞。坐在石上，居高临下，可以饱览周围景色。石旁有一丛翠竹，衬着一座红墙绿瓦的房屋，清幽雅致。

过了飞来石，便来到四贤祠。这四贤祠建于元代，是为纪念秦代的史禄、汉代的马援、唐代的李渤和鱼孟威而修建的。这四个人都为开凿灵渠做出过突出的贡献。祠内保存有一些古碑，记载着历代修渠的经过和建祠的由来。

从四贤祠出来，再往前走，不远就是南陡阁。南陡阁坐落在南渠上第一个陡门的旁边。所谓陡门，实际上就是船闸。船只入陡，就关闭陡门，使水位提高，船只也随着节节前进。灵渠的陡门曾经多达三十六座。这种陡门的修建，是个了不起的创造。

从南陡阁下来，涉水到了大、小天平坝和突出在江心的铧嘴。这里四周地势开阔，海洋河上，碧波荡漾。铧嘴和大小天平坝相互衔接，就像一个巨大的“人”字横卧湘江之中。它们是激水分流、引湘入漓的关键工程。铧嘴在大小天平坝的顶端，因为形状像犁铧，所以叫铧嘴。它前头尖，后面钝，有六米高、七十多米长、二十三米宽，由大块石头垒成，作用是阻挡洪水对大小平坝的冲击力和劈水分流。铧嘴上建有一个亭子，亭内竖着一块石碑，碑上刻有清朝乾隆年间桂林知府查淳题的“湘漓分派”四个大字，笔锋雄浑苍劲。大小天平坝紧接在铧嘴的尾部，从连接处分为南北两条，北面的一条叫大天平，南面的一条叫小天平。由于石坝高矮适中，能平衡南北两渠的水量，让水保持一定的深度，以利通航，所以叫作天平。天平坝大约有五米高、十七米宽，坝面用大石块砌成，中间竖插着薄条石，成鱼鳞状，利用洪水过坝的压力，挤压得非常结实。坝顶，在两块大石头相连接的地方，凿有斧头形状的石穴，打进铁锭，使两石扣紧，非常牢固。更有趣的是，大小天平石坝长度的比例，是三比一，铧嘴两侧江面宽度的比例也是三比一，南北两渠上游平均宽窄的比例还是三比一，而在正常水量情况下，水就三分进入漓江，七分进入湘江。这并不是偶然的巧合，而是铧嘴和大小天平所起的微妙作用，充分体现了我国古代水利工程的科技水平。

大小天平石坝既可以拦河蓄水，又可以泄水分洪。在枯水季节，它截住江水，使南北两渠保持比较稳定的水量。涨水季节，它又让洪水越顶而过，流入湘江故道，避免水灾。经过大小天平坝的调节，灵渠内的流水，是涨而不溢，枯而不竭。在我游览灵渠的时候，兴安一带已经有三个月没下过大雨了，可是，依然看到渠水滔滔，直泻而下，泛着层层浪花。

古老灵渠为什么能青春常在，两千多年后的今天仍然为人民造福呢？在听了灵渠管理处同志的详细介绍以后，我终于找到了答案，这就是“天工虽云巧，更巧是人民”。古代劳动人民开凿灵渠的伟业实在令人钦佩。而今天，这里的劳动人民通过自己的双手和智慧，使古灵渠发挥出更大的效益，这种精神又是前人所不能比拟的。从 1952 年以来，兴安县人民对灵渠做过多次大规模的修建和加固，把历史上以运输为主的灵渠，改造成为今天以灌溉农田为主的水利工程。现在，灵渠两岸已经修建了四条共长一百一十公里的灌溉渠道，还修建了“支灵”“上桂峡”等六十九处山塘水库，使库、渠、塘、坝连成一气，能蓄、能灌、能排，形成了以灵渠为骨干的四通八达的水利灌溉网。灌溉面积由原来的两千多亩扩大到三万六千多亩。灵渠流经的一些乡村改变了原来的干旱面貌，实现了旱涝保收，成了广西壮族自治区商品粮生产基地之一。

正当金秋季节，灵渠两岸广阔的田野里，社员们正在兴高采烈地收割晚稻。那沉甸甸的谷穗，随风摆动，泛起一阵阵金色的谷浪，它显示着，今年的灵渠两岸，又是一个丰收的年景。

1980 年 7 月 20 日中央人民广播电台播发

壮乡斗鸡记趣

在我国，许多民族都有斗鸡娱乐的习俗。广西左江一带的壮族村民的斗鸡活动却另有一番情趣。

1986 年 5 月里的一天，大清早我们就驱车专程去参加壮族村民的一次隆重斗鸡活动。上午九点多钟，斗鸡爱好者就三三两两地抱着他们准备参加决斗的公鸡来了。一只只公鸡色彩斑斓，气度轩昂，放在地上一站，就会围绕着自己的主人昂首阔步，在和煦的阳光下振翅，亮起嗓子高声地啼叫着，流露出临战前的激情。

斗鸡场的一位负责人告诉我们说：“这里每年五六月间，农事稍闲，加上天气渐渐炎热，鸡特别好斗，因此是斗鸡的好季节。在这一段时间里，村村都举行斗鸡比赛，选拔出优胜者参加村与村之间的斗鸡活动。”

在斗鸡季节到来之前，斗鸡人早早就着手选鸡、训鸡了。选鸡十分讲究，一般以两、三年鸡龄的公鸡，体重两至三公斤为好。小了力气单薄，太大又不灵活。从体态外貌看，以冠小、毛薄、眼细、腿粗、爪尖、嘴钩为最佳。要选中一只好鸡可不容易，有的人不惜重金，到很远的地方去选购。家有一只好斗鸡，不亚于拥有一匹好马或者一头好水牛，令主人自豪。

鸡选好后，就开始训练了。这可是件很需要耐心的活儿。首先是抱鸡。整天把那只鸡揣在怀里，反复抚摸，并抱到人群中去转悠，有意识地让它在人群众多的环境而不怯生。其次是让鸡斗影子。方法是把这只鸡抱到一块大镜子前，让它瞥见镜中自己的影子，以为是敌手，便奋起搏击。这时斗鸡人却将它抱起，不让它斗，故意吊它的胃口，而此时，大多的雄鸡渴望格斗心切，高呼不绝。这样再三引逗，日后一遇上真的对手，它就会毫不犹豫地勇敢进击。最后是实战训练。找比自己稍弱的鸡斗，这样它每斗必胜，胆量益壮，提高战胜对手的自信心。

给我留下最难忘印象的是斗鸡的热闹场面。中午时分，经过抽签分组，斗鸡就开始了。一阵清脆的鞭炮声，把人们吸引到斗鸡台前来了。用木板搭成的斗鸡台，形同戏台一般设在街头。台中央用竹篱笆围成一个圆圈，那就是雄鸡争斗的舞台了。斗鸡由两名裁判员监督进行，每个裁判员手中拿着一把纸扇，相对站立在斗鸡场旁。当点到斗鸡的名号时，斗鸡人把鸡送到台上，交给裁判员检查，看有没有服用兴奋剂。检查完毕，其中一个裁判员“刷”的一声打开纸扇，伸进竹篱圈中，由斗鸡人将鸡投放到纸扇两侧。一切准备就绪，裁判员把纸扇抽起，两只斗鸡骤然相见，先是一惊，然后一面晃头啄地，一面兜转圈子，装着无事一般。其实这是一种出击前的酝酿和侦察罢了。接着它们那身漂亮的羽毛，微微炸开，双翅略耸，脖子上的翎羽呈伞状展开成一圆圈，目不转睛地死死盯住对方。围观者都屏住呼吸，因为一场鏖战就要爆发了！交战终于开始，训练有素的斗鸡双方都在拼命厮杀，在对方的冠上、脸上、身上又啄又咬，不时腾空飞起，用健壮的双腿和尖利的爪子，猛踢猛抓对方的躯体。

不一会，斗鸡场内鸡毛飞舞，血迹飞溅。再过一会，恶斗双方都气喘吁吁，或互相把头藏到对方翅下歇息，或交颈旋转片刻，接着又是一场恶战。最后以不敢应战，在圈子里寻路逃脱的一方为输方。

斗鸡以淘汰式进行，败者被淘汰后，胜者与胜者再斗。在每次争斗的间隙里，斗鸡人都用清水洗净斗鸡冠上、喉咙内的血污，并且喂些玉米、小虫和鱼虾之类。有的人甚至给鸡摇扇扇风，喂些水豆腐，为斗鸡解暑，尽快恢复体力，以利再战。

在第三轮斗鸡时，有一只两公斤多重名叫“敢死队”的小斗鸡，竟斗倒了一只体重四公斤名叫“尖尖”的大公鸡。“敢死队”小斗鸡羽毛油光闪亮，紫黑色，腿高、胸挺，灵活善斗，酣斗一开始，它就频频发动进攻，不让对方有喘息之机。它越斗越勇，越腾越高，用嘴猛叮对方的鸡冠，用一双利爪使劲撞击对方硕大的身躯，把对方搞得筋疲力尽，败下阵来。

斗鸡活动的高潮是争夺冠亚军。这场决战是在名叫“斗胜”和“无名”的斗鸡之间进行的。两只斗鸡都是本地鸡种，毛色、育龄、体重也差不多，可谓势均力敌。它们都是过关斩将的胜利者，这时候虽然有点疲惫，但斗志仍然旺盛。冠亚军决战一开始就十分激烈，两只鸡飞身腾起，互相叮咬，互相踢打，精彩极了。观众中发出一阵阵喝彩声，像是给双方鼓劲助威。争斗要结束时，“斗胜”突然倒地，双脚朝天，动弹不得。“无名”却高傲地在旁边，洋洋得意。这当儿，观众以为胜败已成定局，就要走开。裁判员也打着手势，准备吹响决定性的一声哨子。殊不知这是“斗胜”的诈败之计，在千钧一发之际，它突然翻身跃起，两脚一着地，立即箭一般地向“无名”飞扑过去，一阵猛啄猛撞，把“无名”斗得晕头转向，只有招架之功，没有还击之力。这一出人意料的急剧变化，把想走的观众又吸引了回来。再经过几个回合的生死搏斗，“斗胜”终于以坚忍不拔的毅力和灵活机动的战术制服了对手，登上了冠军的显赫位置。

1986 年 5 月 15 日中国国际广播电台播发

红水河源头——马雄山

马雄山，中华文明的第三条母亲河珠江的源头。可是一直无缘走近它。去年夏天，机缘终于来了。我有幸参加了红水河壮族文化考察活动，来到了红水河的源头——马雄山，了却了多年的夙愿。

马雄山位于云南省曲靖市沾益县县城北部五十多公里处，地处东经103° 51′，北纬25° 5′，海拔两千四百四十四米。这座在传说中由玉皇大帝龙骏马变成的大山，从远处看还真像一匹斜卧在高原台地上的骏马，它那浑圆的山头恰似高高隆起的马肚子的一侧。

也许马雄山本身就处在高原上的缘故，看上去比较平缓，并不十分巍峨。在人们的想象中，一条大江的发源地，应当是崇山峻岭，险峻无比，像长江、黄河的发源地一样，只有勇敢的探险家们才能涉足的地方。而红水河——珠江的发源地马雄山却不是这样，它是中国三大江河中唯一的一个常人都可以抵达的地方。我们登马雄山时，汽车可以开到半山腰，下车步行几百米，便可到达山顶，顺利得形同散步。原先所做的克服困难的种种准备，如备有登山鞋，带的饮料干粮之类，都成了多余之举。登上马雄山，极目四野，远可观迤逦峥嵘的高原佳景，齐刷刷的山峰形成一条环状的带子，天地闭合，如鼎倒扣。大大小小的山峦如一幅幅水墨画镶嵌在天地之间，蔚蓝的天空是它永恒的背景。

貌不出众的马雄山，早已闻名遐迩。公元 1638 年明代地理学家徐霞客由云南罗平北上考察珠江源头，两次到曲靖，投宿沾益，踏遍马雄山附近的山山水水，并做出了珠江源头在曲靖北部炎方一带的准确判断，为后人探索、勘察珠江源提供了极有价值的历史资料。1985 年 8 月 17 日，国家水利电力部珠江水利委员会正式确认马雄山东麓的一个溶洞为珠江正源，在溶洞上方镌刻了“珠江源”三个大字。

珠江源头的水由马雄山孕育生成，聚成涓涓细流，从断壁中的石洞里缓缓流出，发出十分悦耳的声音，似乎讲述着古老的故事。石洞前是一汪碧水，清澈透亮，能一目了然水底五颜六色的石子以及悠然自得的小虫小鱼。与这汪碧水相连的是一条自然形成的小水沟，小到一抬脚就能跨过去。这里无震耳的瀑布声，无喧嚣的溪流，可是这确确实实是珠江的源头！别以为它不显山露水，别小看它这点涓涓细流，全长二千二百多公里，年平均流量三千四百亿立方米的珠江，首先流动的，并将永远流动的，正是马雄山下这看似不起眼的涓涓细流。

滴水成源，源不断成流，“源远”而“流长”，则一定汇合其他江河。马雄山下的涓涓之流变成浩荡的大江，正是一路上汇合其他溪流江河的缘故。先是南北盘江流至贵州蔗香汇成红水河，又汇黔江、浔江、西江、融江、柳江、邕江、郁江、漓江、桂江、北江、东江等等，最终成为汹涌澎湃的大河！以其甘甜的乳汁，哺育着珠江流域四十五万平方公里上的亿万各族人民。

马雄山夏无酷暑，冬少严寒，十分适宜花木生长。所以，说起马雄山不能不提它那奇特的花草树木。在一般情况下，花草树木总是长在一起的。马雄山却不同，大自然神奇地把它分成几片相对独立、各具特色的几大区域。站在马雄山顶，从上往下看，山顶以盘地的伏地松为主。这伏地松是这些植物王国中最应特书一笔的奇树。伏地松其实是云南松的变异树种。同样是云南松，长在别处是参天大树，长在马雄山顶则不图高扬平地而卧。它的树干如虬须紧紧地贴在地面上，并相互交缠。远看只见一团团松针静静地覆盖在坡上岭上，既像深情地扑在大地母亲怀抱中的儿女，又像舍命保护着山神的威武勇士。更为有趣的是，这伏地松还会热情挽留客人的脚步。游人走进去，常常是进去容易出来难，那些可爱的松枝会像一只只热情的小手拽住你的双脚，你得费些精神才能将脚慢慢拔出来。一座马雄山，仅就树木而言就不止成百上千，高高矮矮大大小小，看了也就看了，过了也就慢慢淡忘了，唯有这伏地松独具魅力，只要你瞧上一眼，也会终生难以忘怀。

在马雄山主峰右下侧，有一片巧夺天工的千木迷宫。这里密林层层，古木森森，流水潺潺，松涛阵阵。常绿乔木遮天蔽日，显得百般幽静。千木迷宫面积约一平方公里。它原是一片原始森林，经有心人设计，如今已经成为马雄山上的一个游览景点了。人们在密林间精心修剪出一条绿色通道。我们走在通道上很少见到天日，走着走着，还真的像一步步迈入迷宫一样。迷宫由八个门和纵横交错长达数公里的绿色巷道构成。巷道里又设有无数个猫耳洞、情人洞、休闲室、厅堂以及宫殿组成格调各异的景观。游客进入千木迷宫，在充分享受幽静险奇的同时，还会产生一种如梦如幻的感觉。蹲蹲猫耳洞，可领略一下硝烟弥漫、战火纷飞时躲避枪弹的办法。而在情人洞中幽会，则更有一番雅趣情韵。这里到处是山花野草，茂林修竹，如诗如画，仿佛世外桃源。游人累了渴了，可以走进休闲室、厅堂、宫殿小憩，或品茶，或饮酒赋诗，世间一切烦恼顿时烟消云散，只有心醉，只有忘情，只有温馨。

马雄山主峰南侧，有一片广阔的高山草原。连片的草地，长着不高不矮的细草，像地毯一样平展展地铺满一地，其间连一棵树、一丛灌木也见不到。这本来应出现在塞外的景象，却出现在南国的高山上，着实令人惊奇。高山草原上伴随着小草的还有白色、蓝色、黄色、粉红色的小花，显得异常清静和洁美，花草相映成趣，共同编织成一个色彩缤纷的世界。精明的管理者在草原中建起一座座蘑菇状的圆形草屋，点缀其间，分外别致。游人在这里游览，可以自由自在地在草地上嬉戏，可以从公园管理处那里租借马匹，骑着马在草原上奔跑驰骋。当游人身心皆醉的时候，可以进到蘑菇屋里休息，饮茶闲聊。也可以就着草地席地而坐，抚摸着似乎具有灵性的芳草。此情此景，使人们情不自禁地引起无限的遐想，唤醒心中无数美好的记忆，燃起对未来的期望。

山腰以下有元栲林、云南松及松栎混交林。林中间生长着滇杨梅、怒江山茶和各种高山杜鹃。如南烛杜鹃、碎花杜鹃、大白花杜鹃、小白花杜鹃、红花杜鹃、灰花杜鹃、紫花杜鹃等等，都属大树杜鹃花，树干直径大的有十几厘米，树高十多米。花开时节满树五彩缤纷。那花先是一朵朵开放，然后几十朵相依相抱形成一团，大的一团直径可达三十至四十厘米，辉煌灿烂。大树杜鹃有一个特点就是花期长，从春末到仲夏，一花谢了又放一花，株株争艳，花花竞鲜，一放而不可收。我们登马雄山的时候，已是春夏相交时节，虽然已过了盛花季节，但仍然能看到晚谢的山花红似火焰。山因花的缘故而春意盎然，花因山的呵护而娇艳俏丽。

马雄山周围方圆十多平方公里，加上源头景区和花山景区，自然保护区面积达二十多平方公里，其中马雄山及珠江源头风景区是国家级森林公园。园内植物可以说是应有尽有，资料显示，目前已查明的就有七十三科一百九十多种。景区内林木覆盖率达59%，一级区为 80%。整个迷人的自然保护区，宛若一块天然的宝石，以其巧夺天工而无价，以浑然天成而名贵。山上山下，一年四季万木葱茏，奇花斗艳。马雄山的花草树木生长得这么茂盛，植被保护得这么好，除了自然条件以外，还得感谢马雄山下的沾益县的各族人民，是他们像爱护自己的眼睛一样细心养护着马雄山的一草一木，宁可少办一个厂也不污染珠江源头的生态环境。两年前，县里唯一的一家造纸厂也果断地关闭了。沾益县人民积极造林，严禁乱砍滥伐，使珠江源自然保护区内林木繁茂，遍地花草。他们除了保护大自然赐给的天然林木外，还长年累月营造人工林，栽培果园。有片千余亩的果园是 1994 年开始种植的，有桃、李、苹果、核桃、板栗等不同品种，如今大部分已经挂果。它们成片成林，一望无际，给珠江源头平添了别致的风景。

不算十分高耸的马雄山，景色如此迷人，这真是应了一句俗话：山不在高，有水则秀；水不在深，有山则灵。

我们从马雄山上下来，乘车返回沾益，途经刚才进入红水河——珠江源头风景区的第一道大门的石牌坊，抬头望去，牌坊横梁上“珠江源”三个大字显得格外雄浑苍劲。此时此刻，我们的心情正如牌坊一外柱上书的一副联语一样：“神游滇云兴未尽，妙探珠源情更浓。”

原载《红水河文化研究》

莫瑞扬

莫瑞扬

宜州庆远镇莫村人。1935 年 12 月生。曾任宜州市地方志办公室主任、副编审，广西诗词学会理事，中国民协广西分会会员，宜州诗词学会副会长。论文《试谈壮族格律诗歌》，发现并阐明了壮族格律诗歌中的平仄规律。任副主编的《宜州市志》获广西地方志优秀成果奖一等奖。主编《宜州市土地志》《宜州市军事志》《宜州诗词选·民国卷》《歌海春潮》。编辑《宜山县歌谣集》，合作选编译注《刘三姐歌谣——情歌卷》《刘三姐歌谣·古歌卷》《男男女女做唱——刘三姐歌乡百姓山歌选集》等。另著有《宜州莫村百姓话研究》《袖珍情歌》。

马首悬新月，星斗落杯中——记将军诗人覃异之为访山谷上岳阳

马首悬新月，星斗落杯中

——记将军诗人覃异之

“京华聚首岁寒天……”1989 年 11 月底 12 月初，几次采访覃异之老人于其北京居室。临别，覃老赠我这个家乡人一首诗。上引为赠诗首句。覃老在民国期间，任过团长、师长、军长、南京卫戍副总司令等职。现任（指 1989 年。编者注）北京市人大常委会副主任、民革北京市主委。覃老是抗日名将，喜作诗，尤擅五言。诗作丰富，格调不凡，时人称为儒将、诗人将军。其诗：“马首悬新月，三军气若虹。夜寒茶当酒，星斗落杯中。”（《第一次长沙大捷追击日寇夜行军偶成》）尤为脍炙人口。著名诗人柳亚子在桂林见到此诗，当面称赞覃异之“你是‘星斗落杯中’将军”。又在李济深将军面前称覃异之是“五言长城”。

长沙会战时，覃异之任 52 军 195 师中将师长，奉命在福临铺至上杉市之间阻滞敌人，掩护主力在长沙近郊完成作战部署。1939 年 9 月 28 日中午，敌猛攻福临铺，战斗激烈，双方均伤亡很大。10 月 3 日，时值重阳节，覃异之下达追击令。入夜，倒水入杯，杯中映出星辰，先得“星斗落杯中”句。继而策马，在马背上构思，新月初上，又得“马首悬新月”句。余二句是后得补上的。

热爱祖国，戎马生涯，无疑是构成覃异之诗高品位的要素。家乡民歌，也是成就覃异之诗的沃土。正如覃老所说：“我得力于民间文学。熟悉家乡民歌，对我构思诗作很有用”。覃老 1907 年生于都安九渡街（1955 年前属宜州），十七岁前在家乡读私塾、小学、中学。其间，曾肩挑筐装，贩卖过草鞋、芭蕉。家乡广泛流传的有西南官话山歌和壮“欢”两种民歌。覃老少年时即耳濡目染，受到熏陶，两种民歌他都会编会唱。十一岁开始即常随青年听唱民歌，十四岁成了民歌师傅。方圆十数里，遇有唱歌场合，男青年们都喜欢请他去当歌师。他编民歌又快又好，尤其是七言四句山歌。笔者请覃老说说他曾唱过的家乡传统情歌。覃老离开家乡已六十五年，还能背诵如流，随口背出许多情歌。其中有“可惜了，阳沟栽藕可惜莲。可惜妹娘开命早，好花不得共一园。”“妹在河边洗白菜，打落一片水推来。哥想捡回园中种，有叶无讲也难栽。”（讲，方言指须根）

离九渡约二十五公里的庭律圩，有一位著名壮“欢”师傅，名叫王醉余。覃老当年常用赶庭律圩贩卖草鞋、芭蕉的机会，前去拜访，向王请教。经多方求教和编唱实践，覃老编壮“欢”也成了能手。曾编过不少反映民间疾苦、寡妇孤苦之类的壮“欢”。覃老用壮话随口念了几首当年编的描述一个偷牛贼扛着木枷走过九渡街的五言壮“欢”。该“欢”妙趣横生，腰脚韵及平仄配置，完全符合壮“欢”格律。

编唱民歌和写作格律诗，这两种文学才能，覃老在少年儿童时代都崭露了锋芒。覃老小时名叫侨亲。读私塾时，有一天十岁的侨亲到河边去钓鱼，违反学规，教师张丽春要处罚。张知道侨亲有歌才诗才，便要他作诗一首，作得好可免罚。侨亲即作："为羡钓鱼乐，携竿过小溪。晚来春水涨，便觉石桥低。"河溪依日，诗中说的"石桥"现尚在九渡街边。张称赞侨亲有诗才，诗作意境清新，免了处罚。并为其改名"异知"，意为诗才诗思不一般。至于今名，则是二十一岁在上海时他自己改的。"异之"之名，另有一番寓意，与覃老人生道路这首长诗关系密切。

原载1995年3月11日《广西日报》

为访山谷上岳阳

一九八五年三月二十六日上午九时四十九分，我登上了位于洞庭湖边的名昭天下的岳阳楼。站在最高层，凭轩眺望，八百里洞庭在蒙蒙的春雨笼罩之下，舟楫穿梭，一派繁忙。楼对面（西南）湖中的“蓬莱仙岛”缥缈虚无。这景致，大概就是孟浩然所描绘的“涵虚混太清”了吧。

岳阳楼，在我少年时代第一次读范仲淹的《岳阳楼记》这一千古雄文时就印在了脑子里，一直是我向往的胜地。为了寻觅黄庭坚（号山谷）的足迹，我终于实现了多年的愿望，到了岳阳。此刻，春风携着斜雨飘入窗来，抚着我的面颊，我的双足实实在在地站在黄山谷曾经登临的“岳阳天下楼”上，踏的是东吴将领鲁肃操练水军的阅军楼的迁延建筑物，观赏的是山谷先生曾观赏过的南极潇湘、北通巫峡的“洞庭天下水”……

巴陵（岳阳之前称）胜迹，使人思绪延展，

遥想山谷当年登楼览物之情。黄山谷是北宋的著名诗人、书法家，与苏东坡齐名，崇宁三年（一一〇四年）他被谪宜州，在宜州开馆讲学，写诗作书，次年卒于州城之小南楼。据载，山谷曾两次到过岳阳。一次是在崇宁元年（一一〇二年）正月二十六日到达，“数日阴雨不可出”，到二月初一早上，雨仍未止，他只好冒着雨独上岳阳楼，写下了传颂千古的名作《雨中登岳阳楼望君山二首》。

《岳阳楼记》说，迁客骚人在不同气候、不同的自然现象中登楼，所产生的感情是不同的。假若在“淫雨霏霏，连月不开……”之时登楼，就会产生“去国怀乡，忧谗畏讥”之感，而且会“感极而悲”。黄山谷的心情却是有异于此。他在诗中写道：“未到江南先一笑，岳阳楼上对君山。”山谷曾被谪四川，在那里住了六年，无日不思念江南。而今，他被赦后经岳阳返回江西的故乡分宁（今修水）。未到江南的家乡，先已欣然一笑，放逐归来的幸喜心情，跃然笔端。山谷又写道：“可惜不当湖水面，银山堆里看青山，”那是因为风雨，无法泛舟湖上。

黄山谷第二次到岳阳楼也是在春季，即一一〇四年由鄂州（武昌）赴贬所宜州时经过这里，这次他写下了《过洞庭青草湖》一诗，诗中有“我虽贫至骨，犹胜杜陵老，忆昔上岳阳，一饭从人讨”等句，表现了诗人尽管是在再次被贬谪的途中，依然深切怀念着比自己更困苦的杜甫，从诗的字里行间，不仅看到风神旷朗的山谷，还似乎可以窥见其深深藏着的“先天下之忧而忧”的一缕情思。诗人还自我催促说“行矣勿迟留”，于是经长沙、衡阳、永州、全州、桂林，到了宜州……

春雨潇潇，烟雾弥漫，我继续寻找当年山谷留下的足迹。

原载 1986 年 1 月 31 日《河池日报》

谢树强

谢树强

广西作家协会会员。1950 年 6 月 20 日生于宜山县矮山乡龙降村。“文化大革命”期间，在怀远中学念了两年初中后，于 1967 年 1 月 1 日回到生产队参加集体生产劳动。1979 年 4 月，以临时工的身份到矮山公社文化站工作。1985 年 1 月，经过转干考试转为国家干部（现称公务员）。1985 年 6 月至 1985 年 12 月在广西作协文学讲习班学习。1988 年 8 月调入宜山县文化局工作。1992 年 9 月任宜山县文化局副局长，1995 年 10 月被选为宜州市文联主席（兼）。1996 年 8 月调入宜州市委宣传部并任副部长。2000 年调宜州市文联担任专职文联主席。2011 年 1 月在宜州市文联主席的岗位退休。1990 年在漓江出版社出版短篇小说集《村丑》。2003 年以来，先后在人民文学出版社、广西人民出版社、漓江出版社、广西民族出版社、民主与法制出版社出版了长篇报告文学《征讨贫困》《丰碑巍巍》《金凤展翅》《桂西牧歌》《走过硝烟的大学——浙江大学西迁纪事》《镌刻在大山深处的天平》《百年烛光》。其中《金凤展翅》《走过硝烟的大学——浙江大学西迁纪事》分别获第三届、第四届广西少数民族文学创作花山奖。

迎春接福——录腊月正月

我游下视不想归

写给我的父老乡亲——关于《村丑》的絮语

迎春接福

——录腊月正月

腊月，日子不再是那么悠长，而是一日似一日的短暂，一日似一日的匆匆。原本高远博大的蓝天，一日似一日的窄小，一日似一日的低垂、厚重。大概是厚重得不能再厚重了，就有雨落下来，如丝如针，细密纷纷。天，也显得更加森冷、森冷的了。

农家人都道这时节好，这时节恬静。这时节既没有春日的怏怏匆忙，也没有夏日炎炎的浮躁。都没有。该忙的都在春日里忙了，该躁的都在夏日里躁了。所以才有农家殷实的温饱，吉祥的恬静。如今的街都要兴三天一街，或一、四、七，或二、五、八，或三、六、九，都很拥挤。近年关了，则更挤更小了。不信么？你到街口放眼山梁、田垌、河畔、村脚，你就会发现烟雨朦胧中很多很多打着雨伞、披着雨衣、戴着竹帽的赶街人，从四面八方云集而来。他们来买也来卖。鸡鸭头牲、花鸟虫鱼、竹编木制、针头线脑、红铺绿盖、吃用穿戴……该卖的都在这时候卖，该买的都在这时候紧着买。

腊月的日子越来越不多了，屈指已到腊月二十七。天还未明亮，啪的一声轻响，猪圈里白雪雪地亮了，栏里睡得香甜的大肥猪，呼地蹿起来。几个系着围裙、穿着长靴的男人走进猪圈。再过一会儿，这家小院就听见欢欢的猪叫声，是杀猪过年了。接着，这家、那家的猪也骤然地叫起来，断断续续，一直叫到这日的更鼓。显然，猪也要赶在二十七杀。到了二十八，村里没有一家杀猪。“八”字不吉，村里人说：“杀七不杀八，杀八光塌塌。”大家担心破了来年的彩头。大家都一样的心思：一年巴望一年好。好的标准也并不高，一年有一头大猪杀过年就成，就心满意足了。

过年吃不了那么多，就用盐腌起来，再过一些时日，挂在火炕头熏干，一直吃到来年的五月初五、六月初六。也有的人家只留一半过年，还有一半拿到圩镇卖，然后，再买一只猪花，养到明年，又是一头大猪。穷有穷的打算，富有富的过法。

这时，城里就有人来串村写对子、春联，长卷一元，短对五角。路边的那一户人家，把城里人招呼进家，先是摆桌上菜、上酒肉招待，酒够饭够之后，这才铺纸磨墨叫人家帮他写对子。有人从门边走过，便窜进门来看，一边看，一边惊羡不已，都说人家城里人的手宝好。当下回家拿钱，央人家写几对。

也有舍不得一元、五角钱，便自己动手写。虽然不如城里人写得好，却没有丝毫的自卑。“写字不怕丑，只要笔笔有。”他们自己安慰自己。写着，突然有一个字记不全了，便跑去问城里卖字人。一去，看出毛病来了：“哎呀！这‘春满人间’的满字，不是三点水么？怎么就少了一点呢？”说得城里卖字的人哭笑不得。

农家人更加满怀信心了，回家一笔一画地写。“新春天意随人意，乐岁今春胜旧春”，或是“春风熏熏柳吐翠，细雨蒙蒙土变金”。正月，天意果然顺着人意，雨飘飘洒洒地润着厚土，润着堤柳。

一年三百六十五天，有三百六十四天，都是女人早起、女人挑水、女人洗衣。唯有正月初一这天，才是女人真正的“解放”日。这天，不需要女人早起、不需要女人挑水、不需要女人洗衣。也只有这一天，所有当家的男人，都是模范丈夫。鸡报三更，当家的男人就起床了，热水烧茶、烧香贡襶。还有一项挺重要的活路，就是趁黑挑水。不，农家人这天不叫挑水，叫“买水”，和龙王“买”。“买”水人怀揣一炷清香，几张黄草纸，去到泵边，烧过香纸，把几个硬币丢进波光晃动的水里之后，这才弯腰舀水回家。意思是希冀这一春一岁财如泉溪，永不枯竭。

所以，天还未亮，“买”水的人就越来越多了。“买”水的男人往来于一块一块青石板亲着吻着的路面上，彼此谦和地点一点头，然后，道一声吉祥、道一声如意、道一声平安、道一声恭喜发财，讲的全是彩话。

你们那里，也兴这样么？大千世界，同样凉热。想来，应该都一样的。

村上的小土，在乡文化站当了几年的文化站站长，把这一切都视为“四旧”，不是精神文明。所以，他在这新春新岁的早上，既不去和龙王“买”水，也不跟人家道吉祥、平安，而是站在自家院子的门楼下边，不停地跺着脚，自己疯疯癫癫地诅咒自己：“我小土一辈子穷、一辈子不好过；我小土遭鬼打雷轰；我过不了正月十五。”诅咒得令人吃惊，真担心这小土会真有意外，过不了正月十五。大家都道，这小土疯了，要不，怎会这样自己诅咒自己呢？其实，小土一点都不疯。他是带头在村里抵制“精神污染”，才故意这样狠心地自己诅咒自己。

过了几日，机关上班了，他依旧去上班，依旧一个月领五十块、六十块的工资。小土想带头破这旧习，小十的作用太些微了。大家还说是小土污染了村里的乡愁、乡音。不愿让乡音、乡愁被污染的的父老乡亲们，依旧一如既往地道恭喜发财、道平安吉庆，尽管他们谁也没有大发大富过。

如今的好彩，都让成双成对的青年男女占有了。男的长得英俊，女的皆有水色。他们是村里的嗬嗨哥或是嗬嗨妹，是村里彩调剧团的台柱。一对一双地或是扮演过毛姑妹、王三哥，或是扮演过刘三姐、阿牛哥，正月初一、初二晚，一般都在村里演，过了正月初三，他们就出村演出了。但凡出村演出，人家都好酒好肉地招待。他们就一村一屯地演下去，演到正月十五、十六，回来的时候，一对戏中人，相依相伴地来到做父母的面前，或是女的跟着男的，或是男的跟着女的，腼腆地叫一声："大妈！"

父母都明白了，原来他们是假戏真唱，唱成一对恩爱夫妻了。

最逗人情思的是那遥遥的路上，随便你走在哪一节、哪一段路上，都会看见一对一双"打包"回娘家拜年的新婚夫妇。他们恩恩爱爱地骑着崭新的凤凰牌单车，男的搭着女的，女的在后面纯情纯真地搂着男的，很是妩媚，很是动人。让你眼热得恨不得也搭她一程，让她也温柔地搂你。可惜了，他们和你分路了，车头一拐，拐进一条小路，走进山脚下边的那个小村。

小村就有人迎出来，把这一对温柔甜蜜的新婚夫妇接进村。从此，他们就在这个小村，住上三天五日，这家请，那家吃。一个"包"，（其实，仅仅是一挂猪肉，两瓶好酒，）吃一天，几个"包"他们就在村里吃几天。

吃着、吃着，村头有锣鼓响、鞭炮响，有人说是外村的狮子队来拜年了。狮子队来拜年，无论穷富，家家门口都走到。主人少不了拿一条好烟、两瓶好酒、一个封包、两张青菜叶，挂在长长的竹篙上给狮子"抢青"。狮子"抢青"的时候，锣鼓频频地敲，狮子起劲地舞，看热闹的人，就点燃一串一串的鞭炮，往狮子身上丢，丢得越多越好，越多越热闹。热闹得屋里屋外，烟雾缭绕，热气腾腾。

于是，这几日村里就锣鼓不断、鞭炮不绝、酒席不散，都一直红红火火地火成了浓浓的年味。

那一日，就雨过天晴，阳光灿烂，把路晒干、晒硬。阳雀飞在瓦檐、燕子飞落在屋梁，啁啁啾啾、呢呢喃喃，吵得席上的人不安。把颈伸出门外，看见院子里的阳光很亮很刺眼。于是，记起还有哪块畲地没有犁，哪块水田没有耙。也于是，匆匆地扒了两口饭，打了两个响响的饱嗝，扛犁牵牛，又匆匆地追赶已经来到的春光。

年过了？过年了？

恐怕又是一年。

恐怕又是一春。

原载作者作品集《村丑》

我游下枧不想归

因为那竹，因为那水，下枧河很美。

水随翠竹流，竹在两岸生。生的生得赏心悦目，流的流得波轻水恬。

看着两岸婆娑款款的翠竹，那么，你一定会生出许许多多的奇想：到底是这水滋了绿竹，还是这竹生了这脉碧水。

谁知道呢？也许是竹生了碧水，又也许是水滋了绿竹。于是，这竹、这水，才如此这般，情人似的含情脉脉地相依相偎。

水的情，竹的意，成了下枧河的风景。

和这水、这竹，不能分离的，还有那个永远都是歌声甜美的女人——壮族歌仙刘三姐。

下枧河畔那一面森森白皑的石壁，什么都不长养，偏偏就长养出像扁担一般形状的石芽，一方手帕一般模样的石叶。啊！原来这里的石头也是有生命的，要不，断断是长不出石芽、石叶来的。

下枧河畔的人很聪明，每每有县城、省城、京城里的人经过这里，他们就会绘声绘色地说：刘三姐在这座山上传过歌，打过柴。喏！那一节石芽，是刘三姐打柴的扁担，那一片石叶，是刘三姐挂在那里的擦汗用过的手帕。刘三姐成仙了，手帕、扁担都变成石头了。

说得你忍俊不禁地望，望了便连声啧啧："像，很像！真像一节扁担，真像一块手帕。"

下枧河下的石滩，尽是大大小小、光光亮亮的鹅卵石。而且，还有赤橙黄绿青蓝紫的颜色。下枧河两岸的人把它说得更美：是刘三姐胆小怕事的二哥，不知从什么地方搬来的。他是怕他妹妹刘三姐到处唱歌、传歌惹事，便突发奇想地搬来一大堆的鹅卵石，交给他的妹妹刘三姐当作糍粑来煎。说什么时候煎熟了，什么时候让她出门去唱歌。

刘三姐随口一句山歌回敬道："二哥癫，拿块石头给妹煎，若是石头煎得熟，二哥早已变成仙。"

为了说服妹妹刘三姐，万分痛苦的刘二，亲自把一个一个的鹅卵石煎给她看。不知煎了多长多久，刘二一直没有煎熟过一块鹅卵石。刘二一直不甘心，天天都把鹅卵石倒在河滩上，天长日久，这河滩就成鹅卵石滩。

下枧河的一竹一石、一水一木，都有一个神韵美丽的故事：乌龟石、泣血台、定情树、对歌台、鲤鱼台、望妹石……

下枧河很有神韵。城里的人听了，就觉得应该到下枧来，否则，就辜负了这里的好山好水。

由宜州城后的龙江河乘船顺流往东直下，走了六公里的水路，突然横出两岸青山夹着一湾绿水。放眼这一湾绿水，硬是要你大呼小叫起来。这水近看浅浅的绿，远看则绿得深深。深绿也好，浅绿也罢，都有一番情韵。深绿绿得庄重，浅绿绿得鲜活。当你用手捧起一掬，它又变得清清白白，仿佛什么都没有；放进河里，它又绿莹莹的了。

你便觉得奇怪，眼睛一直不离地盯着水面，奇迹又被你发现了，缓缓划行在水中的乌篷船，一篙一桨，把一座一座的山峰划过船底。还有鸟儿也在水中飞翔……你仰脖回望，青山还在岸边默默无语地地耸立着，鸟儿正从我们的头顶飞过。

有码头从两边高高的岸畔上伸下来，一直伸到绿得诱人的水里。河水平平地伏在码头的石阶下。有女人挑水、洗衣，槌衣的棒槌声清清亮亮地飘得很远。

不见村屯、寨子、人家，只闻鸡鸣、狗叫，原来，两岸的翠竹深处还有人家、烟火。

每当乌篷船经过有人家的河面，冷不防有一两声脆生生的口哨，从竹林里飘出来，飞进乌篷船上来。那是岸上那俊俊俏俏而又调皮的村姑，要拦游客对歌的信号：

打个口哨逗一逗，看哥抬头不抬头；
抬头就把山歌唱，低头就把山歌收。

她们的歌唱得就像她们的脸模子一样美丽、动人哩！

讲起唱歌妹会多，好比山中老麻雀；
禾线叼在嘴巴上，会丢白米会丢壳。

那脆生生的山歌，硬要逗得你歌兴大发：

妹讲唱歌哥不愁，妹讲唱歌哥不忧；
山上草坡踩成路，岭上石头坐成沟。

下枧河边的山歌，实在是逗人情思。

逗人情思的还有六妹村的风情。如果你有兴趣到这里玩上半天、一天，你可以在这里跳上一曲扁担舞、竹杠舞。还有具有浓郁的壮乡风情的“背新娘”婚俗，更使你迷醉。说不定有哪一位钟情于你的村姑看上你了，或者是你也看上了哪一位村姑了，你还能背上一个回家恩恩爱爱地过日子。

有一位游客差点就把一个新娘背回去了。

不过，那不是天作之合，而是“人作之合”。

“背新娘”实在有趣。

迎亲队伍很像迎亲队伍。前面两杆唢呐，欢天喜地地吹，后面一顶花轿，喜气洋洋地颠着。颠到“独木桥”下，一根木头架在两块石头上，花轿就停下来了。大概是新娘的家就在“桥”那边呢。

“新娘”从“桥”上走过，两个“伴娘”和“新娘”的“小姨子”已经把“桥”堵住了。“新郎”要过桥去背“新娘”，非要平安地从“独木桥”上过好“伴娘”这一关、“小姨子”这一关。要是不小心，你把拦在“独木桥”上的“伴娘”“小姨子”挤下“桥”，非要罚你喝三杯红兰酒。有的“新郎”被罚喝了七次三杯红兰酒，才能通过“独木桥”。“伴娘”“小姨子”她们都很调皮，她们把一座“独木桥”拦得稳稳的。但一般喝过了六杯香喷喷的红兰酒，“新郎”也能顺利地通过“独木桥”，顺利地把“新娘”背过“独木桥”接进花轿。

有人说，这是游戏。人生何曾不是游戏？都是游戏。

我在心里想着这个问题的时候，突然一条结着大红花的红绸，披在我的身上。无论如何挣扎，都推卸不了。我被“劫持”当了一回“新郎”。

为了不拂逆同路人的一番好意。我也情真意切地“劫持”了一个村姑当“新娘”。我把手中的纱巾一甩，纱巾落在同船一位女客的头上。

“恭喜！恭喜！”在一片灿烂的贺喜声中，“新娘”被扶进“闺房”。我也被推上了一条吹吹打打的迎亲路上。我是被罚喝了九杯红兰酒后，才顺利地通过“独木桥”，把“新娘”从“闺房”背进花轿的。

“新娘”刚从背上放下来，锣鼓就翻天覆地敲起来了。唢呐又欢天喜地地吹。一切都认认真真。

揭开盖在“新娘”头上的纱巾，“新娘”长得很标致，标致得像天仙一样美。揭开纱巾的那一刻，“新娘”扑哧地笑了。但立即噤住了，脸烧得像火炭。

可是，有人还嚷着要“新郎”“新娘”唱歌，要唱黄梅戏《天仙配》中董永和七仙女唱的“夫妻双双把家还”。我不是董永，她也不是七仙女，我们更不是夫妻。但是，我们还是唱了“树上的鸟儿成双对……”唱得情意绵绵，却是情真意假。

只能是情真意假，不能情真意真。

不能当真。

何必当真。

真的只是下枧河的水，下枧河的山，游了这山这水，真叫人忘返忘归。是留恋那婆娑款款的翠竹，留恋那柔柔软软的碧水，留恋那依依动人的“新娘”……

原载作者作品集《村丑》

写给我的父老乡亲

——关于《村丑》的絮语

《村丑》，真的是丑，而且是很丑的。

为什么写得那么丑？为什么总是没完没了地写没完没了的男人、女人：蛮久没有女人的扁担叔，朝朝暮暮地想着女人的好处和温柔（《禾黄米熟》）。而当过生产队长的桂桂，仅仅是为了得到女人的好处和温柔，就偷拿了队里的红薯、黄豆、花生……（《今早田垌雾蒙蒙》）。扁担叔、桂桂、凉凉……他们都是一群很丑的男人，然而，丑的又何止是他们。腊月，离开了不该离开的父亲、离开了父亲不愿离开的土地，仅仅是那个石灰匠长得漂亮帅气，就跟人家跑了（《腊月不是一瓢水》）。另一个女人，为了把田地种得下去，竟然宽宥了那个企图解她的衣裳和裤子的男人……

这样不丑么？真的很丑。

我听到好多的不逊之言，就想：天底下容得

下那么多的男人、女人，而在这本书里，为什么就容不得这一群男人、女人呢？

何况，我的父老乡亲们，也和天底下的男人、女人一样，也有七情六欲，他们也需要相亲相爱。

相亲相爱，也是一种美、一种追求、一种向往、一种憧憬。不过，这种向往、憧憬，往往又追求得十分痛苦。秀水希望和自己的男人把日子平和地过下去，便去求助另一个男人，结果遭到了丈夫的拳打脚踢（《酒魂》）。哑叔自恃有四间大瓦房，无情地挑剔了一个又一个的女人，结果，是一个又一个的女人嫌弃他、冷落他。

这就是我的父老乡亲、多情善爱的父老乡亲。那么，你也不难想象，我生活的故土，那该是一方美丽、富饶而又充满野情野趣的乐土。

因为有了这一方乐土，才有了父老乡亲们充充盈盈的日子，才变成了他们甜甜美美的故事。无论是充充盈盈的日子，还是甜甜美美的故事，都使我兴奋和激动。我把这种兴奋和激动记录下来，就成了这本集子。要是能摊在诸位兄长、朋友的书桌、案头，那固然是好事。不然，或是放在父老乡亲们装稀饭做晌午的竹篮里，或是收玉米、红薯的箩筐里，也不要紧，让它陪着父老乡亲一道去放牛、犁田、收获……亮亮的太阳、汪汪的水田，说不定哪一位大叔的烟瘾发了，就撕下一角卷烟；也说不一定，哪一位大嫂、媳妇的细仔嫩儿屙了一泡屎，也从箩筐里，撕下一张擦屁股呢！

我一定惆怅。为什么要惆怅呢？大可不必！

是充满野情野趣的土地养育了我，也养育了这本集子，又让它再为父老乡亲们效劳，何必又惆怅呢？

但是，我一直铭刻在心里，而又不敢忘怀的，就是这本书在征订过程中，宜山县民委、建委、经委、文化局、卫生局、德胜红兰酒厂、庆远教育组、电影公司、新华书店、县文化馆、广播电视局、太阳岛书店、求知书店、江北文化用品综合服务部、文化中心，广西壮族文学创作促进会以及河池地委宣传部副部长韦优、河池地区文联主席蓝汉东、《河池日报》特约记者韦国良等许许多多的单位和领导、同事，他们都从关心一个壮族农民作家的角度和愿望出发，给了这本书特殊的厚爱，在短短的十二三天，征订了1700多册，从而，坚定了我要编印这本书的信心和决心。

同时，我更不能忘记，当年我们一起作为业余作者，参加了宜山县一次又一次业余作者座谈会、作品讨论会，曾在宜山县文化局工作过的著名青年作家、漓江出版社副总编聂震宁，我的文学启蒙老师、当代诗人韦照斌以及他们的同事和漓江出版社，他们为这本书的编辑出版，付出了辛勤的汗水和心血。

他们都是值得赞颂的好人，但他们都无须赞颂。作为作者，我更应该努力耕耘，报答他们。

谨以此书，献给我的故土，献给我的父老乡亲们。

原载作者作品集《村丑》

韦淑红

韦淑红

壮族，曾用笔名雨非、舒鸿。广西宜州人。曾就读于宜山县庆远镇一小、宜山县一中，毕业于杭州大学中文系，现任广西教育学院某杂志社编辑。1987年在《北海日报》发表散文《梧桐》，从此走上文学道路。之后，不时有小说、散文在国内一些报刊和电台发表。其中《寂寞的夏天》《潮湿天气潮湿心》《风中有朵雨做的云》曾获上海《少年文艺》1991年、1994年、1997年好作品奖；散文《窗口》获第五届广西报纸副刊好作品二等奖。小说《风中有朵雨做的云》入选上海《少年文艺》二十年精品佳作选《青苹果红苹果》以及六十年金品典藏书系《盛夏光华》（小说卷）。出版有小说、散文集《下雨的日子》。

窗　口

如歌岁月

对面的林子

寻找《社戏》里的乌篷船——绍兴拾零之一

咸亨酒店何处是？——绍兴拾零之二

从三味书屋到百草园——绍兴拾零之三

窗　口

我的新居是一个“看得见风景的房间”，风景就是窗外那片空间。有一次我躺在沙发上对朋友说：“你看我的这扇窗口多美。”他便坐到我的角度上看窗外，然后说：“很有九寨沟味道。”其实朋友和我并没去过九寨沟，但我们都觉得九寨沟大约莫过如此了。

这的确是个美丽的窗口，仿佛一张裱得很精美的装饰画：白色的窗帘，蓝莹莹的天空和浓绿的树林。整个画面由白、蓝、绿三种色彩组合而成，三种颜色都是纯而又纯，清而又清的。

我常常在闲暇时躺在沙发上欣赏这幅风景。我喜爱这幅风景，因而喜爱我的新居。

其实在搬进新居的第一天我并没有这么美丽的心情，因为那一整个白天都是在忙碌中度过。我虽是无牵无挂一人，但家当却不少，除了大沙发，大立柜这些“高档家具”，又还有一大堆用不得却又舍不得扔的破烂（朋友因此笑我是捡破烂的垃圾婆），所以搬家自然不是很轻松的事。上午请了一大班子朋友来帮忙，下午剩下那些收收捡捡、敲敲钉钉的事就是我的了，因此等到能躺下歇息时，自然是一点没有了好心情。何况在这里度过的第一个夜晚又是那么的热，热得我情不自禁很怀念我的“老屋”起来，那是间相当安静，相当凉爽的房间。然而就在这闷热的夜晚之后，我的心情得到了很好的改善。因为在早晨醒来的时候，我居然听到了婉转的鸟鸣，那真是很好的感觉啊，我好久没有这样美的感觉了。听那鸟声仿佛水洗过一般，清亮而透明，还带着嫩嫩的绿意，啊，我想外面该是有一片透着蓝天的绿树林吧？我于是迅捷地从床上跃起，跳到窗前，哇，果然窗外是一大片的绿呐！是浓浓的绿，厚厚的绿。那绿把蓝莹莹的天空分割成碎片一般，鸟的鸣声便是从那碎片里滑出来。啊，我说这鸟哱何以这般悦耳，原来是被过滤了的呀！我觉得我的小屋顿时变得清凉起来，似乎是那染了绿的鸟声正在我屋里一点点地涂抹，我的小屋渗透了绿意，那清凉如水的绿意呀！

我觉得很惬意了。

这以后我便有了躺在沙发上看书的习惯，为的是偶尔地抬起头来欣赏一下这扇美丽的窗口。

我在看着窗外的时候常常会生起一些想象和回忆。比如我想起童年时居住的那所小学校，夏天里总有一条铺满安静的小黄花的林荫道，我常常爬在那其中的一棵天竺桂树上睡觉，有时还摘下一大捧的树籽儿拿回家。那种籽儿的汁是红黑色的，据说能做墨水，我做过几次，却从来没能成功地做成过。我还想起读大学时，我们住的宿舍那扇招摇着木芙蓉的窗口，从那儿望出去世界要多美就有多美。

有时从这扇窗口还会飞进一串串蝉鸣，往往是在清晨，从远远的地方时断时续地飞来。那声音有的是从远远的地方传来，有的就迫近在眼前的树冠上，但是哪棵树却是分不清的，只是听得时断时续，散散漫漫，极是悠然。我素来并不讨厌蝉鸣，甚至有些喜欢，因为这种独在夏天里才出现的声音总能给我关于一个夏天的想象，我可以在即使是闭着眼的时候也能从那悠闲的蝉鸣中感觉到夏天的到来，感觉到绿的晨风，蓝的天空，还有鸟的歌声滑过树荫下。因此，每当在安静的清晨，耳边传来悠闲散漫的蝉声时，我便有了足够好的夏日心情。

我就是在悠然地欣赏这扇美丽的窗口的时候，默默地感受着这些美化了我的窗口的生灵们。有时我甚至会觉得那些氤氲于窗前的绿和婉转于绿间的鸟啭蝉鸣轻悄悄地浸进屋来。在我的地上、墙壁上潺成水灵灵的一片，直把我的小屋以至我的心情都浸润得很清凉。每当这时候我就会蓦然地有些感动起来，我会很庆幸地想：好在我能拥有这扇美丽的窗口，好在我能拥有这些生灵，因为是它们的存在，我的小屋才变得如此生动，也是因为它们的存在，我的心情才会变得如此美丽，是它们点缀了我的生活啊！我又进而想：原来世间的美便是源于生命的存在，虽然不是每一种生命都能成为生活美丽的点缀，但即使默默如绿树，平常如蝉，如鸟儿的生命，也能在生活这张画布上成为一道生动的风景啊！

忽然地便想到了自己，不知自己对生活做了怎样的点缀呢？想到这里便不觉一惊，于是不能再悠闲地看着窗外。

（本文获 1994 年第五届广西报纸副刊好作品二等奖）

如歌岁月

许多年之后再想起它，还是依旧的月光，依旧的笑容，依旧的声音，依旧的感觉……

一

听费翔的《读你》是在大学一年级。那时候，我刚刚从一个脸色苍白的中学生变成腼腆的大学生。开学第一天晚上，我们与同专业的二年级同学联欢，晚会第一个节目就是由二年级的一个男生独唱《读你》。当时并没有音乐伴奏，而且他本人嗓子也不怎么样,但是他却唱得格外的深情。这其中的缘由在后来我们才知道，原来那天他是专门为我们班的阿黄唱的。阿黄是个长得并不特别漂亮，却很惹人注目的哈尔滨姑娘，一头黄黄的长发梳成小鹿纯子式的，披在肩上，走起路来，一飘一扬的，特别的活泼可爱。那段时间，那个唱《读你》的男生天天来找阿黄，有时在宿舍里一坐便是一两个小时，有好几次直到熄灯了他才不得不离开。阿黄为此很苦恼，熄灯后便在黑暗中发牢骚，我们都哧哧地笑。后来有一位北京的女生就说："阿黄，这才刚刚开始呢，四年的时间有多少故事等着发生呐！"听她这话仿佛是应该很无奈很担忧的，但是从她的声音里却一点也听不出焦虑和不快，倒是有一种骄傲、期待和憧憬在里面。后来阿黄的故事果然很多，她也交了好几个男朋友，不过，其中却没有那个在开学第一天晚上为她唱《读你》的男孩。

这一晃就是六年的光阴过去了，我四年的大学生活早就消逝在远方。但是那一日偶然又听到《读你》，便偶然想起了那个在大学校园里唱《读你》的男孩，想起阿黄，想起黑暗中那个北京的女生说："四年时间呢，有多少故事等着发生呐！"真的，四年的光阴呐！可是这四年的故事又有多少的精彩，多少的无奈呢？

二

有一首歌叫什么名字我至今还不清楚，只是记得开头第一句是："穿过你的黑发的我的手。"第一次听这首歌总觉得这句话很别扭，不过，后来听多了，又常常跟着哼，也就习惯了。听这首歌是大一。那时是冬天，常常在傍晚，学校广播台总要播一些流行歌曲。这一首"穿过你的黑发的我的手"便在其中。我常常是在走去开水房打开水的路上听到这首歌的，边听就边跟着哼。那时候很多人都吃完晚饭了，天很冷，天色微冥，通往教室的路上走着刚吃过饭的同学们，男生多数披着件军大衣，这种看似很土的衣服在当时的大学校园里却很流行，它使那些在夏季里为自己单薄的背影遗憾的男生们都显得魁伟起来。女生们的打扮却都是极清纯的。黑黑的长发柔柔地滑在肩上，婷婷的身材，被寒风吹得白里透红的脸蛋儿。她们或三五一群地相拥着，不知谁说了句笑话，便都哧哧地笑起来。也有的是一人悄悄地独行，暮色中，只见袅娜的身影和柔柔黑黑的长发。于是就在那时候，空中就飘着那首“穿过你的黑发的我的手”，歌声缓缓的，幽幽的，极深情，与细细腻腻的夜色一起在天地间柔柔地浸润开来。那一种感觉非常温柔，非常好，那种感觉就是“穿过你的黑发的我的手”。

三

认识苏芮，全是因为宿舍里那个北京的女生。她有一只漂亮的皮箱子，里面全是流行歌星的磁带，苏芮的就在其中。

有一段时间的晚上总是只有我和她待在宿舍里，那时是冬天，我窝在被子里看小说，她坐在床上写信，屋里静静的，外面的走廊偶尔有说话声响起，有脚步声走过，我们便在静默中各干各的事。有时她也摘下耳机让歌声直接从录音机里传出，那时候我便也搁下小说，听歌声在屋里飘来飘去，于是我就认识了苏芮。

刚开始听苏芮的歌并不觉得很好听，似乎是太厚重了，总有一种被抑制着的意味在里边，歌曲的调子也格外的沉。我因此便很纳闷我的这位同学怎么竟然会喜欢这种风格的歌手呢？后来她告诉我她第一次听到苏芮的歌里有一种特别的味儿，它可以钻进人的心里，而不单单钻进耳朵里。她说的这种感觉我在后来也找到了，我记得那时我这位同学常常在听一首歌，叫什么名字不清楚，只记得里面有一句歌词是：“心痛的感觉”，我想这也就是苏芮的歌的风格吧——心痛的感觉。后来，最最完整地听过苏芮一盘磁带《跟着感觉走》，那盘带子的风格多少变了，似乎明快了一些，不过也还可以听到那一种“心痛的感觉”。

大学毕业后就几乎听不到苏芮的歌了，直到不久前听到她那首《牵手》，于是才又想起了那一种熟悉而似乎遥远了的感觉，于是便想起了许多，想起那位北京的女孩，想起她的一大箱磁带，想起冬天的夜晚我和她静静地坐在宿舍里，还想起那一首不知名的歌中那一句歌词："心痛的感觉。"

四

其实并不太喜欢钟镇涛的歌，不过，却是很喜欢他给人的那种感觉：大哥哥似的。

在大学校园里听到的最后一次《每周一歌》就是钟镇涛的那一首《只要你过得比我好》。记得那时是站在宿舍的窗前，听见那位也是即将离开校园的播音员在深情地倾诉自己的离别之情，然后就是放了这首《只要你过得比我好》。当时的确是很惆怅的，想到这四年的青春日子就这样过去了，想到即将离开这座美丽的江南的城市，想到即使将来还可能故地重游，却再也不是大学生了……那一种感觉便像眼前浓密的梧桐树叶一样稠得分不出一条缝儿来。这种心绪悄悄钻进了记忆里，跟着这种心绪钻进去的就是这一首《只要你过得比我好》。后来我是在电视里看到钟镇涛唱这首歌，记得他是微笑着，很沉着，很亲切，很自然地唱着这首歌，他那一种大哥哥似的微笑的神情，使我想起了毕业前夕的那种心情，那份稠得化不开的感觉。我恍然明白它作为最后一首歌留在我离开大学校园时的记忆里的意义——那是怎样一种充满爱心的祝福啊！大学毕业后我有很长一段时间日子过得并不好，为了改派，我待过业，然而最后的结果是得到一份从来就讨厌的工作。那时我的心情实在非常的糟糕，我常常怀念逝去了的四年的青春岁月，怀念那座美丽的江南的城市。我也因此在偶尔地听到阿B的这一首《只要你过得比我好》时，忍不住掉下泪来。当然，如今我是得到了一份比较称心的工作，但是我想不管以后世事如何变化，时光如何飞逝如电，我都依然怀念那段青春的日子，怀念那一份大哥哥似的祝福。

原载1995年6月12日《北海日报》

对面的林子

我的卧室窗口对着一片树林子，林子不大，但很美。

夏天的中午，我常常靠在床头上，一边看书，一边看它。

它的树叶很浓，阳光很安静，鸟的鸣声十分悦耳。它是我窗前的一片风景。

树林子里住着很多鸟，我见过的几种除了麻雀之外，其余的都叫不出名字来。我每天醒在鸟声里，我在梦里就听到鸟叫，直到醒来。我听得出几种较熟悉的鸟的叫声，它们似乎就在迫近我的窗前的那棵树的枝头上。

有一回中午，我靠在床上看书，突然听得窗前那棵树上有很多的鸟儿在喳喳地闹，声音甚是急促、尖利，仿佛一群刀子嘴的妇人在吵架，互不相让，绝不低头。我不禁好奇地来到窗前想要寻找这几位“妇人”，然而终究是没有找到。那浓密的树叶遮住了天，细碎的阳光星星点点地从叶的缝隙间洒落下来。

偶尔地，我的窗台上还会落一只绿毛的小鸟，叫声娇娇的，嫩嫩的，实在好听。

另有一回，早晨五点多钟我醒来睡不着了，便侧耳倾听对面林子里的鸟鸣声。开始只是特别脆亮的几声，接着，很快地，叽叽喳喳的一片鸟鸣就响起来了，细细碎碎的，很密集，很拥挤，就好像谁用剪刀剪碎了黎明在簸箕上筛一样，筛啊筛，慢慢地，那些细碎的鸣声被筛掉了，而那些特别脆亮的大声的还在簸箕上面。那时，我透过白色的窗帘，就看到了外面乳白的天光，淡紫的蝴蝶兰在我的轻柔的窗帘上迎风一飘一扬。

清晨的鸟鸣常常会给我的一天带来很好的心情。

林子里种有两棵果树，一棵是阳桃树，还有一棵是木菠萝树。

阳桃树上的阳桃据说是非常酸的，它的酸可以列为世界之最。也许是这个缘故，所以阳桃成熟的时候，常常落了一地，也无人问津。

我经常在夏天的清晨到林子里锻炼身体。那时，清脆的鸟鸣在绿叶间滑来滑去，清凉的晨风习习吹过，树叶像蝴蝶一样飘下，杨桃树熟透的果实冷不丁就吧嗒一声落在了我的脚边。

那是非常美好的夏天的早晨。

木菠萝成熟的时候，整棵树都裹着一层淡淡的甜香。那样的甜香实在是太诱人了，因此往往等不到完全的熟透，它们就被心急的人摘了去。

我有幸吃过这林子里的木菠萝。那是很多年以前，我刚刚参加工作，住在林子旁边的办公楼里。那时办公楼里住了好几个年轻人，单单我一个女孩子。因为生性拘谨，所以很长一段时间我都没能跟他们熟络起来。但这不妨碍他们热情地邀请我参加他们的各种活动。单身汉的日子虽然很无聊，但是也很自得其乐的。下了班，三五个人不是聚餐、吹牛，就是打牌、下棋。常常是，冬天里，一桶青菜，一只火锅，就可以把冬天的夜晚吃得有滋有味；夏天里，一只西瓜，几杯清茶，就能让寂寞的夏天变得有声有色。有一段时间，他们忽然就聊起了林子里的木菠萝来。那时正是夏天，七八月份，木菠萝成熟的季节，一个个大冬瓜似的果实挂在或高或低的枝叶间，沉甸甸地逼着人的眼。而在夏天的夜晚，当办公楼里的这些年轻人坐在林子旁边乘凉的时候，木菠萝的甜香在夜色中袅袅浮动，他们自然地就谈论起它，然后就有了偷摘木菠萝的计划。

计划在深夜进行。盛夏之夜，月色皎皎，凉风习习，虫鸣声声，单身汉们出发了。提刀的提刀，拎桶的拎桶，没有梯子不要紧，我们有体育系毕业的爬树高手！

那个时候，我是像往常一样坐在书桌前继续写我的东西，但会不时地竖起耳朵听听楼道里的动静。楼道里真安静呀！似乎过了好久，楼道里渐渐响起了人语，还有骨碌骨碌滚动什么的声音。不用说，是摘果的人回来了。那木菠萝显然很多，也很重，用桶拎是拎不及了，单身汉们只好用脚踢让它们一个个滚着回来。听那热热闹闹的声音就知道，今晚的收获一定不少啦。

他们给我送来了两个大大的木菠萝。木菠萝的果肉真是香甜呀，切开一个，满屋生香。有人告诉我木菠萝的籽也是可以吃的，用水煮，去壳，有板栗的味道，非常好吃。我试着煮了，果真如此。

那是一段简单而快乐的时光。

以前，林子里有一个车棚，车棚里停放着很多摩托车和自行车，看管车辆的保安叫老藤。老藤五十开外年纪，小小的个子，不善言辞。每天，他在林子里默默地走来走去，看管那些停放的车辆，偶尔地有人来叫他帮忙，他就帮帮这家换煤气，帮帮那家扛家具什么的。林子里有专门给老藤住的一间小屋，老藤下班后就在他的小屋前洗衣、做饭。晚上的时候，把屋里的电视打开，老藤就坐到门口来边看电视边吃饭。放暑假的时候，老藤的女人会从乡下来看他。那段时间，他的小屋除了有电视机的声音传出，就会偶尔地有他和他的女人大声的说话声响起。每当天晴的日子，老藤的女人便会在小屋前的水龙头下洗很多东西。老藤就在门口的两棵树之间拉上一条粗粗的绳子。女人把东西洗好了，老藤就站上凳子，把那一张张的床单和蚊帐晾到绳子上。那个时候的中午，老藤和他的女人在屋前的树荫下吃饭，他们的身边就是彩旗一样飞舞的床单和蚊帐。

老藤的女人看上去比老藤要老很多，并且长得不好看，但这是个温柔善良的乡下女人。

暑假过后，学生回来了，老藤的女人走了，老藤的生活又回到了原来的状态。每天黄昏的时候，他一个人端着个大碗坐在他的小屋前，边吃饭边看电视，他身后是高高的桉树，树叶在晚风中纷纷扬扬地往下落，落了一地。树林子的秋天就跟着来了。

林子里很多时候是安静的，但也有不安静的时候。那时常常是在冬天的下午，林子里会聚上五六个老太太。她们坐在亭子里，手拿歌本，大声地唱歌。虽然都是些头发花白满脸皱纹的老太太，但她们唱的却是非常时尚的流行歌曲。我经常听她们唱的两首歌是《两只蝴蝶》和《甜蜜蜜》。她们的歌声非常有特色，总是不在调上，相当滑稽。每次听她们唱歌，我都忍不住要笑起来。有一次，我甚至听到住在对面的一个小男孩不耐烦地从他家的窗口冲老太太们大叫起来："不要唱了，变调了！"但是老太太们唱得是很认真的，哪里听得见哦。

于是，那些阳光温暖的冬天的下午，林子里便总是传出那些鹤发童颜的老太太们愉快的歌声。

那时，我听着她们的歌声就会禁不住好奇地想，这些老太太在唱着《甜蜜蜜》的时候，是想起邓丽君呢，还是想起她们年轻时候的梦？

关于这个树林子，记忆里还有这样一个画面：很多年前有一个暑假的中午，一个刚刚走出大学校门的女孩安静地坐在这个林子里，她在等待下午的面试。她穿着一件蓝色的衬衣，发白的牛仔短裙，背着一只粉色的帆布包。风轻轻地吹着她软软黑黑的长发。林子里的鸟鸣像草叶上的露珠清亮地从树叶间滑下，几片树叶在风中翩然飘落，落到她面前的小石桌上。她那么安静地坐在树下，她一定在做梦吧，那是在做什么梦呢？却是不记得了。

逝者如斯。

原载 2014 年 11 月 9 日《北海日报》

寻找《社戏》里的乌篷船

——绍兴拾零之一

小时候，便从老师那儿知道中国有个鼎鼎有名的大文豪叫鲁迅。中学时代，又被他写的《阿Q正传》《故乡》《孔乙己》《社戏》和《从百草园到三味书屋》等作品所吸引，于是，对这位在旧中国“横眉冷对千夫指，俯首甘为孺子牛”的文化伟人愈加崇敬起来。曾幻想着哪一天能有机会游一游鲁迅的故乡，坐一坐《社戏》中的乌篷船，到百草园和三味书屋，寻找伟大作家孩提时代的踪迹和他所描写的景致，那该多有意思。来到杭州求学时，这一幻想终于得到实现了。

在一个春光明媚、柳绿莺啭的日子，我们五个来自天南地北的女大学生,带着对春天的幻想，来到了鲁迅先生的故乡——绍兴。

那天从东湖出来，我们就被几个戴旧毡帽的

船夫截住了，他们要抢生意呢。我们早就想体验体验“一出门，便见月下的平桥内停着一只乌篷船”的心境，于是就跟他们中的一位讲好价上船了。

乌篷船有两只乌黑的篷，用竹篾编的，好像墨染一样，弯弯地罩在船中央，两只篷可前后移动，两篷相合，天衣无缝；两篷分开，便可看见那快齐着船舷的浮着菜叶的水面。船头船尾则光着。那船夫就坐在船头，嘴里衔支烟，两手摇着两只桨。他穿一件黑对襟衫，戴一顶黑色旧毡帽。这回我才算看清了这种闻名四海的帽子。其实挺简单，我觉得挺像一只巨大的黑色蛋筒冰淇淋（这比喻是可怕了点儿）别起边沿，再把那尖顶儿磨圆做成的。这种帽子想来有一顶就够戴一辈子了，因为它那么结实，况且又是黑的，根本用不着换洗。

船很小，篷子下铺一张草席，我们一上船就把鞋都脱下放在船板上，五个人蜷着腿坐着正好合适。船在鉴湖上慢悠悠地走，开始我们都很兴奋地说话，到后来说累了，都闭了嘴，静静地坐着，听桨橹拨水的哗哗声，看两岸肥嫩的蔬菜，起伏连绵的群山（到晚上，它们该像铁的兽脊似的吧），闻着微风带来的湿湿的土香、新鲜的蔬菜香以及水面上腐烂的菜叶、杂草的淡淡味儿，真是惬意极了。

我们是到大禹陵去，船到那儿要走三个小时。然而才走了两个小时，我们就感到饿了。开饭吧，有人提议，于是大家都从自己的背包里拿出前一天从学校带来的馒头、花卷，就着湖面上各种淡淡的香味儿啃起来。船桨咕噜咕噜地响，乌篷船在周围都是青葱翠绿的蔬菜地的水面上滑行。我想起了在一个月光如水的夜晚，鲁迅他们看了社戏回来，在乌篷船上烧罗汉豆吃的事儿，于是我仿佛闻到了那豆儿的香味，“唉，想想鲁迅他们在乌篷船上烧罗汉豆吃多美啊！”我捏着硬邦邦的馒头无限感慨，“喂，你们说这岸边会有罗汉豆吗？”

“你也想偷？”

“要偷最好偷六一公公家地里的，那个鲁迅吃过。”

“可是六一公公不早就死了吗？”

“那他也还有儿子、孙子呀。我们偷他孙子的。”

“哈哈哈！”大家都笑了起来。突然阿黄把食指放在嘴边“嘘”了一声，我们都停下来，只见她抬着下巴指指摇桨的“旧毡帽朋友”，压低声音，极神秘地说：“小心，说不定他就是六一公公的孙子，小小六一公公呢！”她的话音刚落我们又“哗”地笑起来，这一回简直都笑岔了气。“哈哈哈”，阵阵欢快的笑声洒落在水面上，跟着流水消逝在远方。

原载1989年5月11日《北海日报》

咸亨酒店何处是?

——绍兴拾零之二

早就在鲁迅作品中知道绍兴有个闻名遐迩的咸亨酒店。我们游完大禹陵出来，当然便要寻找咸亨酒店了。鲁迅先生说，它是在鲁镇的镇口处，那时，一个唯一穿着长衫，且这长衫“似乎十多年没有补，也没有洗”，“一部乱蓬蓬的花白的胡子”，“总是满口之乎者也”的孔乙己，就是常到这儿来讨酒喝并供人当笑料的。记得在中学里读到《孔乙己》一课时，总是特别感兴趣孔老秀才的关于茴香豆的“茴”字的研究以及他神气地排出几文钱的动作。这回到咸亨酒店，我就想着也能煞有介事地排出几枚钢镚儿，然后尝尝那深得老孔厚爱的茴香豆的味道。

离酒店还有几十步远，就远远地看见了那百年老屋门上的几个大字“咸亨酒店”。嗬，还挺有那么点味儿呢！瞧那店儿，黑瓦盖的，黑木头撑的，完完全全透着一股“有年代可考”的古味儿。进得门来，只见里面光线晦暗(奇怪，竟不装灯，大概是为了保持原有风味吧)，黑墙、黑屋梁、黑桌子、黑凳子，连那屋里仅有的两位顾客也好像是很黑的。他俩大概有点喝过头了，正互相指着鼻子大声说话。桌上放一碟茴香豆，两只粗瓷大碗，里面盛的敢情就是闻名的绍兴老酒了。

我们来到柜台前，柜台也是老式的，黑油油地发亮。柜台的一边是一只纱橱，里面搁着一小碟一小碟的茴香豆。柜台里还摆着几只大缸，那该是酒坛吧？这时，两位三十多四十岁模样的女服务员正趴在柜台上说笑。她们叽里咕噜说一阵，“哈哈哈”地笑一阵，旁若无人的样子。我很担心，这要让九斤老太太看见，该又得感叹“一代不如一代”了。我对那只纱橱颇感兴趣，凑得近近的，准备物色一碟茴香豆。突然，我被吓了一跳，因为有一只黑乎乎的小老鼠正躲在一碟茴香豆后冲我打飞眼呢。

我们遗憾没能排出几枚钢镚儿买一碟咸亨酒店的茴香豆尝尝。

原载1989年5月19日《北海日报》

从三味书屋到百草园

——绍兴拾零之三

当初，鲁迅是从百草园到三味书屋，而我们这回则是从三味书屋到百草园。因为我们想在看过三味书屋的单调后，更尽情地领略百草园的多姿。

走过一座南北跨河的小石桥，然后向东拐，便见一个朝北的黑竹门，里面就是三味书屋了。书屋的黑竹门边坐着一个胖胖的收门票的老头儿，他在打盹，听见我们走近的脚步声，他一下子精神起来。

一进门，便是两间带走廊的房屋，外边即靠北的一间就是鲁迅读书的地方。书屋布置极简单，正对门的墙壁上挂着一张梅花鹿的画，上有匾曰："三味书屋"，画下设有长桌，木炕床，中间设一大方桌，桌边一椅，这该是先生的讲桌和"太师椅”吧，书屋四角又有几张方桌，几只椅子，这便是学生的课桌了。鲁迅的桌位是西北临窗那一个，据说起初是坐南墙下面微暗处的，后以门隙有风为词换了座。其实鲁迅喜好读小说，常藏于书桌中，所以才托词以“弃暗投明”罢了。

屋子很暗，除了那只肥大的梅花鹿，就只剩下黑色的色彩了，难怪当初鲁迅他们在先生摇头晃脑念“铁如意，指挥倜傥，一座皆惊呢……”时在下面不耐烦呢。

离开三味书屋向西走，一会儿就来到了百草园。百草园，这个鲁迅童年的乐园，现在变成什么样子呢？是否还像以前一样可爱？我的眼前突然浮现出这样一个画面：一只轻捷的云雀突然从草间直窜到云里去了。

进大门后先是一条长长的走廊，走廊两侧是一间间卧室、作坊、厨房。当我站在长妈妈的阴暗的卧房门口时，我想起了长妈妈给鲁迅讲美女蛇故事的情景。

走过这条走廊便是百草园了。可是眼前的百草园却几乎没了当年的生气和色彩，许多地方杂草丛生，我想寻找紫红的桑葚，像人形的合首乌根，又酸又甜的像珊瑚珠的覆盆子都没有了。我拨开草丛，希望发现一只班蝥，或是惊动一只云雀，让它“嗖”地突然窜到云霄里去，可是也失败了。幸好还有碧绿的菜畦，但是却没有伏着肥胖黄蜂的菜花。不过我终于还是高兴地看到了高大的皂荚树，如今它已长成树叶厚重、浓密参天的大树了。我们坐在树荫下的石凳上，微风徐来，树叶儿沙沙作响，有几只鸟儿在树上喳喳地欢叫。园里很静，冬天下雪的时候比这更静吧？我想着雪后这片地将覆上一层白白绵绵的雪被，其中有一块空地扫出来，撒上一把秕谷，再支起一只大竹筛，然后一根细线连着撑竹筛的小竹棍，直牵到那屋檐下的两个孩子手中，他们必定就是鲁迅和闰土了。

一天的时间很快过去，我们踏上了回杭的列车，望着渐渐被抛在身后的绍兴，我竟有点儿恋恋不舍，再见了戴着旧毡帽的朋友，还有乌篷船，再见了咸亨酒店，茴香豆，ade，没有云雀和桑葚的百草园。

原载 1989 年 5 月 23 日《北海日报》

侯志锋

侯志锋

1967 年出生，壮族，宜州龙头乡农民，现漂泊于珠三角打工。广西作家协会会员。曾在《民族文学》《广州文艺》《芳草》《黄河文学》《作品》《诗刊》《广西文学》《文艺报》等报刊发表中短篇小说、诗歌、散文（非虚构）多篇，曾获中国工业文学奖、全国打工文学征文大赛小说奖、广西壮族自治区成立 60 周年文学创作征文活动散文一等奖、壮族文学奖等奖项，出版有短篇小说集《背起所有的乡野》。

群山苍茫

群山苍茫

一、生长野菜的山

低头是山，抬头也是山，房屋，分散或挤在山脚下。山里的村庄没几大，小的只有几户或者一户，山与山之间开阔一点，也有二三百户的，那样的大村庄很少。幼小记事起，母亲出门，把我扔在家里。我趴在门槛上，望着消失在山背的母亲身影，哭酸了一个幼年。父亲早逝，已记不起他的模样，当时我还没学会走路，他就丢下我们一家人，去了另外一个世界。留下的遗产，就是一间三眼的土屋，大门的这面盖瓦，后门的那面还买不起瓦盖，盖的是茅草。我十二岁那年，老屋后半面的茅草被拆，盖上了瓦，加起了一眼房，那眼新起的房成为我家的厕所和猪圈。

农家人都养猪，猪是主要的经济来源。那个时代，家里旺不旺，主要是看你猪圈里有几头肥猪、鸡舍里有多少只鸡。猪的粪便，还是农家肥，它和牛粪一样，是个宝，可以反哺庄稼。猪圈里没有两头肥猪，意味着过年没猪杀。最大的一头，必须把它抬到三十多里外的乡里食品站交“任务猪”，家里才能杀另外一头猪过年。村里虽然有马车，但怕马车把猪拉到食品站饿瘦了斤两或者半路弄出什么毛病，母亲不轻易答应用马车拉。一般都是把猪赶进猪笼，叫村里两个大人帮忙抬到食品站。帮我家抬猪的，一位是我堂叔，他是队里的指导员，抬猪去食品站，是他光荣的义务，另一位则是我的亲叔叔。临抬猪出门时母亲还把猪喂得饱饱的，但在路途中猪拉了几次粪便，肚子也变得空空的了，跟没喂一个样。

圈里的猪“呶呶”地叫，它们饿急的时候，还会跳来跳去，用猪背把猪圈的木栅栏擦来擦去。有一天，一只还没喂肥的猪像野猪一样跃出圈外，我和哥哥、母亲、姐姐费了好大的劲才把它逮回圈里。当猪要把猪圈的木栏杆闹散的时候，母亲就提来一桶猪潲，一手拿着一根棍子。几只猪用前脚爬在栏杆上，要抢食母亲手中拿着舀猪潲的瓢，母亲就用木棍把它们打走，把潲倒到食槽里，食槽是用大木头挖制而成。把潲倒下去后，几头猪“啪啪”地抢食，要提来几桶潲才能把它们喂饱。

记忆中的那个时代，猪的主食就是猪菜，猪菜都是从山上或者地里采来的野菜，要不然就是红薯藤。我老家旱地多，田也是“望天田”，地里种的多是玉米。山与山之间挤出一块块平地，山坡上还有梯形的田地，绿油油的玉米漫天疯长，玉米地里大多兼种红薯，墨绿的红薯藤爬满笔直的玉米秆。红薯是必须要种的，因为红薯藤是煮猪潲的主料。农活忙时，没时间打野菜，中午收工回家吃饭的时候，姐姐背一只背篓，就在玉米地里割了一篓红薯藤回家喂猪。姐姐割红薯藤的时候，手指上套着一只割藤的利器，利器是用废弃了的镰刀切下一块铁片，再把铁片安在一小块月亮形的木块中，木块后沿还穿了个小洞绑着绳子，把绳子套在手指上，用锋利的刀片口对着红薯藤就切，非常方便。切初期的红薯藤只切尾部一段，它还能继续生长。红薯藤渗出的浆液黏在姐姐的手上，不易洗脱，一般过了几天才慢慢地消失。红薯成熟收藤回家，红薯藤被切成短短细细的，放在晒坪上晒干，就收进用竹篾编制而成的大大的竹篓里储藏。有时候晒的东西多，晒坪不够，再加上担心下雨，那些用人工机器切细了的红薯藤，母亲和姐姐直接把它们放进大竹篓里，用脚踩压得紧紧的。当然，没有晒干的红薯藤容易发霉，要最先用来煮猪潲。猪潲放在特大号的铁锅里煮，那只锅一直架在大土灶上，土灶里燃烧着干柴，火红红地笑着，待猪菜要煮烂的时候，就加进一些米糠或者米粉，那些米粉都是用最次等的米粒碎成的。屋里堆成像小山一样的红薯，大多拿来喂猪，那个时代，红薯没有现在值钱。

母亲和姐姐喂猪都是用最原始的方法，科学养猪还没有普及千家万户，那时的猪，都是真正的绿色食品，没有喂添加剂的猪肉是最好吃的。光靠地里的红薯藤还不够喂猪，忙完农活，姐姐背起背篓，穿坡越岭去打猪菜。看到母亲和姐姐背回家的野菜倒在地上，那些五花八门的野菜我也认识，有时放学后我也背起一只小背篓，去打猪菜。我们村属于宜州市管辖，地界和都安县相接，一次和伙伴们去打猪菜，到了外县人的地里去割他们种植在玉米地里的猪菜，回家母亲知道后把我大骂一顿，从此以后再也不敢去偷他们的猪菜了。

姐姐手脚勤快，猪菜大多都是她去打，姐姐背篓里的野菜沉甸甸的，一般都是用手压了又压，还用脚踩，一背篓的野菜压弯了姐姐的腰。回到家，把背篓放下，用手抠出篓里的野菜，把它们全部倒出，那些野菜叶像一只只精灵舒展了被压迫的叶片，在地板上堆成一座绿色的小山。这时，母亲就抓过一张木板凳坐在猪菜堆边，她的面前放着一块木板，用菜刀在木板上剁起猪菜来。

以前我姐姐读小学时的那位老师，姓彭，姐姐叫他彭老师，彭老师经常家访，说我姐姐成绩好。但家里穷，姐姐只读了小学就没再读下去。彭老师的鼻梁高高的，大人们私下都称他为彭钩，彭钩老师喜欢吃野菜，放学的时候见他常在山脚边采摘野菜，彭老师说那些野菜炒起来香喷喷的，是最好吃的山珍美味。

我和村里的伙伴们把牛赶上村后高高的峁岗，峁上，坡连着坡，青草绵绵，牛在坡上吃草，我们在坡上玩战斗游戏。玩够后，各自散去，去捆了一捆前段时间砍下晒干的柴火，扛下山去。家里煮饭、煮猪潲，干柴火不能缺。把柴火扛下山，然后再把关牛的栅栏关上，要到日落的时候，才把栅栏打开，这时一群牛已经长长地排队在门后，待我们把它们赶回家。下雨天，把牛赶上峁上关好，我和村里的小伙伴们就可以在家里玩扑克牌了。猪要吃食，姐姐每天都要出去打猪菜。母亲不做活也是闲不下来的，雨天里和村里的妇女们唠叨了一阵，就戴着一顶雨帽，去田地边逛来逛去，割一割田地边的杂草，看到实在没有什么活可做才返回家，交代我和姐姐做家里的家务活后，就去她娘家，第二天一早又急忙忙地赶回来，好像一刻也不能放心家里的事。记得有一次，天上下着绵绵细雨，姐姐背着一筐满满的猪菜，爬上我家老屋门前的石阶，一不小心摔倒在石阶上，筐里的野菜叶撒满石阶，像一只只被雨淋湿的蝴蝶。我哭着跑过去拉起了姐姐，和她一片一片捡起石阶上的野菜。

看着屋前屋后的山，都在雨水里湿淋淋的。满山生长的野菜，似乎都在雨季里呐喊。

二、大山里的节日

"靠水吃水，靠山吃山。"在山里，很少能看到山外的世界，那些密得不透风的群山，一座座山岭飘浮在天空下，像是山神放牧的羊群。山是我们全部的世界，祖祖辈辈到我父辈那一代，他们也没有走出大山，就是死后，也还得葬在杂草茫茫的山上。

能使山里人热闹或是不淡出记忆的，就是山里的节日，像鸟鸣一样擦亮天空。

过完年后，最先来到的一个节日便是农历二月初一。这个节日我不知道它的来历，打小记事起我们家乡就有这样一个节日，我后来流浪他乡，很少看到别人过那样的节日。这样的节日，在我们家乡就像一个小小的“清明节”，也是祭奠先人的，但祭奠的是刚去世的亲人。去世未满一年的必须做二月初一，满一年了的做初二，满两年了的做初三，做完了初三的亲人，就可以烧立在八仙桌上的灵牌。这种祭奠刚去世的亲人的节日，显得比较沉重，没有多少喜气，唯一的好处就是能吃上一餐好的。那个时段刚好是地里的玉米苗刚刚成长的初期，村里的人都用木桶挑着厕所里的粪水去淋玉米苗，傍晚收工的时候，每家都有一人拿着一挂腊肉，走进那些刚有亲人去世的人家去做二月初一。很多地方，“二月二”都是龙抬头，但在我们壮族人那里却是不一样的风俗。

有些壮族地区还有“三月三”走坡节，远远近近的男女挤在风流坡上，对歌声一阵阵传来，好不热闹，有的青年男女就是在走坡节上牵手成为夫妻的。

走坡节的歌声刚刚落下，清明节又来了。清明节虽说也是祭奠的节日，但过得非常喜庆。在我的老家，除了春节，清明节是一个最大的节日。外嫁的女儿都必须回娘家做清明，而且还挑着一笼鸡或鸭，那些鸡鸭不光给自己父母家，还给伯伯叔叔家每家一只，如果他们家里的仔大了分家，还得给他们每家一只。

清明节里我最喜欢的美食，大概就是艾糍粑了。清明里，正是艾草生长旺盛的时期。母亲头上包着一块头帕，背着一个背篓，把我带到小学校侧边的山脚下，我独自坐在路中玩蟋蟀等待母亲。母亲背着一筐青青的艾叶走下山来，手里还抱着一丛艾草，她把掘来的艾草种植在我家的菜园边，每年初夏，菜园边的艾草旺盛地生长，从此要做艾糍粑就不用到山上去摘艾叶了。

母亲是一个非常勤劳的人，我从没见她睡过一次午觉。每天日出到日落，她的身影都在田地里晃动。父亲在世时在老屋前种了许多果树，其中，一棵高大的柚子树和我家的瓦房齐高，开花时节，白白的柚花让整棵树看上去毛茸茸的，像是童话里的圣诞老人，蜜蜂在树上飞来飞去。还有一大一小两株柑子树，三株黄皮果树，两株红李，一株蜡李，以及一株柿子。这些果树在不同的时期成熟，解了我和哥哥的馋。记得天刚亮，母亲就挑着两筐水果去集市上卖，傍晚回来还给我们买来几块最喜欢吃的油炸馍和一两本作业本。母亲还会酿一手好酒，她酿的米酒都是用家里的原粮配制的，用酒曲发酵的米饭在屋中弥漫着甜香味，我经常偷吃，那藏在坛里的甜甜的伴有酒味的酒糟在我嘴里简直就是最好吃的食物。母亲酿的米酒很少有过火或酸的，她有时酿酒还会加上一些红兰叶，就成了红兰酒，拿到集市上卖，很快便会脱销。节日里，我们家里从不用买酒，招待客人的都是我母亲自己酿的米酒。

清明里采来了艾叶，母亲架上那副青石小磨，悠悠地转动磨着事先泡好的糯米，米浆随着石磨转动滴落木槽中，然后再流进套在木槽口的布袋里。磨完糯米浆又开始磨豆腐。

准备好糯米浆，又开始烧开水，把艾叶放在开水里烫，然后捞出放在糯米浆里搅拌，就开始揉如小孩拳头大小的艾糍粑，里面包满砂糖，外面用芭蕉叶包着，放在锅里蒸，蒸熟后就成了我们最喜爱吃的艾糍粑。

哥哥和姐姐、姐夫们杀鸡杀鸭，母亲做了艾糍粑后又开始做豆腐圆。一大锅煎熟了的豆腐圆架在土灶上，满屋飘香，引得我口水不停地流，最先品尝熟豆腐圆的就是我了。

万事俱备，我家、伯伯家、叔叔家，姐姐、姐夫、堂哥、堂姐、堂姐夫、姑父、姑妈、表哥、表姐们就挑着煮熟了的鸡、鸭、鹅，到山上扫墓去了。祖宗们埋在各自的山头上、山谷里，有远有近，扫了几天才把所有的墓扫完。墓上纸幡飘飘，香烟袅袅地在清明的雨雾中升起，爆竹声一阵阵地在山间传播。

过完清明节，四月初八又到了。四月初八节我没明白它的来历，这个节日里壮家人都做五色糯米饭。我家乡流传着这样一首民俗童谣："二月初祭新人，三月清明艾糍粑，四月初八五色饭，五月初五包粽粑，六月六晒衣服，七月鬼节狗舌馍。"如果你是壮家人，便对这样的节日再熟悉不过。

在蒸五色饭的时候，母亲一般都把腊肉蒸在饭上，饭好，腊肉也飘香了。四月初八不光做五色糯米饭，还包粽子。我们壮家人包的粽子还分为小粽子和大粽子。四月初八包的是小粽子，端午节包的是大粽子。

五月初五包的大粽子是非常考究的，我们上山采摘一些专制粽子的树叶，把它烧成灰，然后过滤，用滤出的水泡糯米，包出的粽子金黄金黄的，无比芳香。那些包大粽子的粽叶，都是去山谷里采的野粽叶或者芭蕉叶。有一种像茅草一样的粽叶，比两根手指宽，两面都是毛茸茸的，它喜欢躲在茅草里。上山割来一捆这样的粽叶，一片片排着，包成圆锥形的长粽子，非常美观，而且煮熟后打开，粽子的表面金灿灿的。

端午节前后，峁上的山稔花红遍所有的山岭。在我的记忆中，山稔的花期是漫长的，它开了整整一个夏季。山稔花开在我童年的季节里，使山里的孩子有一个夏天的花季。山稔果的果期也是最漫长的，夏天里青青的果实就开始结在花蕾下，深秋和初冬还有黑黑的果实挂在树上。我们在五月里等啊等，等得口水流，等得耳朵长，那些青青的山稔果还是不肯成熟。等得不耐烦的时候，鬼节悄悄来临，山稔果才开始成熟。那些刚成熟的山稔果，最先品尝它的是山上飞来飞去的鸟，每颗刚红的山稔果都留着鸟叮的印痕。大人告诫在山上放牛的小孩，说那些刚红的山稔果被"鬼"吃过，小孩们细细地看，果然每颗刚成熟的果子上都有"鬼"的印痕，但嘴馋的我们顾不了这么多，一摘到红的山稔果就把它放进嘴里。

鬼节是从七月初七开始的，也是祭奠先人的节日，不用上山扫墓，只在家里祭奠，但鬼节和清明节一样热闹。站在山坡上的我们，看到山腰弯弯的小路上，外嫁的女儿提着鸡和鸭回娘家过鬼节祭祖。家里有新人过世的，就在初七做一次祭奠，叫“头七”。我们壮家人的鬼节大多是在七月十四，有的做七月十三、十五和十六，虽是附近的村庄，但风俗也有所不同。

白月光静静的夜晚，我们坐在晒坪观望蓝天，银河浩浩茫茫，听村里的小学老师说，银河是王母娘娘阻隔牛郎和织女的天河。村里的老人们另有自己的说法，说每年的鬼节祖宗们就要从天上的河坐船回家。我们十四做了鬼节，十六就把纸船放进河里或者水塘里，把祖宗们渡回天堂。

最欢喜的是，鬼节里我们又有口福，家家户户又开始做一种我们最喜欢吃的美食——狗舌馍。母亲仍旧架起小小的青石磨，磨起糯米浆和豆腐来。姐姐回娘家，动起手来跟母亲忙碌。磨好米浆和豆腐，母亲就把糖拌在米浆里，外面用芭蕉叶包，做成如四个手指一般大小的糍粑，蒸熟后把芭蕉叶打开，里面的糍粑像狗舌一样，非常美味。她们做完狗舌馍，又去煎豆腐圆。而我和哥哥、姐夫则在杀鸡杀鸭。

我的姐姐，在三十三岁那年，患了绝症，在那年的端午节走了。我的母亲，在香港回归的那一年，也去天堂跟随离别我们几十年的父亲。在外的我，每当在节日里想起她们，常常泪流满面。

三、山的名字

家乡的山，每一座乡亲们都赋予它名字，它的名字就像山里人的乳名一样，虽然有点怪，但都有它的来历。我们都用壮话叫它们的名字，用普通话翻译过来虽然没那么准确和形象，但在壮话里，它们是富有内涵的。

三凤娘山是我们小学后面一座很高的山，我没有爬到过它的山顶，站在山脚的小路上望，只见山上有一个岩洞，叫三凤娘岩，那个岩洞就像三凤娘的嘴巴。古时候有一个女人在岩洞里生了一个叫三凤的女孩，所以这个岩洞就叫三凤娘岩，山也叫三凤娘山。我第一次爬上三凤娘岩，是二堂哥叫我去的，他在外村的小学教书，他在三凤娘岩周围埋了一个铁猫套野兽，叫我帮忙去看看有没有野兽踩中了铁猫。我上去后找不到铁猫，但在三凤娘岩里玩了一遍，它不比家乡别的岩洞好玩，洞口虽然张开得老大，但却是一个浅洞。三凤娘山直指云天，像一尊女神。在我的记忆里三凤娘山生长着许多艾草，母亲经常爬上三凤娘山去采艾叶，后来我和伙伴们也去三凤娘山上摘艾叶。

相信很多地方都有凤凰山，我们村里的凤凰山是一左一右两座山，村里的一百多亩田地大都分布在凤凰山下。凤凰山就像两只展翅欲飞的凤凰，但怎么也飞不出蓝天。我家乡的父老乡亲，每日都在凤凰山下辛勤耕作。我父亲的坟墓就在凤凰山山肩上，我儿时跟母亲下地，当牛犁完地，我就把牛放到凤凰山，坐在父亲的坟墓上遐想。有一天看到父亲的坟顶上有一处地方陷了下去。叔叔、伯伯和母亲说给父亲重新找一个地方吧，便买来金坛（装人骨头的陶瓷坛），选了一个好日子，就给父亲开坟捡骨头。我们老家的风俗，人过世一葬后三年也好、五年也好、十多二十年也好，都必须找一个地方二葬，但二葬最少要三年以上。要买来金坛，把一葬的坟墓挖开，揭开棺材盖，把骨头捡到金坛里。捡骨头也是很讲究的，先从脚骨捡起，一直捡到头骨。那时捡父亲骨头的是大姐夫，大姐夫说父亲一葬是个好地方，过了这么多年棺材还没有腐烂。父亲二葬的地方是在八里外舅舅村庄的马鞍山上，后来我外出打工，哥哥重新把父亲从马鞍山上取回。把他和母亲一起葬到村后的山上。

里空山上山林郁郁葱葱，记忆里，家乡的男人经常砍高山柴，这座山响起叮当当的砍柴声，那座山也传来叮当当的砍柴声，把一根根高山柴丢到山下，再用破好的竹篾捆绑，然后用马车拉到镇上去卖。那时还没用煤气和电煮饭，高山柴最受镇上人的欢迎，它有着耐烧、火旺、少烟的特点。别的山上高山柴可以砍来砍去，但里空山上的柴是不允许砍的，它历来是“封山育林”的山。高山贫瘠，高山柴生长缓慢，但里空山上的高山柴是最大根的，有的大到人抱不过来。我们村子房屋的朝向，大都面向里空山。里空山有一个非常大的岩洞，但站在村前不易看到洞口，洞口都被苍翠的山林掩盖。里空岩非常宽敞，洞里石笋奇特，在洞里讲话会传来“轰轰”的回音，洞中还分有几层楼，最底层的洞口直通山的背面，站在山背面的洞口，可以望见牛角塂和牛角塂下青青的刁江。

家乡的山岸上有两条牛角一样的山塂，称为牛角塂。牛角塂下流过一条青罗带一样的河流，名叫刁江，美丽的刁江似乎从远天而来，在崇山峻岭间蜿蜒而过。两条牛角塂从刁江边一直往蓝天上延伸，风景优美。牛角塂一分为二，上半部归宜州市管辖，下半部和刁江则是都安县境。在我的记忆中，少年时代，刁江是我们最喜欢去的地方，一群小伙伴走下牛角塂，来到石码头边，脱下衣服放在石头上，就在河水里扎猛子玩水仗、比赛游泳，玩累后，光着身子坐在河中间的大石头上，像极了一群小猴子。

穿洞山是我村子后面的山，从村前看，穿洞山像一面独立的山壁，其实不然，穿洞山是一条山脉，村后面有一个小坳，有一条小路连到穿洞山外，那是一条通向都安县拉仁乡的小路，我们去赶拉仁街，过的就是那条路。穿洞山还有一个好听的书名——大鹏岭。大鹏岭通向外界的小路，弓在半山腰上，像一条弯来弯去的蛇。穿洞山高高的悬崖上有一个穿过山背的溶洞，没人能爬上去，似鸟的眼睛。在远远的大路上，就能看到高高屹立的穿洞山。那个穿过山的溶洞，是在穿洞山最高的岭顶上。穿洞山脚形成一个山谷，称为老扁垌，谷里有一些开荒的地，当年我和母亲就在那些地里种了一地的西红柿和辣椒。村后坳的山壁上还有一个溶洞，叫米岩，和穿洞山形成一上一下的两个岩洞。传说以前有土匪的时候，全村的米都藏在里面，所以叫米洞。以前米洞口有一棵大榕树，榕树往下吊着一根藤，形成了爬上米洞的自然天梯，后来土匪用火把榕树烧了，榕树枯死，没有了天梯，人们再也上不了米洞。我以前和母亲在米洞下面开荒，种芋头、种花生，常常站在地里望着现在没人能爬上去的米洞出神。

岃上是家乡最宽、最高的山坡了，山上有岃，岃上有坡，它从村子后面的低岃一直延伸上去，直陡的黄泥路、石阶路，还有弯来弯去的泥沙路，一直伸到高高的岃顶。岃上，坡连着坡，沟谷连着沟谷，坡上野草绵绵，牛儿和马儿在低头吃草，蓝天上白云飘飘。沟谷里，各种野果在四季里轮换。岃上，是我舌尖上的童年。站上坡顶观望，圆圆的天把所有的山收拢在一起，群山茫茫，密不透风，山隙中的村庄，炊烟袅袅升起，空中氤氲着淡淡的气息。

岃上，是我们儿时最富有的地方，金银花开放的时候，去山上采金银花，山葡萄成熟的季节去摘山葡萄，去剥杨梅树皮，去砍芸香竹，或者去坡顶上拔田基黄和车前草……采来的这些山货，我们都把它拿到镇上的收购站去卖，那些换来的钱笑甜了我们的童年。夏天里，摘来几个凉粉果，回家做了一桶凉粉，全家吃着甜甜的凉粉，夏天就不再炎热了；去山上摘一个白柠檬，连皮一起咬，酸到心底；去摘几颗苦李，把它丢进嘴里，苦涩苦涩的。

接近岃顶的地方，有一个山坳叫柚树坳，但我打小记事起，没见柚树坳有柚树，也不知家乡为什么叫它柚树坳。坳间有一块自然草坪，我们经常坐在草坪上休息。柚树坳连着的山，都是一片一片的枫树林，秋天，满山的红枫叶把家乡的山染得通红，像是写生的彩霞画。当然，那是我儿时的记忆了。

曾几何时，家乡的山，不见了那些杂草和杂木，满山满岭都种植了经济林，儿时的草场也不见了。地里，已不再是以前的玉米、果树和桑苗，每家每户都成了养殖户。以前村里的泥路也已经变成水泥路，山下村庄的老瓦房不见了，代替它的是一栋栋楼房。以前母亲留下的那间老瓦屋，哥哥也把它推倒了，在老瓦屋的旧地上建了楼房。门口，那把老犁已经休闲得锈迹斑斑，它的旁边站着崭新的铁牛。现在老家美得像神仙居住的地方一样，在天堂居住的父亲、母亲还有姐姐，她们望着群山里家乡的变化，一定会露出开心的笑容。

原载 2018 年第 11 期《广西文学》

术家协会油画专业委员会
文化广电新闻出版局
文学艺术界联合会
主办单位：桐乡市文化广电新闻出版局
桐乡市文学艺术界联合会

左丹

左丹（笔名莎金）

童年至今生活工作于广西宜州。满族（满族名为爱新觉罗·札木尔哈），毕业于广西民族学院（今广西民族大学）中文系，本科学历，文学学士学位。画家、作家。百余幅国画作品入选全国省(自治区、市)美术展览，有作品收入各类书画集。其中，国画《烟霞养性》入展十一省（自治区）二十一市（州、盟）全国政协第十六届书画联展，《生生不息》入选全国政协系统书画院书画作品邀请展。十万余字的文学作品散见于《人民日报》《半月谈》《收获》《中国教育报》《中国青年报》《教师报》《诗刊》《中国作家》《广西文学》《春风》等报刊。出版个人作品集《草结》，与人合著长篇纪实文学《自古宜州最宜人》，参加《中华百孝故事》的编写。现任广西河池市宜州区文联主席。

山的收藏
筑梦为城

山的收藏

有人说：“一座有山的城市，城市的历史和文化会悄悄地在山上累积、生根。甚至会在山上开花、结果。山为城市收藏秘密……山还会成为这座城市的符号和象征。”探寻那些藏在山里的神话传说，我们可以清楚地看到一方水土闪烁着本民族文化至真至善的理念，烟霞养性，道德传心。

“上苍赏赐一笏板，谁人拾得谁上朝。”

美丽南方，广西壮族歌仙刘三姐的故乡宜州，有一座形如玉笏的神奇山峰，石壁自明代刻着“独尊峰”三个大字的摩崖石刻，嵯峨黛绿，满山树木蓊郁荫翳，不必待山雨前后，山顶时常都会缥缥缈缈着几缕白云，给人一种神秘而悠远的墨山水画之感。仰望苍穹，给人峰高入云底的错觉。云雾缭绕，山径蜿蜒曲折，仿佛有仙人手持一条玉带从云间直接飘落下来。这山中的回音效果极妙，较之一般的山谷回响更为清脆，四面来风之时，如鸣琴，似鼓瑟，鼎沸入声，因此，这山叫鸣琴山，又叫白云山。这一景致被称为“玉笏鸣琴”。

天地造化，大自然总有一些巧合令我们惊叹与惊喜。

大自然的鬼斧神工，天地造化，常常就是落在一个“巧”字上。于是，这块笏板就变成了这座形如玉笏的“独尊峰”。

宜州的每一座山都有故事，都有数不尽的风流、风光。

但要问哪座山最有“仙气”，宜州人首屈一指——会仙山！

会仙山，在城北一里处，一动不动，守望着这座城市。

会仙山有仙字岩，即徐霞客所谓深井。深井岩壁上有后人刻一巨大的“仙”字。徐霞客云：“有仙自井底升。”所谓井，实为天坑。

宜州这座会仙山，顾名思义，是一座汇聚了仙迹的山。传说，曾经有许多仙人骑着仙鹤聚集于此。

仙人为什么聚集于此呢?

自然是因为这里风光好。

自然是因为这里人善良。

传说，西王母蟠桃会时，宴请十方仙家。有一位仙子骑的仙鹤飞过了九十九座山、九十九条河，飞累了，却不敢到下界休息，因为害怕人类猎杀。但当它到宜州时，见到这里不光山水秀美，人们也十分善良，刘三姐唱着山歌邀这位白鹤仙子下来做客。

于是，白鹤仙子令白鹤落在这座山上，与刘三姐兴致勃勃地对起山歌来，天上赴宴的神仙们听到白鹤仙子与刘三姐对唱山歌的美妙旋律，纷纷停下赶路的脚步，化身为普通百姓，一起聚到山上听他们唱歌。

当地的人们见到山上一下子多了那么多陌生人，而每位陌生人长得都非常善良美丽，大家纷纷问他们来自何处，他们却笑而不答。

人们说，不管你们是从哪来的，一看就知道不是本地人，走了那么远的路，一定又渴又累了。于是，大家纷纷拿来自家种的瓜果来给他们吃，有的还热情地叫他们进家吃粥。

众仙人觉得这里的人太热情好客了，赴王母娘娘蟠桃宴回来之后，常三五相邀，到这里聚会，与当地人对山歌、游乐玩耍。

于是，人们就把各路神仙常聚会于此的这座山叫作会仙山。

会仙山上有个白龙洞。

宋代地方官员张自明，于白龙洞诗：“白龙洞口白龙台，一府南天眼豁开。仓壁漫题三数字，后人还笑我曾来。”

据史料记载，张自明是一个喜欢游山题诗却常常不落款姓名的人。

此公率性而为，可见洒脱。

此洞内有一条活灵活现的洁白的石龙，是一块晶莹的钟乳石，盘卧于洞中岩石之间，“鳞甲宛然”。

传说，唐末河东有一位叫陆禹臣的高人在这白龙洞中修炼成了神仙。当地老人讲，山上还有他炼丹的药炉。

虽然，我们不知道这位陆仙翁为什么要选择这里修炼。

也许，是因为这里的山川恰巧与道家阴阳理论相符合？

还因为这里是仙气聚集的地方？

《宜山县志》关于这座山的描述：“常有紫云鹤乘空而下，如神仙之会，故又名会仙。”

《汉书·艺文志》载：“神仙者，所以保性命之真而游求于外者。”

道家修炼成仙就是以长生为生命之美，以至真为生命之美，以至善为生命之美，以逍遥为生命之美。

“烟霞养性”“道德传心”，就是道家所追求的。

由此可见，道教在宜州出现是较早的，那时，有不少人对道家的长生、逍遥、至真至善的理念是推崇的，同时也在积极效仿。

曾经在这座仙山洞中修炼的人，不光有男的，唐朝时，还有两位女性也在此修炼过。《宜山县志·杂流》载：“崔莫二仙姑，不知何许人。城北有会仙山，由流丹阁而上，悬崖百尺，石岩一区，其半是二仙炼丹处。”

可见，那时的人们的生活态度是推崇“烟霞养性”“道德传心”的，出了传说中羽化升天的陆仙和崔莫二仙姑，也出了史册上的陆地长寿仙蓝祥。

但红尘中的人们无法像陆仙翁、崔莫二仙姑那样隐遁山洞。他们“烟霞养性”“道德传心”，而抱着这样的生活态度的蓝祥，自然也会长寿。

传说，唐朝时，还有一个叫罗仙的放牛娃，有一天在会仙山下放牛，遇到一位鹤发童颜的赤足老翁，他不仅把自己带的干粮送给老翁吃,而且把自己的鞋子送给老翁穿。当他知道老翁是孤身一人时，还把他接到家里当成父亲一样孝敬供养。

一天，老翁问放牛娃罗仙，会不会觉得自己拖累了他。

罗仙乐呵呵地说：“家有一老，如有一宝。”

老翁从龙江河里舀了一勺水，说：“好心人，你供给我吃和穿，我只有一勺水给你。”放牛娃罗仙说：“这是您老人家给的清水，在我看来就是蜜呢。”

罗仙喝了老翁的一勺水,觉得身子越来越轻,慢慢地就飘了起来,一直飞到了天上。

到了天庭的南天门，把守天门的神兵立即为他开门，并立刻通传：“大孝子罗仙到！”

“好心有好报。”讲这个故事的老人们这样说。

“孝心的人有好报。”讲这个故事的老人们还这样说。

尊孝道的民族就是快乐如仙的民族,他们的人生观是“道德传心”的真实写照。

在《宜山县志》中还有一个关于“笑和尚”的记载，他是一个“遇人辄笑”的人，他住在雪花洞内，会神奇的法术，会飞天遁地，“善医，人有病呼之即至”。

神话传说，往往就是一个社会民情的镜子——这是一个与人为善、相互见面就“笑”的民族，更是一个“呼之即至”、热心相助的民族……

会仙山，众多摩崖石刻又让它成为一座写满“文化”二字的山。有不少人数过这山上的摩崖石刻，有五六十之多。

《宜山县志》载：“山顶有方石镌‘骑云’二字……洞口有副将杨彪重修白龙洞碑。内有明指挥彭举所书‘云深’二字。石刻零陵刘良彦直诗并序：……‘蓬莱仙人缘玉杖，载酒携琴夜相访’……‘醉中不知苍海竭，相邀西宴蓉城。宜阳别有仙人境，瑶草琪花几千顷。’……左刻郡人张烜诗：‘倚空壁立不知秋，碧水岚烟翠欲流。飞鸟直登巅上望，白云玄鹤两悠悠。’壁上旧有明岳和声诗。咸丰年间，石达开刊其党唱和诗于此。”何述强先生认为：“太平天国的铿锵诗韵在这里只是一声呐喊，而陆仙翁和白龙是这座山的底蕴。”

大自然这造物主恩赐于我们的每一物件，都会汇聚成人类不同形态的文化。大自然赐予了宜州奇和美，人们不同的感受又给它添了几种神采和多了几分神秘。

何述强先生还说：“一座有山的城市，城市的历史和文化会悄悄地在山上累积、生根，甚至会在山上开花、结果。山为城市收藏秘密……山还会成为这座城市的符号和象征。”

两千多年来，宜州的山有着关于众多神仙的传说，体现的是当地人民那种对坚韧精神的一种追求，对浪漫自由的向往，也就是对美的追寻。

当年郑献甫登临此山时，吟唱“访古耻同俗，登高思会仙”的诗句，时常在我们耳畔回荡一种金属质的声响，铮铮有声，净化灵魂，云在青天，水在河，淡泊的人生让我们进入那种勇者无畏、无欲则刚的境界。

从那些神话传说中，我们可以清楚地看到闪烁着道家的长生、逍遥、至真至善的理念，为了实现生活中的理想，这种“烟霞养性”“道德传心”的追求，自然而然地表现在神话传说中，是符合中华民族传统风格的，即对长寿养生的认知与态度。

这是生命之美，如花。

天地拈花，壮家人微笑。

原载 2007 年 11 期《中国作家》

筑梦为城

就像歌里唱的那样，“我出生在一个小山村……”，我的老家在桂西北峰丛密布的一个偏远小山村，红水河从村庄穿越而过，就像千万匹红褐色的马，在一位壮汉的扬鞭吆喝声中，一路嘶鸣，一路飞奔，没有什么可以阻挡它们的步伐，蹄声如椎鼓，于千山万壑中回荡，呼啸不绝。

乡下老家是人们灵魂的出发与归宿地，学校假期一至，我们带孩子回到乡下老家。俩小家伙就像两只快活的小兽，到处嗅着，既好奇，又兴奋。晚上准备吃饭的时候，发现他们从两只小黄猫和一只小黑狗那儿招来了一些跳蚤，他们不停地搔，身上好几个豆粒大小的红包，他们的阿公拿来乡下卫生院买来的可的松软膏，擦不到的地方他们就撩起衣服虾米似地弓着背让我帮他们搽，一边搽他们就一边挠，于是，身上就出现一道道红。看见我有些紧张，阿公不以为然，说可能是水土不服，没什么的，等一下吃饭的时候不要洗手就没事了。“这是什么逻辑啊？”他们阿公就说沾一点泥土的气就服水土了，这些城市的孩子离泥土太远了。

于是，俩小家伙仿佛从他们阿公那里得来了圣旨一般，与村上的孩子们下河捉小鱼捞小虾，上树摘那些还没成熟的青涩毛桃，从他们闰土一样的堂哥那里拿来散炮点着玩，还好奇地蹲在他们奶奶身边看烧火煮饭，常常会抽出一根柴火，满院子追鸡、鸭、鹅瞎跑，玩得像个泥猴。就算雨天，他们也顶着漏了洞的竹斗笠，冲到院墙边抱柴火，帮奶奶煮粽子。我觉得奇怪，怎么这俩平时常常爱感冒发烧的小家伙，淋得落汤鸡一般反而没事儿？他们奶奶就说，自己家院子的雨怎么会淋生病？城里的雨有毒，所以淋了会生病，而乡下的雨干净，带着地气呢，他们的奶奶认为，小孩子和那些飙芽抽节的甘蔗、玉米秆子一样，淋点雨，长得大。粽子煮好了，他们就和奶奶用芭蕉叶一份份分包好，再加一些我们从城里带来的糖糖饼饼，准备挨家挨户去送。我和他们奶奶说，还是别忙送吧，等明天雨停再送吧？隔壁二姐家的姐夫憨厚实在，一边捞起锅里热气腾腾的粽子一边说开锅粽子要趁热才有味道，春天了，留多一夜会发霉，乡下的雨是干净的水，不怕淋的。于是，俩小家伙就争着抬满满的一竹筐吃食，一人一个斗笠往头上一扣，拉着他们奶奶的衣襟开开心心地给邻居送去了。如果遇到谁家赶街没人在，就直接走进院子，放在窗台上或挂在门把上就行了，不用担心会有路人偷拿偷取，因为一个村子里住着的，大家都是熟头熟脸的。村里老人们都说，钱财值几多？名声背一辈！

我喜欢这种说法，有诗味，更有泥土最实在的本真之味。

纯朴的乡风民俗，连雨都是干净的水，有生命的活泛，有母性的善意——

我们这里的乡下人啊，祖祖辈辈看重的就是名声。有首山歌这么唱：“诚实本分记心怀，大路走正莫走歪，钱财丢失还能挣，名声丢了买不来。”所以，乡邻把口碑名声看得很重。

记得小时候，我最佩服的就是老爸，因为在我们村人眼里，他是乡亲们眼中的一棵树，心中的一垛墙，是一个可倚可靠的主心骨。作为村党支部书记的他，对于那些终日在山旮旯里面朝黄土背朝天的老百姓来说，他们视线所能及的最大的“官”就是村支书了，老爸也就成了党员干部的形象代言人。所以，老爸不光自己以身作则，他对我老妈的要求、对我的要求也非常严格。如果我与村里的其他孩子打架，他总是不问缘由，先揍我一顿再说。如果老妈心痛儿子阻拦他，他就边打我边振振有词：“你以为人家会说老韦家的孩子打了谁谁家孩子？人家只会说党员干部家的孩子打了老百姓谁谁家孩子！”以致很长一段时间，我觉得做党员干部家的孩子一点也不好玩。

有一次，老爸拿面条送给隔壁的覃老爹，对覃老爹说是他在部队的儿子寄来的。

出生于八十年代初的山野农村孩子大多知道，面条在那个年代是多么金贵的奢侈物品，没有谁家平白无故就可以吃面条的，除非有什么贵客来，面条是当作菜的，在青菜汤锅的中间放一小捏，上了饭桌每次夹来吃时，没有人好意思一次夹三根以上，而且我们小孩子总是被告诫，要让客人吃，我们少吃。那个年代，我们全村人都认为面条一定是世界上最美味的食品！那是城里有钱人才可以常常吃到的高级东西，普通的农村人怎么可以无缘无故就吃面条呢？听我爷爷奶奶说，他们第一次吃面条是广西解放那年，公社给每家发了一把面条，乡亲们才知道传说中的面条原来是这么的美味啊。全村人都说，还是共产党好啊，我们穷人也可以尝到面条的滋味了。于是，每过春节，当乡村五保户们从我老爸的手上接过乡政府转送来的面条时，他们就会对我老爸千恩万谢：“感谢韦老党、感谢韦老党……”老爸就说不要感谢我，我们要感谢就感谢党、感谢政府。可是，在乡邻眼里，天天看到最大的“官”就是我老爸这样的村支书而已。于是，我老爸常常告诫我："仔，你见了吧？我在乡亲们的眼里，就是代表党员的形象的。如果我做得不好，乡亲们就说是党员做不好。"

我说："老爸，以后我要像你一样，为乡亲们做好多好事。"

我的老爸太平凡也太普通了，平凡普通得就像一棵草，路边的草、田间的草、漫山满岭的草，到处有，随处见。然而，我想，不正是那些千千万万平凡而普通的小草最先报告了春天的消息吗？

所以，他常常说他不能对不起"党员"这个光荣的称号。

"阿爸，等下你又要送面条给隔壁覃阿公吗？那我和你一起去。"

"好，这才是乖仔。"老爸摸摸我的头，说下次我再考得语文、数学双百，就煮一碗面条给我吃。

我说，不用，都拿给隔壁阿公。我这样说的时候其实我是一直想象着面条的美味的，口水不断涌满嘴，我使劲咽下去，说："爸，我要努力读书变得有出息！以后一定要让全村的人天天都有面条吃！"

老爸说，好！

有一次，上作文课的时候，老师让同学们谈谈心中最大的梦想。

我站起来大声地说："我的梦想是——我一定要让全村的人天天都有面条吃！"

哈哈哈……全班的同学都笑翻了，老师听我说完理由的时候，我看见她的眼里有晶莹的泪水，她微笑地望着我，语气坚定地说："心中有梦就能飞……"

我说我要让全村的人都有面条吃的时候，我的母亲却轻轻叹了一口气，道："老韦，你看你就是这样教我们的仔，以后比你还要不顾自己光知道顾别人呐。"老爸呵呵一笑："猫在房顶睡，一背（辈）超一背（辈）。以后我仔肯定会比我强啰。"

"若比你强，那只会比你更累，"老妈佯嗔道，"一点都不懂心疼自己的仔，今晚要煮一点面条给仔吃吧。这两把面条是我编了两街的竹篓才买得的，你拿一把面条去给覃老爹，一把留给仔吃，过几天他就要考初中了，要加强营养。”

“妈，你放心，我读多多的书，读到大学，读研究生、读博士，以后让你天天吃上面条，让全村的人天天吃上面条！”

老爸趁我和老妈说话的当口，已从屋子里偷偷拿了两把面条，悄悄给我使了个眼色。

其实，全村人都知道，覃老爹在部队的儿子三年前因为救落水儿童牺牲了，但只有覃老爹自己不知道。当时是老爸去部队领回的抚恤金并帮他存进乡镇信用社银行，告诉他说是儿子的立功奖金，老爸叫全村人一定要守住这个秘密，违者作违犯村规处罚。三年来，老爸经常从自家拿吃的、用的给他，每次都说是他部队儿子寄来的，还每个月都模仿他儿子的口吻写一封信，赶到乡里街上的邮局去盖章投递，然后又从大队委信箱拿了信去念给覃老爹听。勤俭的老妈每每心痛那张八分钱的邮票，她说，你看喽，又是一个鸡蛋钱啵，不贴邮票不行吗？反正覃老爹又不知道的。老爸态度坚决，一定要贴！不贴邮票覃老爹会起疑心的。

每次，老爸都读完好几遍之后，覃老爹还总是想“再听听”，老爸就乐呵呵地“再读一遍”。有时，老爸还会叫我：“仔，过来！你帮读多两遍给阿公听——”

覃老爹就会不好意起来：“支书，你那么忙，不用读了。阿弟也要写作业了，不好耽误娃仔咯。”

我笑嘻嘻地拿过信，一屁股坐下，连连说：“阿公，我念，我帮你念，我帮你念一百遍好不好咧？”可以说，老爸的这一沓沓信就是我的第一份课外读物，为了让我能独立给阿公读信，他还特意到县城买了本《新华字典》给我，当我捧着梦寐以求的字典时，心里简直乐开了花。那本字典也就成了我们班除了老师手上有一本，唯一的第二本，它也变成了班级里最值钱的公共财产。我常常盼着我们班学习成绩最好、长得最漂亮的那个叫作阿花的女同学来借……

现在，我的妻子常常会拿这件事取笑我，说：“那时你才多大？ 11岁嘛，拇指头大小的小屁孩儿哟！哈哈哈……”然后她就“罚”我拖地板、洗碗，我总是乐呵呵地接受。其实，我知道，我现今长期在外地工作，一年365天，也许在家陪她的时间只有几天而已……贤惠的妻子非常支持我的工作，每每我因为忙工作而顾不上家的时候，她会笑笑说：“这是你们家的祖传哦……”

是的，都说父母是孩子的第一位老师。

父亲的工作态度为我今后走上公务员队伍，成为一名普通的人民公仆，早就为我“定型”了标准——我不代表我，我代表党员，不能给这个名称抹黑。

母亲的勤劳态度为我今后的人生也奠定了一个“勤”字。

我永远也忘不了父老乡亲们那些淳朴得像泥土一样的笑容……

“呵呵呵……”邻家阿公笑得脸都皱成一团，夸我长大一定有出息，也是一个村支书！

村上的老人夸谁家的孩子长大有出息，就说他一定会当村支书。

我帮覃阿公一遍一遍念信，老爸就帮他挑一桶又一桶的水。

老爸问阿公准备哪天开犁，到时叫他一声，他就赶家里的牛过来。

“阿公，你放心，我爸说一定帮你家犁完才犁我们家的。”

早春，好风好雨好时节——

山谷回响着亢奋的吆喝——大队送化肥进屯啦！这是有补贴的，每家每户按人头领取化肥啦——

虽说每袋化肥有一定的补贴，可是买一袋化肥也要不少钱呢。所以，每次买化肥，覃阿公总是不舍得钱。

但是，绿油油的禾苗正是抽长的时候，没有化肥追长的禾苗，就像饥饿的小兽，让你走过田边时，仿佛都可以听到它们嗷嗷的叫声。

不施化肥，收成会减半。

覃阿公急，我老爸更急。

吃晚饭的时候，老爸就心急火燎地催我吃快点。我问吃那么快干什么，他说带我去看电影。老妈好奇地问是乡里放电影吗？什么片子？老爸支支吾吾。老妈自顾说道，那你带仔去看吧，我不得空，我还要编多几个竹篓下一街去卖，仔马上读初中了，要多攒几块钱才行……

“爸，乡里放电影？”我和老爸走出家门，我兴奋不已。

“嘘——”老爸神神秘秘地示意我别出声，拉我悄悄躲在杂物房里。

他低声地说：“仔，我和你商量一件事。等下天再黑一点，我们就开始偷——”他用手指着那几袋化肥。

“老妈一定会骂你啵，老爸！”我低声说，“可能还会打我屁股咧……”

“你真笨啊……”老爸说：“等下你就把门打开不要上锁，我们就说看电影回来忘关门了，化肥被小偷偷走了，你妈妈以为是小偷偷的，不会打你的。放心。”

“那我们家的田怎么办？”我问。

“先帮覃阿公再说，到时我再想办法嘛。”老爸说，党员一定要先想到群众怎么办，而不要先想自己怎么办。

好吧，我知道到时我挨打定了的，为了乡邻阿公，就算屁股被打开花也不怕，我听老爸的。

第二天，当老妈发现化肥没了的时候，我以一种烈士赴刑场准备英勇就义的豪情对她说，“妈，是我忘记关门，你打我吧！”

因为我马上就要考初中了，老妈就饶了我。可她几天吃不下饭，人也病了，也瘦了一圈，我心痛得暗暗落泪，而她却睡得更晚，熬夜编竹篓，她说怎么也要买化肥啊……

老爸老妈从我伯伯、叔叔、姨妈、表舅妈家里借得的钱还不够买一袋化肥。

看来，只有先用给仔读初中的钱去买了。老妈和老爸商量。

老爸憋红了脸，说，留给仔读初中的钱上个星期已经先给覃阿公交了乡卫生所的住院费了，因为当时太急……

老妈没听老爸说完，连连哭道：“那我仔读初中的钱怎么办咧——”。

“孩子他妈，不要哭了，仔读书的钱我会想办法……”老爸长长吁了口气：“还好，覃老爹他们的田也犁过了，插秧也有化肥用……”

第二天，老爸把家里的牛拉到街上卖了。

那年春天，在我家的田里，我爸代替了家里的那头耕牛……

一方水土养一方人，人勤春就早——

早春的一场又一场的雨从戴了帽的山顶群鸟似的铺天盖地刮过来，一天会下好几场，每一场都像鸟群的起飞与降落。它们从这一座山岗到那一座山岗，从这一个村庄到那一个村庄，从这一块稻田到那一块稻田，仿佛扯着一块绿纱巾从天上忽悠悠地铺下来，所到之处，满眼的绿。它们就这样一块块地铺，铺了三七二十一天，南方本就四季皆绿的山更是鲜嫩如新。

这绿，就像山里跑出一群的孩子那样调皮活泼而无羁，但又是那么的纯朴与敦厚，每一个芽孢都干净得毫无心机。乡下的春天，永远那么真诚与实在。

远山的山脚，那些生机盎然的小草，从对岸一直绿过了河床，给乡亲们一张张黑红的脸上、古铜色的胳膊上、卷起裤腿裸露着黝黑的腿肚子上，涂抹了一层层锃亮的油光——那是在田里劳作时的汗与头顶阳光最完美的结合。

第一声春雷乍响的时候，是惊蛰的鸟群争鸣的时候。

从高高的山上往下看，农人从各自的院子里纷纷蠕动而出，就像春天的蚕，在一块肥厚的叶子上快活地啃食，他们心中一定有一个七彩斑斓的蝴蝶梦。

再从低低的山洼向上望，农人从他们的大门内纷纷奔涌而来，就像河里的鱼群，在这红水河里愉快地跳跃，他们心中一定有一个五光十色的成龙梦。

这些梦的种子，就在他们脚下这块温润如酥的泥土里发芽，他们倚锄等待，苗青果碧稻穗黄。

你看，温暖的太阳把酝酿了一冬的母性的温柔与慈爱，哗地撒了下来，山多地少的村庄顿时丰盈了许多动人的内容，春天里的一切都是充满母性的，是柔软的，是多情的。仿佛石头也不再像冬日里那么坚硬，一如农人们质朴平实和布满期待的脸上写满了梦的深情。

好梦甜甜，好事连连。

面对松软的弥漫着母性质地的泥土，人们没有犹豫，更没有矜持，他们给农耕机麻利地加好柴油，“轰轰轰、突突突”，铁牛在水田里新翻起的泥土就一起醒来了，在铁铧面上如伸展腰身的小猫，是那么柔那么软那么撒娇，它们愉快地打滚，滋滋哔哔作响，卷起层层泥水的花儿卷主动搂抱着每一双农人的足踝，从人们的脚指头缝里泥鳅那样钻出来，搔他们的痒。人们就在一卷卷新泥水花儿的土香里感受着土地赐予的陶醉。从田的这一头到那一头，然后打个弯弯，出现了长长的犁沟，这边的山下是一片，那边的山下又是一片；河岸这边有一片，河岸那边还有一片。铁牛犁铧后面卷起的层层泥土花儿卷，女人们高挽了衣袖，通红的手臂，一双大手提了簸箕，簸箕里是嫩嫩油油的禾苗，女人们小小的脚板叠印着男人们大大的脚印，映着阳光下亮晃晃的泥水镜子，所有的大大小小脚印，把农家人的一兜兜热情和甜蜜的梦，款款地插种在犁沟的泥水花卷里。男男女女，有说说笑笑的话语一大箩，有热热闹闹山歌一大筐，这里的人们光说是不过瘾的，他们就唱，男的撩唱：“见妹长得美娇娇，好比水田嫩禾苗；妹是禾苗哥是水，真想来个从头浇。”女的大大方方应和：“哥你才是真英雄，眼睛炯炯好威猛；挑担好比下山虎，犁田好比过江龙。”就这样一路唱着，一路插着秧，在男人们和女人们的身后，是一片片绿绿的禾的毯子，那上面是一首首或甜腻腻的山歌，或火辣辣的山歌，或聪慧或狡黠或顽皮或豪爽或含蓄，他们把汗水里浸泡得发胀的籽粒育出了禾苗之后，再和心房里按捺不住的瘙痒的梦，美美地插播在他们欢乐的田野上……

他们，筑梦为城！

原载 2016 年 2 月 25 日《河池日报》

获自治区新闻出版广电局、广西人民出版社

举办的第二届广西文学大赛散文组三等奖

韦锦田

韦锦田

男，1951 年 5 月 21 日生，广西宜州北山镇北山街人，笔名吴雨，在广西壮族自治区疾病预防控制中心主任编辑的岗位上退休。1977 年毕业于广西大学中文系，历任广西大学教师、《河池日报》专刊部主任、《民族医药报》副总编辑、《人民保健报》编辑部主任、《健康报》驻广西记者站站长。曾参加国家重点科研项目《辞源》修订工作。先后荣获全国地市报好新闻、全国少数民族好新闻、国家卫生部卫生新闻奖、广西新闻奖等 30 多项。出版文学作品《遣兴集》和《北山忆事》等书。

分田到户那些年

分田到户那些年

改革开放之初，农村实行家庭联产承包责任制。自此以后，土地回归到农民手里，农民又有了生产自主权，走上了发家致富的道路。如今的宜州市北山镇北山街高楼林立，市场繁荣，人们生活富足。群众都说全靠邓小平，“分田到户以后，我们才能吃饱肚子，开始了小康的生活。”

一

北山民众不习惯讲“农村家庭联产承包责任制”这个长句子，对于“第二次土改”就直截了当地称之为“分田到户”。回忆起分田到户头些年的日子，街坊对笔者说：生产队一夜之间垮了，有的人感到天塌了下来，无依无靠的，一下子不知道怎么办。其实，过得好一些的，都是北山街上那些经商做生意的家庭，他们亦农亦商，经济收入当然比那些只知道做死活路的单一种田的家庭强多了。

对于农民经商，改革开放之初，大家也还不敢。十年浩劫中，有的街坊因为多种几蔸大白菜出卖，有的做过铁匠的私下打些铁钉卖，也被当作“资本主义”批斗，脖子挂着白菜或风箱游街示众，谁不心有余悸？分田到户后能够做一点小生意的，只有被下放当农民而后“农转非”的原综合店职工朱朝贵等少数人。有一天，赶马车的韦庆余从县城回来，偷偷地告诉个别朋友：宜山有人炸油堆（油馍）卖啦啵，看来政策变了，个人可以做小生意了！这个消息一下子传开了，大家都很兴奋。胆子大一点的景珍妈等几个老奶也在圩日包粽子、炸油堆卖了。没有见到有什么领导干涉，税务所也没有制止（当时北山没有工商所，市场管理也归税务所），他们只是收一些摊位租。于是，术兰妈等几个老奶开始做成衣生意，有的年轻人开始贩卖胶凉鞋、解放鞋等等东西，赶北牙、石别、拉利、拉仁等圩场，生意越做越大，很快就发家致富了。唐奇林当时不过二十来岁，居然做了老板，贩卖凉鞋、解放鞋以至男女时尚皮鞋，不过几年光景，他花了十余万元买下了北头街龚家的房子做铺面。现在看起来十余万元不算什么钱，但在 20 世纪 80 年代中期，这可是了不起的财富呀，当时的“万元户”已经是政府表彰的致富带头人了，小唐的这个数目则是天文数字！有了当街门面，他的生意更加如鱼得水，成了北山年轻一代先富起来的标杆式人物之一。

据说，宜山县城的生意人都很钦佩北山人，羡慕他们“太狠做生意、太狠捞钱了”。梁纯是北山的首富，他是靠汽车营运发家致富的。改革开放之前，他只是一个赶马车的，十一届三中全会以后，政策松动了些，他第一个买汽车在北山跑运输，很快就发了，然后又搞客运，他在宜州市客运站拥有几辆长途快巴，跑广州、东莞、柳州等地。他私下里说，邓小平的勤劳致富政策让他富起来，现在他的财富比起新中国成立前号称北山“四大家族”之一的父辈来说不知多了多少倍。在他的带动下，北山不少人也做起了汽车营运生意，成了宜州市公路运输的一支庞大力量。如今北山车队在宜州就占有近半数的车辆（包括货车）。据悉，1984 年，河池地区行署在宜山县三岔乡召开农村工作现场会，表彰了全地区二十三名农村致富能手（俗称万元户），其中北山就有两人，一个是梁纯，一个是潘郁林，他们还受到了时任广西壮族自治区党委副书记金宝生的接见。可见，北山人的经济头脑并不亚于城里人。

当然，盯着土地发大财的也不乏其人。周凤生就有一双慧眼，成为敢于到外村租赁土地、土里刨金第一人。20 世纪 90 年代初期，石别糖厂成为英国人控股的广西博庆食品有限公司之后，他就看到了其中的商机，即糖厂会需要大量的原料蔗，有利可图。于是，他到东见村去承包两百多亩土地种植甘蔗。他给的条件很优惠，一次性支付两万多元的租金，还为该村买了变压器等设备，解决了全村几十户人家长期没有通电的"老大难"问题。据说，当电灯亮堂堂的那个晚上，全村欢呼了，社员们都说老周是当代的"活雷锋"，一致通过了租赁土地给他使用十二年的协议。这个村也真的说到做到，租赁期间没有给他设障碍，没有糟蹋他的甘蔗林……周凤生就有"土里识金"的本事，承包土地种甘蔗的最后几年，他又发现"种桑养蚕"也是一个商机。为了赢得这个商机，他办起蚕茧烤房，成了当地有名的蚕茧老板。

北山的商潮，尤其是那些先富起来的北山人，不仅激励农民兄弟，还让一些干部或教师甩掉"铁饭碗"，也下海了。

三十多年过去，人事已非，田地依旧，所不同的是过去"以粮为纲"，遍地是玉米、稻谷等粮食作物却温饱不保，而今则是农民有了耕种自主权，种蔗、养牛、种桑养蚕等经济生产，全由自己选择经营项目，尤其是"东蚕西移"的政府战略部署给农民带来了实实在在的好处，许多钢混结构的楼房几乎是靠养蚕致富建起来的。而今，大家茶余饭后谈起当年分田到户的那些日子，有喜也有忧，一些事情成了茶余饭后之笑谈，留在人们的记忆中。

二

北山的妇女是最辛苦的，忍辱负重操持家务，最能吃苦耐劳。搞集体那些年，除了参加小队劳动赚工分以外，家庭里的一担草一担水，也是女人们雷打不动的任务。一担草，指的是柴草困难。周围山上的柴草都被砍光割光了，“封山育林”之后，鬼窝岭一带丘陵的“瑰”（土话，别地叫“晾鸡”，即蕨草）就成了北山民众烧火煮饭的必需品。数十个岭头的“瑰”，像被剃头一样，越长越慢，割草越来越难。草长不过五寸，北山妇女就有本事捆扎成草担，一担就有百多斤。一担水，指的是吃水困难，“有女不嫁北山圩，北山挑水上楼梯”，到过北山的人都知道，挑一担底下塄的水要爬近百个台阶，个中辛劳无须赘述。因为一担草一担水，吓怕了、吓跑了多少年轻的北山妹仔。为了离开这样的艰苦环境，多少人梦寐以求寻找机会。而在当时，所有机会的路都被堵死了，唯一的只有婚姻这条路，无论男女。男的只能上门入赘，只能到偏远的村屯去，有饭吃就行。而女的则不会到村屯去的，不会“逃出虎口又入狼窝”，继续过着肩挑背扛的生活。当时有一句流行很广的顺口溜：“一军二干三工四小贩，永世不嫁庄稼汉。”在姑娘眼里，最不济的也要嫁个小贩，因为是个非农业，有粮本。现在看来这个粮本没有什么意义，但在那个年代可了不起了，一个人有了粮本，每个月就可以在国营粮站买到二十六斤大米，四两花生油，基本解决温饱。为了这个粮本，只要能够农转非，一些姑娘都可以无条件地嫁出去。于是，有的嫁到矿山去，做个家属工；有的嫁给国家干部，年龄比自己的父亲还大；有的嫁到县城去，夫婿有些残疾也不嫌弃……然而，这样没有爱情基础的婚姻是很痛苦的，尤其是有文化的女性。有的虽然有了孩子、家庭，但也没有稳定下来，还是分手了，即使同在一个屋檐下，也成了事实上的无性婚姻。打倒“四人帮”之后，人们外出比较自由了，姑娘们不想再做草和水的奴隶，纷纷外嫁找出路。那时虽然出不了国，但都知道往经济发达的广东等地跑，最远的嫁到河北唐山，去了很多的姑娘。北山人至今还弄不明白，唐山地震才过去不久，北山姑娘就纷纷投奔那里去了。甚至有个中年妇女带着本街妹仔去相亲，经不起外面世界的诱惑，也把自己“卖”了，丢下几个未成年的孩子，至今杳无音讯。年轻的姑娘啊，你们不怕地震而怕这担草、这担水，你们穷怕了，累怕了，我理解你们！现在想到那时的苦，我真想哭！

然而，也有不走的，阿贞就是一个。她不是舍不得这担草、这担水，而是舍不得瞎妈妈和小妹妹。她去唐山了，谁来耕种责任田，谁来照顾妈和妹？她是孝顺的乖乖女，自愿招郎入赘。婚后的日子，也有过一段幸福时光，夫妻恩爱，家庭和睦，陆续生下了几个孩子，都是男崽。然而，儿多母苦，很快生活质量就逐年下降，捉襟见肘。她所在的生产队，集体经济比较好，穷困也还有个关照，孩子多也还拉扯得过来。分田到户之后，大都各顾各了，名义上还有生产队长，但集体经济没有了，队长也没有权力调配别人家的粮食去关照困难户。不要说困难户了，就是五保户也没有办法。瞎子六爷是广东人，国军的老兵，抗战时期被炮弹炸瞎了眼睛，流落到北山，帮有钱人家舂碓磨米度残年。新中国成立后成了五保户。他说，分田到户后，对五保户的照顾不如从前了。米是够吃的，就是无钱买小菜。一个月才得两元，买斤把猪肉后，所剩无几了，只能买点盐。不像搞集体时，小队经常杀猪，时常给点花生、黄豆，蔬菜、柴火都有人送来……如今大部分农民解决了温饱，日子逐渐好起来，阿贞的家却发不起来。大年初二，姨妈从外地来看望他们，家里已无隔夜粮。本来，年轻人身强力壮不应该这么穷困，街坊说这是“懒馋”二字造成的，责任在男人。他们为七口之家，分到田地共九亩，大多是保水田，如果耕种得好，温饱是不成问题的。然而，春耕时节，他们不忙于自家的耕作，而是去帮工，赚吃两餐饭和每天一元的工钱。他们把自家的耕牛卖了，春耕大忙时只能靠换工借耕牛，他们又不愿换工，往往是等人家耕种完毕，才轮到他们用牛，误了季节。既然误了农时，就应该在护理上抢回来，他们又因为平时不积肥而无肥可施。他们种的两亩甘蔗，草比甘蔗高，春节前砍蔗时，才得一吨多。老公一气之下，把蔗蔸全部挖掉，说种甘蔗不合算，再也不种了！阿贞对老公说："年初二都借米下锅了，一年三百六十五天，几时借得来？恼火起来，我要去广东了！"她想吓唬男人。男人却咧着嘴露出黄牙干笑："你走呀，反正我有三个崽了，传宗接代有了接班人！"阿贞听了这样不负责任的话，十分伤心。

不到半年，阿贞也跑了。有人说她跑到玉林嫁人了。此后不久，老公一纸诉状告到法院，状告老婆私奔重婚。法院通过调查，知道了阿贞的去向，就叫她回来。阿贞回来了，她说不是去嫁人，而是在来宾县做小工，上个月还寄了几十元回家给瞎子老娘。既然老公这样不近人情，离婚算了。本街的大妈大婶都很善良，架桥的人多，拆桥的人少，大都劝她不要出去了，三个娃崽又乖，如今有房屋，有土地，只要勤俭，做哪样不得吃！日华妈甚至说："嫁出去你以为好多嘛，那些老男人有什么良心，还不是想要你帮生个男崽！"阿贞没有正面回答，只是说："你们不用劝了，这个家我看淡了，他像什么男人！我走了近三个月，回来那堆在墙边的泥土还没有挑走。我很气愤，要他带老三，给我和小妹挑泥出去倒，他也不带，你讲气不气？他还成什么男人！我看错人了，这是命咯！隔壁邻舍看见的，家里的大事小事，哪样不经过我的手，门口的晒谷坪还是我打的。我打不及，因为要下雨了，叫他帮，他也不帮，害得有一边也开坼了。"阿贞越说越气愤，嗓门也越来越高，"他算什么人咧，和他绝对好不起来了，你们不要劝，我懂得我的事！"

最后，阿贞还是离开了这个家，不再回来。

据法官说，像这种跑到外地结婚的有夫之妇，大概有三种情况：一是丈夫懒，家里太穷；二是父母包办，婚姻不自由；三是男方有病，夫妻生活不正常。一般女方出走满两年，法院都判予离婚的。

三

农历四月，气候开始炎热。过去生产队年代，男人打赤膊的多，而今分田到户以后，手头宽裕了一些，人们有所讲究了，“上的下的”（的确良衣服，当时尚属奢侈品）的也逐渐多了起来。然而，曾做过生产队长的老本却“涛声依旧”，从他那酱色的肤色看，入夏以来定是很少穿上衣了的。他穿着一条补丁旧黄裤，一条麻绳作裤带，实在有点寒碜。他正走过天铺底，有屠夫叫他：“老本队长，赌点猪肉度荒月天吧，刚才瓜子一口气估赢了十几斤肉！”瓜子曾是他们生产队的插队青年，现在做些生意，结婚生子了，日子过得蛮不错。

听到了估肉的招呼声，老本的心头痒痒的，但揣摩着裤袋里的钱，他又犹豫了。这钱是买化肥的，卖了几十斤玉米才换得的五元钱，老婆正等着呢！他扭头想走，招呼的声音又响起。毕竟是猪肉的诱惑太大了，他横下一条心，来到猪肉摊前：“估！赢得的猪肉你怕吃肚痛嘛！”喜滋滋地叫屠夫割猪肉。屠夫手起刀落，随意割下一块肉，问他重量时，他自信地掂了掂说：“一斤半！”屠夫称了一下，说：“一斤三！你看，秤平平的。”输啦！旁边有人帮腔道，三七二一，三一得三，五角一加一块七，老本，快拿钱来，输了二块二角一！眼见五元钱去了一半，他脸变青了，无话可说，抖着手拿出钱递了过去。“还估吗？”屠夫边找小票，边得意地问。“估！卖崽何必摸头！”他赌红了眼。谁知，又输了，还欠屠夫两角钱！他抖着手，铁青着脸，无精打采地走了。到了家里，老婆正等着他买化肥回来壅玉米地，没有见化肥，焦急地问，他却不说话。有几个不懂事理的小孩跟着回来看热闹，把经过告诉他老婆。他老婆气得晕倒在地，哭天喊地地和他大闹一场，差点离婚。

老本队长走到这步田地，用他的话说，就是“亏就亏在一头牛上”。原来分队的时候，他是分得一头大水牯的。生活窘迫的他，“割”点“尾巴”解决窘迫之难，就把大水牯卖了，想买一头小点的。谁知那个帮他卖牛的，把他的牛卖了，却只给他一半的钱，还欠他两百多块钱。两三年后，他才追回剩下的两百多块钱。此时，牛已贵了，他要买回和原来一样的大水牯，至少得要 1800 元。没有办法，他只好买了一头老牛。老牛买回来没多久就病了，拉肚子，满家都是屎，医治不好，越来越瘦，死了。本来卖死牛也还有 100 多元，买一头牛仔，养它一两年，也可以用得的。他却不是这么想，今天二斤酒，明天一斤肉，又把这些钱散掉了。如今身上莫说一两千元，就是一二十元也拿不出来。“嗨，火都黑了，何必还去吹灰？”牛是农家宝，作为曾经的生产队长他心知肚明，只是如今无能为力，他很失望。

本来，老本应该是很有前途的一个人。小学毕业的时候，他的各科成绩都很好，曾以优异的成绩考上初中。只因家里太穷，从此辍学在家，参加生产队劳动。如果能有机会读书，他是可以改变命运的。然而，人生不能再版，只能沿着自己的生命轨迹走下去，直至终老一生。这就是命！

四

立秋将至，家家抢水插田。天堂水库的水，沿途数十里水渠层层被截流，到北山时已是尾水，尤其宝贵。谁都心里明白，过了立秋不插秧，就意味着减产，甚至颗粒无收。于是，为了水，哪家男人不是通宵达旦去守水，怕错过轮到自己要水的时辰又被人家偷偷地截流。为了水，街坊邻里间发生吵闹已是平常事。正因为得不到足够的水插田，相当多的农户不给水库缴纳水费。农民说，田都不得插，你还来要水费？说我们抢水，你水管员都不安排好，怪哪个？钱，你们又晓得要！

一天晚上，蓝建忠去看田水，他朦朦胧胧地看见一个人影在晃动，好像在开他的田水。他急忙跑过去，低头一看，原来是当年的大队革委会主任。建忠“喂”地一声，笑着说：“主任啊，莫这样搞啵，我塞水还没得一个钟头！”主任抬头见是建忠，理亏地“嘻嘻”两声，急忙把水沟缺口塞上，无可奈何地站了起来。如今都是一样的普通社员，为了生活而奔波，没有了昔日的等级与地位。

包产到户后，有劳力、有亲戚的家庭就好一些。家家户户抢水插田，找人帮工也难。只有困难户才来帮工，每天除吃两餐外，还得一元钱（有的户主给三斤米）。这样一来，困难户则更加困难，因为他们总是帮别人抢收抢种，自己却误了农时，致使收成很不好，甚至颗粒无收。买油盐的钱都没有，只能靠打短工过日子。越穷越帮工，越帮工越穷，成了恶性循环。

正在抢水插田之时，郭亮球的耕牛病死了。这个时节，哪家不用牛，哪家肯借牛？即使借得耕牛来，也不敢放心用，怕累死在自己的手里。他万般无奈，只好跑了三十多里山路，到北牙瑶族乡的外家去，恳求岳父帮忙渡过难关。立秋那天，他的岳父带着几个亲戚，扛着犁耙，赶着耕牛，翻山越岭来到北山帮助女儿女婿。街坊父老见了这一阵势，都很感动。有老人感慨地说：“现在只有求亲戚了。亮球这个外公佬真好，听说他们的玉米也还没有收完，就先来帮姑爷了，难为啊！”亮球说，等插完田后，他和老婆又去帮他们。

五

分田到户那时候，最难分的是好田好地，人人当仁不让，“大伙不过年”。七队有一块旱涝保收的圩边田（底下塄旁），竟丢荒了三苗无人耕种。因为分田的时候，家家户户都争着要这块九分田。本来抓阄（抽签）分配是大家公认的最公平的办法，但到了这块田就行不通了，谁也不相让。最后，全队几十户人家参与分配，平均每人分得四厘。四厘之地盘，可谓全中国最小的责任田了，谁也无法耕种，只能丢荒！

九队的文化室，两眼头房屋，是分田到户后仅剩下的集体财产，队里作价准备卖给社员。因为正当街口，是个生财之地，许多社员都争着要，有几家还准备了现金。唯独一块“唐僧肉”，小队领导不能私下决定给某人，只有采取抓阄的办法。当晚的社员大会，是邵启跃、启进孪生兄弟挨家挨户去通知的，他们并不知道房屋抽签的事，而是按照队长说的“叫社员来分黄豆”。

社员大会就在原先的文化室召开，这是最后一次全体会议。会议已经开了许久，兄弟俩才从外面玩回来，正赶上队长做签。社员梁小仁打趣地说：“启进，要房子就抽钩啵，要不然又讲不给你晓得。”“哦，抽钩要房子嘛，好事，好事！”邵启进糊里糊涂地从自己脚边捡起一粒纸团，打开一看，突然狂喊：“我……我……我中钩了！”“莫乱喊！”队长制止他。“不……不……不信，你……你看！”启进本来就讲话结巴，现在高度兴奋则更卡了。队长一看，竟傻眼了，不觉愣在那里，久久说不出话来，整个会场顿时鸦雀无声。短暂的沉默之后，爆发了热烈的鼓掌声，人们都为启进中钩而高兴。然而，欢呼之后不过几秒钟，就传来了一些人的奚落声：“启进，你家穷得叮当响，买得起吗？”“明天晚上要交 600 元，过期无效！”“还是让出来吧，得点挂红（红包）也好！”然而，不管怎么说，邵启进都没有让，而是回家和父母商量。

散会之后，当晚就有人来串门了。有人劝启进：“给你挂红 50 元，让给我吧！”有人则说：“你退给我吧，给你挂红 100 元！”听了这些人的恳求，启进一家人更觉得此屋金贵了，但又无奈地为钱着急。情急之下他们想到了堂哥邵聋子来。邵聋子一家和他们同住一个祖屋，人口众多，毕竟拥挤了些，两家都想分出去，只是没有条件。如今老天赐福，怎么能错失良机呢？邵聋子在石别街作泥水匠，手头比较宽裕，启进之父邵奇香连忙去找邵聋子想办法。

没有见邵家拿钱来，许多人以为重新抽钩有望了，催促队长赶快开会。社员们来得很早，来得很齐，大家都想看看今夜“鹿死谁手”！队长正在宣布开会的时候，邵奇香和邵聋子走进了会场。会场骚动了，人们议论纷纷:“邵聋子来了,重新抽钩没有希望了!”“回去睡觉吧,该是人家的,还是人家的,命里注定!”“不要总是看‘衰’人家,石头也有翻身日,人穷命不穷啊!”许多人拿起了小板凳,离开了会场。

邵启进家买下了这两间屋,把门前的空地铺平,用来保管单车,每个圩日收入也有五六元。一年下来也有好几百元补贴家用,温饱已不成问题(那时候当干部每月只是三十多元,他们保管单车比干部收入高)。供销社职工老涂想拿自家的几间大瓦房与之交换,要门面做生意,启进却不干。他说:“你……你老涂的门口能生钱吗?而我……我的能,我的是……是摇钱树哪!”几年以后,房屋升值了,他家也赚了一些钱,于是,卖掉了这房屋,到庆远镇买房子定居县城,成了城里人。现在邵启进家的平房已变成了钢混结构的九层高楼,在宜州区豆腐桥一带也算屈指可数的高层建筑。

六

新中国成立后,全国进入计划经济时代,从1953年开始,国家在农村实行粮食计划征购,在城市实行定量配给政策,简称统购统销。那个时代物资极度匮乏,为了平抑物价,保证人民基本生活必需品的供应,全国实施国务院颁发的《市镇粮食凭证定量供应暂行办法》,粮票从此应运而生。其后,各种票证相继融入人们的生活,人们在合作社或供销社凭票购买粮食、副食和布料等生活必需品。在统购统销环节中,农民需要向国家上交公粮,供国家统一分配。虽然制定的是“暂行办法”,但却创造了中国长达近四十年的“票证时代”,直到改革开放后,票证才逐步取消。年岁稍大些的街坊兄弟都知道,我们曾经有粮票、肉票、糖票、布票、酒票、豆腐票、菜油票、煤油票、肥皂票、棉絮票、毛线票、火柴票、手表票、针织品票、自行车票、缝纫机票……几乎买什么都要票。那时的北山也不例外,就说吃肉吧，只有城镇户口（即非农业人口）每个月每人有半斤肉票，农村户口是没有肉票的，吃肉靠的是卖猪或卖粮后所获得的奖售。因此，得到肉票的家庭都十分珍惜，一般都是选购“肥猪肉”，如板油、盘肠油、肋条肉等，不愿买五花肉、腿肉等。因为肥猪肉可以用来炼油，保证一个月家里煮的青菜、萝卜、腌菜等不断油腥。农民家庭则更苦了，并不是家家户户都能养成生猪过年的，相当多数的人家煮菜没有油，有的也尝试以蓖麻籽舂碎代之，但吃多了也不行，会使人头晕。条件好些的农户，时常有一些花生、黄豆做菜，在当时可算“小康”了。

分田到户以后，自由市场开放了，农民耕种的粮食多了，家家户户养猪，可以自由上市买卖，北山市场很快活跃起来。每个圩日至少有上百头的猪上市，大块吃肉，大碗喝酒，对于哪家都不是问题。由于人们已不需要国家凭票供应粮油、猪肉等生活必需品了，最先倒闭的单位是粮站和食品站，他们的职工成了第一批下岗人员。有个员工感慨地说，我因为做老师表现得好，领导才调我来食品站工作的。曾经的香馍馍变成了狗屎堆，能怪谁呢？当然，也不乏有本事的人。北山粮站散伙以后，该站的一个职工自己搞了一个粮油经销部，生意红红火火。他曾告诉笔者，现在他经手的粮油食品，数量比当年北山粮站的多得多。“现在做生意比以前方便多了，好做多了，春节前我在网上交易，江西的粮贩子马上就用大卡车把粮食送到北山来，验货以后才付款！”他对粮油生意充满了信心。

……

分田到户已经过去三十余年，风风雨雨一路走来，经历了多少事情，多少艰辛，只有一路走来的北山人知道。他们谈到几十年来的生活变化，最后归结为一句话：没有改革开放，就没有我们农民今天的好日子。话很朴实，就是这个理！

原载作者作品集《北山忆事》

韦国良

韦国良

1953—2010。出生于一个普通的农民家庭，20 岁任过人民公社时代的生产大队卫生员。1974 年至 1976 年被推荐到河池地区卫生学校就读。毕业后在乡镇卫生院工作 9 年后，调入宜山县委宣传部任报道干事，1995 年调入《河池日报》。曾经四次获得广西报纸副刊好作品奖。出版报告文学集《大道坦途》和散文作品集《长在山上的芦苇》。有作品选入《中华当代散文大观》。

聂震宁　从宜州走到北京的卓越行程

掬几把清溪汇入文化长河

眼镜·风衣·犁头村

聂震宁　从宜州走到北京的卓越行程

在 2002 年 11 月 1 日举行的地级河池市成立庆典大会的特邀名单中，我见到了聂震宁先生的名字。

聂震宁先生曾先后担任漓江出版社总编辑、社长，广西新闻出版局副局长兼广西出版总社副社长，人民文学出版社社长、党委书记、总编辑。2002 年 4 月，聂先生新任中国出版集团党组成员、管委会副主任。经了解，新组建的中国出版集团，下辖人民出版社、人民文学出版社、商务印书馆、中华书局、三联书店、人民美术出版社等二十多家出版单位（包括二层出版社）以及新华书店总店、中国图书进出口公司、中国出版外贸总公司等三家大型图书发行机构。作为主管书报电子音像出版的聂震宁先生，因有要事未能回乡，遂从首都北京发来贺电，祝福这片生活着三百七十八万人民的河池家园繁荣幸福，并深切地表达了他对家乡河池的思念之情。

具体地说，由地级河池市代管的宜州市，才是聂震宁先生的家乡。我在宜州市委宣传部工作九年半的时间里，曾无数次穿行于那条称为县前街的小巷。偶尔中的偶尔，见到在街巷中散步的聂母，正是这位每一丝眉毛都透彻着慈善的老人，将他的儿子，杰出的作家、出版家聂震宁，与我们宜州、与我们联系在一起。

聂震宁的出生地是千年古都南京。一场变故，不仅使年幼的聂家兄弟姐妹六人失去父爱，而且侵害了聂母的人格尊严，于是，这位慈母把天大的痛苦深深地埋在心底，带着一家老小举家搬迁转回娘家宜山（现为宜州）定居生活。

经历了“文革”停学，到农村插队，以及到六九二七工程当民工等诸多的经历之后，聂震宁用他的诗歌敲开了宜山县文化局的大门。政治清明的艰辛之旅一步步地向前挺进。偏僻边远的河池也出乎意外地拥有广阔的文学天空。在此期间，调到河池地区文化局担任《金城》文学杂志小说编辑的聂震宁，与主编蓝怀昌，副主编韦志彪等人一道，将小小地级市的文学刊物《金城》办成影响全国的名刊。每期发行量，由最初的三五千册，突破到一百万册。在住房和办公条件都十分简陋的文化局，一张同样简陋的办公桌，一盏昏黄的台灯，伴随着聂震宁，坚定不移地向着文学高地进发。就那么短短的几年，聂震宁完成了从诗人到小说家的漂亮转身。并结集出版了他的第一部短篇小说集《去温泉之路》。

这是宜州籍作家的第一本小说集。

《去温泉之路》收录聂震宁最早的二十二篇短篇小说。其中有对政治劫难和民族命运进行哲学思考的《变婚记》（写于 1980 年 6 月），有赞叹白裤瑶民族兄弟古道热肠和淳厚美德的《老同古歌》，有翻译成英文的短篇小说《绣球里有一颗槟榔》（写于 1980 年 6 月），还有一组普通读者不容易读懂的《天界山森林随感录》。这些作品自觉或不自觉地将桂西北的山水田园、男耕女织绘制在中国南方的文学画廊里。聂震宁在小说集的《代自序》中言及："我以为，即便是当代重要的社会问题，倘若你对此并无深切、真诚的感触，倘若那问题与你整个艺术不能统一和谐起来，硬去写它，结果会怎样呢……文学要求我们的，是真诚，是独特，是真诚的独特基础上的深刻，是真诚、独特表现出来的人民性。"这话，至今读来仍然铮铮作响。

立足自我体验，贯穿真诚和独特的《去温泉之路》，既为聂震宁冲击全国奠定了坚实的基础，又可视为河池作家献给二十世纪八十年代的优秀文本。

2002 年 11 月，我终于鼓起勇气给远在北京的聂先生打电话，请他接受一个崇拜者的造访。公务极其繁忙之中，聂先生一而再，再而三地给我提供了电话访谈的机会。用他那厚重的桂柳乡音，一一回答了我所想了解的事情。继而，他又给我发来了一份传真，对电话采访的内容，作了简明扼要的补充。

有了电话访谈，又有了传真材料，我想，我可以开始动笔了。

在五六年前，我便萌生了自费出版散文集的念头。这本散文集，将用较多篇幅来写录本地的文化人士，想来应该是毫无疑问的。或者说，在我所认识的并熟悉的文化人士中，聂先生的成就应当是顶级的。所以，我很想借助聂先生的显赫名声和闪耀文光，来激励我的文学创作，来提升我散文集的档次。所以，我一直在等待和寻找撰述《顶尖人杰》一文的时机。

这个时机，终于让我等来了。

对于我来说，这个时机，有如上苍安排，本以为是难于上青天的路途，一下就变得通畅坦荡。

聂先生说，文学是人类精神生活中不可或缺的一部分，是与人类同在的，只要有人类在，就有文学在，它是一项永恒的事业。

电话采访所得到的材料毕竟有限，真正动起笔来，还得充分利用平时收集到的文字资料。面对这些文字资料，我顿时感悟到，聂震宁先生简直是为了文学才来到这个世界的。

在鲁迅文学院就读期间，聂震宁加入了中国作家协会，并先后创作了《山魂》《暗河》《云里雾里走马帮》《岩画与河》《黑森林白姑娘》《墨玉手镯》《土牢山之死》等中短篇小说。其中《长乐》及长乐系列，引起了中国文坛的惊异。五千余字的《长乐》，借用“凡二千零九十一年之历史”的宜州之风土人情，淘洗了“长乐城郭”的千年积淀，敲击了“现代夜郎”的扭曲灵魂，疗救“长乐群体”的沉疴顽疾……

《长乐》首发于 1986 年第 6 期的《人民文学》，后由《小说选刊》1986 年第 11 期选载，入选《1986 年的短篇小说选》，并荣登广西首届铜鼓奖的“金榜”。《人民文学》资深副主编崔道怡在《在合订本作证——〈人民文学〉40 年》一文中，特别提及《长乐》，由此可见，《长乐》的非同凡响和延绵余韵。

后来，广西民族出版社（责任编辑冯艺）为聂震宁编辑出版了第二本小说集《暗河》；1993 年，广西师范大学出版社（责任编辑肖启明）出版了聂震宁的第三本小说集《长乐》。

我刚进县城那年,在一座与宜州翼王府旧址不远的旧木板楼上，曾两次见过聂震宁。当时他已考入了中国作家协会文学讲习所，即后来的鲁迅文学院。偶尔回乡，行色匆匆。而真正认识聂先生，则是在“宜山县文学新闻培训班”。这是在二十世纪的八十年代，我和谢树强一起策划，由宜山县委宣传部和县文化局联合举办的，一共办了两期。时任大型文学期刊《漓江》副主编的聂震宁和广西著名作家韦一凡、潘荣才等都应邀前来讲课。在此期间，我得以近距离地结识聂震宁，并被其豪爽的俊杰气质、充满智慧的纵横论说、举重若轻的人格魅力所服膺。没有豺狼的草原，鹿群将会渐渐衰亡。同此道理，文坛也是一样的。没有强劲的对手，沉溺在自我陶醉中的作家的艺术生命力必将衰竭。当时聂震宁先生给我们讲述的“狼与鹿”的故事，至今犹在耳边回响。

培训结束后，聂震宁先生多次将以季度为周期出版的《漓江》寄给我。我也一直把这些刊载有不可不读的长篇小说《魂断孤岛》（蓝怀昌著），中篇小说《么佬人》（鬼子著）、《酒歌》（韦优著）等作品的多本《漓江》收藏起来。

尚未完成鲁迅文学院的学业，聂震宁因漓江出版社的工作岗位迁往桂林。随之，北京大学又把聂震宁等就读于第八届文学创作专业的青年作家们转进北京大学中文系。到了 1988 年 7 月，聂震宁以优异的成绩和出色的文学作品，获得了北京大学的文学学士学位。

也是在 1988 年，聂震宁成为中国作协颁发的首届“庄重文文学奖”的获得者。

人生长路，前途未卜，每每转换角色，便仿佛遇上扑朔迷离的十字路口把握不住自己，甚至是迷失自己。而坚忍于己、豁达于世的聂震宁，每一次角色转换，都是凭仗自己的才识和脚力，踩出一条异乎寻常的路来。

与宜州相比，与金城江相比，桂林的文学天地无疑要广袤得多。而且，经过系统研究文学创作理论的新锐作家聂震宁，在广西文坛有重量级领军气魄的文学骄子聂震宁，却面临一场严峻的考验，遭遇一次职守的转变。由此，我们不能不遗憾地看到，被刊物编务和出版管理紧紧缠身的聂震宁，已经无从分心分神来创作小说。对于从文学家换位到出版家的聂震宁来说，有失也有得，有苦也有甜。由他策划的《〈聊斋志异〉评赏大成》夺得了第二届国家图书奖；《文科知识百万个为什么》夺得了第五届中国图书奖。另外，他带领漓江出版社“实行整体化经营，进行系统性改革”的机制创新，不仅使出版社走出了管理和效益的困境，而且在国内外打响了出版社的品牌。1995 年，他荣获自治区人民政府授予的“有突出贡献科技人员”称号。后来，他以骄人的出版业绩以及卓越的文化造诣，成为享受国务院特殊津贴专家。

闲暇的时候，我常常一个片断一个片断地回味结识宜州文化人士的景象。与诸位人士相比较，聂震宁总是在高起点的地方向前腾跃。

1996年8月至1998年12月，调到广西新闻出版局任职的聂震宁，在新闻出版的宏观调控和经营管理、教材出版发行、区级出版社重点图书的选题设计等方面，均有积极的作为和独到的贡献。还值得一提的是，他在《光明日报》发表的文学理论文章《再倡中国传统评点方法》，引起了海内外文学评论界的关注；《关于出版行政管理法制化的思考》《从系统工程看选题制订工作》等图书出版的理论文章，使同行们不得不刮目相看；刊载于《出版广角》的图书出版系列随笔《聂震宁断想》，则得到业内人士好评如潮。1998年，应美国新闻总署的邀请，出版理论和出版实践特有建树的聂震宁，以国际访问者身份赴美国考察。

正是因为有了这些厚实的理论功底，加上既深谙文学，又精通出版，于是，远在北京的决策层，就把手伸到广西来点名调将，把聂震宁调到人民文学出版社担当掌舵人。

聂震宁升迁北京的消息，很快便在乡人中传达开来，于是，我们这些见过世面少的宜州人，或者说是桂西北的文学爱好者，就只有从报刊上去读到聂震宁先生的行踪。在2000年第八期的《新华文摘》，我读到了聂先生的随笔精品《读者，你是谁？》；在2001年第一期《当代》的封二，我看到了聂震宁亲手给一代文豪、国家文化部前部长、获得《当代》文学拉力赛冠军的王蒙颁奖的画面；在2001年3月《文艺报》，我远距离地聆听聂先生所做的《永远行进在创业征途上——纪念人民文学出版社创业五十年》的重要发言。

聂震宁是第七任人民文学出版社社长兼总编辑。

原先肩负此职者，依序为冯雪峰、巴人、严文井、韦君宜、孟伟哉、陈早春。他们均为文学界、出版界德高望重、声名显赫的人物。宜州人聂震宁初上京城，或者说是广西人聂震宁入主国家级文学出版社，这就不可避免地际遇那些轻视和挑剔的目光。

面对那些轻视和挑剔的目光，广西人聂震宁对中国文学出版界

“龙头老大”开出了“温补之药”——明确责、权、利协调管理机制，推行整体化经营，优化图书结构，强化品牌意识，改善与作者、读者的关系等，最终着眼于社会效益和经济效益的双丰收。在三年半的任期里，聂先生策划“百年百种优秀中国文学图书”评选活动，接着又联合五家出版社一次性出齐一万套“百年百种优秀中国文学图书”；为顺应素质教育要求，他组织力量精选精编《中学生课外文学名著必读丛书》，2000年发行达八千万元码洋，2001年达五千万元码洋。仅此一项，就使人民文学出版社增添近三千万元的效益。他拍板付梓的长篇小说《张之洞》，首印八万册，一售而空，后来又加印了三万册；他敲定的《日出东方》《历史的天空》获得第八届精神文明建设“五个一工程奖”；他提出重大修改意见并对修改部分感到满意后才出版的长篇小说《绝顶》（张海迪著），首印五万册，销售也格外满意。特别是他主持引进并设计营销方案的英国儿童长篇小说《哈利·波特》，在中国大陆掀起一股空前的少儿课外阅读热，发行码洋突破一点五亿元。他的版权引进和营销策划备受业内人士推崇。据调查，全世界发行《哈利·波特》四千七百万册，中国大陆发行了六百万册之多。

他提出的“挺拔主业，优化结构，强化品牌，丰富品种，加大市场覆盖面”的出版思路，引领员工拥潮而进，踏歌而行——全社用纸量由1998年的五点四万令，猛增至2001年的十六万令，2002年有望突破十八万令；全年发行码洋由1998年的六千二百八十万元，猛增至2001的八千八百九十六万元，2002年有望突破一亿元大关。

生活以及工作都在一个单位里，做事和做人很难周全。

似我等性情局促之人，常常顾及做事或者是做事之中，却对做人造成了硬伤。而在聂先生的行程中，做人做事均可谓至善至美。

对文友，对同事，对前辈，无论远近，无论亲疏，聂震宁均热情如火，格外友善。“流浪记者”韦驰在桂林断粮，聂先生解囊相助。张海迪的《绝顶》眼看面世无缘，聂先生细读后，亲自给她提出了修改方案……老社长严文井小憩的沙发破旧得不便起坐，聂震宁登门拜访时看见了，就给老社长送了一张新的。聂震宁还在老社长严文井“八八米寿”时，带着出版社的同行们，给他送了祝寿的花篮和蛋糕。韦君宜老社长久卧病榻，聂震宁常往探视。曾长期担任人民文学出版社副总编的著名作家、翻译家楼适夷逝世，尽管他生前曾留下不举行遗体告别仪式的遗嘱。但聂震宁心想，这样受人敬重的文学老人，作为后人的我们，岂可不带着我们的哀思送他一程啊！于是，聂震宁亲自策划、组织了楼适夷的遗体告别仪式。经过聂震宁的策划、组织，楼适夷的遗体告别仪式特别隆重，曾庆红、乔石等中央领导，以及中组部、中宣部等部门都送来了花圈。

在倾尽全力做事、宽广胸襟做人的同时，聂先生继续刻苦“修身、立言”。在主政人民文学出版社的日子里，他不仅顺利完成中央党校法学理论在职研究生学业，连续发表《建设可持续发展的现代出版企业》《创新，文学出版的生命》《面向21世纪的版权贸易》《构建“国际版权营销”新概念》《一部超级畅销书的生命工程》等论文，而且应邀出席新加坡“世界华文书展研讨会”，并登台做了题为《从挑战走向联姻——网络出版与传统出版关系之考察》的演讲。他的演讲赢得了各国学者、专家的称赞。他还应邀赴日本文化研究中心演说《泛道德主义的激情与悲剧》，演说文稿在日本有关刊物全文发表。

2002年4月，中宣部、国家新闻出版署组建中国出版集团。在人民大会堂举行成立大会，由聂震宁主持会议，加上参与操办组建前后的许多重大事务，使这位宜州出身的出版官员有了更多的磨炼的机会，而后他被任命为中国出版集团总裁。那年12月4日至6日，聂震宁主持出版集团出版工作会议。与他的同仁们一道，精心打造中国图书出版的“航空母舰”，将总资产五十多亿元，据评估后连同无形资产至少三百亿元的中国出版集团，推上“世界级出版社”的竞技场。

棋妙胜局多，世远世界阔。新的征程，又在等待着坚忍于己、豁达于世的出版家聂震宁。

在北京握手时，聂震宁再三叮嘱，切不可以“顶尖人杰”这样过头的溢美之词，故而，完稿之际，我忍痛将原先颇为得意的标题：顶尖人杰聂震宁，改为现在的标题：聂震宁　从宜州到北京的卓越行程。

原载于作者作品集《长在山上的芦苇》

掬几把清溪汇入文化长河

拜访宋安群先生的念头，大致已经酝酿了七八年之久了。2000年12月，“桂西北作家研讨会”在河池师专举行，宋先生应邀与会。晚上，我到宋先生下榻的宾馆，想趁此机会采访。但宋先生忙于改写《瓦氏夫人》，未能如愿。后来，在师专图书馆的帮助下，我复印了宋先生的一沓作品，并很快细读了这些复印件。有了这些案头准备，本该尽快到桂林近距离欣赏先生在剧坛、文坛和出版界躬耕的剪影，然而却一直没有机会。

眼看一年半载过去了，我想，既然没有近距离接触宋先生的机会，那么我就用长镜头眺望这位正在漓江出版社总编岗位上辛勤劳作的出版家吧。

一

生长在宜州的宋安群，“文革”动乱前毕业于广西师范大学，曾到广州部队某某基地做长期锻炼，后在河池当过教师及文化干部。1986 年调到漓江出版社，先后任过译文室主任、副总编、总编辑。就后两个职务来说，我们可以说他同样是从宜州走出去的著名的作家、出版家聂震宁的继任者。

作为出版家的宋安群，定有不少关于领军驰骋图书市场的精彩故事。据悉，在国内书市上颇有影响力的《赛珍珠选集》（五卷本二百五十万字）、高尔基文集《童年》《在人间》《我的大学》等丛书，及文学名著，就是他组织编辑力量出版的。这种一年四季都忙碌的活路，与农家耕田种地没有多大的区别。只不过农家引水戽水是为了滋润禾苗，而宋先生不懈掬来的溪水，汇入的是浩瀚无际的文化长河。

很遗憾，我的书橱上，漓江出版社出版的书，数来不足三十册。一本本地翻看，注明组稿编辑宋安群的有《高尔基传》（瓦季姆·巴拉诺夫著，张金长、李业勛译），注明宋安群为责任编辑的有《魔沼》（乔治·桑著，李焰明译）……《爱经》《魔沼》，则一直未及细读，想来似乎是对不住宋先生。

不过，对宋先生创作的文本，我是不敢马虎的，特别是他的剧本，充满情趣和机智，极富阅读力。读到精彩章节，甚至会情不自禁随剧情去想象舞台演绎的悲欢离合。

二

出自宋安群之手的剧作，在河池地区非同寻常，在广西也大有名望。现在珍藏于河池师专图书馆的宋安群剧作大致有十来部。透过一碗狗肉窥干群关系的彩调剧《欢迎欢迎》（载《广西群众文艺》1981 年），获广西专业文艺汇演剧本创作三等奖；具有寓言意象的《武大郎》（载《金城》戏剧增刊）及独幕话剧《啊，丽丽》（载《广西群众文艺》），分别获得河池地区 1983 年专业戏剧剧本创作二等奖和三等奖。接着是反映瑶家生活变迁和观念更新的独幕歌剧《酒香甜蜜》（载《影剧艺术》1983 年），笑看现代社会美丑倒置的歌舞喜剧《爱神开的玩笑》（载《影剧艺术》1986 年），围绕生育展开的闹剧而反讽世事的歌舞喜剧《要男生男要女生女》（载《喜剧世界》1989 年），还有获广西学校戏剧丰收奖的儿童歌舞剧《苹果树小姑娘》，如同一簇簇与长路为伴的灌类花丛，在社会转型前期及初期迤逦绽放，带刺的令人警悟，带香的令人欢欣，或者，像火把烧灼人们的胡子，似清风拂去人们身上的纤尘。

就厚重而言，当数壮剧《瓦氏夫人》（载《影剧艺术》1988 年）、八场歌剧《杨贵妃》（载《金城》1985 年）及五场歌剧《长发妹》（载 1985 年《金城》戏剧专号）。

宋安群主笔的《瓦氏夫人》，曾作为广西壮族自治区成立三十周年庆典节目隆重推出，并由广西电影制片厂制作，广西电视台、中央电视台播出。荣获文化部、广电部、国家民委联合授予的剧本铜奖、黄河杯奖、影视骏马奖。2001 年，《瓦氏夫人》获得中国曹禺戏剧奖。2002 年，《瓦氏夫人》由国家级戏剧期刊《剧本》杂志 8 月号发表。

此外，宋先生用四年的业余时间写成的《人之初》（五场音乐剧），发表于《剧本》2002 年 6 月号。此剧作融远古与当代于一卷，人神共舞，百兽同台，歌星、模特、宇航员、运动员穿行其中，神话艺术、哲学、科技、日月山川、地球村纵横捭阖如同览胜……这，无疑又是一部堪称精品的杰作。在二十一世纪初叶，宋先生捧给中国剧坛这卷厚重的音乐剧，或许会成为某种经典。

一年当中，有两部大戏荣登《剧本》，莫说是广西级剧作家，就是国家级的剧作家，也是凤毛麟角。

1998 年付梓的《宜州市志》，选录聂震宁、谢树强的小说，饶韬的散文，韦照斌、张丽萍、唐建国、徐著文、绵林添的诗歌，肖丁三的民间故事等等，但却未见选录宋安群的作品，显然是疏漏了。依我之见，理当选录宋安群的剧作。既不至于疏漏宋安群，又不至于疏漏了戏剧这一艺术品种。古郡宜州，本是个戏剧之乡啊！

三

宋安群的小说散见于区内期刊。我自费复印在手的有《绿色城里的悲剧》《瑶王的葬礼》《达努节的铜鼓声》《红嘴绿鹦哥》《太阳和月亮》《山神的女儿》，未能复印的有中篇小说《獴》《瓦氏夫人》。

宋先生曾谦逊坦言："对我发表过的作品，仅敢敝帚自珍。其价值仅在于通过它们可以回忆自己谋生、生活和思索、梦幻的历程。而绝不期望社会予它们以什么承认，因为不会有人记住它们，甚至根本没有人读过。"正如先生所言，以上诸篇小说，过去我确实未曾见过，至今读来，难免就有了时代的距离感了。当年那种"文学复兴阅读激情"转向如今这种"文学过剩及阅读疲惫"的巨大差异，在一定程度上，削减我对宋安群小说的解读能力。尽管如此，我还是在《山神的女儿》中读出了惊奇和震撼。

这部中篇小说，给人们展示了一幅以矿难事故为"小说核"的世象图景——358矿井（低位矿井）炸塌了358矿井（高位井），井底矿工遇难，尸骨难以拼凑。矿难惊动了高层领导，矿难之后有贪官在幕后交易……作品发表于1995年，时隔六年，南丹发生"7·17"矿井透水事故（也是炸塌），八十余名矿工葬身井下恶水，（也是尸骨散架，难以辨认），然而，地方官员却隐瞒真相（也是贪官在幕后交易），媒体曝光后震惊全国（也是惊动高层领导），再后来，涉案官员下狱……

早在六年前，宋安群就已经在小说中揭露矿难及矿难背后的官场腐败，由此可见，作家洞察社会的目光是多么的犀利！

四

编务之余，俄语专业的宋先生，调动平生所学，翻译了《俄罗斯情歌选》《爱河浪花》《七彩婚床》等俄罗斯诗文。另外，他先后发表于《漓江》《广西文学》《出版广角》的游记、随笔和专访《跑了日本五座城》《在东京，有个池上正治》《抓拍：美利坚行踪》《欧行七国九章》《不是神话：丁绍光》《莫斯科的白嗣宏》，均为不可多得的好文章。

夏季的午夜，楼下茶庄赌酒闹酒的声浪一阵高过一阵，物质享受与精神享受就这样只隔着一扇窗户。毫无疑问，赌酒闹酒是纵情，是惬意，而阅读宋先生笔下的文字，却常常把心灵揪得悬悬的。从青春少壮到华发早生，从创作译作到编务出版，宋安群添加到文化长河中的清溪，或许不是用“一掬两掬”能够度量得准确的，而且，我这篇短文，其实也不可能达到全部涉猎“宋安群著述”的程度，最多是摸到一条“象腿”而已。

翻开大型文学停刊号（1998 年第三期），我的目光久远地盯住手中那根笔直如柱的杖木，以及那句“壮士断腕，凤凰涅槃……”的短语，一想，再想，像宋先生这样学识丰厚、文才过人的智者，尚且有如此美文佳作不为世人所读过和记住，尚且被家乡志书疏忽之际遇，尚且有“壮士断腕”之感怀，似我这样的毕竟浅学而且出身卑微的人，又怎能轻易脱逃困顿和无奈呢……

前不久，广西作协和漓江出版社联袂出版《广西当代作家丛书》，其中《宋安群卷》选收四部戏剧、三部中篇小说和三篇散文。趁应邀回来参加河池第四届铜鼓山歌艺术节之际，宋先生将印刷精美的《宋安群卷》馈赠于我，让我的生活又增添了一分意外的精神财富。正因为如此，我才敢于厚脸厚皮地在家乡长者宋先生的怀中撒了一次“野”，借他之文名来壮我的文胆，当然，还得请他海涵我这篇没有多少文采的所谓随笔。

原载作者作品集《长在山上的芦苇》

眼镜·风衣·犁头村

A篇 勤奋的耕耘者

他的名字叫谢树强。这个名字与憨厚、勤奋并沾着一身的泥土气息，一起闯进文学的大门。人们高兴地把他的名字与“农民作家”“南方山药蛋”连在一起。尽管他一再恳求人们不要这样“挂钩”，可他的确是以他的文学作品闻名于宜州、河池、广西。他那充满泥土气息的作品，一旦在报刊上发表，总会得到热心的读者的青睐。有人从广西之外的地方给他写信，热切希望得知他成功的诀窍，而他恰恰不会“传经送宝”。

他因为无心参加那场刚刚拿到初中二年级的课本就开始的“文化大革命”，便于 1967 年 1 月 1 日回到村里当靠工分吃饭的人民公社社员。因为早出晚归的劳作和艰辛，使他产生了要通过写作改变自己的生存环境的想法。

但是，在文学这块园地上的耕耘，同样不轻松，就连写稿的稿纸都难找。于是，他就从田头地尾捡那些做水泥袋、化肥袋的牛皮纸，洗净晒干后，订成一本一本的稿纸。也算是他的幸运，1972 年他被生产队安排到土桥水利工程做民工，因为他的文字被看中了，他被抽到工程指挥部矮山分部政工组写稿子。这才解决了稿纸紧缺的困难。有了稿纸的他，于是，就获得了水滴石穿的毅力。凭着这股毅力，他的处女作《少嫂》终于在 1976 年 8 月 13 日的《广西日报》的副刊《朝晖》发表了。再接下来，他的《花满枝头》《夕照青山》也分别在《广西文艺》《河池文艺》发表。经过几年的耕耘，他终于有了禾黄米熟的收成。

1979 年至 1981 年，他创作了《车平马稳》《喜叔卖粮》《春风送暖》《恭喜发财》，他的小说写出了农民想说而又没有地方说的心里话，因此他的作品就有了发表的园地。广西人民广播电台播过他的《车平马稳》；创办不久而连载过周克芹的长篇小说《许茂和他的女儿们》的《中国农民报》，也发表过他的小说《恭喜发财》。文学创作，给他带来喜悦，也给他带来风险。1978 年，《宜山文艺》发表他的小说《春风送暖》。他在这篇小说中鞭挞了梨园生产队队长为当上农业学大寨的典型而发生了不顾社员群众死活的“农业学大寨，越学越古怪，明明减了产，还把‘双超’卖”的丑陋问题。由此，遭到位至县委常委、宣传部长的指责，甚至要对他进行“讨伐”。也是庆幸，当时，文学的春天已经来到了。只不过是这个春天，来到谢树强所处的宜山，只是慢了零点零一秒。当时著名的文学评论家、诗人王一桃（后移居香港），特意写了一篇评论文章《文学的功利和其他——评谢树强的短篇小说〈春风送暖〉》，为谢树强大鸣不平，谢树强才有了转危为安的改变。

他是个爱得很深的人，爱他的父老乡亲，爱他生存和耕耘的厚土——“犁头村”。这片厚土在长养着他的文字，1984 年，他参加河池地区文化局为期十天的文学创作改稿班创作的中篇小说《犁头村风情画》（漓江出版社出版）写的就是这片厚土和生存在这片厚土上的父老乡亲们。

他的文学作品，既有赞美歌颂，也有鞭挞的抨击，鞭挞腐朽和落后。在《户户春光早》《远亲近邻》《党叔》《梆子媳妇》等篇章中，他以一个知心人的热肠，提醒那些狭隘的队长和心眼不端者，不要把自己禁锢在寸步难行的胡同里。其中含有他的期望，他期望田好地好、山好水好人更好。

当然，人们同样对他充满关心和期望。从中国作协下放到广西文联的文艺研究室主任王敏之，在谢树强的文学创作正拔节吐翠的时候，在《小说月报》上介绍广西文学创作方阵的时候，也把他列入在文坛争锋的“文学桂军”之一。1982年春，时任广西作协副主席，因发表诗歌《回音壁》而轰动全国的著名诗人包玉堂和后来任过《河池日报》副刊部主任的韦照斌两位文学前辈，共同推荐介绍他加入广西作协。1985年春，通过文化考试，他被吸收为文化系统的专职干部。

在走上文学创作的这条道路上，他总遇到人品、文品都可尊为大师、文友的诸如《河池日报》副刊主任韦照斌；先后担任过漓江出版社总编、社长，广西新闻出版局副局长兼广西出版总社副社长，人民文学出版社社长、党委书记、总编，中国出版集团党组成员、管委会副主任的聂震宁；以及《广西日报》副刊部主任李延柱、《广西文艺》（后为《广西文学》）小说组组长凌永庆、广西人民广播电台文艺处处长蔺启山的热情帮助和提携。有人说他是梅花香自苦寒来，他则说花红全靠贵人扶。

他的妻子大字不识一个，但却是个吃苦耐劳的农村妇女。她肩挑着种责任田以及繁杂家务的责任。她在用她的劳作来支持谢树强的文学创作。可惜，她终生无法成为谢树强的读者，但她是谢树强身后的给力人。

“书山有路勤为径，学海无涯苦作舟。”他把这句话奉为座右铭。

我在完成这篇文字的 1985 年的夏末，他有幸被推荐参加广西作协第五期文学讲习班学习。趁此，我们对他充满期待，期待他的名字和他的文学作品蜚声文坛。

B篇　眼镜·风衣·犁头村

这应该是前世的缘分。

半个世纪前，谢树强的祖母坐一顶大花轿，嫁进本文作者韦国良的大表哥家。

国良所有的表嫂中最长寿的这位大表嫂，不仅繁衍了一个儿孙满堂的旺盛家族，而且使国良有幸成为谢树强的亲戚。满堂的儿孙中，谢氏老祖母，将欣喜的目光投给长孙谢树强。厚爱的理由十分简单，因为满门的种田汉，唯有长孙谢树强在文墨场上进进出出。

国良与树强情同手足，除此之外，更重要的，还是文学的缘分。十几年前（20 世纪 80 年代初，编者注）一个桃花盛开的日子，国良与谢树强在矮山公社大院相遇。当时享有农民作家盛誉的谢树强被临时聘为公社文化站人员。国良印象很深的是他的鼻梁上架着一副高度近视眼镜。许多年后，国良才感觉到，他的眼镜涌动着一条河流，一条无怨无悔的文学之河。

这条河流的源头在犁头村。

这里流淌着千古的秀水，聚居着千年的民族。禾黄稻熟，叶枯草荣，犁头村在季节交换中，疯长着无穷无尽的风月韵事，交错着恩恩怨怨的云天雾水。这些，似乎都被谢树强捕捉到了，并且，都走进了他的充满乡土气息的小说作品中。从 1976 年 8 月在《广西日报》发表的第一篇小说《少嫂》到前不久发表的《唉，父老乡亲》的十八年间（指 1976 年至 1993 年，编者注），他的文学作品无一不缭绕着犁头村的炊烟，无一不散发着犁头村的稻香，甚至在每一个词语里，都可掰出时而肥润、时而苦涩的泥团。

在谢树强的世界里，犁头村的一草一木，半块田角、一垄地尾，以及那些成群结队的鸡鸭牛羊和欢欣做爱的狗，都具有神奇的文学色彩。犁头村的日出而作、日落而息的父老乡亲，如瓦瓦、凉凉、喜喜、腊月、玉姑、翠、苦瓜叔、嘀嗨叔、扁担叔，以及生产队长、贫农组长、乡镇干部，都熙熙攘攘地走进谢树强的小说。瓦瓦、凉凉、腊月们的悲欢离合，在生生息息地热闹了犁头村的同时，也热闹了谢树强的短篇小说集《村丑》和中篇小说《村俗》（1993年10月号《广西文学》发表，编者注）。

以审美为视角的中篇小说《村俗》发表以后，一度引起了读者是是非非的议论，在喋喋不休的议论中，人们记住了诸多立体感很强的细节，记住了其中的哑叔和水莲，记住了的麻女和小土……

每每下乡，国良都喜欢带上谢树强写的《村丑》和《村俗》。兴之所至，便翻开书页读几段给劳作之余的农民兄弟们听。每每读到一半，书就被农民兄弟们抢走了。大概是他们觉得，这样的书是为他们写的。

除了小说之外，谢树强还写了不少的报告文学。20世纪的80年代中期至90年代，报告文学异军突起，浩浩荡荡地推涌着中国商品经济时期的中国文学潮。胸中奔涌着激情的谢树强，在热烈中加入其中而出手的《马路男儿好风采》《江歌还在北角村》，连获《广西日报》的征文一等奖。

这两篇获奖的报告文学，是对社会变革和风云人物做出热切的关注并真诚的思考，显示了他非同凡响的实力。正因为如此，国良才有理由相信，谢树强的报告文学，也是桂西北文学长廊的重要组成部分。

近日冬冷，谢树强就披一件米黄色的御寒的风衣。

披米黄色风衣的谢树强，动态地展示了20世纪末犁头村的一道亮丽的风景。

原载作者作品集《长在山上的芦苇》

韦祖杰

韦祖杰

1965 年生，屏南乡新兴村新兴屯（旧称摩垌）人，大学本科，中教一级职称，河池市宜州区社会科学界联合会秘书长，河池市宜州区政协文史研究员，河池市宜州区作家协会主席，在《宜州社会科学》期刊做编辑工作。之前，曾在中小学教师及《宜州报》编辑、记者等岗位上供职。在《广西日报》《广西工运》《河池日报》等报刊上发表了不少小说、散文、论文。其中论文《以“歌谣”“碑刻”为特征的宜州文化溯源》编入广西人民出版社出版的《广西民族文化的融合传承与发展》一书。主编《宜州旅游景点民间故事选》；另有论文《宜州打造广西特色旅游名县的着力点研究》《精准扶贫背景下构建宜州“中国丝绸新都”研究》，分别于 2015 年、2016 年获得广西壮族自治区社会科学界联合会课题研究一等奖。

又是一年三月三

百鸟衣

又是一年三月三

过了春节，清亮柔软的细雨断断续续地半月十天从天空中飘洒下来，风也踏着早春的节拍，一改春节前的强悍凄厉，柔和地轻轻抚摸行人的脸颊。山色在细雨和微风中朗润起来，山间的溪水也渐渐地欢快活跃起来了，而那遍布村头田边地尾和山岭上的枫树，在不知不觉中，缀满嫩叶，让整个原野润染着光鲜亮丽的嫩黄。这时，在和煦的春风和如柳絮般飘飞的春雨里，又是一年的三月三来了。

今年的三月三，在春雨春风中如期而至，母亲蒸煮的五色糯米饭，又在遥远的记忆中散发出香味来。

打小记忆起，春节过后，生产队便安排春耕生产，父母又开始新的一年劳作，而我们兄妹几人又背着书包到村背南头叫作后林的地方上学读书——那里有个小学，开始春季学期的学习。

据外婆说，那里之所以叫作后林，是因为在 1958 年之前长着一片茂密的枫树林。每到春天，暖风吹过，枫树的枝干上便张开密密麻麻的嫩黄的树叶。从远处看，像一簇嫩黄色的云团悬浮在村南头。大炼钢铁那阵子，这片树林被当作炼铁的燃料砍伐殆尽，不复存在，只留下“后林”这个令人无限遐想的名字。

时光就是这样平淡无奇的流逝。突然有一天，母亲从野外撷回一小袋嫩绿的枫叶，从菜园里采回一小把红兰，又从厨房里灶边的墙壁上拿下一束去年从山上采回黄花时，我们几兄妹就知道，三月三到了，五色糯米饭准备开蒸了。母亲煮熟的红鸡蛋又能装进母亲编织的小网袋里，挂在我们的胸前，到小伙伴们面前炫耀了。于是，当晚母亲还在熬煮枫叶、红兰、黄花水浸泡糯米时，我们兄妹几人已经睡得甜甜的，不停地做吃糯米饭的美梦。第二天早上起来，飘香糯软的五色糯米饭和染上红颜色的熟鸡蛋、熟鸭蛋已经摆在厨房里。就这样，三月三的五色糯米饭在不知不觉中烙在我的记忆里，枫叶的清香慢慢地融进我的血液里。

今年自治区党委和自治区政府将“三月三”确定为广西民族传统节日，放假两天，我回了趟老家。母亲已经从当年我们心目中容貌小巧清丽的妇女变成皱纹密布的老太太了。见我回家，母亲说糯米饭已经蒸好了，鸡蛋也煮好了，你去吃吧。

糯米饭还是像往年一样，盛在一个簸箕里，红蓝紫黄白五种颜色耀眼有序地排列着。枫香氤氲，红兰馨香缕缕。我盛了一碗糯米饭，细细咀嚼。米饭依旧那么糯软香甜，含在嘴里，那枫香、红兰的馨香不停地钻进鼻腔，全身通泰，心旷神怡。

母亲说，今年的枫叶是采自外溪岸边外婆田头的那棵枫树。

我知道，那棵枫树是我读高中那年母亲栽种的。那年七月，我和母亲到外溪岸边外婆家水田收割稻谷，临近中午的太阳照得我汗流浃背，喘气吁吁。于是我就无意中说了一句，如果田头有一棵枫树遮遮阴就好了。“双抢”过后，母亲不知道从哪儿弄来了一棵枫树苗，种在靠近外溪的田塍上。枫树生命力极强，只要有水和泥土，都能生长。母亲在炎热的夏天种下的这棵树，第二年竟然成活下来，至今已有三十多年了，树干有成年人大腿般粗了。可以想象，母亲是无法攀爬上那么大的枫树了，她所采的枫叶是用绑在竹篙上的镰刀慢慢割下来的。她如此不畏艰辛的采集枫叶，就是为我三月三这天回家能吃上香甜可口的五色糯米饭。

我深深地吸一口气，慢慢品着糯米饭里沁入心扉的枫香，看着日渐衰老的母亲，眼眶不禁湿润了。

又是一年三月三。这个在生机勃勃春天里的节日，承载南方各个少数民族历史文化记忆的节日，它镌刻着我童年的欢乐时光和我成长的记忆，我注定一生背负着它前行，直至永远。

原载 2014 年 4 月《河池日报》

百鸟衣

中秋过后，天气开始凉爽起来了。

经过一个多月的广告宣传，10 月 18 日，票价不菲的大型壮族歌舞剧《百鸟衣》终于在宜州桂剧院上演。

歌舞剧《百鸟衣》原定于晚上八点开演，七点四十多分我就验票进场。此时，剧院内已经有好多人坐在位子上，等待舞剧开演。看来许多人对这歌舞剧充满期盼。

走到我的座位六排十五号时，邻座十六号已经坐上一位带一岁多小孩的女子。女子二十五六岁，穿着短袖衣，短西裤。那小孩很活泼，一点也不怯生，我坐下来不到一分钟，他就伸手拨弄我的衣服。

八点十分左右，舞剧开演了。

舞台上帷幕缓缓拉开时，舞台上华丽的布景，梦幻绚丽的灯光瞬间呈现在观众的面前。观众席上不约而同地为华丽的布景和梦幻绚丽的灯光发出一阵惊叹声。

随着剧情的发展，在音乐声中，一群演员饰演百鸟欢快跳跃，又引起观众席上一阵赞叹。观众惊叹演员们身段娇美、舞台造型精美和服饰的奇异。我想，今晚一千多人，大多数人都是仅仅陶醉于视觉的盛宴，忽视品味该剧壮族民间故事中古卡、依娌之间，为了爱，为了心上人的理想，宁愿牺牲自己生命的纯真凄美爱情。

果不其然，开演三十多分钟后，演员们不停跳来跳去重复动作，让一些人厌烦了，在我的前后排，开始有人离席出去了。

唉，艺术欣赏品位的形成，不是一朝一夕养成的，是长年累月培养陶冶出来的。

我正在感叹时，剧情演绎到古卡为了正义，为了保护美丽的凤凰，不惜以一人的力量与凶残的独隆英勇搏斗，最后重伤昏迷不醒。凤凰鸟为挽救古卡，忍住蜕变的痛苦，毅然褪下一身美丽的羽毛，脱胎换骨，变成人形，终于救醒古卡。

我正在全神贯注欣赏演员精湛舞蹈造型时，突然邻座传来抽鼻子的声音。我想，现在美女宁愿要风度不要温度，这回感冒了吧。一会儿，抽鼻子的声音越来越大，我感觉得有些奇怪，感冒不至于这么严重吧。就侧脸看，邻座美女在悄悄地用纸巾抹眼泪呢。后来剧情演绎到古卡要战胜独隆，必须穿上林中百鸟奉献出羽毛织成的百鸟衣，而百鸟衣又必须插上凤凰鸟的生命翎羽，才能具有战胜独隆的神奇力量。

舞台上，依娌为了古卡，不惜牺牲生命，执意要献出羽毛；而古卡不忍心心上人因此牺牲而拒绝。古卡、依娌相互缠绕，相互依偎，难舍难分。演员的舞蹈造型充分、细腻地表现出剧中人物万般痛苦之情。邻座的抽泣声越来越大，舞台灯光映射下，晶莹绚丽的泪珠，顺着俊秀的脸庞滑落……

剧情彻底打动邻座的心灵了！

现在，难得一位被剧情打动心灵的观众了。

后来我的一位朋友说，这剧情可能触动她的某根弦了……

百鸟衣的故事，小时候在夏夜的月下或冬夜的火塘边我就听我祖母讲述过。不过祖母嘴里的故事不叫做《百鸟衣》，而是叫《勒加和达巧》，故事情节也没有这么曲折细腻，但在朴质中也能彰显出纯真凄美的爱情。

原载 2014 年 4 月《河池日报》

韦庆木

韦庆木

男，壮族，1949年生于广西宜州三岔乡，中文本科(广西师大函授)学历。曾经当过小学老师、中学老师；1996年到河池师专中文系任教，2009年在河池学院退休。偶尔写一些散文和旧体诗，在校内的《河池学院报》或学生文学社团的小报发表。

遥远的美人河——寻踪天河

遥远的美人河

——寻踪天河

民国七年十月，张立纲陷天河县城……

——《罗城仫佬族自治县志·大事记》1993年版

还在我童年的时候，外祖母就对我说过，她本是天河街梁家一个小姑娘，是被张立纲抢劫来到宜山县三岔墟，送给我的外祖父的，那时她才十六岁。她还说了一些前前后后的细节，我因为年纪还小，都不甚记得了。但想象中，天河是一个遥远而神秘的地方。长大以后，我还时时记念着，只要一有机会，我就要寻踪天河。可是，天河虽不很远，我却一直没有机缘。几十年来，天河仍然是这样缥缈，像一个残梦，一个远去的背影。

最近，因公到罗城，我终于踏上这片久已神驰的“故土”。

汽车在崇山峻岭中蜿蜒盘曲的小公路上行驶。虽是金秋时节，山仍然很青，只是不见有河，连小溪涧也没见一条。山是一座连着一座。望着窗外颠簸的景色，我心中油然泛起一种无端的思绪：群山啊，你们为什么坐落在这里？你们为什么这一座连着那一座而不是连着另一座？这种命定的安排，可都是你们情愿的？你们是不是也像我们人类一样，有固定的户籍和门牌？假使换一个地方，你们会不会有不同的命运、不同的“人生价值”？比如我自己吧，我现在为什么跑来这陌生的地方？八十年前，我还寄托在自己母亲的身上，而我母亲又寄托她的母亲身上，她的母亲当年还是天河街上的一个小姑娘。我还在心里忖度和猜想，当年这小姑娘被人抢走的时候，是不是也经过我现在乘车所经过的这重重盘旋的山谷？假使当年这小姑娘压根儿不被人抢走，我现在又是个什么造物？

我甩了甩头，让自己回到现实中来。看看车上二三十位乘客，都很面生。或许，人生的路途，就是一连串陌生的因缘……

天河镇到了。我按照罗城县志办已经退休了的潘老指点的线索寻访了几位老人，他们都没能提供比我所知更多的历史情节，这使我生出一种若有所失的怅惘。最后拜访到一位姓邝的老人，是当年天河县地方官的孙女儿。可惜她当时也还幼小，所知也只寥寥——

那年张立纲打天河时，我祖父是在县衙里当统领。张立纲是半夜来的，他派人爬城墙跳下来，杀死守门的，打开东城门……那时我祖父养有一匹很好的骡子，性凶猛但懂人事，那一夜家里最先觉察骚动的，正是那头骡子。祖父发觉骡子奋蹄不安，知道事情不妙，立即把骡子放出报信，然后独自另路逃出……

所述颇有传奇色彩。而我要寻踪的那位“小姑娘”的遭遇，却毫无音讯。沧海桑田，外祖母个人的命运，不过是天边的一瞬雁影流霞罢了。

辞别老人，我走在天河老街上。东西一条细长的街道，大多仍是砖木结构的老屋，零零星星点缀着几家新建的楼房。居民似乎不多，使我这孤单的客人未免感到几分冷清和寂寞。小小一条街，居然是历史悠久的名城，不是说有一条很好的河么?

不觉走到街西的尽头。像卷起窗帘，眼前豁然出现一条美丽的河。怎么，心为什么怦怦地跳，跳个不停?是什么扑面而来，使我感到格外亲切?我曾经拜识过漓江、湘江、嘉陵江，都无缘目遇这样的顾盼，也从没有碰触过类似的感应!我坐下来，久久地定气凝神：一个石阶完好的码头，厮守着一棵根缠蔓绕的古榕；水边，绿衣红裙，是七八个女孩在洗衣；河里一座沙洲，几个青年在划竹排玩水。对河一个村庄，绿竹映掩，不时传来一声两声古老的鸡鸣。我找个适当的高点，挪了挪眼镜——

河流摇曳多姿，此时更带几分怯生生的娇羞。哦，天河。

“邂逅相遇，适我愿兮!”

天河县，大概是以水得名的吧。这样一条河，我相信是出美人的，三代两代，总会出生远近闻名的美人。野史传说，倾国倾城的美人，往往是一国一城的祸水。可是，那终究是旧时的传说了。我望着悠悠的河水出神。

下午三点，乘班车告别天河。再见吧，我一见如故的美人河。

原载1997年3月19日《河池日报》

谢少萍

谢少萍

广西作家协会会员，广西民间文艺家协会会员，鲁迅文学院1989—1992年作家班毕业。多年来先后在全国30多家省级刊物发表诗歌、散文、小说、戏剧、影视文学剧本逾500多万字，有些作品获奖或多种刊物多次转载。同时还在全球中文互联网和收费网站，如书赢中国、点小说、榕树下、投稿热线、黄金书屋、中国荐稿网、中国书生、白鹿书院、银河文学网、凤凰书屋、布老虎、创元网、亦凡公益图书馆、窗口、枫桦园、北美行等网站发表网络小说100篇，字数逾300万，有些篇章被一些网站作为重点文章保留并在收费网站推荐。在全国最大的文学网故事中国和雪晴故事网获得驻站作家的读者点击率排名前三，并有多篇被其他海外传统媒体选中转载。

城市的鸟群

城市的鸟群

虽然我自幼爱鸟，但是我从不养鸟，我认为养鸟是不道德的，我们不能强迫鸟儿为了定时获得黄澄澄的小米、蚂蚱和剖开的番石榴等食物而放弃任其自由翱翔宽广天空的权利。虽然一只做工精巧玲珑的鸟笼，里面有一只亭亭玉立站在一枝人造曲柳的横枝上，会唱歌、善解人意的小鸟，它像是戏台上的花旦，走着碎步，风姿优雅，憨态滑稽，让我心旷神怡，我会被逗乐。但是我知道，古话说："茶在树则生，离枝则枯；鸟在林则活，离枝则死！"尽管这小精灵成为人们的宠物，金笼玉食，但毕竟这一切都属于软禁。

我爱鸟儿，不管是夜幕犹存的清晨，还是夕阳西隐的黄昏，一有空闲，我总爱到附近的公园里去，在公园的湖边独自徜徉，去听那陌头鸟儿的啁啾呢喃，去看那低掠水面、轻盈飞翔的鸟影，看它们矫健的身影，匆忙地穿过弥漫着轻纱般的雾霭，消失在烟水凄迷的湖面上。这时，我就有一种难以言喻的舒畅感。

鸟儿在天空中飞翔，特别是在那万里无云的碧空，像随风飘散的一层落叶，翱翔着、旋转着、追逐着，然后一齐转弯，隐没在烟水凄迷的远山之后。鸟群翱翔在烟波迷漫的湖面上空，最令我神往的，就是它们飞翔时集体转弯的悠然。

有时，我会静静躺在公园的躺椅上，静静观看枝头一对对恩爱的鸟影，它们依偎在一株株袅袅飘拂的弱柳枝头上，互相用啄轻轻抚着对方胸脯和翅膀，或翘起脚后跟，侧着脸，用喙蹭着伴侣的脸……

鸟儿柔情蜜意地喁喁私语——

啊，鸟儿，你们在喁喁低声地倾诉点什么？

偷听鸟儿在树上谈情说爱，我自得其乐。

有时，我又在林荫道上徘徊流连，要么慢跑，要么散步，是的，这时我从来没指望鸟儿给予我任何的礼遇。这些小鸟，天天见面，不能算陌生了，有一种体形娇小，羽毛灰中带黄，茸茸的，小喙啄着草茎时，颈部灵巧地一扭，叫我想起甜美妞儿闹小性子的憨态。有另一种，它鲜红的喙，橙黄色的爪子，翡翠色的羽毛，头顶有一撮蓬松的绒毛，形成一个雍容华贵的头冠，宛如一个冰清玉洁的碧波仙子，头上披着一块随风飘逸的薄纱巾，飘飘欲仙。

每天就是它们，有时站在电线上，让人远远望去，仿佛是五线谱上排列的音符，这蔚蓝色的天空，就如一本大自然的乐谱。

在城市里，大多数的鸟儿还算是安分的，当然它们当中自然也有顽皮分子，它们不时跳跃，换位，撤离，鸣叫，使得这五线乐谱灵动起来。它们所奏的曲子，啁啾婉转，动听悦耳，是大自然一曲妙趣横生的天籁之音，让人陶醉。有时，小鸟们都离开电线，落在草地上，叽叽喳喳，欢快跳跃着，仿佛一群放学路上的小孩。行人虽然匆匆地走过去，小鸟们并不惊慌逃命，行人一路走去，鸟们只是呼地腾起，在前头落下来，再飞起，再落下。有几只老成持重者，甚至要待行人的脚步近到差点踩上它的尾巴，它才慵慵然飞离，飞也没飞多远，只是在路边的树上落下，站在枝头上，侧着头，两只细小的眼睛望着行人，亮晶晶的眼睛，好像正在思考些什么深奥的问题，眨着眼睛说：“多谢关照！多谢关照！”

人与大自然和谐的标志，具体到这个城市的居民和飞鸟的关系。也是这个城市是否文明的标准。城市里可爱的小鸟，却是不请自来，是文明高尚的市民，就视这是从天而降的祥瑞，真是：“有朋自远方来，不亦乐乎？”可视为“有鸟来仪”。我敬仰的伟大诗人洛夫，在一首歌咏广场雕像的诗里说过：“城市里的小鸟，比矗立在历史烟云中任何一位不朽的英雄都高得多。”

一个和谐、幸福的社会，人和鸟，是可以这般和平相处的。我曾经观赏过一幅电视画面，反映人和鸟的亲密关系，一位男子仰躺在草地上，小鸟栖息在他的嘴唇边，他伸出舌头来舔嘴唇，小鸟都不失时机地啄上一口——它把舌头看作长着青苔的石头呢！这就是人和自然所应有的和谐。我们不该把鸟养在笼里，更不该去掏鸟窝，捡鸟蛋，鸟枪应该上缴没收。

这几年，八桂大地进行“退耕还林”的政策，大片山林得以恢复自然生态，到处绿树清溪，潺潺流水，远山近岭又是一片欣欣向荣的新绿，城市绿化美化成生态的城市，街边绿树成荫，鸟儿又飞回城市来了，现在，这个在我的记忆里早就泯灭了的倩影，又奇迹般出现在我的面前，时时在我的脑海中浮现出来，搅起我内心满天风云。现在我才明白，这些年来，我的内心深处仍是这样惦记这些多情的鸟影，对它们的安危朝朝暮暮惦念着，是的，今天我深深体会到，人类和鸟，真是“生死相依，兴衰与共”。今天我望着眼前这些身材匀称、矫健而风度不减当年的倩影，才体会到人与大自然的和谐……我内心喃喃发问："啊，朋友，以后不走了吧！但愿我们成为永远的朋友，永远、永远的……

原载 2006 年第 10 期《文化月刊》

韦望林

韦望林

瑶族，广西宜州人。出生于1963年，1981年毕业于巴马民族师范学校。广西作家协会会员，起点网签约作家，曾在《广西文学》《河池日报》《河池文学》《都安文学》《丹凤》等报刊上发表过小说、散文。长篇小说《她从山中来》已由中国文联出版社出版发行。

火车上的窘事

火车上的窘事

都说坐火车安全，我出远门大多是坐火车，但火车安全倒不是我选择坐火车的首要理由，我比较信命，认为命到了，哪儿都不安全。之所以选择坐火车，是因为第一，坐火车我不会晕车；第二，坐火车价钱划算。一来二去坐多了，我坐出了经验，坐出了感觉，一上火车，我自然而然地生出一种如鱼得水般的感觉。上车后如果人少，我会挑个靠窗的、人相对少的地方坐下，放好行李，把水、零食放在坐台上，把坐姿调整到最舒服的状态，然后或边吃零食边看书，或冷眼观察车上的人物百态。心情随着火车有节奏的“哐当哐当”声，优哉游哉。如果人多没空位，我也会找一些看着面相善良一点的乘客，放低姿态，与之套套近乎，看看时机成熟，换成一副累得很难受的样子，请求蹭一下座位，一般效果都不错。

人性终归有同情弱者的一面，运气好时，人家还能让出一个好位子，舒舒服服地让我坐到终点。当然也有特殊情况的了，记得有一次我从南宁回宜州，因为接近春节，车上人多得连过道也挤得水泄不通，我连走到车厢里头的机会都没有，只能困在车厢与车厢中间的连接处动弹不得。还好，我在的位置离餐车很近，实在没办法，我拼命挤进了餐车。我知道餐车的规定，进去必须得“买座”，要不，餐车再怎么空着，你也只能“望座兴叹”，想都别想。餐车上的座位是按路途论价，说是论价，其实是“一口价”，乘务员说多少就多少，由不着你“论”，南宁到宜州是 40 元一个座。上车买了车票，还得多交这 40 元的买座钱，感觉好冤。我内心十分的不情愿，但动作表情却是十二分主动地交上了钱，餐车的乘务员给我找零后把我安排到一张餐桌的座位上，窄窄的四人餐桌的对面还坐着一个人，正在看报纸。待我落座后，服务员随手把一盒饭放到我桌面上，转身离去。看着眼前这盒饭，我有点纠结，很想搞清楚到底是 40 元买个座位赠我一盒饭，还是 40 元钱买个盒饭赠我个座位？看来这个问题一时半会是很难弄明白的了，管它呢，就当是我赚了吧。虽然肚子不是很饿，我还是打算把这个盒饭给解决了。我刚打开饭盒，还没来得及下筷，服务员将一盅子满满的、热气腾腾的紫菜番茄蛋花汤即时放到了我面前的桌子上，我一阵激动，心想，这 40 块钱还真没冤枉交，谁说世上没有公平，这小小的方寸之地就充满了公平，顿时，我的心情一派祥和，美得我直想咧嘴大笑。待服务员转身离去，我头也不抬，拿起汤匙兴奋地喝了起来，感觉好舒服。放下汤匙，我刚扒拉几口饭盒里的饭，服务员又端上了一盘炒菜，一碗米饭。哇！不会吧，还有这等好事，40 块钱，超值了！我又一阵激动，在心里暗暗发誓，不管怎样，以后我坐火车一定要到餐车来坐。正当我兴奋得有点忘形之时，看到服务员从围裙的兜里掏出一双筷子放在桌子上，然后对餐桌对面的男子说：“您的菜上好了。”我这才明白那炒菜和饭不是我的，我好生失望。为平衡心理的落差，我狠狠地嚼着饭，一边嚼一边向对面瞄了一眼，这才看清楚，刚才看报纸的是一个中年男子，他那碟炒菜，好像是四季豆炒回锅肉。我在心里自我安慰道，不就几片回锅肉吗，哪有我这盅汤爽呢，我还是喝我的汤吧。我刚想第二次拿起汤匙，谁知男子竟然比我先了一步，慢条斯理地拿起唯一的汤匙，从从容容地喝起汤来。岂有此理！喝别人的汤就罢了，竟然还这等自在从容呢？我刚想拍案发作，或许男子已经猜出我下一步会说什么、会做什么。他立即放下了汤匙，微笑着说："我点的，你喝吧。"我当时脑子"轰"的一下，全懵了，这到底是怎么回事呀？等我脑子清醒过来，明白是怎么一回事后，尴尬得想跳车摔死的心都有。真的庆幸他在我没"发飙"之前不露声色、温馨地提醒了我、制止了我，得以让我保留了最后的一点点尊严，要不，我更是无地自容了。我羞红着脸忙不迭地赔礼道歉。见我这副窘样，对面男子反而笑着安慰我道："没关系的，出门在外，没那么多讲究的，有吃就吃，有喝就喝，如果是你点的，我也会照喝不误的嘛。"他朗朗的笑声多少为我解了点窘境，我们一边吃饭一边慢慢地聊了起来，他吃完饭后就回卧铺休息去了。看着他离去的背影，我有点不舍，有点失落，但更多的是温暖，是感动，这温暖和感动一直伴随我一路的旅途。当时聊些什么我现在已经记不清楚了，他长什么样我也想不起来了，我只记得，在火车上，我遇上了一个男人，一个很绅士的男人，一个很男人的男人。

原载 2017 年 7 月 24 日《河池日报》

黄汉昌

黄汉昌

1950年12月出生，壮族，大专文化。1969年1月下乡插队，之后进厂当工人，进机关从事文秘，下海经商。退休前在河池地区经济技术协作委员会人事秘书科工作，退休后居住在家乡怀远镇上和街。酷爱历史和文学写作，经常在区内外报刊发表小说、散文、报告文学、纪实文学。现为怀远镇诗词学会会长，河池市宜州区政协文史研究员。

踏秋瘦西湖

踏秋瘦西湖

我们终于来到了扬州。那天，我们在镇江搭轮渡，驱车过京口、过瓜州，大约一小时车程，便进入市区，绕城一周游览市容，继而直奔瘦西湖风景区。

扬州历史源远流长，文化底蕴深沉厚重。瘦西湖的景色入诗入画。我品味前人的诗词佳作，瘦西湖畔踏秋，边走边看，不知不觉走上五亭桥，倚立桥中，思绪游荡……

在很久很久以前，诗坛高手杜牧也是秋末冬初踏进瘦西湖，并有感而发："青山隐隐水迢迢，秋尽江南草未凋。二十四桥明月夜，玉人何处教吹箫。""六朝文物草连空，天淡云闲今古同。鸟来鸟去山色里，人歌人哭水声中。"一曲动人心弦的千古绝唱，唱尽瘦西湖的美丽与苍凉，唱尽人世间的悲欢与离合。

然而，看了才知道，除了湖光水色，瘦西湖

无山，无山的风景美中不足。既然如此，为何杜牧一再提及“青山”“山色”呢？难道他敢冒天下之大不韪而弄虚作假？或许他醉意朦胧而老眼昏花？这时，导游小姐说：“请大家看，那边的景点蜀岗。蜀岗乃一处微微突出的高地，树高林密，雀鸟纷飞。”导游小姐又说：“杜牧独具慧眼，最早看出蜀岗似山非山，‘青山隐隐’，说得明明白白。”隐隐约约似是而非嘛。原来如此，一笑释然。想不到风趣的杜牧，同后人玩一把文字游戏。

其实，江南鱼米之乡扬州，有水无山无关紧要，“水迢迢”倒也真真切切，长江自西向东环城而来，运河从南至北绕城而去，成就一方土肥水美的扬州。因为扬州城中瘦西湖这一湾碧水，惹得文人墨客纷至沓来，描写扬州的文章一篇又一篇，描绘瘦西湖的画图一幅又一幅，就连帝王将相也按捺不住，“巡察”“私访”到此一游。当年乾隆皇帝七下江南，扬州成了他吃喝玩乐的久留之地。精巧玲珑瘦西湖，小桥流水，岸柳成行，亭台楼阁，古香古色；湖区景色二十多处：徐园、白塔、孔庙、淮戏楼……一处一景、融洽润和；一年四季游人如织，流连忘返。

原载 2005 年 8 月 29 日《河池日报》

石伯祥

石伯祥

广西宜州人。退休前曾任广东省广宁县教育局党委办公室主任、广宁县人民政府督学、肇庆市作家协会理事、广宁县文学协会会长、《广宁文艺》编辑、《广宁教育》副主编。曾获肇庆市引进的优秀人才、市优秀教师、市优秀共产党员、县拔尖人才等称号。多年来坚持业余创作，已有三百余各类作品发表或获奖。报告文学《军装不褪色》获新闻出版报社、中华全国工商联宣教部、中央人民广播电台法制部、中华全国总工会宣教部、中国文化报社、中国北京法制文学研究会六家新闻单位联合举办的“新世纪之声·和谐中国”征文比赛金奖；歌曲《竹海美》（作词）获全国群众音乐创作金奖；歌曲《竹乡飞出金凤凰》（作词）、小品《私人秘书》获广东省文学艺术部门举办的征文大赛二等奖；多篇报告文学入选各种文集，参与编著的《广宁竹海大观》《人文广宁》等由广东省旅游出版社出版。

十分好月　不照人圆

恩师来自彩云之南

情到深处词有声

十分好月　不照人圆

中秋将至，近日偶读宋代辛弃疾的《木兰花慢·滁州送范倅》，当读到词中一句“况屈指中秋，十分好月，不照人圆”时，好似有人在我的胸口重重一击，令我几近窒息。回想我十四岁离开父母到镇上读高中，之后当民办教师、当公办教师，远走他乡到广东任教至今四十余年，竟然在记忆的硬盘里搜索不到一次与父母共度中秋的印象！愧疚与悔恨充斥了我的心灵。

年少时期的20世纪60年代，虽然在父母身边，但那时正值国家困难时期，物质的匮乏令所有农村家庭除春节以外的其他节日都要忽略不计，即便曾经过过中秋节，也是俭之又俭，什么吃月饼、供月亮、放孔明灯之类能给小孩子留下深刻印象的仪式和活动统统被贫穷取消。到七八十年代，日子是稍微好转，但此时我已参加工作在外，父母在老家农村，中秋节正是学校开学之初，一是工作忙，二是国家还没有规定中秋放假，因此，每年中秋都是在学校与老师、学生共度。90 年代初，受人生的波折与命运的左右，一辆长途客车颠簸二十多个小时之后，把我和妻儿留在了与父母相距近千公里的肇庆广宁这美丽的竹子之乡。于是，每年中秋节，只能给父母写一封报平安的书信，寄一点广东月饼，因父亲吸烟，每次都少不了寄一条红双喜之类有广东特色的香烟。这些孝敬父母的微乎其微的节日礼品，于我而言，实在是轻于鸿毛，但是，父母收到之后却是分外的高兴和满足。特别是父亲，寄给他的香烟从来都不是自己享用，而是揣在怀里，到村上走走，在他的烟友圈里到处派发，与他们分享他的儿子从遥远的地方寄回来的、他们从来不曾见过更不曾抽过的广东香烟。后来，当我得知小小的香烟竟然能够如此将父亲的快乐和精神满足神奇放大，我便不限节日时时给他寄一些有地方特色的香烟，以此简单而廉价的方式，让父亲获得最大的快乐与满足。

敬老孝亲的方式很多很多，最难坚持做到和做好的，应当是孔圣人所说的“色难”，即每天和颜悦色地对待老人，让老人家开心。古代二十四孝故事里不是有一个叫“戏彩娱亲”的故事么，说的是春秋时期，楚国有位隐士，名叫老莱子。这个老莱子非常孝顺父母，对父母体贴入微，千方百计讨父母的欢心。为了让父母过得快乐，老莱子特地养了几只美丽善叫的鸟让父母玩耍。他自己也经常引逗鸟儿，让鸟儿发出动听的叫声。父亲听了很高兴，总是笑着说：“这鸟声真动听！”老莱子见父母脸上有笑容，心里非常高兴。老莱子其实也不小了，也年过七十。父母看着儿子的花白头发，叹气说：“连儿子都这么老了，我们在世的日子也不长了。”老莱子害怕父母担忧，想着法子让父母高兴。他专门做了一套五彩斑斓的衣服，走路时也装着跳舞的样子，父母看了乐呵呵的。一天，他进屋时不小心跌了一跤，害怕父母伤心，故意装着婴儿啼哭的声音，并在地上打滚。父母还真的以为老莱子是故意打滚的，见他老也爬不起来，笑着说：

“莱子真好玩啊，快起来吧。”我觉得自己给父亲寄香烟的方式，也算是一种老莱子式的娱亲之道吧，当然，除了给父亲寄香烟之外，我也把自己工作中的成绩、获得的奖励、发表的文章等向父母汇报，让二老分享我的荣誉和快乐。但是，老天却不让我这种娱亲方式持续下去，2004 年春节，因我的恩师年迈并孤身一人在昆明生活，我便决定这年春节不回老家与父母过年，接恩师来广宁与我过一个春节，略报师恩。于是，春节前我便奢侈地给父亲寄了一条当时来说比较时尚的蓝嘴红玫王。春节过后，恩师回程时又中途停留，在几位同窗的陪同下到我老家看望我的父母，父亲与恩师两位古稀老人欢聚，开怀畅饮，好不快活，还叫同窗打电话给我报告当时热闹的盛况。不曾想恩师与父亲的这次会面竟是最后一面，春节过后不久，3 月 9 日清早我刚起床，家里便打来电话说父亲在毫无症状的情况下突然走了！当我跪在父亲灵前的时候，父亲已安详地长眠了，那条蓝嘴红玫王从春节抽到 4 月竟然还剩下两包，可见父亲是多么地珍惜这份礼品，他是想慢慢享受那份开心与快乐。我把两包烟拆开，一支一支点燃敬在父亲灵前，愿父亲在天堂里尚飨这缕缕清香给他带来的满足与开心……

中秋将至月近圆，月圆能照几家欢？时代不同，生活境遇不同，能与父母共同生活自然是十分美好的事情，但不能因为朝夕相处而忽略了应有的敬老孝亲；不能与父母共同生活，也不能因此而懊恼，敬老孝亲没有距离，天下父母均豁达，你的心意送到，父母自然心领。但是，只有一句话我们要时时记住：树欲静而风不止，子欲养而亲不待。

原载 2017 年 10 月 25 日《西江日报》

恩师来自彩云之南

2008年8月，在北京奥运会开幕的前几日，我前往春城昆明探视已年过古稀的恩师——黄丕渊老师。

黄老师是我在河池宜山师范读书时的语文老师。1977年全国恢复高考后，1979年又有新的政策，放宽条件允许民办教师参加师范类高考。我和我的同窗们就是这一年高考的幸运儿。正因为如此，我们这一届学生年龄参差不齐，从十七、十八岁到五十岁的都有。黄老师任我们的语文老师。他是一位平易近人的人，与我们这些学生相处得十分融洽，可以说是亦师亦友，经常在讲完课之后，掏出一包当时比较流行的“红灯牌”香烟来，用昆明方言对着我们这帮“大”学生说：“咂支烟先，抽烟的可以来拿吧。”那个“咂”字特别的突出，所以，至今仍犹在耳。于是，便有包括我在内的几个想抽又买不起的小烟民借机揩老师的油。惹得班里的几个女同学曾对我们嗤之以鼻，白眼相向。

我们这届学生可以说是“十年动乱”的特殊产物。因为我们这些人当中多数是出生在困难时期，读书在“动乱年代”，十年寒窗无书可读，因此，学科发展极不平衡，有的人语文成绩好一点，有的人数学成绩好一点，语文好的数学一窍不通，数学好的对语文又是一知半解。而我们读的是普通师范，各门功课都要学一点。于是，以我们班长为首的一部分同学便向学校强烈提出分文理科学习的要求。由于我们的要求得不到学校的支持，结果差一点就罢课，演变成一场学潮。黄老师虽不是学校领导，但他却找到我们几个因怕学数学而意见最强烈的同学，苦口婆心地做说服工作，最终我们放弃了要求，一场风波就这样平息了。不过，我们提出增加古典文学分量，帮我们增长知识的要求得到了黄老师和几位语文组老师的支持，他们辛苦了几个月，编辑了一本《古文学习手册》（上、下册），作为校本教材，为我们提供了更多的精神食粮。至今，这本凝聚着宜山师范语文组老师们心血的书，仍然摆在我的书架上，见到这本书就像见到老师们辛勤工作的身影，让我思念，激励我上进。

也许是黄老师平易近人的缘故，也许是我钟爱文学的缘故，也许是……总之，在他的学生之中，老师对我厚爱一层，宠爱有加。于是，近三十年来，无论他返回故乡，我漂泊广东，虽关山阻隔，两地遥遥，我们始终心相系之，情同手足。

黄老师毕业于昆明师大，1963 年来到河池宜山任教。同他一年来的还有杨汝福老师，而另一位周守智老师则是 1957 年就已到宜山任教。三位云南老乡便如兄弟般亲密地相聚在河池宜山的教育园地里，辛勤耕耘，奉献青春年华。

记得 1985 年暑假，周守智老师的弟弟从云南来探望他，我有幸忝列末位作陪。酒席之间他们谈论得最多的是初到宜山的一些往事。

黄老师兴致勃勃地说：“我和杨老师是 1963 年 9 月来到广西的。到南宁的时候，听说杨老师分配到河池师范，我分配到宜山高级中学，都是自治区重点学校，而且两所学校紧紧相邻，中间只隔一条龙江街。于是，在南宁我们就想象，两所学校庄严的大门遥相对望，中间是宽阔的龙江大街，柏油大马路，林荫道浓荫匝地，人流熙来攘往。可是，当我们到这里一看，才觉得在南宁的想象是多么的荒唐可笑，所谓的龙江街，原来是一条不足三米宽的泥沙小巷而已。”

听到这里，我们都笑了起来。

我问几位老师：“你们从昆明那样好的城市来到我们宜山，自然条件和生活环境差距很大，当时，你们是否感觉到很苦？”

“苦？”杨老师说，“我们那时正是热血青年，根本不往这方面去想。大学毕业填报志愿，几乎所有的同学都写着‘祖国的需要就是我的志愿’。我们认为，不管条件怎样，从今以后，这里就是我们的家了。我们是把这当作家的，所以，只感觉到一种到家的温暖和兴奋。到宜山的第二天就是国庆节，我们马上就上街参加了国庆游行。黄老师还拉着手风琴走在游行队伍前头为秧歌队伴奏，出尽了风头呢！直到现在，宜山街还有好多人记得宜高有个黄老师手风琴拉得非常漂亮。一晃就是几十年，时间过得真快呀。”

席间，我还发现一个奇怪的现象，就是周老师同他弟弟说话时都是用普通话。于是我就问周老师为什么不同弟弟说家乡话呢？

周老师笑了笑说：“我的家乡话已经说不流利了，很多都忘记了，比不上说宜山话流利，但弟弟又听不懂宜山话，只能跟他说普通话还好些。”

哦，原来如此。

杨老师说：“俗话说‘离乡不离腔’。周老师是乡音都改了。这也难怪，几十年来，他只回家三次。过去在家，念初中时就离开了家乡，算起来，他这一生大部分时间都是在宜山，所以乡音变了。”

岁月匆匆，沧海桑田。随着时代的进步和社会的发展，原来的宜山高级中学转变为河池宜山师范，原来的河池师范专科学校又升级为如今的河池学院，而且合并了河池宜山师范。宜山的称谓也已改为宜州。无论世事怎样更迭，环境怎样改变，三位来自彩云之南的老师，始终坚守在河池这片教育园地里教书育人，栽培桃李，数十年来，千百学子在他们的呵护下健康成长，千百学子在他们的精心培育下走出河池，走向外面的世界，服务社会，成就事业。而他们，默默无闻，无怨无悔，把人生最美好的青春年华，全部贡献给了河池的教育事业，他们的业绩将永远载入河池教育史册而彪炳千秋。

在昆明的几天里，我还做了一件自己觉得十分有意义的事。我把二十七年前师范毕业时黄老师给我的毕业赠言带了来，请老师于二十七年之后，再次为我题写赠言。几分酒意之后，黄老师欣然提笔，在他二十七年前写下的赠言的纸张背后又写下了新的赠言。前后赠言，意义不同。

二十七年前他写下的是："如果让言行违背了自己的意志和情感，那么，他（她）怎么配是一个人？""在生活里头，坏蛋可以冒充好人，胆小鬼可以扮成英雄，吝啬鬼可以装作慷慨的大户，恶魔也可以变为慈善家，但有一样不能替代，这就是修养。""是玉无惧碎，作瓦何必全。"

二十七年后，他给我的赠言是"在其位者，不一定能谋其政；不在其位者，不一定不能谋其政。有其名者，不一定有其实，没有其名者，不一定没有其实。""一个人的价值，在于他对社会、对党、对国家、对民众所做的工作。""山不在高，有仙则名，水不在深，有龙则灵。"

我知道，老师对我的期望，对我的勉励，一切的一切，尽在这二十七年前后的鼓励与鞭策之中。

如今，黄丕渊、杨汝福、周守智三位老师已是古稀老人。虽然杨老师、周老师没有上过我的课，但在与他们交往之中，他们曾在智慧上给过我启迪，在处事上给过我教诲，在为人上示我以典范。古人云：一日为师，终身为父。我将他们引以为恩师而终生敬仰。

原载2009年1月7日《河池日报》

情到深处词有声

时常听到一些语文老师抱怨，教学生写作文难，写好作文更难。老师使尽浑身解数，学生仍然写不出像样的文字，要么空洞无物，要么无病呻吟，很难有真情实感，更不要说打动人心。其实，我们对学生的期望未免苛刻了点吧，一个涉世未深的少年，你希望他能写出深沉，写出大气，岂不是揠苗助长吗？既然我们知道生活是写作的源泉，没有生活没有经历，又怎来的灵感和认知？硬要赶鸭子上架的话，除了无病呻吟之外还能怎样？

古往今来，能够流传于世，脍炙人口的作品，无不是感情的自然流淌和心灵的自我表白，艰难困苦，玉汝于成。

有一首汉代乐府民歌曰："上邪！我欲与君相知，长命无绝衰。山无陵，江水为竭，冬雷震震夏雨雪，天地合，乃敢与君绝。"大意是：天啊！我要和你相爱，一辈子也不断绝。除非是山没有了丘陵，长江、黄河都干枯了，冬天雷声隆隆，夏天下起了大雪，天与地合到一起，我才敢同您断绝！这是古代一位女子痴迷而炽烈的爱情誓言，作者的名字没有流传下来，想来应不是什么名人或者富贵官家之眷属，但是此等的胸怀,气魄与深情让人震撼。一个人当感情能够凌驾一切，能够生死相许，这样的感情回赠必是绚烂与光辉，足以照亮天地！

被称为最有豪气女子的革命先驱者、巾帼不让须眉的“鉴湖女侠”秋瑾，在国家民族面临生死存亡的时刻，抛家别子，女扮男装，东渡日本，去追求另样的人生，去寻求民族振兴的方法。当船过黄海时写下了荡气回肠的诗：

万里乘云去复来，只身东海挟春雷。
忍看图画移颜色，肯使江山付劫灰。
浊酒不销忧国泪，救时应仗出群才。
拼将十万头颅血，须把乾坤力挽回。

在留日学习期间，她还写下了许多充满强烈爱国思想和饱满革命热情的诗篇，慷慨激昂，表示：“危局如斯敢惜身？愿将生命作牺牲。”

苏东坡，是北宋时期著名文学家、书画家、散文家、诗人、词人，是豪放派词人代表，开辟了豪放词风，同杰出词人辛弃疾并称为“苏辛”。但是他的一首追忆亡妻的《江城子》堪称柔情的经典之作：

十年生死两茫茫。不思量，自难忘。千里孤坟，无处话凄凉。纵使相逢应不识，尘满面，鬓如霜。

夜来幽梦忽还乡。小轩窗，正梳妆。相顾无言，惟有泪千行。料得年年断肠处，明月夜，短松岗。

词显得朴实无华，但字里行间却漫溢着无尽的真情，生死相隔之人，只能相会在梦中，十年如一梦，未亡人拥有的是何等的伤情。

无论是古代普通女子感天动地的爱情誓言，还是革命侠女秋瑾掷地有声的诗句，抑或是大文豪苏东坡对亡妻的无尽思念，都是情到深处所迸发出来的肺腑之言，心灵深处的呼喊或倾诉。文章不是无情物，情到深处词有声！

原载 2009 年 3 月 27 日《肇庆都市报》

韦杰

韦杰

1959年生于宜山县（现为宜州）庆远镇，水族。20世纪80年代开始学习写作。曾在《宜州报》《宜州文学》《河池日报》《金城文学》《北海日报》《三月三》《灵水》《广西文学》等刊物发表诗歌、散文，创作的话剧、小品曾经获得市级、自治区级奖励。

生活着是美丽的
过了花季的生日
一种美丽

生活着是美丽的

女人的一生有许多美好的时段可写，纯朴天真的孩童，如花似玉的少女，朝气蓬勃的青春，韵味十足的少妇，三十岁的风情，四十岁的成熟，均可挥洒文墨，为何单挑而立与不惑之间、不惑与知天命之间的岁月来写呢？也许，是冥冥之中的一种禅悟吧？

步入四十五岁的女人，大概很少过生日，因为每过一次生日就意味着又老了一岁，接踵而来的便是更年期，不管你情愿与否，它都会毫不客气地拜访你。因此，有什么值得庆贺的呢？况且，压根就没有人会想起哪年哪月是你的生日，只有自己记得。

今天，是我的生日，只有母亲和女儿记得。母亲说要为我杀一只鸡，女儿也从她就读高中的另一个城市通过电话送来祝福的话语。

我感到欣慰，毕竟有人记得我的生日，她们

是以我为中心用胎盘和脐带延续生命的上下两代人，而我便是承前启后的必不可少的中间纽带。母亲把勤劳、善良和诚实传承于我，我把这些品质以及自己的思想、智慧传授给女儿。

今天，是我的生日，四十五年前的今天，母亲在赋予我生命的同时也寄予厚望和期待。但愿我没有辜负这份厚望和期待。

四十五岁的女人，多数肩上都扛着一条无形的扁担，一头担着双亲，一头担着儿女，中间压着丈夫。担子有多沉重，只有挑担的人才能体会得到。

四十而不惑。何谓“惑”？这个问题一直困扰着我，就我有限的知识和理解，即为疑惑或诱惑。“不惑”也许是说，四十岁的人对人生、对生活已没有疑惑不可解？或是说，四十岁的人心静如水，已没有生活诱惑可以让其动心了？抑或二者兼而有之。

谈不惑为疑惑，我深感生活中尚有许多许多的疑惑、惶惑、困惑令我不能释怀，假如我能活到九十岁，那么，我将用我的后半生去释疑。说不惑为诱惑，生活中有许多不可抗拒的诱惑：工作诱惑着我，使我过得充实而自信；爱情诱惑着我，使我浪漫而执着；友情诱惑着我，使我感到温馨和欢愉；大自然诱惑着我，使我陶醉而着迷……正因为诱惑，我感到生趣盎然，奋发向上。是的，工作着是美丽的！生活着是美丽的！

我们没有理由拒绝工作！也没有理由拒绝生活！

曾经体验过许多的酸甜苦辣，便感到自己很富有，磨难是金啊！这是哲人的至理名言！因为许多的酸甜苦辣已经成为过去，因而便有了许多亲切而美好的回忆！这些回忆诱惑着我走向未来！尽管未来是未知的，而恰恰是未知的才是最具诱惑力的！

四十五岁了，竟然还心存疑惑也经不住诱惑，假如有掌声和鲜花，我想，我会活得更加自信和精彩！

原载 2004 年 7 月 15 日《河池日报》

过了花季的生日

三十五岁的女人，不老也不少。

正巧，今天是我三十五岁生日。

“祝你生日快乐……祝你永远快乐！”女儿拍着小手边唱边用手打节拍。而我，却快乐不起来，虽然我的脸在笑。

丈夫在洗水果、摆蛋糕、插生日蜡烛，忙得不亦乐乎。平心而论，他算得上模范丈夫，有文化、有事业心和进取心，有一个人们羡慕的好职业。结婚几年来，尽管我在事业上毫无建树，可家庭的温馨和快乐使我的心满足而宁静……

然而，几天前的同学聚会却打破了我这种心态的平衡……

A、B、C 三女士和我同年，在中学时代是本届女生中的佼佼者，且玩得比较投机，插队时又同在一个大队，恢复高考后，我们又先后进了大学校园，每逢假期回家，总是要聚在一起，友谊更加深厚，毕业后各奔东西，飞鸟各投林，书信也渐渐少来往了。这是毕业后的首次聚会，各自畅谈自己在事业上的成就和婚姻家庭的情况。A 女士在深圳某三资企业得意，因有经济师和工业企业管理的两块牌子，在特区里得心应手；B 女士原学的是农业机械专业，后来改行考上了政法学院，成了本地区小有名气的律师；C 女士师院毕业，如今桃李满天下，去年还评上了全国优秀教师。只有我依然是个默默无闻的小儿科医师。B 女士不无惋惜地对我说："想当年，我们四个人中，数你最有才气，而今最没出息的就是你了！"她，依然是她，嘴巴不饶人，坦率得令你无地自容，但坦率无疑也是一种不可多得的美德。她的话像匕首一样刺痛了我的心，不过她说的也是实话，我不能全责怪于她！

早在中学时代，我便做起了文学梦。插队时，美丽的田园风光丰富了我的灵感，于是梦想女诗人的桂冠戴在自己头上，小本子里写满了无处发表的诗。恢复高考后，我违心从父命报考理科，考上了医专。有人说，学医是逆水行舟。我本想坐车却搭上了船，而且是逆水行舟，在茫茫的大海上，我努力过，抗争过，立志做一个勇敢的弄潮儿，所以在三年的学习中，成绩始终名列前茅。然而，命运总爱捉弄人，因为父母是平民百姓，我只得在一个边远的简陋的山乡卫生院度过孤独寂寞的青春。光阴似箭，岁月蹉跎，理想也因此付之东流。而立之年将至，我曾期盼的诗人桂冠非但没有戴在自己的头上，眼见迎来的将是老姑娘的"牌子"，心立刻凉了半截。于是，我当机立断，奋不顾身地冲进了钱锺书的"围城"之中。婚后，曾经两地相思，唯有泪千行，奋战两年，终于长相守，也常相怨，常相恨，偶也动过逃出"围城"的念头，但仅只一闪之念而已。我深知自己是逃不掉的，因为劫持是我那位先生的专长，而我也是在劫难逃。用宿命论来解释，那便是命中注定的了。

岁月如门前的小河，静静流去，我也顺理成章地由一个少女成为人妻、人媳、人嫂、人母。在生活的舞台上，我竭尽全力扮演着多种的角色，却渐渐迷失了自己。

我每天骑着当今最流行的"贤妻良母"式单车，前后各配备一只篮子，上班时后篮搭着女儿上幼儿园，下班时到菜市装前篮，然后回家演奏锅碗瓢盆交响曲，然后又是洗衣、喂鸡、搞卫生，再然后是辅导孩子，耐心回答孩子提出的每个“为什么”，孩子睡后看电视，织毛衣，连散步也省略了。节假日还要应付人情客往，走娘家，走婆家，遇到结婚高峰期，还得计划开支，以免入不敷出，偶尔刚拿起书本纸笔，可那沙发就像摇篮一样便带我进入梦乡。这话说给当年同寝室的学友们听，他们也许不会相信，因为入睡困难的失眠之苦整整折磨了我三年的学生生涯，任何安眠药对我也无可奈何，那时我想，假如我一倒在床上便能入睡，那该多幸福啊！而今……唉，也许，要补偿回当年的损失吧？

三十五支蜡烛被我一口气吹灭，一种莫名的失落感瞬时膨胀了我的心，不觉悲从中来。一个三十五岁的女人，这就是我吗？那个形容憔悴，站在而立与不惑之间，碌碌无为，迷茫惆怅，而立未立，不惑而惑，由沉默少语变得喋喋不休，由踌躇满志变得随遇而安的女人，就是我吗？……

丈夫切好蛋糕坐在我身边，将女儿抱在膝上，父女俩耳语一阵，齐声说：“祝你生日快乐！”

我想，我应该顺应这美好的祝词，高高兴兴地和丈夫、女儿分享这份快乐，享受这蛋糕的甜美、芳香。

吃过蛋糕，丈夫提议全家到外面散步。

秋天的月光，有一种清凉的美丽，虽是残月，依然皎洁光亮，远山在月色里显得静穆、神秘，充满了诗情画意，正如歌唱的“外面的世界很精彩”。习习的晚风，顿时吹散了我心中的郁闷和忧伤。

可不是么，在人生的旅途上，三十五岁的人，尤其是三十五岁的女人，固然已不再年轻了，但也不算老，只要我们珍惜生命的每一分，每一秒，只要我们去努力，去播种，去耕耘，到了不惑之年，或知天命之年，甚至花甲之年，定会有所收获的。

三十五岁的女人，虽然花季不再，但成熟的果实在等待我们去采摘。

原载 1993 年第 5 期《广西文学》

一种美丽

有一种美丽，当你拥有的时候不懂珍惜，失去的时候就只能苦苦追忆。

——题记

你是海的儿子，你从大海边走来；我是山的女儿，我从深山里出来，我们相遇相识相知相爱实在是命中注定。

分手也是命中注定。

但我一点也不恨你。真的。你恨我吗？

那天，我在整理杂物的时候发现一只海螺，是质地厚重、乳白色与褐黄色混合的那种。那是你送给我的。一共两只，有只一直放在装饰柜里，这只我曾经用它来种兰花。区区一只海螺，体积不如我的拳头大，盛不了一把泥土，却能培育出一份清香。那兰花居然能种活，而且在顶上开出细小的花朵，纤弱婀娜，亭亭玉立，令人惊喜，令人怜惜！后来，不知何故，或许是养分太少，或许是我不够尽心，它便枯萎了，这只海螺也不知去向。我也不再想起要去寻找它。然而它却在我不经意的时候出现在我的眼前。有些东西是丢不掉的，正如有些人和事是忘不了的一样。而有些东西你刻意要记住它，却始终也记不牢。要忘记的却忘不了。这或许就是缘吧？

其实，我自己也没有想到，这对海螺居然跟随我从乡下到城里，从故乡到异地，从青年步入中年，那样固执又不动声色。

记得吗？我曾经把你比做大海。

大海对于山里人来说，充满了神秘莫测的色彩和罗曼蒂克的情调。很久以前，在我还很年轻、头脑里充满诗意的幻想时期，便渴望自己的情人有大海一样宽阔的胸怀和渊博的知识。走过了漫长的流浪、漂泊的心路历程，在失望、灰心、疲惫不堪之时，大海却突然出现在我的面前。几分惊喜，几分甜蜜，几分羞涩，几分热切，尽在不言中。

我自以为我很懂感情，然而我错了。当大海张开双臂、敞开胸怀的时候，我却感到茫然、慌张、迟疑、不知所措，既不敢向前跨越一步，又不甘心后退半步，我不断地在心里问自己：这就是大海吗？这就是我所要寻找的大海吗？

我像一只可怜的小狗蜷缩在海岸上，既不情愿离去，又不敢越雷池一步。面对汹涌澎湃的大海，总是保持若即若离的尺度和不冷不热的温度。

一天早晨，当我从梦中醒来，大海却从我的眼前消失了，永远地彻底消失了。恐慌和绝望像海水一样从足底漫向头顶，将我无情淹没。我面色苍白，呼吸困难，泪流满面，浑身颤抖，眼前一片模糊，脑子一片空白。

曾经沧海难为水。打这以后，我结识了不少异性朋友，但却没有感觉，也没有激情，更从未接受过异性的礼物（或信物），这海螺是唯一的。

这对海螺，它们总是那样冷静、朴素、淡泊、宁静、固执而不动声色地审视着我，从不用声音和色彩来吸引我的注意力，但却在冥冥之中与我相伴相随，打不脱也丢不掉。

你最终以神话的形式走进我的故事，是我始料不及的。过去我痛恨上帝的冷漠、自私和残忍，而今晚我却感谢上帝，它的仁慈、宽容和善良使神话在瞬间成为现实。

今天是几号？我在心里问自己，这个问题我经常自问，结果常常答不出。这问题很可笑，不是吗？这其实不是问题的问题，但我常常把它当作问题，而且郑重其事。我对时间感到困惑，概念不清，它总是不动声色地偷偷从我的眼睫毛下溜过，一眨眼那一瞬间便消失得无影无踪，以致我常常无法准确地记住它、把握它而沮丧懊悔不已。想想有多少个一瞬间从眼前飞逝而过，就像那滔滔江水向东流便再也无法返回，三十岁再也走不回二十岁一样，悄悄地走过了而立之年却不知道已走进了老处女的行列。

真的就老了吗？“老”字与爷爷、奶奶连在一起作为词缀是一个亲切、幸福、祥和的字眼，可一旦与处女连在一起，情况就大大的不妙了。

老处女与独身女人不同，号称独身的女人可以是也可以不是处女，她可以不具备形式而拥有内容，而老处女则不同，既没有内容也不具备形式，是一张白纸，洁白得没有图案和色彩的纸。

一个女人仅仅是一张白纸，这样的人生是寂寞的、孤独的、可怕的人生，犹如一片荒漠。我非常明白这一点。但我总也放不开，潇洒不起来，面对那些被人推销来的走马灯似的对象们，我无论如何也放不开，即便是“谈”到一定程度的也不行，我把拥吻看得很神圣，超乎寻常的神圣，以至于有些男人甚至怀疑我是不是女人。

我是个百分之百的女人，这一点我非常自信，但我不想，不想成为任何男人的女人，除了你！

当你在我的视听范围内消失了以后，我便一直想到你的故乡大海边来。今天我终于背起行囊揣着这对海螺穿越大山走来了。当我看到街上的人流，心想或许你的父母、兄弟、姐妹就在其中，我便感到这座海滨城市是多么的亲切美丽，那楼房、花草、树木、阳光、海风、人流、车流、气息，一切的一切都是那样的熟悉，那样的亲切，旅途的疲劳困倦顿时消失殆尽。

这是一座不夜城，霓虹广告不知疲倦地闪烁，以变幻莫测的姿态引诱天真无邪的人们，蓝色街灯婆娑树影，一对少男少女正在吻别。再亲一个，那响亮的回声似放枪一样震耳欲聋。拜拜！那女的挥挥手像燕子一样飞走了。这一幕看得我目瞪口呆，好一个大胆勇敢多情开放潇洒的女孩！她算不上漂亮，但笑得甜蜜，笑得灿烂，爱得大胆，爱得率真。

我好羡慕，我好嫉妒。

假如时光能够倒流，十年前的我在这样迷人的夜晚，一定温柔如水，充满爱意地期待你的拥吻。可惜时光一去不复返，今夜的你在哪里呢？

你好！这熟悉而陌生的问候，沉郁厚实略带沙哑仿佛来自遥远的记忆，朦胧缥缈；又似乎萦绕在耳旁，亲近真切。难道真的是你吗？我的心急剧跳动着，撞击着我的胸膛，心率至少每分钟120次。我知道我完了。突发性心动过速。

生命危在旦夕。

爱情起死回生。

当年，我好傻好傻，虽然我读懂了你眼神流露出的期待和渴盼，我清楚地知道你想要什么，但我却摆出一副神圣不可侵犯的模样，无情地击退了你一次又一次汹涌澎湃的浪潮。

我并非假正经，我只是崇拜柏拉图式的爱情，认为那才是至高无上的纯洁无邪的美丽神圣的爱情。

只怪我陷入太深，无可救药。

我胜利了！你却逃得无影无踪！

你的消失逃遁使我痛切地感悟到胜利者的辛酸和悲哀！它们总是在孤独和寂寞的时候逼我咀嚼回味，就像牛在夜深人静时反刍一样。但这一切你已无法知道。从此，我把情爱埋在心底。

情爱就像一粒种子，一旦埋进心的土壤，便会发芽慢慢长高长大，但我却无知无觉。当你突然出现在我面前时，我才发觉，这粒种子已经长成了枝繁叶茂的大树，我必须面对它，走进收获的季节。

我的眼睛对你说：我们去跳舞好吗？

你心领神会，我们默默地并肩走向情人歌舞厅。

第一次握着你的手，有一股电流自右手向心脏然后向全身传导；第一次面对面与你离得那么近，近得几乎没有距离。我微微抬起头贪婪地呼吸着你的呼吸，感觉着你的感觉。我和你配合默契，在闪烁的霓虹灯下忘情地飞翔。闪烁的灯光渐次熄灭，只有少数几盏灯在疲倦地闪着微弱的光辉。我抬起头睁大眼睛却看不清你的表情，但我感觉到你的爱意尽在无言的拥吻中，我的泪湿透了你的衣裳、浸润着你的肌肤，你用右手轻轻地托起我的下颌，俯身吻着我的双眼，吮着涓涓不断涌出的泪。

“我踩着不变的步伐，是为了配合你到来，在慌张迟疑的时候，请跟我来……”男女歌手的对唱充满深情，十分投入。

我疲惫地枕在你宽厚的肩膀上。多少年了，第一次有所依靠，第一次释放柔情，不由自主地全身心地依偎在你的怀抱中，我深深地感悟到情不自禁的全部含义。

你急促的鼻息像温暖的气流掠过我的发际、眉毛、眼睛、面颊、鼻尖、嘴唇，我深深地将它们吸入我的肺泡，与我的气息融为一体。“当春雨飘呀飘的飘在你滴也滴不完的发梢，带着你的水晶珠链，请跟我来。”

一曲终了，人们纷纷离开舞池，我和你依然踩着不变的步伐，如痴如醉，人们惊异的目光像探照灯一样扫描着你和我……

我不知道，我是怎样回到宾馆的，我只知道，我又一次失去了你！

我曾经拥有的是一份难以复得的美丽，我所追求向往的是一份不易超越的美丽。

一行清泪流进口里苦在心里。这泪扰醒了我的梦。我这才发觉自己坐在沙发上睡着了。

我做了一个美丽的梦。

你的故乡，即是我的梦乡。

亲爱的，今夜，让我为你温柔一次，假装你在我身旁，因为，今天是情人节。假如你在我身旁，我会轻轻告诉你：

有一种美丽，当你拥有的时候不懂珍惜，失去的时候就只能苦苦追忆！

原载 1996 年第 3 期《三月三》

陈日红

陈日红

女，汉族，出生于广西宜州庆远镇，1989 年毕业于广西幼儿师范学校，曾在宜州市幼儿园、宜州市保育院工作，2007 年调入宜州市职教中心，任职教中心附属幼儿园园长 10 年。1987 年开始在《广西日报》《北海日报》《河池日报》《三月三》《宜州文学》等刊物上发表散文三十余篇。现任职教中心学前教育组教师。

忧伤的心境
秋来秋又去
故乡的野菊

忧伤的心境

说起忧伤，往往会给人一种沧桑、悲凄的感觉，如果用它来形容某个人，别人往往会认为这个人历尽磨难、孤僻、不苟言笑，甚至有点苍老；其实不然，那只是世俗的一种看法。

忧伤其实是一种片刻灵魂上的封闭，是一种对生命有了一定了悟后产生的一种情绪，忧伤只是一种心境，与年龄无关，与孤僻、不苟言笑，甚至苍老无关。

我是一个忧伤的女子，只是我还很年轻。

很小的时候，邻家有一位心地善良而爱讲童话故事的姐姐，每次听她讲白雪公主、美人鱼、灰姑娘、卖火柴的小女孩的故事，我都久久沉浸在那忧伤的氛围里，虽然这些可怜的人儿大多都有一个美满的结局。童年是欢乐而无忧无虑的，但就在那时，我已体验到了忧伤的心境，正因为忧伤，直至今日我还保留着应有的同情心。

稍大一点，便读李白的诗、李清照的词、苏

东坡的豪放、李后主的无奈，他们的诗词，或是委婉，或是达观，或是伤别离，或是满怀凌云志，除这些以外，我总能独自体味出一种忧伤，一份伤感，一种他们对自身命运无法改变和抗拒的无奈，一种空怀报国的而不能施展才华苦闷的忧伤，在这种忧伤的心境里我感悟到如今生活的富足而应更惜今的感慨才展颜欢笑。

再大一点，更会无由无缘地忧伤，看秋天一片枯黄的落叶，看一片流流的云，路遇一只无家可归的小猫，常听一些忧伤的曲子任郁悒的音符将我的心湖灌满，或者，面对一个个稍纵即逝的白昼或黑夜，心里便涌起一丝惆怅、一丝失落、一丝空荡，看看一行行南归的春燕，常常会想起一些忧伤动人的爱情故事，甚至，在经历了一两桩喜悦的好事之后，也会有一些淡淡的忧伤。

在我离家求学时，有位待人可敬的老师曾对我说：你的文字有一种淡淡的忧伤,是否你遭遇过人生的不幸？或是没有家庭的温暖？我笑笑，我的人生经历平淡如水，我的家庭与天下所有幸福的家庭一样温馨。老师不解：何以小小年纪能写出忧伤的心境呢？其实我知道，从小时候起，忧伤已注入了我的心魂，有某些时候也曾想改掉自己的忧伤，如今才明白，附予心魂的东西不该弃之。日益发现，片刻的忧伤往往会充满诗意，忧伤原是一种很美的心境，有的人终身幸福，或不幸，或平庸，或辉煌灿烂，但都没有体验那深静如水的忧伤。片刻的忧伤，没有怨恨，没有功名利禄的奔忙，没有骗人的虚伪，没有回到人群中时满脸堆起的笑容，没有烦琐的应酬。片刻的忧伤，会使人容易平静，容易想起一些久远而美好的事情，容易除去心存的杂质，返璞归真，容易唤起人们善良的本性。

忧伤只是一种心境，它蕴藏着许多内涵。它与沧桑、孤僻、不苟言笑，甚至苍老无关。

我是个时常拥有一段忧伤心境的女子，只是我还很年轻，在忙忙碌碌的现代生活中拥有片刻忧伤的心境，对于我，是一种人生的享受。

原载于 1994 年第 3 期《三月三》杂志

秋来又秋去

那一年深秋，我的泪水打湿过许多日子，怀着一颗受伤的心，我陷入了谁也无法拯救的绝境，日子是艰难的，而且我似乎已经没有了前途。

在一个秋雨迷蒙的黄昏，我走到了郊外一处偏僻的地方，那里长满了各种枝藤，长满了野草，还有与腰齐高的野刺。我只是向前走，心里一点也不觉得害怕，觉得人生也不过如此，走累了，倦了，就慢慢地倒下，不再醒来。突然，有一个人抓住了我的手，把我从野草地深处拉出来，往回走，走到一条蜿蜒的小路上，那人才停下说："那边是悬崖，这才是路。"说完那人就走了。不知什么时候，雨停了，天边有一轮夕阳，天边的夕阳与他的背影形成一幅画，令我永生回味。

我木然地望着他离去的背影，不知道他从哪里来，甚至没有想到要看清那人长的是什么模样，从此那人的背影便永远印在我脑海中。

我终于又鼓起勇气生活，我终于又有力量在人生的路上拼搏，我终于能坦然地面对人生的一切困难和苦难，只是因为那年深秋的那一个人。

秋来又秋去……

原载 1994 年 10 月 30 日《广西日报》

故乡的野菊

当秋风带着它特有的微凉，飘落尘世的时候，野菊就开花了。蓝色的小花瓣，白色的小花蕊，以傲对秋风的铮铮骨气，静静地开放了。

开放在故乡的小径旁，开放在故乡的小溪畔，开放在故乡的石岩下，它是那样的质朴，又是那样的高洁。

噢，故乡的野菊！

记不清是哪一年，正是野菊开放时节，她轻盈地来到野菊旁，来到我们这个偏僻的小山沟教书。

上课的那天，讲桌上放着一簇野菊，淡淡的芳香溢满整个空间，年轻的女教师眼里噙着两潭泪水，欲溢却不滴。

山里孩子的感情，不就如野菊，一样纯洁朴实？

讲桌上的一簇野菊，寄托了山里孩子的多少

期待，别走吧老师，像野菊，扎根故土，傲对秋寒。山里的孩子，真怕她柔嫩的双肩经不起山里的风寒，真怕厚厚的热忱裹不住她一颗真诚的心，真怕她像以前的年轻的老师走了，不回头。

秋雨潇潇，她和山里的孩子一起趟过那条古老的小河；寒风飒飒，她经常围着一条洁白的纱巾，走在乡间的小路上，犹如雪地里盛开的雪莲。

柔柔的春风，她和孩子编着一个个梦想，她娓娓动听地讲冰心的《小桔灯》，讲李清照的《声声慢》。

灼热的夏，像她家访时一颗火热的心。

从此，她的小屋，经常飘出红薯的清香；她的讲台，经常有盛开的野菊。又是故乡野菊花开时节，她没有走，山里孩子的晶莹，山里孩子的纯真，山里孩子对知识的渴求，山里的野菊花，留住了她。

当我挎上行囊，要远离故乡求学的时候，她送了一簇故乡的野菊，只有一句话：回故乡来，做一朵傲寒的秋菊。

秋风又起了，野菊花又开了，开在故乡的小径旁、小溪旁，像她，像千千万万平凡而又纯朴的人。

原载 1995 年 1 月 17 日《广西教育报》

黎艳萍

黎艳萍

笔名花解语，广西宜州人。现任河池市诗词学会副秘书长、宜州区诗词学会会长、《河池诗词》副主编、《山谷诗苑》主编。广西民间文艺家协会、广西诗词学会、广西女摄影家协会、广西艺术摄影家协会会员。喜欢旅行、拍照，喜欢在行走中感悟人生的美好。偶有小说、散文、诗词、民俗纪实作品散发于《广西日报》《河池日报》《诗词》《广西文艺界》《三月三》《河池学院报》《八桂诗词》《西乡塘诗刊》《柳州诗词》《布衣诗词》《河池诗词》《宜州文学》《今日宜州》等报刊。

踏浪归来阿哩哩——白浪滩一日游小记

古幽胜地板纳村

一个乡野老农的诗意人生

踏浪归来阿哩哩

——白浪滩一日游小记

在广西最大的江山半岛，在白浪滩，无论你踏浪冲浪，还是漫步沙堤，面对无垠的北部湾，你会觉得人很渺小,你的心会全无牵挂,坦坦荡荡。因为天空很纯洁，海湾很宽大，海滩很辽阔。

（一）日出

有朋友对我说,不到白浪滩,不知海滩之宽平,不知海浪之柔美！不看白浪滩的日出,不懂阳光、沙滩、海浪之深情。对于大海，我内心从来都是充满着敬畏的。而海边日出，则是我最想看的风景。为了看日出，早上六点我就悄悄起床，一个人轻轻地向海边走去。此时，天，还没有完全大亮，天空灰蒙蒙的，只有一片浅蓝，颜色淡淡的。

凉爽的海风迎面轻轻吹，泛白的海浪轻轻摇，凉丝丝的、充满了盐分的雾气悄无声息地弥漫在宽阔的海滩上，静谧而惬意。

六点十分，东边的海面上出现了一条青色的云带，云带上面，是淡淡的朝霞；西边天空上的云彩，也开始慢慢地染上了颜色。一个本地人告诉我，太阳已经出了海平面了，只是这个时候的太阳被掩藏在云带下。能够看到太阳从海平面直接出来的机会不多，这一次也没有。

涨潮了。海浪层层叠叠地触摸着沙滩，在晨曦的映照下，海水呈现出娇柔的姜黄色，浪涛的声音清晰而舒缓。没有人喧哗，即使是旁边的那几个年轻人。有个女孩在沙滩上虔诚地画着一个又一个的爱心，一个男孩在旁边轻轻地按动着快门。

远处沙滩上，依稀撒着数点模糊的人影，有的相互追逐，有的窃窃私语，有的躺在沙滩上，所有人都在静静享受着这美好的晨光。

天很近，云很厚。突然，一缕缕的射光从云层的间隙倾泻而出，一瞬间，流云浮动，光影迷离，我竟有些恍惚了，仿佛踏入蓬莱仙境一般。每一秒，光线皆随着互相追逐的云彩变幻莫测，从云层上空逐渐扩散的细腻线条异常清晰，几近透明，却又丝丝可见，就像世间最长的琴弦，风吹过，就能听到悠扬悦耳的琴声。

在一道道光线映照下，扁舟、渔船静静地停泊在海面上，安详又温暖。逆光下，船身的剪影好似一副怀旧的黑白胶片，给人非常温馨的感觉。

六点半，太阳探头探脑地溜出来了。它张扬地悬挂在云层之中，如同一团火焰在尽情燃烧。层层云海被染得橙红鲜亮，海水也被染红了。这个时候的大海像洒上了金粉，波光闪闪；太阳的下面，是一条灿烂的金黄带子，一直延伸到海滩上，这灿烂炫目的丝带，让人震撼！

一叶小舟，正向着太阳驶去，黑色的船，披着金色的光，仿佛就要驶进太阳里。

远方，渔帆点点，微风举浪，一幅美轮美奂的海上日出图出现在我的面前。

这一刻，我忘记了一切，沉醉在自然率真的情绪变化中，只想着，就这样守着日出、日暮，看海上生明月，数漫天闪耀的星辰，静静地享受人在旅途的美妙风景。

（二）踏浪

看完日出，回到酒店吃完早餐，已经九点多了。按原计划，我跟随妹妹全家去海滩上踏浪追鱼，刨沙挖蟹，做一个专职照相员。

一踏入海滩，妹妹的女儿祺祺便像鱼见到水，淘气地雀跃着，完全无惧烈日炎炎，一会跑进海里冲浪，一会又窜到海滩上去挖蟹、挖螺，把我这跟班的累得气喘吁吁。

太阳像个魔术师，把蔚蓝的大海装点得波光粼粼。

穿着泳衣、光着脚丫的男女老少，在白浪里翻滚、跳跃。一波波跃动着白色水花的浪潮，伴着舒畅欢快的涛声和人声，一浪接一浪地扑打着海水里游玩嬉戏的人们。一个个长长尖尖的海螺欢快地随着浪花冲到沙滩上，又随着回落的海水往海里跑，但还是有一部分被遗留在沙滩上。远处的海浪一个接一个、一排连一排地相互追逐着、奔腾着，煞是好看。

站在宽阔的海滩上，没有人能够拒绝这排山倒海的浪花，也没有人能够拒绝拂面怡人的海风。把相机交给妹妹，把鞋子甩掉，把裙裾挽起，我也随着人流走进了海水里。泛着白沫的海潮一浪接着一浪，漫过我的脚背，没过我的脚踝，抚摩着我酸累的膝部；温润的沙砾熨帖地按摩着足板，惬意从脚到头，“呼呼啦啦”一线贯通，旅途的困顿烟消云散。我轻轻地拍打着浪花，无数颗细小的水珠溅在脸上，凉丝丝的感觉舒服极了。

随着大海的情绪变化，海水一会儿高，一会儿低，一会儿浪花飞溅，一会儿风平浪静。浪花飞溅时，海水就像一位伟大的钢琴演奏家在充满激情地敲着琴键，发出清脆响亮的声音；风平浪静时，海水犹如一面镜子，平静无波；海浪时高时低时，海水却又像一个调皮捣蛋的小毛孩，一会儿哭哭闹闹，一会儿笑逐颜开。

浪花在舞蹈，我的心却恬静悠然。阳光、沙滩、海浪、老船长，这是儿时对沙滩和大海的美好向往，随着年龄的增长，这些向往都变成了记忆。而现在，我就站在这里，在海风的拥抱里。

踩着沙，踏着浪，我们把脚印留在了沙滩上，把歌声留在了浪涛中，把快乐和欢笑留在白浪滩的阳光里。白浪滩的每一朵浪花，每一缕阳光都让我们流连忘返。

当有一天，忧愁悲伤都如浪花般在我们身边纷纷碎落的时候，请保留一颗如大海般宽容美丽的心。

（三）出海

踏浪归来，我们简单地在景区内吃了午餐，小休到下午三点，便又开启了白浪滩之行的第一项收费项目——出海捕鱼。原以为，几个人一条小船，乘风破浪济“鱼田”，亲手撒网捞鱼虾。可临上船，方知是二十人乘坐一条渔船，由船老大手工下网，拖网捕鱼。待船缓行一段距离后，收网，网得之鱼虾归游客所有。

上船伊始，大海便给了我们一个下马威。因海滩水浅，渔船到岸还有一段距离，我们必须要涉水趟过去才能上船。那海浪呼啸而来，不经意间，同伴们大多都被打得湿了身，我身上的衣服也湿了一半，幸好阳光明媚，一会就晾干了。不过，被海浪突袭的感觉真的很刺激，畅快又舒爽。

上了船，我找了一个视野宽阔的位置坐下，开始与海浪共舞，尽情享受大海带给我们的乐趣。韩驹诗云：“茫然不悟身何处，水色天光共蔚蓝”，也不过如此景色罢了。

看海与游海，实在是浑然不同的两种情感，带给我们的感受也大不相同。我们无法同时拥有生命里所有想要的东西，就像现在，要么游海，去体验人生的艰难，要么看海，收获快乐。

带我们出海的渔民是一对三十岁左右的夫妻，他们的船上还带着一个三岁左右的小男孩。由于长年累月被海风吹打，他们的脸明显有些酱黑和粗糙，但却显露出健康、善良与温柔，天然中带着一种海边才有的真正风情，有一种与大海融为一体的自然美。

海水是那么的蓝，好像一匹宽阔无边的蓝绸子，一直铺到天边。遥远的水天相接处，蓝色的天空和灰蓝色的大海之间形成了一条笔直的线，好似用尺子画过一样直。太阳的光辉洒在波光粼粼的海面上，泛着金色的光芒；那光，忽而又反射向头顶上的白云，使得白云也染上了一层层的金色。远远近近的海面上，有无数的金鳞在跳动闪烁，仿佛众多的游鱼在嬉戏腾旋；那翱翔于海天之间的一只只海鸟，航行于天海之间的一艘艘小船，都让大海瞬时变得异常生动，所有的一切都充满了生命的活力。

“准备收网了。”防城的一个朋友对我说。于是我随着他走向船尾，去观看渔民夫妇把网从海里拉起来，急切地期待着挂满鱼虾的网出现！可惜拉了半天，依旧未见半只鱼虾一片壳。就在失望之际，渔网最后一段浮出海面的瞬间，我们终于见到了“渔网恢恢，疏而不漏”的捕捞魅力，终于见到活蹦乱跳的鱼虾、海星与贝壳……

渔民夫妇收拾好网到的鱼虾、贝壳、海星，再把它们拿到船舱里向客人们展示后，渔船便开始返航了，这一站的旅行宣告结束。

出了海，也捕了鱼，但与真正的出海捕鱼差别实在太大！旅游者总是被“惊心动魄”“体验味十足”的旅游美名所迷惑！有时候，明知是诱惑，依旧心甘情愿地踏上“贼船”享受着被“欺骗”的感觉！一船人，只有我和其他三个朋友目睹了渔民下网收网的全过程，大多数人都是坐在船舱里看海景而已，根本就体验不到出海捕鱼的那份真正的乐趣所在。

（四）落日

捕鱼归来，妹妹玲的同学给我们订了美味的海鲜晚餐，可是由于酒店的疏忽，迟迟没有上菜。于是，我跟妹妹她们打了个招呼，独自一人向海边走去。

“夕阳无限好，只是近黄昏”，轻轻吟着李商隐的千古名句，心里莫名的有了一丝丝的惆怅。

极目远望，海天相连的尽头，火红的太阳一边落下，一边变换着各种颜色，好像要把自己瑰丽的色彩最后展示给世间万物。那余晖洒在海面上，铺在沙滩里，金光闪闪，波光粼粼。慢慢地，天空被染成了橙黄色，然后，变成梦幻的橙红色，瞬间，红霞就布满了整个天际，几只飞翔着的海鸥也被夕阳染成了金黄色。远处，点点渔船静静地漂浮在海面上，使得眼前这幅景象更加静谧。

夕阳下，一对满头银丝的老人披着金色霞光，相扶相持从对面走来，慈祥的脸上带着宁静的微笑。在他们相视而笑的瞬间，我捕捉到了他们眼中闪烁着的一抹光亮，那是人之初的目光，清澈，透明。此情此景，让我心里忽然就有了一种久远的感动，那迷离的柔情，无约而来，沁入心扉。

广阔的海滩上，褚黑色的沙滩蔓延着，就如同我平铺着的思绪。我不知道，这层层幻影究竟出自谁的手笔。它们聚而成形，散而无状，像无穷无尽的梦想，在五彩的天空里飘散。而那些城堡、塔楼、山林状的层云，又是从谁那里得到红、黄、棕色泽的渲染？在这彩练舞空的壮丽景色面前，又有谁舍得抽身离去？

在深深的黄昏气息里，我一直在努力地寻找自己失去的语言。我不断将心里写好的诗词慢慢揉碎，然后将这些碎片在海风中扬起，任由它们飘散而去。我想让我的欢乐撒向大海，我想大声地告诉大海，我是多么地喜欢它。但我不敢，我怕成为众人注视的疯子。于是，歌唱成了低吟，成了自己才能听懂的呓语。暗淡的光线下，倦意慢慢地覆盖了我。沙滩上的我变得异常渺小，似乎一不小心，就会被时间永远遗忘在不知名的空间。在光线交错中，我的意识也随之纷乱。而一直追随在我身边的一个小女孩，却在将这夕阳幸福地用手机记录着，或许，她就是想让这瞬间的美丽成为明天依旧会来的凭据吧。小女孩的世界充满了新奇与唯美，她无法理解她身边那双眯缝着的双眼。

梦幻般的美景在短短的几分钟内便悄然而逝，瞬间的美丽已成为永恒的精彩。人的一生，漫长而又短暂，没有谁会相伴我们一生。但只要能在相逢时把美好留给对方，让最美丽的一面铭刻于彼此的心间，又何尝不是一种永恒的美丽？

看着波澜壮阔的大海，听着海浪拍岸的声音，那首充斥于大街小巷的歌曲《踏浪》便应景似的在我耳边响起。智者言曰：仁者乐山，智者乐海。做人，也应像海，心胸开阔而不拘泥小节。

（五）插曲

在这次白浪滩的旅行中，有两个小小的插曲，给我们的生活添加了一些调料，记于此，就当作是流水账吧。

一是，短短一天的旅途，我们走错了两次路。第一次，是在应该下高速转防城港时没有下，一直走到伶俐收费站才发现错了，回头重上高速。第二次是从防城到白浪滩，因修路导航出错，我们在防城绕了三圈，找不到白浪滩在哪。最后是玲的一个同学自告奋勇过来给我们带路。搞笑的是，这同学自己也迷了路，他把我们引到了乡间，翻山越岭，穿过许多沟沟坎坎，最终到达白浪滩江山海景酒店时，已是晚上 11 点，而我们是七点十二分进入防城收费站的，二十五公里，我们整整走了将近四个小时，哈哈。

二是，祺祺问她妈妈，海水是什么味道？她妈妈答，酸、甜、苦、辣、咸。第二天冲浪时，祺祺自己亲自尝了海水，然后非逼着她爸爸妈妈也尝了，证明海水只是咸的，没有其他酸、甜、苦、辣味道，笑！

原载 2018 年第 4 期《三月三》

古幽胜地板纳村

一直以来，我都喜欢行走在远离城市的地方，喜欢在山野大川中找寻心底的宁静，喜欢走在荒漠时的那种苍凉，喜欢在古村落中找寻那种藏于心底的对我们这个民族的肃然起敬。

带着这种心情，七月的一个双休日，我和几位太极师友走进宜州区屏南乡板纳村。这是一个群山环抱的美丽村庄，青山绿水围绕的古村落旧地。它历经岁月沧桑，如今古韵犹存，这里的一桥、一石、一景都在大山里诉说着悠远的故事。

古桥・瀑布

进入板纳古村落之前，我们先去村头看一座古石桥，还有桥下的瀑布。

漫步在弯弯曲曲的乡间小路上，没有城市的车水马龙，没有城市的喧闹声，板纳村显得异常宁静和谐。呼吸着带有泥土芬芳气味的空气，欣赏着点缀在田间地头草丛中的紫色牵牛花，听着婉转的鸟鸣，心情实在是棒极了。

远山、流水、古桥、瀑布，我们瞬间仿佛走进了一个神秘清幽的仙境里。

炎夏季节，河水特别清亮，小鱼儿悠然自得地在河里嬉戏；河岸草丛中，不时飞出几只美丽的蝴蝶；水蛇在水中游弋着，让人感觉到一丝丝凉意；树丛中鸟叫声是那么婉转悠扬，令人瞬时有一种远离尘寰的感觉。

也许是受到碧水蓝天的诱惑，又或许是心境使然，韦明革老师和师妹情不自禁地在古桥上走起了太极八式，明媚的阳光下，师徒二人衣袂飘飘，完全与景色融为一体，承、传、起、合，心随手动，他们瞬间仿佛变得轻柔温软，但又潜藏着无限的力量。太极之美，美在和谐；太极之乐，乐在过程。而太极与大自然的完美融合，却是人生境界的极致。

此时，我听到一种声音在村庄的上空飘荡，那声音划过田野，风一样拨动心中那根柔美的琴弦，于韵律萌动时，化作金黄的呼唤。

传说，很久很久以前，板纳村大周屯的一个富家女和普于屯的一个穷小伙相恋，遭到了父母的强烈反对，后经姑娘拼死抗争，有情人终成眷属。为了纪念这得之不易的爱情成果，也为了方便两屯民众往来，姑娘便出资在隔河相望的两屯间建了这座石桥，后人称之为“爱情桥”。

沿着古桥往下走，水随石转。在阳光的映射下，石块变幻着不同的颜色，灰、黄、白、黑、红，走在上面，就像走在彩石铺成的地毯上。

一道白色的瀑布从古桥侧畔飞泻而下，落入浅滩，水花飞溅起来，像纷纷扬扬的细雨，在空中飘洒。桥身是青灰色的石岩，浅浅隐着美丽的斑纹，有的地方爬满了青藤，有的石隙之中顽强地生长着树木，桥的边缘有流泉滴下，轻轻发出“嗒嗒”的响声。我静静地坐在一块石头上，聆听这瀑布和泉水的交响，旅途的疲惫和心中的杂念被洗涤得干干净净。溪流水深深几许？古老的石桥，蕴洇了多少人生的禅机，多少生命的哲理？多少年来，心中朦胧憧憬的东西，似乎在这一刻得到了圆满的回报。举目仰望，瀑布像是从蓝天之上倾泻而下，有一种超然物外的感觉。

裸足抵水，任细沙和碎石轻吻脚面，微风徐来，清凉中让人顿悟出许多。

神秘源于清幽，清幽来自纯朴。在这个浮躁的时代，我为板纳能依然保持这样的原始古朴暗自庆幸。在这里，美丽的大自然静若处子般观望着生灵，默默地为人间奉献和谐的音符。

古桥边，瀑布下，掬一捧清泉，徘徊在心的彼岸，慢慢的，捡拾遗存的梦想。

古村·古榕

尽情享受完古桥、流水、瀑布的景观，我们信步向板纳古村落走去。现在的板纳古村落基本已无人居住，村民大多都已迁往古村外围建了新房，我们要进古村必须要穿过新村才能到达。

在板纳新旧村交接处，我们惊喜地发现，有一条小溪穿村而过，在清澈的溪水里，三五只水鸭子正在快乐地嬉耍，溪边妇女三三两两在洗衣、洗菜，或选茧，几个老人在软语闲聊。任你怎想，任你怎看，村中每一个角落似乎都承载着一段美丽的传说。

通往古村落的青石板路，宁静而悠长，仿佛向我们静静地述说着这里曾经的烟火盛世。缓缓地走过巷道，我们的心一下子就变得恬淡从容。

一踏进板纳古村，时光便开始交错，仿佛一不小心，一个踉跄，我们就埋在了历史的洪荒里。

一座座无人居住的老屋，一个个破旧的窗棂都仿佛向我们揭示着曾经的显赫和今日的衰败。随手推开一扇虚掩着的木门，便可走到一户人家的堂屋，屋中往往并无一人，只任由那些承载着历史的一桌一凳、一箩一畚展示着岁月的年轮，历史就是在这样静静的轮回中不断新生发展着。

一级级台阶、一座座门庭以及斑驳的墙面，都能引起我们无尽的遐想，去遥想曾经的人、曾经的事。

村中古屋建筑风格朴实,既没有多少深宅大院,也没有雕梁画栋,房屋全是砖瓦原木构筑,却显得更加朴素真实,自然明朗,野趣天然。

大门口遗留的各种石磨、石碑，以及门楣上古雅的木雕，无一不彰显着板纳古村厚重的历史陈迹。

最让我们感觉惊异的是，行到一处小巷子时，我们赫然发现成群结队的蝴蝶在一家古旧的老屋门阶前翩跹起舞，恍惚间，我好像是走进了蝴蝶的天堂，满眼都是蝴蝶。红的、白的、黑的、黄的，看得我眼花缭乱，目不暇接！突然，一只花蝴蝶落在我面前台阶下的一朵小花上，我仔细数了一数，一小片翅膀上就有七种颜色：红、橙、黄、绿、青、蓝、紫，十分美丽！这小东西一点都不怕人，停在那儿还不停地扇动着一双美丽的翅膀，好像在欢迎我们这几个不速之客的造访。

依依不舍地穿过蝴蝶群,我们去看板纳村最古老、最神奇的古榕。我心里想，多美多神的古榕我都见过了，估计这古榕不会有让我惊喜的元素。

越过村庄，我们走进了一条荒芜的山道，可能是平日里走的人不多，小路都快被两边的野草覆盖了，路面也凹凸不平。走了将近十分钟，眼前忽然一亮，一片空地内，突兀地耸立着一株古榕，这树不仅高大、挺拔，枝繁叶茂，而且树冠大、树形好，是我所见过最漂亮的。那么多的绿叶，一簇堆在另一簇上面，不留一点缝隙。金色的阳光打在那翠绿的叶子上，明净的颜色照耀着我们的眼睛，好像每一片新的生命在颤动。

正发呆间，有一个声音飘进我的耳朵：黎姐，有没有发现它有什么特别的地方？刚才吸引我眼球的一直是这树的树形、树干、阳光、绿叶，这声音把我的目光从半空中拉了回来，我专注地在古树上下左右逡巡，希望能找到这树与众不同的地方。当我的目光扫到地面时，一个发现让我怔住了，天哪，这榕树脚下，这榕树根须，居然组成了一个天然的祭拜台。看到我终于有所发现，大家笑了。

向导告诉我们，古时，板纳村的后山上有兵营，这里原是古时兵士操练的地方，将士们白天下山操练，日暮上山归营。岁月更迭，这古榕便是古村落历史文化的见证。

年复一年，古榕不断长大，当年的兵营已经成为过去时，昔日将士们豪放的操练声渐去渐远。而板纳村的子孙后代却不断有人走出去，又转回来。不可思议的是，古榕下的根须慢慢缠绕纠结，居然形成了一个天然的祭拜台，人们便奉之为神树，每逢初一、十五都有人带着三牲、昌果来树下祭拜，尤其是家里有正在求学孩子的村人，特别喜欢到树下祈福，希望神树能给上学的孩子们带来好运，据说还挺灵的。每年八、九月，都有一些顺利考上大学的学子前来还愿。古榕祭拜台的香火，或许就是这样鼎盛起来的。

说说看看，一转眼，太阳就要下山了。因韦明革老师要赶回河池，所以我们只好带着不舍打道回府。向导说，下次时间充裕他要请我们吃正宗的板纳土鸡、喝地道的板纳米酒，那才是纯纯的家乡的味道。不论走到哪里，永远都忘不了的家乡的味道。

板纳是温婉的。不论是穿村而过轻潺流动的溪流，抑或是蜿蜒起伏峰峦叠翠的青山，或是村里勤劳质朴的农人，温婉的气质在天地间洇浸开来，均悄然地化作淡定和从容。于是，水便幽邃起来；于是，山便静默起来；于是，人便祥和融洽起来。

有山无水，山便少了韵；有水无山，水便少了骨。幽幽青山，淙淙绿水，孕育出了远离尘嚣、亦耕亦读的古老村落，也印证着板纳村的悠久历史。

如今，村庄已不再是过去意义上的村庄，城镇化的浪潮已冲击着村庄，这是一股潮流，这是一种趋势，我不知道，板纳的古朴单纯还能存在多久？

原载 2018 年第 1 期《三月三》

一个乡野老农的诗意人生

从坦上踏古回来不久，骆庚元老师忽然打来电话，兴冲冲地问我老家是三湾的吗？答曰：“是。”他又问，那你认识一个叫黎元希的老人吗？我笑问：“您怎么会知道他的呢？”他说：“这是一个埋名乡野的高人，诗词写得一等一的棒，我想带你去见他。”我哈哈大笑，黎老先生是我的堂叔，没有人比我更熟知其人其事，其淡雅悲辛的一生……

很多时候，我想不清楚究竟该怎样来给堂叔定位，他走遍宜州的山山水水，熟知本地的人文掌故，埋首于故纸堆读写并传承着民间的道德传统。他平生寒苦，不逐蜗名微利，白眼朝天，万事鸣虫，看穿了浮世的浅薄与功利，只是低调。仿佛卑微，实则睥睨冠盖地活着；他在漏雨乡舍中坚守古礼，寒泉淡食，甘之如饴，在世界的槛外，微醺的樽边独自冷笑，抑或狂歌。

我真正了解堂叔，是在他带我走乡串村，深入边僻之野访古问道之后。他对家乡民俗文化和铁城历史人文的烂熟于心，让我惊异。他熟知哪里有风景，哪里有遗贤；他指着沿途的墓葬告诉我，这是谁谁的墓穴，那是什么人家的古俗，那又是哪一户的庐墓。他熟知宜州一切的民俗风情和礼仪，诗联山歌张口就来。他仔细教我平仄对仗，教我分辨俚语孝歌，可以说，关于家乡的那些民间文艺，我的知识多半取之于堂叔。

但堂叔最让我心生崇敬的，却是他一生对诗的痴迷。

而堂叔最喜欢的，便是我去看望他。

每次我去看他，什么东西都可以不带，有一样东西是绝对不能少的，那就是水性笔、笔记本、信笺和小备课本。说来是五年前的事了，现在想起来还有些心酸。记得当时也是深秋，我去看他，他欢天喜地地把他的宝贝一股脑地抱出来让我看，你一定不会想到这些宝贝是什么样的，嘿嘿，就是那些各式各样的小纸片，小纸片上写满了他平时顺手涂抹的小诗。有旧报纸，有烟壳，有小学生作业纸，五花八门，让我看得目瞪口呆，那么美好的文字，就写在那些残破的纸上。但堂叔却浑然不觉我的讶异，兴致勃勃地给我吟唱他最得意的诗作，每首诗他都详细地给我讲解，用什么典，出自那里，为什么要这样用，我真心喜欢诗词，就是从那个时候开始的。从此以后，只要我去看他，就一定带纸和笔，且反复强调，写好了要录在笔记本上，等我来跟他学。只要我提到跟他学诗，他就眉开眼笑，欢喜得像个有糖吃的孩子。

有道是，相逢莫问荣枯事，但见容颜便可知。堂叔现虽已八旬，但印堂依然发亮，眼睛依旧闪着灵性的光芒，就像河水在太阳映照下的泛光。他给人的总体印象是暖色调的，纯净而透明，具有酒一般的激情和茶一般的宁静。谈起古典诗词，老人家神采飞扬，像穿越了千年时空；谈起宜州的风情风物、古今野史、民间趣闻、越人奇事以及各种掌故，他常是信手拈来，如数家珍。他告诉我，民国时期的军事理论家、“战争先知”蒋百里，生命的最后一站是在宜山，蒋百里的墓曾经葬在宜山鹤岭，他居然还背出墓门两侧的联语和额题。

他说，宜州曾为岭南名城，宋代诗人黄庭坚曾流放宜州，二三子与其游，文士雅聚于南楼，吟诗弈棋，饮酒纵谈，宜州学风，自此大变，人才辈出，宜州中进士者共有四十一人，宋代就有二十八人。他给我讲诗，不是读，而是唱，唱诗的时候全身心投入，仿佛那些被岁月沉淀的记忆，早已化作了诗文的故事，刻在他的心底里。

“修身树德事无差，怀璧门庭横祸加。死别生离天地惨，荣华富贵鬼神嗟。冤魂化作山填海，难子思亲偶放花。四十年非空洒泪，天涯海角但归家。”读堂叔的忆旧诗词，我们仿佛能看到他们那一代人的成长与挣扎，歌哭笑骂之中，足以辨识出一个世代的荒诞和残酷的轨迹。

“霜寒见背父当年，困愈惜时苦愈坚。常把诗书存梦里，首蜉人品置名前。”“陡步泰阶酬素志，天缘豪饮玉皇泉。”走过了似水流年，走过了岁月沧桑，经历了四季风雨的洗礼，历经情感的悲欢聚散，多少失落与感慨，又几多跌宕起伏？千万里走过，万千春色赏遍，再回首，已是沧海桑田。

堂叔的诗最突出的特点便是平淡自然与深厚醇美的统一。“豪华落尽见真淳，一语天然万古新。”“潮回暗浪雪山倾，远浦渔舟钓月明。桥对寺门松径小，槛当泉眼石波清。迢迢绿树江边晓，霭霭红霞海日晴。遥望回山云接水，碧峰千点数鸥轻。”他的田园诗写的是平淡的田园风光和日常的农村生活，反映的是恬淡的心境与情趣。这些诗歌多是白描，语言朴素自然，少见华丽，但这并不意味着平淡无味。同时他的田园诗还富有意境，所选的景物多具有鲜明的特征，且饱含着诗人的感情，体现了诗人的个性特征。他还善于将深刻的哲理融入诗歌的形象中，使平凡的素材表现出不平凡的意境：“一别乡关已几年，故园松柏尚依然。椿萱娇娇含辛笑，伯仲欣欣抱负言。邻里绅仁喧问好，里朋豪士觉欢颜。红兰美酒同骚饮，道我疏狂胜昔年。”这种情、景、理交融形成的意境十分和谐，往往令人神往。田园诗的艺术魅力，与其说在于它是田园生活的真实写照，不如说在于其中寄托了堂叔的人生理想。

“众山簇隐立荒陬，夜上孤城费醒眸。人物已随尘事杳，遗踪还向洞中留。烟浮霭霭人家境，霞落飘飘草树幽。极目逸情城上望，白汀红叶最宜秋。”整个画面显出悠邈、虚淡、静穆、平和的韵味。“霭霭”“飘飘”状景生动，似一幅淡墨画，我们宛如看见诗人久久伫立凝望的神情，并感受到乡村缓缓上升飘舞的炊烟的亲切之情。恬美、宁静跃然纸上，田园之景、乡村之乐，浑朴自然。“灵潭皎洁玉芙蓉，擁出碧莲接太空。一色翠屏开绵帐，游人都在图画中。”唐代诗人王维在《辋川闲居赠裴秀才迪》中曰“渡头余落日，墟里上孤烟”，堂叔则用轻松欢快、平淡柔和的笔调描绘了幽雅秀美的田园风光，书写了悠闲自得的乐趣。

“半山半庵号半亭，半樵半牧半披星。半山兰菊半山竹，半壁晴空半壁阴。半酒半诗堪避俗，半愚半智好修身。半生游壑如春梦，半听松涛半弄琴。”堂叔的这首自嘲诗就是他自己一生的真实写照。阮籍从现实获得解脱的理想是“大人先生”，而堂叔的理想则是“五柳先生”，只消在“环睹萧然，不蔽风日”的破房子读书、饮酒、作诗，“便欣然忘食”，有如无怀氏、葛天氏之民那样的逍遥自在，以一个“蓬户士”而自得其乐，忘情于世事，平淡于田园。

而今的堂叔已然八旬高龄，所谓岁月霜雪，确已白雪满头了。少时的凌云浩气渐归流水，在他貌似敦厚的常年笑容背后，仿佛一切的烈火哀愁都波澜不惊，宠辱皆忘。

唐人钱起诗曰“散材非世用”，意思是说，这样的人物多与时世相违，故而只能避居于荒野陵谷，求得个人的快意平生。唐诗还说“今日散材遮不得，看看气色欲凌云”。在堂叔身上，我是真正能感到这样超脱高蹈之姿的。

“一个人一生最重要的事情，就是把自己的心，安置到一个舒服的地方。”我想，堂叔是做到了。他一辈子没有太多的欲望，没有尔虞我诈的阿谀奉承；只向往那种精神的充实，灵魂的清澈，一本书，一杯茶，闲看庭前花开花谢，宠辱不惊，他把自己恬淡而悠然的生活，编撰成生命的音符，记载一路山高水长，绘就一阕诗意、浪漫的人生。而我，现在最想做的事情，就是把堂叔的诗文整理出来，等待吉人慧眼，能帮助我在堂叔有生之年出一本有他自己署名的诗集，幸矣！

原载 2015 年 8 月 11 日《广西日报》

毛妤斐

毛好斐

祖籍河南，生长于宜州。中国音乐文学协会、中国大众音乐协会、中国音乐家俱乐部理事会成员，广西作家协会、广西音乐家协会、广西音乐文学协会等会员。1989年开始发表作品，曾出版《2014白天鹅新锐诗选》合集，参与编撰《河池文化丛书》和《河池山歌丛书》，有诗歌、散文、歌词、曲艺作品多次在全国性的比赛中获奖。2012年《三姐家乡歌飞扬》助力中国传媒大学参加CCTV-1综合频道《毕业歌》比赛获第二名，该歌曲于2013年走进CCTV-3综艺频道；2014年童谣《编藤娃》在广西优秀童谣征集活动中获一等奖；2016年广西文场《孝敬父母好儿郎》获广西首届曲艺比赛文学奖，散文《三送三别黄官桥》被收录进《中国双拥》《鱼水情深——纪念延安双拥运动七十周年征文作品集》。

换一种方式品咖啡

秀美龙江河

换一种方式品咖啡

对多数人而言,相约浪漫咖啡屋是一种时尚。咖啡不仅仅是一种点缀饮品,更是一种生活方式。在别人根深蒂固的思维里，轰轰烈烈的爱情，少不了咖啡做伴；凄婉的相思，离不开咖啡的苦涩。拥有爱情才拥有咖啡,咖啡是情人相见的调味品，是寄托相思的无形鸿雁……

咖啡原味苦而涩，然而在幽雅的环境倾听着异国情调悠扬的萨克斯演奏的《回家》，苦涩的咖啡经过自己热恋的爱人，加上一小勺牛奶和一小块糖，那味道将会刻骨铭心！透心的香醇甜美。

不同的人喝咖啡有不同的感受，有的人一杯香浓的咖啡，加一份宁静的心情，就可以成就一处心灵靠岸的港湾；有的人迷恋它从骨子里透出的那份优雅与贵族气息；有的人是品尝一种文化、一种神秘暧昧的感觉。

浪漫的岁月早已从我身旁溜走，我不再像少

男少女一样，脑子萌发太多的浪漫。咖啡不仅仅是爱情的专利，它更滋生着别样的真情。我不喜欢喝咖啡，但是我却喜欢品咖啡，我是一个既特别又矛盾的双重喝咖啡的人。

我不喜欢喝咖啡，那是独自一人面对孤灯、脑子一片空白、脸上展示出一片茫然的时候，我不喝咖啡，甚至可以说在逃避喝它。因为喝了它，用舌头去体验那苦涩的热度时，一切的一切更加显得孤独，感觉被它烫到内心的最深处。看着窗外夜色正浓，路灯昏黄无力地支撑着，徐徐的夜风吹拂着我内心最空荡荡的地方，漾出了一圈又一圈孤单的回声……真可谓“应是良辰好景虚设，便纵有千种风情，更与何人说？”更有种“凭栏远眺寒宫远，夜半三更孤灯明”的感慨。夜比往日更长，更长……

喜欢喝咖啡，那是家庭团聚、朋友相倾的时候，此时的“喝”咖啡应替换一个词叫“品”咖啡，这样的氛围才真正感受到咖啡的醇香。在家庭团聚的晚宴后，亲手磨碎一甄又一甄黝黑发亮的咖啡豆，看着年迈的母亲专心致志地斜歪着头、抿着嘴巴、睁大眼睛、满脸疑惑的样子，再煮上一壶又一壶完全适合家人口味的咖啡，然后把冒着丝丝袅袅的雾气，并伴有浓郁的香味的纯咖啡，斟到矮脚的咖啡杯子里面，根据各人的口味，勺上适量的炼奶和方糖，安排孩子给长辈们送去，家人一同举杯，眯着眼，轻轻啜一小口，那味道才真甜到心坎！

一杯咖啡可以喝出现代人的热情追求，一杯咖啡可以喝出生活百味，一杯咖啡更可以品出人生知己。人生苦短，知己难求。我的知己就是在喝咖啡的时候认识的。

几个女人，周末无聊，一拍即合，去茶庄侃侃而谈，释放一下郁闷的心情……不想这一释放心情，竟然释放出我和利军女士的歌曲处女作《冬雪化尽》，“思绪如麻一团糟，时迁境过弦音杂，飘飞枫叶报秋晚，荡漾龙江淘细沙。颜面半遮唉声叹，冬雪化尽二月花，蜂姿蝶舞君不见，枯木逢春争吐芽。”因为这杯咖啡，我和她相互激励，促成我和她兴趣爱好上的“零”的突破，同时也促成了我们在这兴趣爱好上的执着追求。她执教的小天使民乐团成功在今年五月举办了专场琵琶古筝演奏会。同时，我和好友长河合作写的一首歌曲《生命中的一抹彩虹》，也意想不到在2006年6月获得“八桂群星奖”舞台艺术作品全国征稿评选活动一等奖。这咖啡的味道要慢慢地品，才品出它的味道——香而醇。

晓夜，听着女儿弹奏琵琶，一曲弹奏，余音绕梁不绝，说不尽的醇香都躲在含蓄后面。那优美抒情的曲调，使我想起了白居易的《琵琶行》“大弦嘈嘈如急雨，小弦切切如私语，嘈嘈切切错杂弹，大珠小珠落玉盘”。凝视着那冒着热气、散发馥郁的香味咖啡，无意识地端起杯子，呷上一口……

原载2009年6月4日《吉林日报》

秀美龙江河

宜州的美，是上苍偏心对宜州人们的优厚馈赠，这才孕育了出口成章，妙语连珠，以歌代言，名扬壮乡，集美丽、聪慧于一身的壮族歌仙刘三姐。周末和刘三姐后裔们相邀徒步龙江河道，寻找美丽春光，寻找飞扬青春。

踏着晨露，迎着朝阳，从龙江二桥头潜入，只见龙江河水清流倒映，秀水潆洄。抬眼望去，南面的楼房刚刚苏醒，白沙缭绕的江滨路上这些楼群如海市蜃楼一般；北面奇峰连片、山青形异，北桥头突兀一个形如彪马的山峦，本地人都知道它叫“马屁股山”，靠近龙江河的村屯叫“马屁股外头屯”，里面的村屯则叫“马屁股里头屯”。龙江二桥矫健的身躯倒映在碧绿的河面上，微风吹来，水波纹叠皱了它的身躯，晃出千万颗闪闪发光的星辰。真可谓“峰峦叠翠奇特，江河碧绿如画”，堪称天下奇观。

顺流而下，两岸的绿树刚刚吐芽，步道上的美人们叽叽喳喳，不停地摆弄手机，不停地争抢当美景里的模特。我跟随着她们，放松自我，大口奢侈地吞食被龙江河水过滤过的、散发着清新泥土香味的空气，追随着两只翩翩起舞的彩蝴蝶，追随着那个经典且温婉缠绵的《梁祝》故事。

融进碧绿的山水间，漫步弯弯曲曲、时上时下的古铜红步道，真是说不尽道不完的舒心与惬意。远远地看见一个形似古代官帽的山峦，这是三魁天下元冯京的家乡。冯京是何许人？冯京（1021—1094 年），字当世，号齐年，祖先为鄂州江夏（今湖北武昌）人，曾祖冯碧举家南迁粤西之宜山龙水（今广西河池市宜州区）。冯京生于宜州，15 岁到广西藤县，在藤县城西读书，颖悟非凡，才华出众，文武全才。宋仁宗皇祐元年（1049 年）己丑科状元。中国 1300 年科举史中，能连中三元者凤毛麟角，仅十七位，平均百年才出一人，冯京为宋朝最后一位三元及第的状元，官至朝廷参知政事（副宰相），是北宋四朝重臣。

冯京公园，在春天雾气迷蒙的早晨醒来。远处天边，云烟缭绕，如袅袅炊烟，似淡淡青纱，白色的天，白色的水，远远望去，水天相接，分不清哪是天，哪是水。浮游在龙江河面，徜徉在朦胧的雾中，感受状元的灵气，身体也跟随飘飘然起来，仿佛脚踩白云朵朵，在仙境里遨游。

错落有致的山峰倒映在龙江河中，好似一幅优美淡雅的水墨画。醉秋水，沐晨露，画蓝天，绣白云。一路有云朵如莲花般盛开在河水之中，有白鹭在身前身后翻飞撩逗，有不知名的鸟儿时而轻点河水，时而外出转一个圈，在我面前蹲下，当我一靠近它，它就拍拍两下翅膀，飞走啦！真想拖上几个美人，撑一支长篙，轻点于水中，推开碧波，泛起阵阵涟漪，然后引项高歌，让刘三姐的歌声伴随左右，去追寻冯京的足迹。此时，河对面时不时有山歌传来，悠扬的旋律在碧绿粼光的水面上久久回荡。兴致来了的我们也跟随释放几句，“哎……什么水面打跟斗咧，嘿溜溜啰……”“对面小伙看过来，端端正正好人才，三姐美人来找你，歌多你就唱过来”。

一不小心我们腾云驾雾来到西靠南蛇山，南望龙江的刘三姐音乐喷泉，此时，仿佛听到了刘三姐动情的山歌，看到了十三米高巨大的纯汉白玉刘三姐雕像，她温情地俯视脚下的音乐喷泉，在有节奏地喷射出色彩斑斓、千变万化的水雾、水花。

山美，水美，在这绿色的世界里，因为有了这群美人，这世界才有灵性和生气，因为有了这些美人的融合，才能画出世界上最美的风景。只见她们徜徉在云里、雾里，或跑，或走，或跳，在这里找不出她们的年龄，在这里她们孩童一般纯真和幼稚，鲜艳夺目的七彩纱巾在龙江河面上飞舞，清爽的笑声在这里荡漾……她们的纱巾在乌篷船顶掠过，轻轻地，柔柔的，船儿倒影在碧绿的河水里，有鱼儿捅破倒影翘头寻望。

举目远眺，龙江河静静地铺向远方，像一根飘动起伏的绿缎带，碧空船影，尽收眼底。慢慢地，太阳出来啦，龙江河水在太阳光照耀下变得红润起来，反射出千千万万点银光，像是无数条小鱼在阳光下跳跃，翻腾。

乌篷船划过来了，哗哗的桨声和岸边各种草虫的鸣叫声，似一曲娓娓动听的交响曲。“山美水美人更美，秀山秀水秀美人。”龙江河两岸的秀美风光，配之浮游在河面古铜红步道上，一群神采飞扬的刘三姐后裔，就是这个比喻最贴切的主人。

原载 2017 年 6 月 15 日《河池日报》

覃美艳

覃美艳

1968年6月出生，宜州人，壮族，大学本科学历。1985年10月担任广西宜山县三岔镇羊角村妇代会主任、计划生育宣传员，1986年12月加入中国共产党，1987年参加广西壮族自治区乡镇聘用制干部招考并于同年6月被宜山县人事局吸收为乡镇聘用制干部。先后在宜山县矮山乡人民政府、宜山县（宜州市）妇联、宜州市委政策研究室、宜州市委宣传部、宜州市委办公室、宜州市行政服务中心、政协宜州市委员会办公室等工作。现任河池市宜州区人大常委会教科文卫与民族工委主任。1987年开始发表作品。先后在《河池日报》《诗人》《北海日报》《贵港日报》《广西社会科学》《政策天地》《广西政协报》等报刊发表诗歌、散文、杂文等各类体裁的作品60多篇。

无怨的青春

无怨的青春

宜州的早晨，雾岚蒙蒙，太阳还没有露出笑脸，我就拎着两只沉甸甸的包，登上了开往邕城的列车，到广西区党校，开始新的生活。

七年前，我告别故乡，告别温暖的家庭，告别父母，带着我那嫩生生的意识到山外去体验生活，体验山外大自然的风光。只身来到一个乡政府，青春的激情在那片热土地上烙下最初的颜色，尽管四年之后，我曾调进县城工作，可是青春的调色板上最初的颜色没有改变，依然涌动着最初的激情，依旧似很多年前那般潇洒，那般飘逸。挥一挥手，将年轻的朋友、故乡的亲人挥在悠悠的无尽的思念之中，走进一名成年大学生所拥有的那种独特的意境。

到了这种年龄，走到今天的这种地步，有了这样一份工作，对于一个女性来说，我似乎不必如此选择，我可以安心地干自己的本职工作，眷恋和享受小家庭生活的那份温馨。在社会上干过六七年以后，我不再有十八九岁的青年男女生那么浪漫。有位老师告诉我，人生的奥秘和答案在书本上是无法直接找到的，只有在社会上有着一定阅历的人才能读懂其中的含义。我的老师也许正是这么想，也这么做。可是在我离开宜州之日，老师却沉沉地给我留下这一段话：一个喜欢创作的人，仅有极丰富的人生阅历还远远不够，必须多读书，有不少的人生奥秘有时候就藏在你没有读过的书本里；多读书，于人于己都有益。再说作为一个学生身份的人，其轻松，其恬静，其洒脱的意境是任何一个在社会上闯荡的人所无法体会得到的。对此，我现在有着十分深刻的感受。

然而，二十五岁，我决定再当一回学生，这种选择并不是只为着一次潇洒，我只是想在成熟的年龄，多读几本书，多读几本在过去的校园里、在社会上没有读过的书，填补精神上的那份空白，弥补过去的遗憾。当然，更多的则是想在有限的青春多学一点东西，能够在以后的工作实践中少出差错。

来校将近两个月的时间，在我的周围，随时都听到心与心真诚的呼唤，尽管我们彼此之间都是成年人，且年龄上存在着一定的差距，但透过每一双眼睛，似乎能看见彼此那颗充满青春活力的心在跳动。同时，每天都能看见那份会心的笑意、真挚的面孔，没有在社会上人与人之间的那种虚假的客套，没有太多的钩心斗角。这也许也是作为学生身份的人拥有那份轻松、那份恬静的缘由之一吧？尽管在当今的社会上，涌起拜金主义，干部下海经商的热潮，且一浪高过一浪，甚至有的同志认为，女人到这种份上应该知足了，何必再做回学生，受这份苦。可我不这么认为，若时间留得住的话，我愿用生命的一半时间来获取丰富的知识，揭开人生的奥秘。

二十五岁，我的选择无怨无悔。

二十五岁，我依然年轻。

二十五岁，我依然需要阳光雨露。

原载 1993 年 11 月 16 日《河池日报》

韦克友

韦克友

1977年生，宜州福龙人，瑶族。大专学历。广西作家协会会员。曾在《民族文学》《广西文学》等刊物发表文学作品100多篇，并有作品收入相关选集。

铁城寻古韵

出面一套西装

铁城寻古韵

穿过木棉村，一条如蛇的小路蜿蜒于通往铁城的斜坡上。我们冥想着心事，沿路而登。

一刻钟后，至坳口，极目遥望，围了将近一圈的是壁立千仞的青山；谷中，则是井井的田畴。一名农夫驾着牛车，咿咿呀呀向北驶去，像滴黑色颜料，渐渐消融于雾气的苍茫中。

路旁的油菜在蜜蜂和彩蝶的轻抚下悄然开花；蔗苗已破土而出，油油地绿着；不远处的几棵枫树，绿得盎然。一切都在焕发着勃勃生机。《宜山县志》载："（铁城）分内外两城，有关隘、营垒，内容万灶，面积近四平方公里。"铁城的过去我所知甚少，但我想这里或许有过繁华的街市，商旅云集；有过行吟的诗人墨客。它曾经热闹、辉煌、显赫过。但这一切都已远去，如黄鹤一样杳无踪影。剩下的，就是沉默的这一切了。

几声清脆的鸭鸣声荡漾过来。循声而望，一

口偌大的池塘呈现于眼前了。雨水自东面山麓渗出，集于小沟，一路向池塘流来，一路吟唱，泠泠作响，不绝如缕。塘里，三五只白鸭在悠悠地游，一圈涟漪一圈涟漪挥洒着它们的闲情逸致。据说池塘乃人为挖就，当时有人捕风捉影，认为地处铁城中央的这里必定埋金藏银，就狠命地挖，挖出泥土的沉寂，挖出疲惫和叹息，挖出了鱼和鸭的乐园！

又踏路而去，将近护城河时，向东望，十余行字隐隐入目了。几株藤蔓，自摩崖石刻上蒙络交翳倒挂下来，如瀑、如云；如云长之美髯，如美女之秀发。“（石刻）飞挟烟霞，隐约于花树影间”，古人所言大抵如此。及至崖前，“宜州铁城颂”几个遒劲大字因风雨侵蚀，已淋漓出斑斑裂纹。当地官员筑城后，又让人摩崖刻石，想让碑刻做精神的守护人。“铁城颂”碑刻尚在，但精神呢？是否也像碑刻一样令人向往？所刻之字，成了书法艺术的瑰宝，难道这就是碑刻所要守护的东西么？

下山麓，穿过蔗地，至紫霞洞前。洞前左壁上悬一幅石刻，字迹端庄稳重，是为《铁城记》。陈元迪《铁城紫霞洞记》：“（洞）门隘如小巷。崖额大书‘紫霞洞府’四字。内祀七曲帝君像，厥貌苍古，厥色黔黑，自宋逮今尚完好如初，旁镌帝君传，石乳蚀半，不能备读。”

我步元迪老人后尘而来，洞里似乎还萦绕着他朗朗的吟唱声。

我们点燃红烛，躬身而入。一路怪石或林立，或倒垂，或斜折而出，或层层叠错。以石击之，响声悠扬清悦。余韵久久不歇。沐浴在袅袅的回音里，人世纷扰和疲惫洗涤尽了，真如庄周之化蝶，神仙之驾雾，美妙无比。入洞愈深，洞愈小巧曲折。匍匐行十分钟，洞豁然宽阔，上下白茫茫一片，在烛光映射下，熠熠生辉。怪石满洞皆是：樵夫荷担，鲤戏青荷，檐前细雨，山涧溪流，听涛叟，望夫石，雏鸡，野狸……千奇百态，万种风情。

出得洞来，路经护城河。护城河长几十米，宽三丈余，连接东西山崖，已干涸，一旁尚存一段墙基。废墟中，我择石而坐，想与历史接近，与那些将士的孤魂谈心。“窈窕河山慰古城，古城铁马入青冥”，石头冰冷彻骨。我想我是不能润暖这石上千年的青苔了！横空里，一只鹞鹰在庄重地盘旋、盘旋，像在沉吟，又像是和我们一样，在寻找铁城遗留的什么，一个巢窠，一只山雀，或者什么也不是。

原载1999年4月22日《河池日报》

入选《新时期中国少数民族文学作品选集》

出面一套西装

2001年12月31日。记得那天虽然是冬天，但云层却是白加黑，太阳有些儿腼腆，在云层里隐隐的照耀。微风习习，迎面吹着，仿如母亲慈祥的手抚摸我们的脸庞。我觉得并不冷。我的内心盎盎然：我就要去金城江参加一年一度的南楼丹霞文学社聚会。文学对于那岁那年来说，让我们有一种傲视一切的感觉。

我穿上西装骑上自行车，去福龙街搭早班车。自行车除了铃铛不响，别的地方都响。西装是黄色亚光的那一种。在福龙街缝纫而成。土里土气，在我看来却又光彩得很。因为刚从河池师专毕业，从朴素的学生那里一踏入社会，它也许是从福龙缝纫女师傅手上一抛抛过来，潇洒地穿在我的身上。可以出得了面子。而2000年的河池师专校园流行穿西装。西装作为男生流行服装，仿如擦亮一根根火柴，点燃校园亮丽的景色。

记得那时的罗中一、韦秀观、田世秦和我都穿西装，在文学社办公室聆听何述强老师朗读作品。何老师读他的《白鸟》《夜访铁城》《隔岸灯火》。我们静悄悄地倾听，而何老师读得特用情，字字句句在他的嗓音之下爆裂，仿如漆黑冬夜里爆裂的石块儿。一篇散文读完，何老师满面红光，脸色亮堂堂——我们就鼓掌。情到深处石头也开花，我有点夸张。但事实的确如此！何老师问我聆听朗读的感觉。我说《白鸟》忽上忽下的画弧线，《夜访铁城》沉潜着一道长长的直线，《隔岸灯火》画一个个圆儿！我只是感觉，感觉与实际有差距。而我喜欢“跟着感觉走”！

现在我穿着西装搭上了车子，车子一路风驰电掣，很快就到达我的母校——河池师专。在母校校园门口，我见到陈代云老师，陈老师上下打量我，见我穿着黄光的西装，他摇头晃脑念了几句什么诗句，说道：“啊，韦克友这派头，多么像美国西部的农场主！”我回味陈老师的话儿，大概他是评价我自始至终的文学执着：多么想把家乡土得仿如鸡蛋、土鸡的东西随身带来，放置于城市时髦的餐桌，大快朵颐粗糙的五谷杂粮！直到现在，我在宜州郊区的一座度假山庄上班、苦读，因为思念比那里更加土气的家乡，用文字代替梦想，写了一部长篇小说《叩动命门》，那应该是说陈老师的预言得以实现，对于预言，对于文学，陈老师远见卓识！……

在金城江，我见到了好朋友罗中一、田世秦、韦秀观、林长理等人，他们都穿着不同质地的西装。西装之于我们，其实是把一种现代潮流从母校河池师专带到了社会。知识之火苗燎原，噼啪燃烧而显得多么撼人心魄。尽管社会有社会的陌生面孔等待我们去阅读去发现，从而去解决问题！但事实证明：阅读社会还是从学校特别是从象牙塔的大学开始阅读为好。所谓：“开门即是深山，读书随处净土！”

在金城江我们吃了晚餐。记得我们三桌每桌有两盘香猪肉，是巴马香猪还是环江香猪呢，我无意于考证。总之，我们吃得很有味道。吃完香猪，金城江的街头虽然还亮着霓虹似的彩灯，但夜晚的的确确已经深了。我们讨论着文学，讨论着河池的文坛桂军如何如何的团结一致，向全区甚至全国文坛进军。而何述强老师的散文肯定也会独当一面。预言是如此。而何老师也向我们朗读他的散文《沉寂的轰鸣》。何老师读得声情并茂。何老师能从一个遗留的水碾旧址，联想到水碾的曾经繁荣昌盛。我想用我多年以后阅读的卡夫卡的《城堡》来形容是再也妥帖不过的了。卡夫卡看似在随意的说话儿，但句句雷霆万钧，句句催人警醒，也就句句地凿刻进我们的脑海深处了！

夜更深金城江更静，何老师似乎还朗读他的散文《青砖物语》《遥远的果园》。而此时我已有些困倦，我和廖学新老师脚抵脚同榻而眠。在沉静的金城江夜晚，不知为什么我竟觉得：我们选择文学自然有选择文学的高尚存在！我是穿着西装睡觉的。也就是从那过后的第十个年头，我在宜州石别的一个林场打零工：砍甘蔗、种甘蔗、挖树坎、给甘蔗给树放肥料。每每夜深，我在火塘边阅读何述强老师的散文集《隔岸灯火》，我被深深地震撼了。我才知道文学可以抚慰我们奔赴生活甚至奔赴生命的沧桑！就像我们身穿西装，无论我们多么气派，却掩藏不住我们脸膛的沧桑一样。记忆之中，何老师很少穿西装，西装不是他文章之中的那些生命温度或者说热度。他总是穿得朴素，而态度随和。在他的一张宜州南山寺穿旧西装的照片里，他形容鹞鹰的自由程度，仍平仄有余，记录在我的那篇游记散文《铁城寻古韵》里。

何老师崇尚庄老，崇尚自由！

当然，从金城江回来，那套黄色西装仍然穿在我身，经历很多的世故很多的变迁。我又经历了编辑报纸、辞职、鹿寨之行、做保安工作、走失柳州。许多年后我认真地在家乡“蛙鼓斋”面壁读书，孜孜不倦、呕心沥血，找出我热爱文学的精神内核，即文学乃生活。能从纷繁的生活境况里寻出一点意思来，添油加醋，便是文学。我穿西装但固执着沧桑的面孔。我穿坏了大概六套西装。正因为我有沧桑的面孔，我有像陶渊明沉潜乡村生活的那种执着劲儿，我叙述生活其实是记录生活，我才写长篇小说《叩动命门》。

2018 年初我买了一件昵子西装，我仍有三套西装晾挂在我的单身宿舍。其中一套我已很久没穿它了，甚至没有抚摸一下它的质地的了！现在，为了写这篇回忆性散文《出面一套西装》，我回家在家乡的平房上写作：而我过去的那些旧西装，又经历了干农活、打零工，旧得不能再旧，被我的母亲撕成条条，用来绑扎收稻谷或玉米个儿的麻袋口，甚至用来绑扎成捆的“方格簇”。

西装也就完成了它的使命！

但其实那已不是西装，那是旧布或者说布条了。“聊尽绵薄”，我的西装自始至终都在发挥着它们应有的用途……

原载 2018 年 8 月 20 日《河池日报》

林秋妮

百岁正颐期，百一已耄期。从一个世纪步入另一个世纪，老爷爷说庆幸自己能活到这么大的岁数，经历了不同的几个时代，他深感我们的国家和党的日益进步和发展壮大，人民生活水平大大提高，他会活得很健康。长寿本没有什么秘诀，就是生活环境、自然环境好，饮食以稻谷、玉米、红薯等农家自产的五谷杂粮为主，一辈子过着清淡素食的生活：夫妻恩爱、儿女孝敬，家庭和睦，勤丁运动，乐于交流。还有一点很关键的，就是心胸非常宽广，态度温和，心态平衡，与人无争。同时，老人给我们表演了现场穿针引线缝补衣服。

老爷爷的儿子和我们说到，老爷爷平时饮食起居完全能自理，走路也从来不借助拐杖，让人难以想象的是老人在平时偶尔还能分担一下家里农活，帮儿孙下地护理玉米、果园除草、洗衣服之类。

在祥贝乡古龙村地处罗城仫佬族族自治县和宜州区的交界处，是下枧河的一个河段，下枧河系珠江水系西江支流龙江支流，源于环江毛南族自治县东兴乡，自北向南流经宜州区祥贝乡、刘三姐镇汇入龙江，全长 151 公里，在宜州境内长 37.5 公里。下枧河流域生活着壮、汉、瑶、苗、仫佬、毛南、侗等民族，这里旅游资源丰富，有着世界级喀斯特山水田园风光、浓郁的少数民族风情以及多样的文化遗产。

这条河流域的歌圩节已有上千年历史。宋人著《太平寰宇记》记有壮族“男女盛服……聚会作歌”的记载。宋元以后，壮族山歌的发展尤为突出，歌会十分盛行。到了清代，形成了数百人以至数千人聚唱的大规模歌圩。如今的广西“三月三”歌圩节，就是后人为了纪念刘三姐“成仙”，在每年农历三月三唱山歌三天三夜而形成的。

接着，老人唱到“天上星子伴明月，地下红花伴绿叶。党爱民来民爱党，社会稳定又和谐”。我们用山歌歌颂共产党领导下的和谐幸福甜美的生活。“党的政策定方向，好像灯盏在闪亮，村里田间都安然，每年有钱存银行”用山歌宣传党的各种方针政策，我们通过山歌谈情说爱，喜结连理。传授生活的经验，述说邻里之间的点点滴滴，教育孩子如何孝老爱亲，热爱生活。

我走出百岁老爷爷家院子，望着不远处，下枧河顺流而下，河水轻缓，温润如玉；两岸青山耸立，山环水绕，风景秀美，正所谓："山如青罗带，水如碧玉簪；船在河上走，人在画中游。"下枧河畔的风景是上天遗落在人间的一幅画。

站在我旁边的老龄办韦主任，似乎看出我的疑惑，和我聊到，我们宜州宜人的气候条件和宜居的自然生态资源，造就了宜人宜居的生活环境。宜州森林覆盖率达 56.22%，空气中负氧离子含量每立方厘米高达 2 万 ~ 3 万个，下枧河流域更是高达 3 万 ~ 4 万个，是理想的天然宜人氧吧，也是名副其实的宜居养生天堂。目前宜州存活实足百岁老人占户籍人口比例为 13.2/100000。2015 年，宜州被中国老年协会授予"中国长寿之乡"称号。这里曾养育了迄今世界最长寿老人蓝祥（1668 年—1810 年，142 岁），清朝嘉庆皇帝为表彰蓝祥老人的生命绵长，曾亲手为他题写"重颐吉庆"匾额并专门赋诗一首，言辞中难掩羡慕之情。

在龙江（下枧河是龙江支流）北岸的宜山庙石壁和龙江街老码头，至今仍保留有清代宜州地方官府根据民众请求而颁布关于环境保护的告示碑刻。此外，在当地传唱的有关环境保护的山歌更是数不胜数。

在古代社会经济发展条件较为落后的情况下，尚能如此保护生态环境，与各族群众携手同心、精心管护绿水青山有着密切的联系。在经济文化快速发展的今天，宜州依然传承着这种优良传统，大力保护生态环境，民族团结事业取得显著成效。

这些年来，宜州区严把产业项目准入门槛，着力培育绿色环保、节能低碳、循环生态型企业，以科技含金量引领工业经济绿色崛起。在招商引资过程中，始终坚持开发与建设并举，把保护天蓝、地绿、山青、水净作为招商引资的底线，严把招商引资项目落户门槛，坚决不引进高污染、高耗能、高排放和不符合环保政策及限制类产业项目。

此外，该区重拳出击治水治气，环境质量显著提升，城市环境空气质量优良率达98%以上，龙江河、下枧河水质达到国家规定的Ⅲ类水质标准。2016年宜州完成植树造林面积4.08万亩，绿化村屯960个，全市森林覆盖率达56.81%。绿色、环保、健康的发展理念，为我们下枧河两岸居民带来了荣誉和新的发展机遇。先后荣获中国长寿之乡、中国最佳生态休闲旅游名城、中国最佳养生度假旅游城市、中国最美文化生态旅游名市、广西园林城市等荣誉称号。安马乡木寨村等2个村、祥贝乡古文村罗村屯等4个屯被列为2016年度“美丽广西”乡村建设贡献奖名单，刘三姐镇小龙村入选国家住建部第四批美丽宜居村庄示范名单。

眼睛所触及的视线内填满下枧河的青山秀水及两岸的翠竹绵延。大自然的鬼斧神工把下枧河塑造得“峰峦峥嵘奇特，江流碧绿如画”。下枧河两岸茂林修竹、风光旖旎；两岸名山——会仙山、天门拜相山，山山独特神奇悠远；两岸溶洞——白龙洞、珍珠洞，洞洞称奇异彩纷呈；两岸古寺——西竺寺、紫云寺，寺寺幽深静谧悠远。亲临下枧河流域的奇山秀水，让游人置身于“此景只应天上有，人间难得几回寻”的绝美意境。

2017年，下枧河参加“最美家乡河”的评选活动，出发点和落脚点在于激发各族群众的情感共鸣，使干群之间、汉族与少数民族之间、少数民族与少数民族之间团结互助。在水利部宣教中心和中国水利报共同举办的首届“寻找最美家乡河”大型主题活动中，下枧河高票当选“最美家乡河”。

“三姐故里百花开，城乡处处是歌台；山清水秀人更美，唱着山歌等你来。”宜州紧紧围绕建设“刘三姐文化旅游名城”目标，把旅游产业作为该区主攻的三大产业之一，倾全区之力推进全域旅游发展，大力唱响“三姐故里·歌海宜州”旅游品牌，旅游产业走上健康发展快车道。依托下枧河流域独特的旅游资源优势，有国家级 AAAA 级旅游景区 2 家，AAA 级景区 4 家，年接待游客数突破 300 万人次，旅游收入超 25 亿元，旅游业已成为下枧河流域群众增收的重要渠道。

同时，该区还结合脱贫攻坚和美丽乡村建设，通过打造下枧河乡村旅游扶贫示范带探索旅游扶贫新模式，下枧河畔的古文休闲农业观光旅游农民专业合作社已入选全国“合作社＋农户”旅游扶贫示范名单，下枧河为宜州打赢脱贫攻坚战，与全国同步小康注入新的能量和活力。

随着采访的结束，我们离开这个宁静美丽的小村庄，让栏目组感到惊讶的是，这个宁静美丽的小村庄里生活着的壮、汉、瑶、苗、仫佬族等群众，他们在长期的生产生活中，一直保持同呼吸、共命运、心连心，互相尊重、互相信任、互相学习、互相帮助，形成了你中有我、我中有你，交错杂居、共生互补的格局，孕育了团结友爱的宝贵传统。

“这里河满歌，这里歌成河。”作为“歌仙”刘三姐门前的河，下枧河就是这样一条会唱歌的河。“歌因水而美，人因歌而乐；山因水而秀，人因水而活。”下枧河里流淌着爱情亲情的美丽传说，水中荡漾着今天明天的美好生活。

原载 2018 年 11 月 23 日《广西民族报》

获广西壮族自治区成立 60 周年“讲好‘广西故事’民族团结”征文三等奖

糯香里的记忆

中午下班，打开家门就闻到一股糯米饭的香味，抬头望去，看见餐桌上摆着一盘五色糯米饭。婆婆一边忙着做菜一边说，今天是“敬牛节”（农历四月初八），你大姐托人送来她自己蒸的五色糯米饭。

记得小时候这天，奶奶除了用三牲供天地、供祖宗之外，还要在牛栏焚香祭祀，祭品中还要加五色糯米饭。有的人家还用青菜叶或鲜嫩的莲叶包好糯米饭喂给牛吃。祭祀活动完成之后，我们一家老少才能欢欢喜喜地吃五色糯米饭。

一边品着奶奶做的糯米饭，一边听奶奶讲关于“敬牛节”的故事。在宜州临江河畔的壮家流传着这样一个故事：牛是人类生活中最忠厚的朋友，在地里、田里的所有农作物没有哪样不浇注牛的血汗。一年从春到冬，牛辛辛苦苦地耕田犁地，到头来“牛儿耕田牛吃草，马不犁地马吃谷”，牛儿连谷米是什么味道都不知道，对牛未免太失公道。于是，莫一大王（桂北壮族地区群众的神灵）提议，把每年春耕耙田插秧后，牛稍得歇息的四月初八这一天定为“敬牛节”，让牛好好休息一天。

从此，每年这天一大早，人们就把自家的牛栏里里外外打扫得干干净净，然后用三牲、五色糯米饭祭祀天地、祖先，接着祭祀牛栏，祈祷牛王保佑它的子孙健壮、兴旺，只有这样牛才能为人出更大的力气。祭祀时用青菜叶包裹糯米饭给牛吃，谁知牛从来不敢吃白色的东西。此时，专门偷吃农家作物、似狐非狐的“狗舅”，趁人不在，把香喷喷的白色糯米饭给偷吃光了。人一出现，它就逃之夭夭，年年如此。人们没有对付它的办法，只好去求教莫一大王。莫一大王想了想后，轻声附耳叮嘱来求教的人。于是，壮家人家家户户按照莫一大王传授的秘方，把糯米饭染成红、黄、黑、紫、白五种颜色。当“狗舅”又来时，看见花花绿绿的五色糯米饭，不知是什么东西，再也不敢偷吃。牛栏里的牛看见五色糯米饭，以为是什么奇花仙草，高高兴兴地嚼在嘴里。从此，四月八蒸五色糯米饭的风俗在壮家传开了。

中午的饭桌上，我们一家四口吃着糯米饭时，我总觉得没有小时候奶奶做的味道，便问起婆婆是不是也有同感。婆婆说原来我们壮家人用传统方法给糯米染色，采用的全都是可以食用的植物煮水来染，用鸡血藤的汁染红色，红蓝草的汁染紫色，枫树叶的汁染黑色，黄蔓花熬的汁染黄色，保留一部分未染的糯米为白色，构成五色。因为它们本身含有浓郁的芳香，蒸出来的糯米饭不但色彩鲜，而且芳馨扑鼻。但自从有了化学合成食用染料“花红粉”后，人们为了方便用它取代了鸡血藤，味道就比原来的逊色了。

如今，宜州城镇、农村的土地大部分由合作社统一种植甘蔗、桑叶，养牛的农人已经很少，已没有人再烧香供牛栏，给牛吃糯米饭了，但蒸五色糯米饭、吃五色糯米饭的习俗一直流传着。

原载 2013 年 5 月 21 日《广西日报》

梁鲁

广西宜州人，1926—1998。壮族。1950年参加工作。历任工作组组长、县委农村部互助合作副组长、县文联副主席，《柳江县志》主编，副编审。1955年3月在《长江文艺》发表小说《撒秧的时候》，后由长江文艺出版社出版，并编入广西中学语文补充教材。以后陆续在《广西日报》《广西文艺》《三月三》《广西文学》《民族文学》《文艺报》等报刊发表小说、散文、剧本、曲艺、评论等各类体裁的文章。剧本《相亲问路》获柳州地区创作奖。曲艺《一叠钱》在《中国青年报》发表，并获广西曲艺创作三等奖，同时被编入《广西曲艺作品选》，并由桂林曲艺代表队演出，广西电视台录像播放。小说《父亲》获柳州市天马文艺作品二等奖。退休后返聘续任《柳江县志》主编。

父亲——故乡纪事

父亲

——故乡纪事

父亲身高至少一米七五，粗手大脚，虎背熊腰，在二十世纪三十年代那阵子，这身材要算魁梧的。他生就一张长方脸，即现在讲的国字脸。脸上皮肤粗糙，皱纹很多很深。一笑起来，满脸皱纹上下簌簌抖动，就像脸上爬着个大蜘蛛。但他很难得笑。平日总是板着个脸，两条深深的鼻翼纹向内弯曲锁住紧据的嘴唇，加上两边嘴角下垂，神气就更显得冷森，怕人。这使我时常想，父亲要是当个军官，倒是蛮威严的。可惜他一辈子只能做最下等的苦方。人家说这只能怪他的"命"，我那时也信了。

我只知道，父亲好像是长工出身，年轻时住在桂西北一个壮族小山村里（这地方我去过，是十岁那年，父亲带着我步行回老家做清明时去的。那村了确实很小，在一个山窝窝里。全村人都姓梁，都讲壮话）。后来不知怎么的，与我那时正做着童养媳的母亲好上了，就双双逃了出来，到我的出生地思遐镇居住。这个大略情况，也还不是父母亲有意对我讲的，而是我平日从他们的打架、吵闹中零零星星听出来的。

父亲给我印象最深的，是下面几件事。

第一是“抬”。就我所见，在思遐镇，父亲一直是用肩膀弄钱吃饭的。镇上有屠户，屠户杀猪多要到附近乡下农民家买。那时道路窄小，也不时兴手推板车，便雇人去抬。父亲便常被雇去做这种事，与另一个伙伴用根大竹杠，直穿上装好大猪的猪笼，一人抬一头，一前一后地拄着木棍，便吭哧吭哧地把猪从乡下抬到镇上来。抬一回每人得两三毫子，够买五六斤米，但他是从来不把钱给家里买米的。还有就是抬花轿，那时娶媳妇，都兴用花轿接，用彩旗、铜锣、唢呐，抬轿游街，吹吹打打，十分热闹。父亲也去抬花轿，四个人抬一顶。有时镇上有钱人家死了人，要办“白事”，叫“当大事”，也要请彩旗、铜锣、唢呐，吹吹打打将棺材送上山，让哭声伴合着铜锣、唢呐声，演一出悲喜剧。父亲也去抬棺材，四个人或者八个人抬一具，这要看死者的身份或家庭的富有程度。抬花轿、棺材要比抬猪得钱多，招待好，可以在办婚丧者家中大酒大肉吃喝，还可以挟些红瓯肉、白片肉和血肠之类打包回家来让我同母亲开开荤。但这两种事都不太多，因此父亲一年到头大多时间还是抬猪。

第二是“吹”，即“吹洋烟”，实际是“抽”，即“抽大烟”或“抽鸦片烟”，但那时不知怎的总是说“吹”。我不知父亲是怎样染上“吹洋烟”恶习的。反正每天黄昏他做工回来，我总看见他横躺在床上，半闭着眼，含着烟枪，对着烟灯吞云吐雾。白天就吞烟泡。父亲时常叫我帮他去买洋烟。那时洋烟很贵，两毫子才能买到半个小指头那么一点点烂溏鸡屎一样熬好的烟膏，用柚子叶做成三角形包好。原先是公开卖的，烟馆大门上吊着柚子叶或龙骨刺做标志。后来说是禁了，柚子叶或龙骨刺取下了，但照样买得到，因为吹烟的人和开烟馆的人是老主顾，开烟馆的人又给镇、街长送了钱。长大后我才知道，国民党有些大官还是靠禁鸦片后走私鸦片发猛财的。所以柚子叶或龙骨刺没有了，洋烟照样有，卖者自卖，吹者自吹。父亲吹洋烟有两个最好的朋友。一个是南斗村的又矮又瘦的老头，我叫他莫公。他一上街就来跟父亲吹洋烟。那一年，我放风筝给疯狗咬了屁股，昏迷过去。他捡来几味草药，说是吃了两天后尿出血团就好了。也怪，我吃后当真尿出了白色黏液裹着深红血丝的血团，人也果然好了。他就有这个本事！还有一个是父亲抬猪、抬轿、抬棺材的伙伴，左手跛了，街上人都叫他“跛手祥”，父亲却让我称他“老同爷”。父亲过世后，这位“老同爷”还活了好一阵子。他孤身一人，也没有家。先是在小学边大榕树下搭个仅可容身的小草棚居住。后来草棚倒了，就住到小学大门前的空房里。那时我已在这个小学里当“孩子王”。听同事说：“‘跛手祥’住在我们学校大门边，就睡在地上，邋里邋遢，赶也不走。真是大煞风景，有碍观瞻。”我便去看他。我仍叫他“老同爷”，想劝他换个地方，免人议论。但他一见我来，还没等我开口，红着脸就走开了，一句话也不说。从此他就不在那里住了，我也再没有见到他，不知他后来死在哪里。以后一想起这件事，我就像欠了他一笔债，心里总是酸酸的，又很不安。但那时我确实无法帮助他，我虽然做了教师，每月的薪水不过一百二十斤糙米，还常常领不到。要不是靠着母亲煮玉米粥沿街叫卖，我自己还无法生活呢。

第三是“打”，即同母亲打架，打母亲。那时父亲天天要吹两三毫子洋烟，而抬猪、抬轿、抬棺材不是天天有的。他没钱买洋烟了，便向母亲要。母亲当时全靠挑水卖，钱来得不容易，又要管全家的吃饭穿衣，哪肯一问就给。父亲一要不到钱或要得不顺利时，便瞪圆眼睛同母亲闹架，动手打母亲，母亲人虽矮小，脾气却硬，也同父亲对撕对打。每次打架都很厉害，父亲常将母亲打得满地滚。每月都要这么打两三回。因此我从小起就十分憎恨父亲，痛惜母亲。有一年，我十岁了，母亲送我到外叔公家去住一段时间。七八天后，我突然大哭起来，闹着要回家，说是想母亲，怕母亲被父亲打伤。还让外叔公、外叔婆、舅娘他们传为笑谈。我也十分痛恨洋烟。新中国成立后第一次看电影《林则徐》，看到林则徐销毁鸦片时，心里还直欢呼："销得对！销得好！"父亲给我的唯一好感，怕是带我回老家做清明时，一路上给我讲故事这一回事了。他平日话头就少，同我说话更少。问他什么，他不是"嗯"，就是"啊"，不是说"是""好"，就是说"不是""不好"，很少一连说上十个字的。但他在带我回老家做清明的路上，背我，抱我，或让我慢慢随他步行的时候，总是主动地、耐心地给我讲故事。父亲不识字，肚子里故事却很多。

他讲壮族民间故事《勒堆》。勒堆嘲笑、奚落、哄骗了他那有钱而心不好的外公以后，外公发怒了，要送他到太阳上去。勒堆明知到太阳上就要被烧死，却哈哈大笑，故意说："到太阳上最好了，暖暖的。我正缺少衣服。我最怕到月亮上去了，那里冷死人！"外公就把他送到月亮上去。月亮上确实太冷，勒堆就找来一把斧头，天天砍树。如今夜晚看见那月亮上的黑影，就是大树，就是勒堆。后来我年纪大了，读了些书，才知道汉族也有这样的故事，但砍树的人叫吴刚，上月亮的原因也与勒堆不同。我不知道哪个故事出现在先。但当时父亲给我讲的勒堆，确实给我那幼小的童心以很大的享受，把我幼稚的想象带得很远很远，带到太阳里，带到月亮上。

他讲《薛仁贵东征》：薛仁贵是白虎星下凡，家里破落了，就去给柳员外扛桁条。肩膀上扛两根，胳肢窝夹两根，耳朵上还夹两根……虽然荒唐，却极好听，也使我幼稚的想象力飘得很远很远。

父亲还会唱壮歌，唱起来尾音拉得很长，很是悠扬委婉。他给我唱《锄地歌》，只是轻轻地哼，但十分悦耳动听。我还记得其中的一段意思是：

放火烧光岭上草／大伙一同来锄地。
这是我们开的地／锄它来种粮食。

可恨那些财主／心奸像野狐狸。
他们种种借口／霸占我们田地。
我们锄石旮旯／锄出金花银花。
石旮旯泥最肥／种红薯个最大。
锄地咚呀咚／腰伸不得直。
人家吃饭又吃肉呀／我们只好吃红薯！

小时候听这歌，只觉得它好听，好玩，不懂它真正的意思。后来年纪渐长，懂点人事了，我总觉得父亲唱的这段歌里，有着他痛苦的经历。可惜我没有问，父亲也一直没有跟我讲。

1939 年，我十三岁的时候，父亲去世了。那时已经是抗日战争，物价涨了，家里生活更加困难，常常没米下锅。父亲的洋烟自然更是有一天，没一天，他便屙了“烟痢”，整天躺在床上打呵欠，淌眼泪，流鼻涕，再也没有力气同母亲打架了。后来大概痛苦不过，曾经趁我同母亲都不在家时在床上上吊，但给救下来了，颈上的绳印十几天不褪。父亲临死的时候，我亲眼见他两手在空中乱抓，十分吓人，这样乱抓一阵就断气了。但当时我并不悲痛。只是到第二天，他入棺了，我匍匐在棺材边守孝，我的同学们来吊唁（其实只是来看看）时，我才感到确实失去了什么，不由悲从中来，放声大哭。

父亲草草埋在思遐镇诰峰岭脚，只用泥土垒了个小小的坟堆，连墓碑也没有立。后来我离开了家乡，三十多年没有回去。三年前因公出差顺路回去一次，诰峰岭一带已经全部开垦种上木薯等作物，一片青绿平坦，连他的小坟也找不到了。

在那个时代，父亲就这样过了他五十八岁的一生。如今母亲早过世了，除了我依稀的记忆以外，他再也没有给人间留下什么了。

原载 1989 年第 12 期《三月三》